Scham. Lajja Gelegentlich wird ein Buch zum Kristallisationspunkt der Auseinandersetzung zwischen Vernunft und Fanatismus. So war es mit *Die satanischen Verse* von Salman Rushdie. Und so war es mit Taslima Nasrins Roman *Scham*. Wegen dieses Buchs wurde die junge Autorin von fundamentalistischen Moslems durch die Straßen gehetzt, zum Tode verurteilt und schließlich aus ihrer Heimat Bangladesch vertrieben.
»Scham« – nur so läßt sich das Gefühl bezeichnen, wenn man sich im eigenen Land als Fremde fühlen muß. Das Drama der hinduistischen Arztfamilie Datta beginnt im Dezember 1992 mit der Zerstörung der Babri-Moschee durch hinduistische Fanatiker. Die Hindus in Bangladesch werden in der Folge hilflose Opfer der Rachefeldzüge von aufgebrachten Moslems. Die Dattas reagieren unterschiedlich auf die Bedrohung: Sudhamay Datta weigert sich seit langem, das Land zu verlassen, das er »Heimat« nennt. Maya, seine lebenslustige Tochter, die einen Moslem liebt und die Grenzen zwischen den Religionen einreißen will, muß diese Überzeugung mit dem Leben bezahlen.
Am Ende der dreizehn Tage, von denen das Buch erzählt, resignieren die Dattas. Nach Jahrzehnten des Ausharrens und der Hoffnung müssen sie sich eingestehen, daß ihnen nur der Weg ins indische Exil bleibt.

Taslima Nasrin, 1962 in Mymensingh, damals Ost-Pakistan, heute Bangladesch, geboren, ist Ärztin. Seit Mitte der siebziger Jahre schreibt sie, zunächst Zeitungsartikel, später Essays und Romane. An ihrem Roman *Scham. Lajja,* der von Februar 1993 bis zu seinem Verbot fünf Monate lang in Bangladesch lieferbar war, entzündete sich der Protest fundamentalistischer Moslems. Die Autorin wurde von den islamischen Autoritäten ihres Landes mit dem Todesurteil, der »Fatwa«, bedroht und floh außer Landes. Seit Sommer 1994 lebt sie in Schweden, wo sie den Kurt-Tucholsky-Preis erhielt.
1996 erschien eine Auswahl ihrer Essays in deutscher Übersetzung unter dem Titel *Lied einer traurigen Nacht. Frauen zwischen Religion und Emanzipation.*

Taslima Nasrin

Scham. *Lajja*

Roman

Aus dem Bengalischen
von Peter K. Lienen

Fischer Taschenbuch Verlag

Die Frau in der Gesellschaft
Herausgegeben von Ingeborg Mues

Veröffentlicht im Fischer Taschenbuch Verlag GmbH,
Frankfurt am Main, Oktober 1996

Lizenzausgabe mit freundlicher Genehmigung
des Hoffmann und Campe Verlags, Hamburg

Die Originalausgabe erschien 1993
unter dem Titel *Lajja* in Bangladesch

Druck und Bindung: Clausen & Bosse, Leck
Printed in Germany
ISBN 3-596-13153-7

Gedruckt auf chlor- und säurefreiem Papier

Der andere Name von Religion sei
von nun an Menschlichkeit.

Vorwort

Ich hasse Fundamentalismus und religiösen Haß, und deshalb schrieb ich auch *Lajja* kurz nach der Zerstörung der Babri-Moschee in Ayodhya am 6. Dezember 1992. Das Buch beschäftigt sich mit der Verfolgung der Hindus, einer religiösen Minderheit in Bangladesch, durch die Muslime, die in diesem Land in der Mehrzahl sind. Es ist eine Schande, daß die Hindus in meinem Land nach der Zerstörung der Babri-Moschee von den Muslimen regelrecht gejagt worden sind. Wir alle, die wir Bangladesch lieben, sollten uns schämen, daß in unserem schönen Land etwas so Fürchterliches passieren konnte. Wir alle sind mitverantwortlich für die Krawalle, die 1992 in Bangladesch stattgefunden haben, wir tragen alle gemeinsam die Schuld daran. *Lajja* ist ein Dokument unserer kollektiven Niederlage.

Lajja erschien im Februar 1993 in Bangladesch, und fünf Monate später wurde das Buch von der Regierung verboten. Vorwand für das Verbot war die Behauptung, das Buch störe die öffentliche Ordnung. Im September desselben Jahres verhängte eine fundamentalistische Organisation die Fatwa über mich und setzte eine Belohnung für meinen Tod aus. In den Straßen Dhakas kam es zu Aufmärschen der Fundamentalisten, die lautstark meinen Kopf forderten. Das alles hat jedoch meinen festen Entschluß nicht erschüttern können, den Kampf gegen religiöse Verfolgung, Massenmord und Totalitarismus fortzusetzen.

Bangladesch ist mein Mutterland. Unsere Unabhängigkeit von Pakistan haben wir mit dem Leben von drei Millionen Menschen bezahlt. Dieses große Opfer wäre vergebens gewesen, ließen wir es nun zu, daß religiöse Extremisten die Macht über unser Land erhalten. Die Mullahs, die mich tot sehen wollen, werden jede progressive Neuerung im Keim ersticken, wenn man ihnen freie Hand läßt. Es ist meine Pflicht, wenigstens den Versuch zu unternehmen, mein Land vor ihnen zu bewahren, und ich appelliere an all jene, die meine Wertvorstellungen teilen, mich bei der Verteidigung meiner Rechte zu unterstützen.

Religiöser Fundamentalismus ist eine Krankheit, die sich nicht allein auf Bangladesch beschränkt, und sie muß bekämpft werden, wo immer sie sich zeigt. Ich für meinen Teil fürchte mich nicht vor der Herausforderung, auch nicht, wenn man mein Leben bedroht. Ich werde auch weiterhin schreiben und gegen Verfolgung und Diskriminierung protestieren. Ich bin überzeugt, daß es nur einen einzigen Weg gibt, den fundamentalistischen Kräften Einhalt zu gebieten: Wir alle, die wir für ein freies Denken und humanistische Überzeugungen einstehen, müssen uns zusammentun und gegen ihren unheilvollen Einfluß ankämpfen. Ich jedenfalls werde mich nicht zum Schweigen bringen lassen.

Taslima Nasrin

Zur Schreibung und Aussprache der bengalischen Wörter im Roman:

Die bengalische Sprache gehört zu den neuindoarischen Sprachen, die sich aus dem Sanskrit entwickelt haben, verfügt aber auch über zahlreiche perso-arabische Lehnwörter. Bei der Wiedergabe bengalischer Namen und Begriffe in lateinischer Schrift können die vielen Besonderheiten der bengalischen Aussprache nicht berücksichtigt werden. Trotzdem gelten folgende Anhaltspunkte:

ch : *tsch*, wie in *Klatsch*.
chh : behauchtes *ch*.
j : *dsch*, wie in *Dschungel*.
jh : behauchtes *j*.
r : meist ein Zungen-*r*.
w : wie das englische *w*, etwa in *winter*.
z : weiches *s*, wie in *Sonne*.

Chronologie

• 1947 Am 15. August 1947, dem Tag, an dem die Briten Indien verließen, wurde der Subkontinent in die Länder Indien und Pakistan aufgeteilt. Auch Bengalen wird geteilt, und Ostbengalen, mit vornehmlich muslimischer Bevölkerung, wird unter dem Namen Ostpakistan ein Teil Pakistans.

• 1952 In Ostpakistan bildet sich eine Volksbewegung, die Bengali als offizielle Landessprache neben dem von der Zentralregierung verlangten Urdu durchsetzen will. Es kommt zu Unruhen, denen schon bald der Ruf nach Autonomie folgt.

• 1966 Es wird eine Charta mit sechs Hauptforderungen zur Erlangung der ostpakistanischen Provinzautonomie vorgelegt.

• 1969 Die Bevölkerung Ostpakistans erhebt sich gegen das diktatorische Regime Pakistans. Heftige Unruhen.

• 1971 Am 26. März 1971 erlangt Ostpakistan die Unabhängigkeit und bildet den souveränen Staat Bangladesch. Der Kampf um die völlige Befreiung von der pakistanischen Okkupation dauert dennoch weitere neun Monate an. Erst am 16. Dezember 1971 verlassen auch die letzten pakistanischen Truppen das Land. Der Tag wird als *Bijay Dibas* begangen, der Tag des Sieges.

• 1975 Die Regierung Mujibur Rahmans wird durch einen blutigen Militärputsch abgesetzt.

• 1988 Die Verfassung Bangladeschs, in der der Säkularismus als eines der wichtigsten Grundprinzipien festgehalten ist, wird abgeändert. Der Islam wird zur Staatsreligion erklärt.

• 1990 Als Folge der Auseinandersetzungen um die Babri-Moschee in Ayodhya in Uttar Pradesh kommt es in Bangladesch zu blutigen Unruhen zwischen den Religionsgruppen.

• 1992 Nach der Zerstörung der Babri-Moschee am 6. Dezember 1992 brechen überall in Bangladesch Krawalle aus. Die hinduistische Minderheit innerhalb der Bevölkerung sieht sich schwersten Verfolgungen ausgesetzt.

1. Tag Obwohl es schon spät am Morgen ist, liegt Suranjan noch im Bett. Von Zeit zu Zeit drängt ihn Maya: »Steh auf, *Dada**, tu irgendwas. Wenn du noch weiter zögerst, wird es eine Katastrophe geben.« Tu irgendwas ... Suranjan weiß, was das bedeutet: Ein Versteck soll er suchen. Mäuse verkriechen sich aus Angst, und wenn die Gefahr nachläßt, spähen und lauschen sie nach allen Seiten, bevor sie ihre Löcher verlassen. Genauso sollen auch sie sich verkriechen und, wenn sich die Lage beruhigt hat, erst nach vorsichtigen Blicken in alle Richtungen wieder hervorkommen. Warum sollte Suranjan von seinem Zuhause fliehen? Weil sein Name Suranjan Datta ist? Und sein Vater, seine Mutter, seine Schwester Maya? Sollen auch sie ihr Heim verlassen, weil sie Sudhamay Datta, Kiranmayi Datta, Nilanjana Datta heißen? Müssen sie wieder bei Kamal, Belal oder Haider Zuflucht nehmen wie schon vor zwei Jahren?

An jenem Morgen des 30. Oktober 1990 war Kamal aus Angst um sie aus Eskaton herübergekommen und hatte Suranjan aus dem Schlaf gerüttelt: »Komm schnell, pack ein paar Sachen zusammen! Kommt alle und verriegelt das Haus! Macht schnell, los, los!« Bei Kamal hatten sie auf keinerlei Komfort verzichten müssen. Morgens gab es Eier

* Zur Erklärung der Begriffe und Namen siehe das Glossar auf S. 293.

und Brot, mittags Fisch und Reis, am Nachmittag stimmungsvolle Unterhaltung im Garten, und nachts schliefen sie auf Betten mit dicken Kissen – es war ihnen großartig gegangen. Doch warum muß er bei Kamal Zuflucht suchen? Kamal ist sein alter Freund. Natürlich *kann* Suranjan ihn mit seiner Familie für einige Tage besuchen, doch warum *muß* er es? Warum muß er sein Zuhause verlassen und fliehen? Muß Kamal etwa fliehen? Dieses Land ist ebensosehr Kamals wie seines. Warum also kann er nicht aufrecht stehen wie Kamal? Warum kann er nicht wie Kamal fordern, daß er ein Kind dieses Bodens sei und ihm darum kein Unheil geschehen dürfe?
Suranjan macht keinerlei Anstalten aufzustehen. Er ist in seine Gedanken versunken und achtet nicht auf Maya, die ruhelos von Zimmer zu Zimmer geht. Niemand außer ihr scheint zu begreifen, daß etwas geschehen muß, bevor ihnen allen etwas Schreckliches zustößt. Im CNN werden Aufnahmen von der Zerstörung der Babri-Moschee am Vorabend, dem 6. Dezember 1992, gezeigt. Wie versteinert sitzen Sudhamay und Kiranmayi vor dem Fernseher. Auch sie hoffen, Suranjan werde sie wohl, wie im Oktober 1990, im Haus eines Muslims verstecken. Doch Suranjan hat heute einfach keine Lust, irgendwohin zu gehen. Er wird den ganzen Tag im Bett verbringen. Sollte ihn Kamal oder sonst jemand holen kommen, so wird er sagen: »Ich verlasse mein Zuhause nicht, komme, was wolle.«
Heute ist der 7. Dezember. Gestern kam tiefste Dunkelheit über die Ufer des Sarayu-Flusses im indischen Ayodhya. An diesem verhängnisvollen Tag hat eine Gruppe von Karsevaks eine viereinhalb Jahrhunderte alte Moschee zerstört. Der Ort, an dem die Moschee stand, war die Geburtsstätte Ramas, und somit war dies ein religiöser Ort für die Hindus. Freiwillige hatten sich bereit gefun-

den, in und um die Moschee eine rituelle Reinigungszeremonie vorzunehmen. Eine halbe Stunde vor Beginn der angekündigten Zeremonie nahm das Geschehen seinen Lauf: In knapp fünf Stunden machten die Karsevaks die ganze Anlage mitsamt ihrer drei Kuppeln dem Erdboden gleich. All dies geschah in Anwesenheit der höchsten Führer der BJP, des Vishva Hindu Parishad, des RSS und des Bajrang Dal. Tatenlos sahen die zentralen Sicherheitskräfte und die Polizei von Uttar Pradesh dem barbarischen Treiben der Karsevaks zu. Um 14.45 Uhr wurde die erste Kuppel zerstört, um 16 Uhr die zweite, und auch die dritte brachten die tobenden Karsevaks um 16.45 Uhr zum Einsturz. Bei der Zerstörung der Anlage wurden vier Karsevaks unter den Trümmern einer zusammenstürzenden Kuppel begraben, mehr als einhundert wurden verletzt.

All diese Details stehen in der Morgenzeitung, die Suranjan überfliegt. Die Titelschlagzeile lautet: »Babri-Moschee zerstört, dem Erdboden gleichgemacht.« Er ist noch nie in Ayodhya gewesen, hat die Babri-Moschee noch nie besucht. Wie sollte er auch, hat er doch sein Land noch nie verlassen. Für ihn persönlich ist es vollkommen belanglos, wo sich Ramas Geburtsort befindet und daß auf diesem Boden eine Moschee errichtet worden ist.

Doch er würde zustimmen, daß die Zerstörung dieses Architekturdenkmals aus dem 16. Jahrhundert nicht bloß »ein Affront gegen die indischen Muslime ist, sondern auch gegen alle Hindus, gegen alle überreligiösen Wertvorstellungen und das kollektive Gewissen der Völker«, wie es in der Zeitung heißt. Der Autor schreibt weiter: »Auch in Bangladesch wird die Vernichtung der Babri-Moschee eine heftige Welle der Zerstörung nach sich ziehen. Tempel werden in Schutt und Asche gelegt werden, die Häuser von Hindus werden brennen, und ihre Geschäfte werden geplündert werden. Indem die von der Bharatiya Janata Party (BJP) aufgehetzten Karsevaks die Babri-Moschee zerstört haben, bieten sie der fundamentalistischen Partei dieses Landes neue Nahrung. Haben die BJP, der Vishva Hindu Parishad und ihre Verbündeten geglaubt, daß ihr geistesgestörtes Handeln nur innerhalb der geographischen Grenzen Indiens Folgen zeitigen würde? In Indien haben heftige Krawalle zwischen Hindus und Muslimen eingesetzt. Fünfhundert, sechshundert, vielleicht tausend Menschen sind umgekommen; die Zahl der Toten wächst von Stunde zu Stunde. Wissen diese Hindus, die angetreten sind, die Interessen ihrer Religion zu schützen, daß in Bangladesch zwischen 20 und 25 Millionen Hindus leben? Und einmal ganz abgesehen von Bangladesch: In fast jedem Land Südasiens gibt es Hindus. Haben die Hindu-Fundamentalisten ein einziges Mal über die fatale Lage nachgedacht, in die diese geraten würden? Als eine politische Partei sollte die BJP eigentlich wissen, daß Indien keine abgelegene Insel ist. Wenn das Krebsgeschwür auch in Indien entsteht, so muß doch nicht allein Indien die nachfolgenden Schmerzen ertragen. Die Schmerzen verbreiten sich in der ganzen Welt und zuallererst in den Nachbarländern.«

Suranjan liegt mit geschlossenen Augen. Maya stößt ihn an: »Sag mir, ob du jetzt aufstehst oder nicht! Mama und Papa sitzen da und verlassen sich auf dich.«

Suranjan gähnt, streckt sich und antwortet: »Wenn du Lust hast, dann geh. Ich werde nicht einen Schritt tun, um dieses Haus zu verlassen.«

»Und Mama und Papa?«

»Ich weiß nicht.«

»Wenn etwas passiert?«
»Was soll schon passieren!«
»Wenn sie zum Beispiel das Haus ausrauben? Abfackeln?«
»Sollen sie doch.«
»Und du sitzt trotzdem noch hier rum?«
»Ich sitze nicht, ich liege.«
Suranjan zündet sich auf leeren Magen eine Zigarette an. Er würde gern Tee trinken. Sonst bringt ihm Kiranmayi morgens eine Tasse, doch heute nicht. Wer würde ihm jetzt schon eine Tasse dampfenden Tee bringen? Maya braucht er gar nicht erst zu fragen, das Mädchen denkt ja im Moment an nichts als an Flucht. Sie würde sofort hysterisch werden, wenn er ihr auftrüge, Tee zu machen. Er könnte selbst aufstehen und sich einen Tee machen, doch die Trägheit hindert ihn daran. Im anderen Zimmer läuft der Fernseher. Er hat keine Lust, sich mit vor Angst geweiteten Augen die Bilder im CNN anzusehen. Nach einer kurzen Weile fängt im anderen Zimmer Maya zu schreien an: »*Dada* liegt im Bett und liest Zeitung. Er weiß überhaupt nicht, was los ist!«
Es ist nicht wahr, daß Suranjan die Lage nicht erkennt. Er weiß sehr wohl, daß jeden Moment eine Menschenmenge die Tür aufbrechen und hereinstürmen könnte. Einige von den Leuten würde er kennen, einige nicht. Sie würden die Einrichtung zerstören, das Haus ausrauben und schließlich in Brand stecken. Unter diesen Umständen würden weder Kamal noch Haider sagen, nein, sie hätten keinen Platz. Aber der Gedanke, sie zu bitten, erfüllt ihn mit Scham. Maya macht ihrer Wut weiter lautstark Luft: »Wenn ihr nicht geht, dann laßt mich eben allein gehen! Laßt mich solange bei Parul bleiben. Ich glaube nicht, daß *Dada* uns irgendwohin bringen wird. Vielleicht will er nicht am Leben bleiben, aber ich will es!«

Maya hat eingesehen, daß Suranjan nichts für sie tun wird, und notgedrungen denkt sie nun selbst über ihre Sicherheit nach.
Selbst wenn sie gehen würden, wären sie dann in Sicherheit, fragt sich Suranjan in seinem Bett. Damals, 1990, waren sie mit Glück dem herrschenden Terror entkommen. Er erinnert sich der Greueltaten und der Zerstörung in jenem Oktober:

> Der Mob brannte den Dhakeshvari-Tempel ab, die Polizei stand passiv daneben und hinderte ihn nicht daran. Der Haupttempel verbrannte vollständig, und der Tanzraum, der Shiva-Tempel, das Gästehaus und das benachbarte Wohnhaus von Shridam Ghosh und seinen Vorfahren wurden zerstört.
> Haupttempel und Gästehaus des Gauriya-Klosters wurden vernichtet und ausgeraubt.
> Der Haupttempel des Madhab-Gauriya-Klosters wurde zerstört.
> Der Jayakali-Tempel wurde dem Erdboden gleichgemacht. Das Haus im Inneren der Begrenzungsmauer von Brahmo Samaj jagten sie durch eine Bombe in die Luft. Den geschnitzten Thron der Gottheit im Ramasita-Tempel vernichteten sie mitsamt dem Hauptraum.
> Sie zerstörten das Kloster von Nayabazar. Den Tempel von Banagram demolierten sie mit Brecheisen.
> Am Eingang von Shankhari Bazar wurden zahlreiche Läden von Hindus verwüstet, geplündert und in Brand gesteckt. Ob Shila Bitan, Surma-Händler, Friseursalons, Autoreifenhandlungen, Wäschereien, Mita's Marmorgeschäft, Shaha's Cabinett oder Restaurants, nichts wurde verschont. Die Zerstörungswut nahm solche Ausmaße an, daß nichts Unversehrtes zu erblicken war, so weit das Auge reicht.
> In Demra wurde der Tempel des Shani-Akhra geplündert. Zwei- bis dreihundert religiös-fanatische Terroristen raub-

ten die Häuser von 25 Familien aus. Die Wände des Bir-Bhadra-Tempels in Lakshmi Bazar brachen sie ein und vernichteten das gesamte Innere.
Die Regenschirmgeschäfte und Goldschmieden in der Islampur Road wurden angezündet.
Sie zerstörten Maranchands berühmten Süßwarenladen in der Nababpur Road, ebenso die Filiale in Purana Paltan.
Die Kali-Figur im Tempel von Rayer Bazar zerschmetterten sie auf dem Boden.
In Sutrapur plünderten und zerstörten sie Hindu-Geschäfte und brachten muslimische Ladenschilder an.
In der Nababpur Road wurde über dem Süßwarenladen Ghosh and Sons nach Plünderung eine Flagge des Clubs der Jugendvereinigung von Nababpur befestigt.
Der Battali-Tempel von Thantari Bazar wurde furchtbar verwüstet.
Das traditionsreiche Geschäft von Ramdhan Pashari in Nababpur wurde ausgeraubt.
Im Babu-Bazar wurde, nur ein paar Meter von der Polizeiwache entfernt, Shuklals Süßwarenhandel geplündert.
Sie zerstörten Laden und Fabrik von Yatin and Sons, Lager und Einrichtung verbrannten.
Sie beschädigten einen großen Teil des historischen Schlangentempels.
Sie plünderten und zerstörten das Warenhaus von Ratan Sarkar am Sadarghat.

Nacheinander tauchen all diese widerlichen Szenen der Zerstörung und Brandstiftung in Suranjans Gedächtnis auf. Nennt man so etwas Krawalle? Kann man die Ereignisse von 1990 wirklich als Krawalle bezeichnen? Krawall bedeutet soviel wie Schlägerei, aber mit Betonung auf Gegenseitigkeit. Hierzulande gibt es keine Krawalle, hier gibt es statt dessen brutale, kaltblütige Überfälle einer Religionsgruppe auf die andere, Gewalt, Erniedrigung.

Der Sonnenschein dringt durch das Fenster und fällt auf Suranjans Stirn. Die Wintersonne brennt nicht auf der Haut. Suranjan liegt im Bett und hat Durst auf Tee.

Im Nebenzimmer treten auch Suranjans Vater Sudhamay immer wieder Bilder aus der Vergangenheit vor die Augen. Als er noch jung war, verließen die Onkel und Tanten einer nach dem anderen die Heimat. Von Mymensingh Junction aus geht der Zug nach Phulbaria. Wenn die Dampflok den Himmel mit einer schwarzen Dampfwolke verdeckte und ihren Pfiff ausstieß, kam aus den Abteilen des Zuges das Geräusch herzzerreißenden Weinens. Auch die Nachbarn verließen die Stadt und drängten Sudhamays Vater: »Komm, Sukumar, dies ist die Heimat der Muslime. Hier können wir unseres Lebens nicht sicher sein.« Sukumar Datta war ein resoluter Mann, der die Werte, an die er immer geglaubt hatte, nicht verraten wollte. Er erwiderte: »Wenn man an seinem Geburtsort nicht sicher ist, wo soll es dann sonst Sicherheit geben auf dieser Erde? Ich kann nicht aus meiner Heimat fliehen. Wenn ihr gehen wollt, so müßt ihr das eben tun. Ich kann das Haus meines Vaters und Großvaters nicht verlassen. Ich werde die Kokos- und Betelpflanzungen, das Reisland und das Haus auf einem Grundstück von über zwei *Bighas* nicht verlassen, um zu einem Asylanten auf dem Sealdah-Bahnhof von Kalkutta zu werden.«
Sudhamay war damals neunzehn. Die Freunde verschwanden nacheinander, sie sagten: »Dein Vater wird das noch bereuen.« Sudhamay lernte, wie sein Vater zu reden: »Wieso sollte ich mein Land verlassen und woanders hingehen? Ich will hier leben und sterben.« Immer mehr Menschen wanderten aus, und 1947 hatte sich das College

bereits ziemlich geleert; die Verbliebenen dachten über ihre baldige Abreise nach. Sudhamay beendete die Collegezeit gemeinsam mit wenigen, an einer Hand abzählbaren muslimischen und ein paar im Lande gebliebenen armen Hindu-Studenten. Am Lytton Medical machte er sein Diplom als Arzt.

1952 war er ein energiegeladener junger Mann. Auf Dhakas Straßen kursierte der Slogan »Bengali als Staatssprache«, und eine Welle der Aufregung durchlief das ganze Land. Die mutige und aufgeweckte jüngere Generation von Ostpakistan, wie Bangladesch damals noch hieß, protestierte wütend gegen Mohammad Ali Jinnahs Beschluß, allein Urdu zur Staatssprache zu machen. Sie erhoben ihre mageren Fäuste und stellten sich mit der Forderung nach Anerkennung des Bengali als Staatssprache gegen die pakistanische Regierung. Die Polizei schoß in Demonstrationszüge, die Straßen färbten sich rot, doch die Forderung gab niemand auf: Bengali mußte zur Staatssprache werden. Sudhamay wurde von der Bewegung mitgerissen. Er stellte sich vor Demonstrationszüge und skandierte den Slogan: »*Bangla chai* – wir wollen Bengali«. Er war dabei, als Rafiq, Salam, Barkat und Jabbar bei einer Kundgebung durch Polizeikugeln ihr Leben verloren. Die Kugeln hätten auch seine Brust treffen können. Auch er hätte einer der großen Märtyrer dieses Landes sein können.

Sudhamay ging auch während der Volksbewegung von 1969 wieder auf die Straße. Trotz des Befehls von Generalstabschef Ayub Khan, die Demonstrationen niederzuschießen, hörten die Bengalen nicht auf, ihre elf Forderungen lautstark auf die Straße zu tragen. Mit der Leiche des durch Polizeischüsse getöteten Alamgir Mansur Mintu auf den Schultern lief Sudhamay durch die Straßen von

Mymensingh, hinter sich Hunderte von Bengalen in sprachloser Trauer, die abermals die Fäuste gegen die pakistanische Militär-Junta ballten.
Die Sprachbewegung von 1952, die Wahl der United Front 1954, die Erziehungsbewegung von 1962, die Sechs-Punkte-Bewegung 1966, die Bewegung gegen den Prozeß der Agartala-Verschwörung 1968, die allgemeine Wahl von 1970 und der Befreiungskrieg 1971 schweißten die bengalische Jugend zusammen und machten deutlich, daß die Teilung Indiens aufgrund der Zwei-Nationen-Theorie eine falsche Entscheidung gewesen war. Genauso hatte es Abul Kalam Azad vorausgesagt: »Die Annahme, religiöse Gemeinsamkeit könne in geographischer, wirtschaftlicher, sprachlicher und kultureller Hinsicht unterschiedliche Regionen vereinen, ist eine der größten Betrügereien an den Menschen. Es ist wahr, daß der Islam eine Gesellschaft zu schaffen suchte, die rassische, sprachliche, wirtschaftliche und politische Barrieren überwindet. Die Geschichte hat aber erwiesen, daß der Islam nach den ersten Jahrzehnten oder im besten Fall nach dem ersten Jahrhundert nicht mehr imstande war, alle muslimischen Länder allein auf der Grundlage seiner Religion zu vereinigen.«
Auch Jinnah wußte von der Wertlosigkeit der Zwei-Nationen-Theorie. Als Mountbatten plante, den Panjab und Bengalen zu teilen, sagte er zu ihm: »Man ist zunächst ein Panjabi oder ein Bengale und erst danach ein Hindu oder Muslim. Diese Menschen haben eine gemeinsame Geschichte, Sprache, Kultur und Wirtschaft. Durch die Teilung werden Sie nicht enden wollenden Mord und Totschlag verursachen.«
Von 1947 bis 1971 erlebten die Bengalen tatsächlich Mord und Totschlag, was schließlich in den Befreiungskrieg von 1971 mündete. Die mit dem Blut von drei Millionen Ben-

galen erkaufte Unabhängigkeit hat bewiesen, daß die Religion niemals am Beginn einer Nation stehen kann, sondern vielmehr Sprache, Kultur und Geschichte. Es stimmt zwar, daß die nationale Identifikation der bengalischen Muslime mit denen des Panjab damals zur Gründung Pakistans führte, doch als die pakistanischen Muslime weitreichende Zugeständnisse einforderten, wandten sich Hindus wie Muslime gegen die trennende Zwei-Nationen-Theorie.

1971 war Sudhamay Arzt im S. K. Hospital von Mymensingh. Nachmittags praktizierte er in einer Apotheke im Svadeshi-Bazar. Kiranmayi war mit der sechs Monate alten Maya beschäftigt, ihr Sohn Suranjan war zwölf. Sudhamay hatte viel zu tun, sowohl im Krankenhaus – das er so gut wie allein führte – als auch in der Familie. Wenn er etwas Zeit fand, ging er zu Sharif, um dort seine Freunde zu treffen. Eines Abends – es war wohl der 8. oder 9. März – pochten Sharif, Bablu, Faizul und Nimai um Mitternacht mit dem metallenen Türklopfer an Sudhamays Haus in Brahmanpalli an; sie hatten Sheikh Mujibur Rahmans Rede auf der Wiese bei der Rennbahn gehört. Sheikh Mujib hatte gesagt: »Wenn auch nur eine weitere Kugel abgefeuert wird und weitere unserer Leute gemordet werden, so ist meine inständige Bitte an euch: Macht jedes Haus zur Festung, stellt euch jeder dem Feind entgegen mit allen Mitteln, die ihr besitzt. Von nun an ist unser Kampf ein Kampf um Freiheit, ein Kampf um Unabhängigkeit.« Die vier zitterten vor Erregung. Ihre Handflächen schlugen auf den Tisch: »Sudhamay*da*, wir müssen etwas tun.«

Auch Sudhamay hatte verstanden, daß man nicht einfach untätig bleiben konnte, aber er dachte an seine Familie und an seine Arbeit und rührte sich nicht. Und als in der schwarzen Nacht vom 25. März die pakistanische Armee über die Bengalen herfiel, wurde abermals der Metallring an Sudhamays Tür geschlagen, und sie flüsterten: »Jetzt müssen wir kämpfen. Es gibt keine andere Möglichkeit.« Sudhamay zögerte. Er spürte die Verantwortung für die Seinen, und er war auch nicht mehr jung genug, um in den Krieg zu ziehen. Aber die Worte seiner Freunde ließen ihn nicht ruhen, er konnte sich nicht mehr auf seine Arbeit konzentrieren. Zu Hause war er geistesabwesend. Schließlich sagte er zu Kiranmayi: »Kiran, kannst du den Haushalt allein versorgen? Wenn ich zum Beispiel irgendwohin muß ...«

Kiranmayi wurde blaß vor Angst: »Komm, laß uns nach Indien gehen. Rundherum gehen alle weg.«

Sudhamay hatte selbst bemerkt, daß Sukanta Chattopadhyay, Sudhanshu Haldar, Nirmalendu Bhaumik und Ranjan Chakrabarti das Land verlassen hatten, genauso wie es bei der Massenabwanderung 1947 gewesen war. Er beschimpfte diese Leute als Feiglinge. Einige Tage später sagte ihm Nimai: »Sudha*da,* die Soldaten laufen durch die Straßen und massakrieren Hindus. Kommen Sie, lassen Sie uns verschwinden.« Sudhamay bediente sich der Lautstärke, die die Stimme seines Vaters Sukumar 1947 gehabt hatte, als er Nimai antwortete: »Wenn du gehen willst, dann geh. Ich werde nicht abhauen. Wir werden diese Hunde von Pakistanis schlagen und das Land befreien. Komm dann zurück, wenn du kannst!«

Es wurde entschieden, daß er Kiranmayi und die Kinder in Faizuls Haus im Dorf Phulpur lassen und mit Sharif, Bablu und Faizul in Richtung Nalitabari ziehen würde, um der Befreiungsarmee beizutreten. Doch bevor es dazu kam, wurde er von der pakistanischen Armee gefaßt. Er hatte das Haus verlassen, um ein Schloß zu kaufen, obwohl er

sich der Gefahr bewußt war. Er zitterte vor Aufregung und Anspannung. Die Stadt war wie ein Friedhof, absolut still. Die Lamellenverschläge von ein, zwei Läden waren zur Hälfte hochgeklappt. Plötzlich riefen sie »Halt!« und umstellten ihn. Die pakistanischen Soldaten waren zu dritt. Einer faßte von hinten seinen Hemdkragen, zog daran mit einem brutalen Ruck und fragte auf urdu: »*Nam kya hai?* – Wie heißt du?«
Sudhamay wußte nicht, welchen Namen er nennen sollte. Ihm fiel ein, daß Kiranmayi gesagt hatte, die Leute im Viertel hätten ihr geraten, den Namen zu ändern und sich einen zweiten, in der Art von Fatema Akhtar, zuzulegen, wenn sie am Leben bleiben wolle. Sudhamay spürte die Gefahr, die darin lag, sich als Hindu zu erkennen zu geben, und so verleugnete er seinen Namen mitsamt denen seines Vaters Sukumar Datta und seines Großvaters Jyotirmay Datta und erschrak über seine eigene Stimme, als er sagte: »Ich heiße Sirajuddin Hussain.«
Eine brutale Stimme schrie daraufhin: »Mach deinen *Lungi* auf!« Sudhamay zog seinen *Lungi* nicht selbst aus, sie rissen ihn ihm vom Leib. In diesem Augenblick verstand Sudhamay, warum Nimai, Sudhanshu und Ranjan geflohen waren.
Nach der Teilung Indiens in Ost- und Westpakistan und in Indien hatten sehr viele Hindus Ostpakistan verlassen. Dies war möglich, weil trotz der Spaltung des Subkontinents nach der Religionszugehörigkeit die Grenze für Hindus offengeblieben war. Die gebildeten Angehörigen der oberen und mittleren Gesellschaftsschichten waren nach Indien gezogen. Die Volkszählung von 1901 gibt den Anteil der Hindus in Ostbengalen mit 33,1 Prozent an. 1911 verkleinerte sich diese Zahl auf 31,5 Prozent. 1921 waren es noch 30,6 Prozent, 1931 29,4 Prozent und 1941 28 Prozent.

In 41 Jahren vor der Teilung Indiens verringerte sich der Anteil an Hindus um fünf Prozent. Doch innerhalb von zehn Jahren nach der Teilung blieben von 28 Prozent nur noch 22 Prozent. In zehn Jahren hatte der Anteil der Hindus stärker abgenommen als in den vorangegangenen vierzig Jahren! Zwischen 1947 und 1974 fiel der Prozentsatz der Hindus von 22 auf 13,5 Prozent. Doch nach der Unabhängigkeit Bangladeschs ging die Abwanderungsrate der Hindus zurück. Bei der Volkszählung von 1981 wurden in Bangladesch 10570000 Hindus gezählt, also 12,1 Prozent der Gesamtbevölkerung. In offiziellen Verlautbarungen wird die Zahl der Hindus immer verkleinert. Sudhamay schätzt, daß in Bangladesch 20 Prozent Hindus leben. Aber kann man davon ausgehen, daß diese Tendenz weiter bestehen wird? Hat sich die Zahl der Hindus nach den Krawallen von 1990 nicht wieder verringert? Und nach denen von 1992?
Sudhamays linke Brustseite beginnt zu schmerzen, ein alter Schmerz. Auch der Hinterkopf tut weh. Anscheinend ist sein Blutdruck gestiegen. Wann immer im CNN Szenen zur Babri-Moschee gezeigt werden, wird die Sendung unterbrochen. Sudhamay schätzt, daß sich die Regierung erbarmt, weil die Leute unter dem Eindruck dieser Szenen über die Hindus herfallen könnten. Doch werden die, die sich angewöhnt haben, schon beim kleinsten Anlaß die anderen zu attackieren, erst darauf warten, die Aufnahmen im CNN zu sehen? Sudhamay preßt die Hand gegen seine Brust und lehnt sich zurück.
Maya läuft immer noch unruhig zwischen Zimmer und Veranda hin und her. Sie will irgendwo anders hingehen, aber solange Suranjan nicht aufsteht, wird es nicht möglich sein. Sudhamays hilfloser Blick sucht Halt an der sonnenbeschienenen Veranda, auf der Mayas langer Schatten

zu sehen ist. Kiranmayi sitzt unbeweglich da, auch in ihren Augen steht die verängstigte Bitte: »Komm, retten wir uns. Laß uns weggehen.« Doch wohin sollte Sudhamay gehen? Sind ihm denn in diesem Alter Sprünge wie früher noch möglich? Früher rannte er los, wenn er nur von weitem eine Demonstration sah. Bei allen Bewegungen gegen die pakistanischen Machthaber stand er in der ersten Reihe. Seine Familie konnte ihn nicht zurückhalten. Was ist schon übriggeblieben von jener Kraft? Er hatte gedacht, in einem unabhängigen, säkularen Bangladesch würden die Hindus politische, wirtschaftliche, gesellschaftliche und religiöse Freiheit genießen. Doch allmählich hatte der Säkularismus immer mehr an Boden verloren. Heute ist die Staatsreligion dieses Landes der Islam. Die Fundamentalisten, die 1971 gegen den Befreiungskrieg opponiert hatten und sich nach der Unabhängigkeit in ihre Löcher verkrochen, haben jetzt wieder die Köpfe erhoben. Sie, die heute stolz herumlaufen und Treffen und Demonstrationen veranstalten, waren es, die im Oktober 1990 die Tempel, Wohnungen und Läden der Hindus plünderten, zerstörten und verbrannten.
Sudhamay schließt die Augen. Er weiß nicht, was diesmal passieren wird. Radikale, verblendete Hindus haben die Babri-Moschee zerstört. Die Sühne ihrer Vergehen müssen jetzt die Hindus von Bangladesch auf sich nehmen. Sie sind den Klauen der Muslime 1990 nicht entkommen; warum sollte es diesmal anders sein? Auch diesmal werden sie sich in Mäuselöchern verkriechen müssen. Und dies nur, weil sie Hindus sind? Weil indische Hindus die Moschee zerstört haben? Warum sollte Sudhamay die Verantwortung dafür tragen?
Er sieht erneut auf Mayas Schatten auf der Veranda. Der Schatten bewegt sich, nirgends kommt er zur Ruhe. Dann

verschwindet er plötzlich, und Maya kommt ins Zimmer. In ihrem dunklen, schönen Gesicht steht die Angst.

»Dann bleibt ihr halt hier liegen. Ich gehe!«

Kiranmayis Stimme ist mit einem Mal drohend: »Wo willst du hin?«

Maya kämmt sich hastig die Haare: »Zu Paruls Wohnung. Wenn ihr keine Lust habt weiterzuleben, dann kann ich nichts daran ändern. *Dada* scheint auch nirgends hingehen zu wollen.«

»Und was machst du mit deinem Namen Nilanjana, Maya?« fragt Sudhamay mit erhobenem Kopf. Noch während er das sagt, erinnert er sich an die Sache mit dem Namen Sirajuddin.

Mayas Stimme zittert nicht. Sie sagt: »Es heißt, man könne zum Muslim werden, indem man die Worte *La ilaha illallah-u muhammad-ur rasul-ullah* ausspricht. Das werde ich tun, mein Name wird Firoza Begum sein.«

»Maya!« Kiranmayi will Maya unterbrechen.

Maya sieht mit seitlich geneigtem Kopf in Kiranmayis Richtung, so, als hätte sie nichts Schlechtes gesagt, als wäre es ganz natürlich, das zu tun. Der Anblick von Kiranmayis bleichem Gesicht bewirkt keine Veränderung in Mayas Entschluß. Sudhamay seufzt und sieht abwechselnd Maya und Kiranmayi an. Maya tritt von einem Bein aufs andere. Die 21jährige, lebenslustige Maya hat weder die Landesteilung 1947 noch die Krawalle von 1950 oder 1964, noch den Befreiungskrieg 1971 miterlebt. Seit sie denken gelernt hat, war der Islam Staatsreligion, hat sie sich und ihre Familienmitglieder als Angehörige einer Minderheit erlebt, die viele Arten von Kompromissen mit der Gesellschaft eingehen müssen. Sie hat aber die Ausschreitungen von 1990 erlitten, und das hat sie darin bestätigt, ihr Leben nicht aufs Spiel zu setzen.

Sudhamays Blick verschwimmt, als sich in seiner Brust der tiefe Schmerz langsam ausbreitet und jeden Gedanken an Maya verdrängt.

Suranjans Durst auf Tee ist hartnäckig. Er steht auf und geht ins Badezimmer. Er hätte seine erste Tasse Tee lieber vor dem Zähneputzen getrunken. Von Maya ist kein Laut zu hören. Ob sie wohl tatsächlich gegangen ist? Er läßt sich viel Zeit beim Zähneputzen. Im Haus herrscht eine seltsame, schwere Stille, als würde jeden Moment jemand sterben, als fiele gleich der Donnerkeil auf das Haus, und ein jeder wartete auf seinen eigenen Tod. Immer noch durstig, kommt Suranjan in Sudhamays Zimmer. Er zieht die Beine aufs Bett und setzt sich bequem hin. »Wo ist Maya?«
Niemand antwortet auf seine Frage. Kiranmayi hat traurig am Fenster gesessen. Sie steht auf und geht in Richtung Küche, ohne einen Satz zu verschwenden. Sudhamay hat ohne die leiseste Spur einer Gefühlsregung einen Querbalken gemustert; jetzt schließt er die Augen und legt sich auf die andere Seite. Wahrscheinlich hält es niemand für nötig, Suranjan die Nachricht mitzuteilen. Ihm ist klar, daß er seiner Verantwortung nicht wirklich gerecht wird. Er hätte ein Versteck für die Familie suchen sollen, aber er hat es nicht getan, oder er hat sich vielmehr dazu entschlossen, es nicht zu tun.
Suranjan hat erfahren, daß Maya und ein Junge namens Jahangir sich ineinander verliebt haben. Maya würde sicherlich die erstbeste Gelegenheit benutzen, eine Liebesbeziehung daraus zu machen. Jetzt, wo sie das Haus verlassen hat, wird es in dieser Sache wohl keinen Aufschub mehr geben. Es ist eine Art Mode unter liberalen Muslimen geworden, sich bei religiösen Unruhen um die Hindus

zu sorgen. Auch Jahangir wird sicherlich mit dieser Mode gehen, und Maya wird sich dankbar zeigen und ihn vielleicht eines Tages heiraten aus lauter Dankbarkeit! Der Junge studiert zwei Klassen über Maya, und Suranjan befürchtet, daß Jahangir Maya am Ende doch nicht heiraten wird. In diesen Dingen hat ihm seine eigene Lebensgeschichte bereits eine Lehre erteilt. Er stand kurz davor, Parvin zu heiraten, doch schließlich wurde nichts daraus. Sie hatte gesagt: »Werde doch Muslim.« Er hatte geantwortet: »Wofür sollte ich meine Religion ändern? Laß uns lieber jeder bei seiner Religion bleiben.« Dieser Vorschlag stieß bei Parvins Eltern auf wenig Gegenliebe. Sie verheirateten Parvin mit einem muslimischen Geschäftsmann. Parvin hatte sich die Augen ausgeweint, sich aber schließlich dem Willen der Familie gefügt.
Niedergeschlagen betrachtet Suranjan die schmale Veranda. Ihr Mietshaus hat keinen Hof, keinen Erdboden, um mit nackten Füßen umherzulaufen. Kiranmayi kommt mit einer Tasse Tee ins Zimmer. Suranjan nimmt sie ihr aus der Hand und sagt, als wäre nichts passiert: »Früher haben wir Anfang Dezember, wenn es noch nicht so kalt war, im Morgengrauen Dattelpalmsaft getrunken.
Kiranmayi seufzt: »In einem Mietshaus gibt es keine Dattelpalmen. Unser Haus mit den ganzen selbstgepflanzten Bäumen haben wir ja für einen Spottpreis weggegeben.«
Suranjan nippt an seinem Tee und erinnert sich an die Gartenarbeiter, die Schalen mit Saft von den Bäumen holten. Maya und er standen unten und schlotterten vor Kälte, und wenn sie redeten, kondensierte ihr Atem zu weißem Dunst. Wo sind heute diese Spielwiese und dieser Garten mit Mangos, Kirschmyrten, Jackbäumen, Guaven und Betel?
Sudhamay sagte oft zu ihm: »Dies ist der Wohnsitz deiner Vorfahren. Gehe niemals von hier weg.«

Doch später sah sich Sudhamay Datta selbst gezwungen, das Haus zu verkaufen. Als Maya sechs Jahre alt war, verschwand sie auf dem Rückweg von der Schule. In der Stadt war sie nirgendwo zu finden. Auch bei Verwandten oder Bekannten war sie nicht. Eine Zeit zermürbenden Wartens begann. Am Tor der Edward School war der Treffpunkt von ein paar Jungen, die Dolche in den Taschen hatten; Suranjan nahm an, sie hätten Maya entführt. Nach zwei Tagen kam seine Schwester nach Hause zurück – allein. Sie konnte nicht sagen, wo sie gewesen war und wer sie entführt hatte. In den folgenden zwei Monaten war sie verstört, nachts schreckte sie aus dem Schlaf auf. Schon das Zusehen machte angst. Mitten in der Nacht wurde das Haus mit Steinen beworfen, und anonyme Drohbriefe kamen: Man werde das Mädchen erneut entführen, wenn man kein Geld bekomme.
Sudhamay ging zur Polizei, um Anzeige zu erstatten. Der Polizist auf der Wache notierte sich routinemäßig Namen und Anschrift, und damit hatte es sich. Die Jungen aus dem Ort drangen in das Grundstück ein und holten sich das Obst von den Bäumen, zertraten die Gemüsebeete und stahlen die Blumen. Niemand hinderte sie daran. Es hatte auch nichts genützt, den Nachbarn von ihrem Problem zu erzählen. »Was können wir da schon machen?« hatten sie geantwortet. »So ist es immer gewesen, das wird sich nicht ändern.« Suranjan schlug vor, den Jungen zusammen mit ein paar Freunden durch eine Tracht Prügel Respekt zu gebieten, doch Sudhamay war nicht damit einverstanden. Er hatte sich entschlossen, seine Versetzung aus Mymensingh zu beantragen und das Haus zu verkaufen. Ein weiterer Grund, das Haus aufzugeben, war der Prozeß, der seit langem darum geführt wurde. Shaokat Ali versuchte, das Haus durch gefälschte Dokumente unter seine Kontrolle

zu bringen. Sudhamay hatte es satt, sich dem durch ständiges Prozessieren zu widersetzen.

Suranjan war dagegen, das Haus zu verkaufen. Er war damals ein engagierter, aufgeweckter College-Student, er hatte die Wahlen der Studentenvereinigung für den College-Senat gewonnen. Wenn er gewollt hätte, hätte er diese verzogenen Bengel verprügeln können. Es war Sudhamay, der ungeduldig auf den Verkauf des Hauses drängte. Er wollte nicht mehr in dieser Stadt bleiben, sondern nach Dhaka ziehen. Hier in Mymensingh lief auch die Arbeit nicht zur Zufriedenheit, gestand er der Familie. Nachmittags saß er in einer fast menschenleeren Praxis, und die wenigen Kranken, die ihn aufsuchten, waren arme Hindus, so arm, daß er von ihnen kein Geld nehmen wollte. Suranjan bemerkte diese Ungeduld und hörte auf, weiter zu bitten. Doch noch immer denkt er an ihr riesiges Haus und das zwei *Bighas* große Grundstück. Er erinnert sich an den Tag, an dem Sudhamay das Haus für 200000 Taka an Raisuddin *Saheb* verkaufte, obwohl es eine Million wert war.

Am Tag ihrer Abreise sagte er zu Kiranmayi: »Los, mach dich bereit, pack die Sachen zusammen.« Kiranmayi warf sich zu Boden und weinte und klagte. Suranjan konnte nicht glauben, daß sie das Haus tatsächlich verlassen würden. Er wollte die von Geburt an vertrauten Räumlichkeiten, die Spielwiese seiner Kindheit, den Brahmaputra und seine Freunde nicht verlassen. Selbst Maya, deren Entführung der eigentliche Anlaß des Umzugs war, wollte nicht gehen. Sie schüttelte heftig den Kopf und sagte: »Ich will bei Sufia bleiben.« Sufia wohnte ganz in der Nähe und war ihre Schulfreundin, nachmittags saßen sie zusammen im Hof und spielten mit Puppen und Tontöpfen. Auch Sufia hing an Maya. Doch Sudhamay blieb hart. War er es nicht, der am meisten dort verwurzelt war? Doch er sagte: »Das Leben ist kurz. Ich will ohne Sorgen mit meinen Kindern leben.« Aber gab es überhaupt einen Ort, an dem man sorgenfrei leben konnte? Wahrscheinlich nicht, hatte Suranjan damals gedacht.

In Dhaka mußte Sudhamay schon bald seinen *Dhoti* an den Nagel hängen und fortan den *Payjama* tragen. Suranjan spürte den Schmerz seines Vaters. Sudhamay sprach nie darüber, doch seine Seufzer brachen sich an den Wänden des Hauses, und Suranjan verstand alles. In der Tat standen sie vor einer Wand, und sosehr sie sich auch bemühten, sie zu überwinden, konnte es doch keiner von ihnen, weder Sudhamay noch Suranjan.

Gedankenverloren betrachtet Suranjan das Spiel von Licht und Schatten auf der Veranda, als die Geräusche eines sich nahenden Demonstrationszuges seine Träumerei plötzlich unterbrechen: Während sich der Zug nähert, versucht Suranjan, einzelne Parolen herauszuhören. Suranjan bemerkt, wie Kiranmayi aufsteht und das Fenster schließt. Trotzdem läßt sich, als der Zug unten auf der Straße vorbeizieht, klar die Parole vernehmen: »Schlage ein, zwei Hindus tot – dann iß Frühstück, Abendbrot.« Suranjan sieht, daß Sudhamay zu zittern beginnt. Seine Mutter steht unbeweglich mit dem Rücken zum geschlossenen Fenster. Suranjan fällt ein, daß sie schon 1990 diesen Slogan benutzt haben. Wer sind eigentlich diese Menschen? Sie sind doch alle Kinder des Viertels – Jabbar, Ramzan, Alamgir, Kabir, Abedin! Sie sind fast Freunde, wie kleine Brüder, zu jeder Tageszeit unterhält man sich, bespricht man die Probleme des Viertels, bringt man es auch schon mal zu einer gemeinschaftlichen Lösung. Und sie wollen an diesem merkwürdigen Wintermorgen des 7. Dezember Suranjan zum Frühstück verspeisen!

Als sie nach Dhaka kamen, zog Sudhamay nach Tantibazar. Dort wohnte sein Cousin mütterlicherseits, Asit Ranjan, der ein kleines Haus für ihn mietete. Asit hatte gesagt: »Sudhamay, du bist ein Sohn reicher Eltern. Wirst du in einem gemieteten Haus wohnen können?«
Sudhamay antwortete: »Warum sollte ich nicht? Auch andere Leute wohnen in Mietshäusern.«
»Das ist richtig. Aber dir hat es doch von Geburt an niemals an irgend etwas gefehlt. Und wieso hast du eigentlich dein Haus verkauft? Maya ist noch klein, sie ist doch noch keine Jugendliche. Von der Seite her wäre bestimmt nichts passiert. Unsere Utpala haben wir ja gleich nach Kalkutta geschickt. Sie konnte nicht aufs College gehen, die Jungen aus dem Viertel drohten, sie würden sie abfangen, entführen und so weiter. Aus Angst haben wir sie weggeschickt. Sie wohnt jetzt in Tiljala bei ihrem Onkel. Wenn die Mädchen heranwachsen, gibt es eine Menge Sorgen, Sudhamay.«
Asit Ranjans Worte konnte Sudhamay nicht ohne weiteres in den Wind schlagen. »Ja, viele Sorgen, in der Tat.« Als er seinem Cousin zuhörte, fiel ihm eine seiner Studentinnen ein, die von einer Gruppe von Jugendlichen auf der Straße angegriffen wurde, die ihr den Sari vom Leib rissen. Die Studentin war keine Hindu, sondern Muslimin; auch die Jugendlichen waren Muslime. Also geht es in Wirklichkeit nicht um Hindus oder Muslime, tröstet sich Sudhamay, sondern nur um die Gewalt der Stärkeren gegen die Schwächeren. Da Frauen schwächer sind, wenden die stärkeren Männer Gewalt an.
Asit Ranjan wollte kein Risiko eingehen und hatte gleich seine beiden Töchter nach Kalkutta geschickt. Er verdiente gut an seinem Juwelierladen in Islampur. Er besaß ein eigenes zweistöckiges Haus, das schon alt war, doch er ließ es

nicht renovieren. Er hatte kein Interesse daran, sich ein neues Haus zu bauen. Einmal sagte er zu Sudhamay: »Gib kein Geld aus, *Dada*. Spar, und wenn du kannst, dann schick das Geld vom Hausverkauf nach drüben. Ich habe Verwandte dort, sie werden es für dich in Grundstücken anlegen.«

Sudhamay fragte: »Was heißt drüben?«

Asit Ranjan senkte die Stimme: »In Kalkutta. Auch ich habe schon etwas gekauft.«

Sudhamay war rot vor Ärger geworden: »Du verdienst hier dein Geld, um es dort auszugeben? Dich könnte man ja einen richtigen Staatsfeind nennen!«

Asit Ranjan machte Sudhamays Reaktion sprachlos. So etwas hatte er bisher von keinem Hindu gehört. Im Gegenteil, alle waren dafür, das Geld nicht in vollen Zügen auszugeben, sondern sich etwas anzusparen und in Indien Grundstücke zu kaufen. Man wußte ja nicht, was die Zukunft in Bangladesch brachte. Warum sollte man das Risiko eingehen, sich hier eine Existenz aufzubauen und eines Tages vielleicht völlig mittellos fortgehen zu müssen?

Manchmal überlegt Sudhamay, wieso er eigentlich Mymensingh verlassen hat. Warum hat ihn die Liebe zu seinem Elternhaus nicht daran gehindert? Na schön, es hatte Probleme für Maya gegeben. Doch ihre Sicherheit war überall gleich stark gefährdet, und außerdem konnten Entführungen genauso Muslime wie Hindus treffen, und für die Betroffenen und ihre Familien war das Leid dasselbe. Hatte sich Sudhamay in seinem Haus nicht sicher genug gefühlt? Nur sich selbst stellte er insgeheim diese Fragen. In den engen Räumen des Hauses in Tantibazar dachte er darüber nach, weshalb er seinen Besitz verlassen und sich in einer fremden Gegend niedergelassen hatte. War er geflohen, um sich zu verstecken? War er sich nicht trotz

Haus und Grundbesitz wie ein Flüchtling vorgekommen? Oder hatte er befürchtet, er könnte im Prozeß durch Shaokats gefälschte Papiere zu Fall gebracht werden? Im Prozeß um das eigene Haus verlieren! Da war es schon besser, mitsamt seiner Ehre wegzugehen.

Sudhamay hatte mitangesehen, wie ein Cousin väterlicherseits sein Haus verlor. Das Haus lag in der Region Akur Takur in Tangail. Sein muslimischer Nachbar hatte einen Teil seines Landes für sich beansprucht. Der Fall kam vor das Gericht und wendete sich nach fünfjährigem Hin und Her zu Gunsten des Nachbarn. Tarapada Ghoshal brach schließlich alle Beziehungen zur Heimat ab und ging nach Indien. Hatte er etwa bei dem Gedanken, daß ihm im Prozeß mit Shaokat Ali die Rolle Tarapadas beschieden sein könnte, das Haus seines Vaters und Großvaters überstürzt verkauft? Vielleicht war es so gewesen.

Es stimmte auch, daß Sudhamay an Einfluß verloren hatte. Die Zahl seiner Freunde war im Sinken begriffen. Sobald sich die Gelegenheit bot, zog eine um die andere Hindu-Familie weg. Viele waren auch verstorben. Die am Leben Gebliebenen waren furchtbar niedergeschlagen, so als habe das Weiterleben jeden Wert verloren. Wenn Sudhamay mit ihnen redete, hatte er den Eindruck, als fürchteten sie sich vor einer Art Ungeheuer, das in dunkler Nacht käme, um sie niederzumetzeln. Sie hörten nicht auf ihn.

Indien war das gelobte Land für sie alle, und insgeheim schmiedeten sie Pläne, wie sie die Grenze überqueren würden. Wenn Sudhamay so etwas zu Ohren kam, sagte er lange Zeit: »Als der Krieg begann, seid ihr feige nach Indien abgehauen, und als das Land befreit wurde, kamt ihr als Helden zurück. Und jetzt, bei der geringsten Provokation, wollt ihr schon wieder nach Indien. Eine Bande von Feiglingen seid ihr!« Langsam fingen Yatin Debnath, Tushar Kar, Khagesh Kiran und all die anderen an, sich von Sudhamay zu distanzieren. Sie vermieden es, ihre Meinungen offen zu äußern. Sudhamay vereinsamte in seiner eigenen Stadt.

Auch seine Freundschaft zu Shakur, Faisal, Mazid und Gaffar wurde distanzierter. Es kam etwa vor, daß er sie besuchte und sie plötzlich sagten: »Warte mal kurz im Vorderzimmer, ich beende eben mein *Namaz*«; oder »Oh, gerade heute kommst du, wo wir doch im Haus *Milad* halten …« Die Linken wurden mit zunehmendem Alter immer religiöser, und Sudhamay, der keinen Sinn für diese Dinge hatte, fühlte sich sehr einsam. Diese Armut an Bewußtsein, an kritischem Nachdenken in seiner eigenen Stadt war der eigentliche Grund für seine Flucht. Nicht aus dem Land, sondern aus der geliebten Stadt Mymensingh floh er, damit der Tod nicht wie ein Hai seine Träume verschlingen möge.

Suranjan war zunächst wütend, daß sie nun statt in ihrem eigenen Haus in jenem Taubennest von Mietshaus wohnen mußten. Dann gewöhnte er sich daran. Er kam zur Universität, schuf sich einen neuen Freundeskreis, und allmählich gefiel es ihm in Dhaka. Auch hier mischte er sich in die Politik ein, und bei politischen Treffen und Demonstrationen war er ein gefragter Teilnehmer.

Kiranmayi konnte sich nicht an die neue Umgebung gewöhnen. Mitten in der Nacht wachte sie weinend auf: Ob das Bohnenbeet noch da war, das sie selbst angelegt hatte? Ihr Guavenbaum war der größte im ganzen Stadtteil. Ach, wie es wohl den Kokospalmen ging? Ob sie sie mit Salzwasser wässern? Und nicht nur Kiranmayi, auch Sudhamay macht es noch immer großen Kummer, das Haus verlassen zu haben.

In Dhaka hatte Sudhamay sich um eine Beförderung zum

Associate Professor beworben. Aber jedesmal, wenn er ins Ministerium ging, mußte er im Raum irgendeines Subalternen oder bestenfalls beim Stellvertreter des Büroleiters warten. »*Bhai,* was wird mit meiner Akte?« Auf diese Fragen gab es niemals eine richtige Antwort. Meistens mußte er sich mit vagen Ausreden zufriedengeben: »Sind schon dabei«; »Wird schon« oder derartiges. Manchmal sagte jemand: »Doktor*babu,* meine Tochter hat die Ruhr. Schreiben sie mir ein Medikament auf. Auch auf der linken Seite hat sie schon seit ein paar Tagen Schmerzen, verschreiben Sie mir ein gutes Mittel für sie.« Sudhamay holte dann die Rezeptformulare aus seiner Brieftasche, schrieb groß und deutlich den Namen des Medikaments darauf und fragte: »Meine Angelegenheit wird doch erledigt, nicht wahr, Farid*saheb?*« Farid*saheb* lachte über das ganze Gesicht: »Hängt das denn allein von uns ab, *Mashai?*«

Sudhamay hörte, daß seine jüngeren Mitarbeiter befördert wurden. Seine Akte wurde unter denen von Dr. Karimuddin oder Dr. Yakub Mullah begraben, und diese nahmen ihre Arbeit als *Associate Professor* auf, während Sudhamay sich die Schuhsohlen ablief. »Heute nicht, kommen Sie morgen, Ihre Akte geht zum Staatssekretär«, hieß es. »Kommen Sie nicht morgen, sondern übermorgen, heute ist eine Besprechung.« – »Der Minister ist im Ausland, kommen Sie in einem Monat wieder.« Als er sich das eine Weile angehört hatte, begriff Sudhamay, daß in Wirklichkeit überhaupt nichts geschehen würde. Bald zwei Jahre war er hinter seiner Beförderung hergewesen, doch nun sah er ein, daß eben nur bestimmte Beförderungskandidaten berücksichtigt wurden, unabhängig von ihrer Qualifikation. Seine Pensionierung rückte näher, und die Professorenstelle stand ihm jetzt zu. Es war nicht sein übertriebener Ehrgeiz, die Stelle war einfach fällig; und nun saßen Jüngere als seine Vorgesetzten auf dieser Stelle.

Schließlich wurde Sudhamay als *Assistant Professor* pensioniert. Sein Mitarbeiter Madhabchandra Pal hängte ihm am Tag seines Abschieds eine Blumengirlande um den Hals und flüsterte ihm dabei zu: »Im Land der Muslime darf man nicht auf großartige Annehmlichkeiten hoffen. Was wir bekommen, ist uns genug.« Dann brach er in freudloses Gelächter aus. Auch er arbeitete als Assistent. Zwei- oder dreimal stand sein Name auf der Beförderungsliste, und alle Namen waren ohne Einwände übernommen worden, nur seiner nicht. Von seinem Hindu-Namen abgesehen hatte Madhabchandra noch einen weiteren Fehler: Er war angeblich einmal in die Sowjetunion gereist. Später erkannte Sudhamay, daß Madhabchandra eigentlich nichts Falsches gesagt hatte. Es gibt zwar in Bangladesch keine rechtlichen Hindernisse für die Berufung oder Beförderung von Hindus auf hohe Posten bei Verwaltung, Polizei oder Streitkräften, doch es ist eine Tatsache, daß unter den Ministern und Staatssekretären kein Hindu ist. Es gibt in den Ministerien lediglich drei *Joint Secretaries* und ein paar *Deputy Secretaries,* die Hindus sind. Sudhamay ist davon überzeugt, daß sie keine Hoffnung auf ihre Beförderung setzen. Im ganzen Land gibt es nur sechs *Deputy Commissioners,* die Hindus sind, beim Höchsten Gericht ist nur einer der Richter Hindu. In den unteren Stellungen bei der Polizei werden die Hindus wohl zugelassen, doch wie viele Polizeichefs sind Hindus?

Heute muß Sudhamay akzeptieren, daß er allein wegen seines Namens Sudhamay Datta nicht zum Professor befördert wurde. Wäre er Mohammad Ali oder Salimullah Chowdhury gewesen, so hätte es keine Hindernisse gegeben. Und derartige Diskriminierungen gibt es nicht nur in der Verwaltung. Selbst wenn man Handel treibt, ist es für eine Hindu-Firma, die nicht wenigstens einen muslimischen Teilhaber in ihren Firmennamen aufnimmt, nicht immer möglich, die nötige Lizenz zu bekommen. Außerdem gibt es von den Regierungsbanken und insbesondere von der Gesellschaft für die Vergabe von Industriekrediten kein Geld für industrielle Vorhaben.

Trotz all dieser Enttäuschungen hatte sich Sudhamay in Tantibazar eine wohnliche Atmosphäre geschaffen. Er hatte seine Heimatstadt verlassen, doch seine tiefe Zuneigung zum Land hatte er sich bewahrt. Er sagte sich: »Ist Mymensingh allein überhaupt eine Heimat? Ganz Bangladesch ist meine Heimat.«

Kiranmayi aber seufzte oft: »Ich möchte im Teich Fische ziehen und etwas Gemüse anpflanzen, die Kinder wollen selbstgepflücktes Obst essen, aber ich muß Monat für Monat das Geld für die Miete ausgeben.« Spätabends sagte sie immer wieder: »Den Erlös aus dem Hausverkauf und den Abschlag von der Pensionierung hast du doch jetzt beisammen. Komm, laß uns weggehen, wir haben doch genügend Verwandte dort drüben.«

Sudhamay antwortete: »Meinst du, diese Verwandten halten auch nur eine Mahlzeit täglich für dich bereit? Du denkst, du kannst bei ihnen unterkommen. Aber was ist, wenn sie das Gesicht von dir abwenden und dich fragen: ›Wo seid ihr denn untergekommen? Möchtet ihr eine Tasse Tee trinken?‹«

»Wir haben doch unser eigenes Geld. Wir brauchen niemandem die Hände hinzustrecken«, beharrte seine Frau.

»Ich werde nicht gehen. Wenn ihr gehen wollt, dann geht doch! Muß ich, weil ich mein Haus verlassen habe, auch gleich noch mein Land verlassen?« schrie Sudhamay dann.

Von Tantibazar zog Sudhamay für sechs Jahre nach Armanitola, und seitdem wohnt er nunmehr fast schon sieben Jahre in Tikatuli. Er hat sich inzwischen eine Herzkrankheit zugezogen. Eigentlich sollte er nachmittags in einer Apotheke in Gopibagh praktizieren, doch er schafft es nicht regelmäßig. Die Kranken kommen nun zu ihm nach Hause, im Eingangszimmer steht ein Untersuchungstisch, außerdem einige Hocker und ein Bambussofa. Das Bücherregal ist voll von Büchern und Zeitschriften aus verschiedenen Bereichen: Medizin, Literatur, Gesellschaft, Politik und anderes. In diesem Zimmer verbringt Sudhamay den größten Teil seiner Zeit. Abends kündigt das geräuschvolle Schlappen von Sandalen Nishith*babus* Kommen an, auch Akhtaruzzaman, Shahidul Islam und Haripada sind meistens mit von der Partie. Sie diskutieren über die Landespolitik. Kiranmayi kümmert sich um den Tee. Oft muß sie ihn ohne Zucker kochen, denn sie alle haben mit der einen oder anderen Begleiterscheinung des Alters zu kämpfen, auch Sudhamay.

Erschrocken setzt sich Sudhamay auf, als er das Herannahen einer weiteren Demonstration hört. Suranjans Kiefer spannt sich, und Kiranmayis Atem hebt und senkt ihre Brust im schnellen Takt von Angst und Wut. Nur Sudhamay bleibt erstaunlich ruhig, nachdem der Überraschungsmoment vorüber ist. Fürchtet er sich denn gar nicht? Kommt ihm nicht auch ein Teil der Wut zu?

2. Tag Unter Suranjans Freunden sind die Muslime in der Überzahl. Es ist allerdings nicht ganz korrekt, sie als Muslime zu bezeichnen, denn mit religiösen Dingen haben sie in der Regel nicht viel zu tun, und selbst wenn, so hindert sie das jedenfalls nicht daran, Suranjan als engen Freund zu betrachten. Kamal etwa hat ihn vergangenes Jahr mit der ganzen Familie zu sich eingeladen. Auch die Hindus Pulak, Kajal, Asim und Jaydeb gehören zu Suranjans Freunden, doch näher steht er Kamal, Haider, Belal oder Rabiul. Und wenn Suranjan in Schwierigkeiten war, haben ihm eher Haider, Belal und Kamal geholfen als Kajal und Asim. Einmal mußte Sudhamay nachts um halb zwei ins Suhrawardy-Krankenhaus eingeliefert werden. Dr. Haripada hatte gesagt: »Es ist ein Herzinfarkt. Bring ihn sofort ins Krankenhaus.« Als Suranjan Kajal Bescheid sagte, meinte Kajal gähnend: »Wie willst du ihn denn so spät noch dorthin befördern? Warte bis morgen früh, dann können wir etwas unternehmen.« Belal dagegen war sofort mit dem Auto hergekommen. Er übernahm selbst die Lauferei bei der Einweisung und sagte mehrmals zu Sudhamay: »Sie brauchen sich keine Sorgen zu machen, *Kakababu.* Sehen Sie mich einfach als Ihren eigenen Sohn an.« Suranjan war verwirrt über die Hilfsbereitschaft. Solange Sudhamay im Krankenhaus war, erkundigte sich Belal nach seinem Zustand, ging die Ärzte in seinem Bekanntenkreis um Hilfe an, besuchte ihn, wann immer er Zeit fand und lieh der Familie das Auto für die Fahrten zum Krankenhaus. Menschen, die soviel für einen tun, sind rar. Obwohl Kajal reicher war, übernahm Rabiul fast vollständig die Kosten der Behandlung. Plötzlich stand er vor ihm in ihrem Haus in Tikatuli und sagte: »Ich habe gehört, dein Vater ist im Krankenhaus?« Und noch bevor Suranjan antworten konnte, hatte er schon einen Umschlag auf den Tisch gelegt: »Du siehst deine Freunde zu sehr als Fremde.« So schnell er gekommen war, ging er auch, und als Suranjan den Umschlag öffnete, lagen da 5000 Taka auf dem Tisch.

Seine muslimischen Freunde mag er nicht nur wegen ihrer Hilfsbereitschaft, er ist ihnen verwandt in seinen Gefühlen und Denkweisen. Das Gefühl der Zugehörigkeit, das er bei Rabiul, Kamal und Haider empfindet, hat er bei Asim, Kajal und Jaydeb einfach nicht in dieser Stärke. Und nicht nur seine Männerfreundschaften trotzen den Grenzen der Religionszugehörigkeit – Suranjan glaubt nicht, daß er in seinem Leben jemals eine Archana, Dipti, Gita oder Sunanda so wird lieben können, wie er Parvin geliebt hat.

Suranjan hat niemals gelernt, Menschen nach ihrer Religionszugehörigkeit zu unterscheiden. In seiner Kindheit wußte er nicht einmal, daß er ein Hindu war. Als er zur Distriktschule in Mymensingh ging – es war wohl in der dritten oder vierten Klasse –, hatte er einen erbitterten Streit über einen bestimmten Unterrichtsstoff mit einem Jungen namens Khaled. Als sich der Streit zuspitzte, begann Khaled, ihn als Hundesohn, Schweinesohn, Bastard und ähnliches zu beschimpfen. Suranjan zahlte es ihm mit gleicher Münze zurück. Auf Khaleds »Schweinesohn!« antwortete Suranjan »Selber Schweinesohn«. Dann schrie Khaled: »Hindu!« Suranjan schrie zurück: »Selber Hin-

du!« Er hielt Hindu für ein Schimpfwort wie Hundesohn oder Schweinesohn.
Erst als er älter wurde, verstand er, daß das Wort Hindu eine Religionsgruppe bezeichnet und er ein Mitglied dieser Religionsgruppe war. Als er alt genug war, um darüber nachzudenken, kam er zu dem Schluß, daß er zuallererst ein Angehöriger der Spezies Mensch sei und dann ein Bengale. Das Volk der Bengalen hat seinen Ursprung nicht in der Religion, und Suranjan betonte, daß die Bengalen keine Unterschiede kannten und in Harmonie zusammenlebten. Immer wieder predigte er Freunden und der Familie, daß das Wort Bengale das genaue Gegenteil von Auseinanderreißen bedeutet und daß die Bengalen jeden Versuch der Aufspaltung nach Religionszugehörigkeit zurückweisen müßten. Leider fanden Suranjans idealistische Vorstellungen kaum Anhänger. Die Menschen glaubten eher an die Verwandtschaft mit einem ausländischen Religionsgenossen als an die mit einem andersgläubigen Bengalen. Heute ist der 8. Dezember. Das ganze Land streikt. Zum Streik aufgerufen hat die antifundamentalistische Bürgerbewegung Ghatak Dalal Nirmul, aber auch die größte fundamentalistische Partei, Jamaat-e Islami, behauptet, sie habe aus Protest gegen die Zerstörung der Babri-Moschee zum Streik aufgerufen. Also Streik, denkt Suranjan, streckt sich und verläßt nach zwei Tagen sein Bett. Er will sich einmal draußen umsehen. Seit zwei Tagen hat er seine geliebte Stadt nicht mehr gesehen. Im anderen Zimmer kauert sich Kiranmayi angsterfüllt zusammen. Suranjan kann nicht erraten, ob die Furcht auch Sudhamay erfaßt hat. Er weiß nur, daß er erklärt hat, sich diesmal nirgendwo verstecken zu wollen. Selbst wenn er sterben muß, ja, wenn die Muslime sie alle miteinander massakrieren, wird er sich nicht verkriechen. Das ist vielleicht nicht die weiseste Entscheidung, aber Suranjan ist wie

sein Vater fest entschlossen, das Haus nicht aufzugeben. Maya ist auf eigene Verantwortung weggegangen, das ist ihre Sache. Mit ihrem starken Hang zum Leben hat sie bei Muslimen Zuflucht gesucht. Sie will ihr Leben unter die Obhut einer Parul Rifat stellen. Arme Maya!

Als sich Suranjan zum Ausgehen bereit macht, fragt ihn Kiranmayi erschrocken: »Wohin gehst du?«

»Ich will mal sehen, wie es in der Stadt aussieht und was mit dem Streik ist.«

»Geh nicht raus, Suro. Da kann wer weiß was passieren.«

»Na und! Sterben müssen wir sowieso irgendwann. Sei nicht so furchtbar ängstlich. Eure Angst macht mich wütend«, sagt er, während er sein Haar scheitelt.

Kiranmayi zittert. Sie geht auf Suranjan zu und nimmt ihm den Kamm weg: »Hör mir zu, Suranjan. Sei nicht so leichtsinnig. Bei diesem Streik werden Läden demoliert und Tempel abgebrannt. Bleib hier! Du brauchst dir wirklich nicht anzusehen, wie es in der Stadt aussieht.«

Suranjan ist seit jeher ein unverbesserlicher Dickkopf. Warum sollte er diesmal auf sie hören? Er läßt sie einfach stehen. Im Vorderzimmer sitzt Sudhamay allein; auch er sieht sprachlos zu, wie Suranjan das Haus verläßt.

Draußen spürt Suranjan fast körperlich die beängstigende Menschenleere und geisterhafte Starre, die die Empfindung der erfrischenden Kühle des Nachmittags erdrückt. Nun bekommt er doch ein wenig Angst. Aber Suranjan hat sich nun einmal vorgenommen, sich in der Stadt umzusehen. Diesmal ist niemand gekommen, um seine Familie zu sich zu holen oder nach ihnen zu sehen, weder Belal noch Kamal oder irgend jemand anderes. Und wenn sie kämen, würde Suranjan jedenfalls nicht mitgehen. Ihm wird richtiggehend übel bei dem Gedanken, jedesmal, wenn es für ein paar Tage Ausschreitungen gibt, panisch den Hausrat von hier nach dort zu schaffen. Ein Idiot ist er gewesen, daß er vor zwei Jahren zu Kamal gegangen ist. Kommt er sie diesmal holen, so wird ihm Suranjan folgendes sagen: »Wie kann es angehen, daß ihr uns tötet und euch gleichzeitig unserer erbarmt? Tut euch lieber alle zusammen und macht folgendes: Laßt alle Hindus des Landes durch ein Erschießungskommando abknallen. Damit seid ihr eure Probleme los. Dann braucht ihr sie nicht zu töten und müßt euch auch nicht mehr dazu durchringen, sie zu retten.« Sowie Suranjan die Straße betreten hat, fangen ein paar herumstehende Jugendliche an zu rufen: »Packt den Hindu, holt ihn euch!« Sie sind Jungen des Viertels, seit sieben Jahren sieht er sie regelmäßig, wenn er aus dem Haus geht. Er kennt auch einen oder zwei von ihnen, zum Beispiel Alam, der immer kommt, um Geld für ihren Jugendklub im Viertel zu sammeln. Suranjan singt auch auf ihren kulturellen Veranstaltungen, er wollte einigen von ihnen die Lieder von D. L. Roy und Hemanga Biswas beibringen. Immerfort laufen sie mit mehr oder weniger triftigen Gründen bei ihm auf und nehmen ihn mit ihren Bitten: »*Dada,* helfen Sie mir bei diesem, *Dada,* bringen Sie mir das bei«, in Beschlag. Sudhamay behandelt sie schon lange kostenlos, weil sie Leute des Viertels sind. Und nun stehen sie da, beschimpfen ihn und strecken ihre geballten Fäuste in seine Richtung.

Suranjan geht schnell in entgegengesetzter Richtung davon. Nicht die Angst treibt ihn, sondern die Scham. Er selbst schämt sich bei dem Gedanken, daß diese Jungen des Viertels ihn verprügeln wollen. Er verspürt Scham, und zwar nicht für die Prügel, die er einstecken soll, sondern für jene, die ihn verprügeln wollen. Die Scham gilt den Folterern, nicht den Opfern.

Suranjan läuft weiter bis zum Shapla-Platz. Es herrscht eine tödliche Stille. Hier und da steht ein Pulk Menschen beisammen. An den Splittern von Ziegelsteinen, verkohlten Hölzern und Glasscherben, die auf der Straße verstreut liegen, läßt sich erkennen, was für ein Sturm der Zerstörung hier soeben noch getobt hat. Ein paar Jugendliche rennen umher, und einige Straßenköter jagen in der Mitte der Straße entlang. Rechts und links fahren vereinzelte Rikschas laut klingelnd vorbei. Suranjan hat keine Ahnung, was eigentlich genau passiert ist. Die Hunde haben keine Angst, sie brauchen sich weder vor Bigotterie noch vor religiösem Haß zu fürchten. Sie jagen umher aus schierer Lust an der leeren Straße, schätzt Suranjan. Er würde es ihnen gern gleichtun. Gern würde er auf den jetzt leeren, gewöhnlich so bevölkerten Straßen des Geschäftsviertels Motijhil wie in seiner Kindheit mit einer Pampelmuse Fußball spielen oder Kricket mit einem provisorischen Kreidestab.

Plötzlich fällt ihm zu seiner Linken ein verbranntes Haus auf. Das Feuer hat alles in Asche verwandelt und auch von Firmenschild, Tür und Fenster keine Spur zurückgelassen. Es ist die Geschäftsstelle der Air India, einige Leute stehen herum, betrachten die Trümmer der Büroräume und lachen. Suranjan hat plötzlich das Gefühl, beobachtet zu werden, und geht schnell geradeaus weiter, als sei es ihm vollkommen egal, daß dieses Haus abgebrannt ist. Er schaut, was sonst noch alles gebrannt hat. Ob er den Geruch verbrannter Steine und Hölzer genauso gern mag wie normalerweise den von verbranntem Benzin? Ja, vielleicht.

Ein Stück weiter steht eine Menschenmenge vor dem Büro der Kommunistischen Partei Bangladeschs. Auf der Straße liegen Ziegel und Steinbrocken herum. Auf dem Bürgersteig ist eine Bücherauslage gewesen, wo Suranjan oft das eine oder andere Buch gekauft hat. Mit dem Fuß stößt er an ein halbverbranntes Buch, es ist *Die Mutter* von Maxim Gorki. Einen Moment lang stellt er sich vor, er sei Pavel Vlasov, habe soeben seine Mutter verbrannt und zertrete sie jetzt mit den Füßen. Suranjan bekommt mit einem Mal eine Gänsehaut und hält vor dem verkohlten Buch inne. Rundherum stehen Leute in Gruppen und reden flüsternd miteinander; die ganze Gegend ist in höchster Erregung. Alle reden von den geschehenen und den möglicherweise noch bevorstehenden Ereignissen. Fest steht, daß das Büro der CPB abgebrannt ist. Aber warum? Die Kommunisten haben doch schon ihre Taktik geändert und Allahs Namen Zutritt zu ihrer Politik verschafft, und trotzdem sind sie vom Feuer der Fundamentalisten nicht vergessen worden. Nach dem Tod von Genosse Farhad hat die Partei feierlich eine religiöse Beerdigung organisiert, sogar ein *Milad* ist begangen worden, und dennoch verschlingt das Feuer des religiösen Fanatismus das Büro der Kommunistischen Partei! Sprachlos starrt Suranjan auf die Überreste des Büros.

Da steht plötzlich Kaisar vor ihm. Seine Haare sind zerzaust, der Bart unrasiert, die Augen blutunterlaufen. Mit besorgter Stimme fragt er: »Wieso bist du nicht zu Hause?«

»Ist es verboten, rauszugehen?« fragt Suranjan zurück.

»Nicht verboten, aber diese Schweine sind unberechenbar. Sie reden ohne Ende von Religion, doch glauben tun sie an gar nichts. Die Jugendführer vom Jamaat Shibir haben das hier gestern mittag verbrochen. Das Parteibüro, die Bücherauslage und die Geschäftsräume der Indian Airlines haben sie abgebrannt. Diese Gegner der Unabhängigkeit warten nur darauf, irgendeinen Vorfall zu ihrem Vorteil zu benutzen und so laut zu schreien, daß auch der letzte ihre schrillen Stimmen hört.«

Sie gehen nebeneinander in Richtung Topkhana. Suranjan fragt: »Wo haben sie sonst noch Feuer gelegt?«
»In Chittagong haben sie die Tempel Tulsidham, Panchanandham und Kaibalyadham in Schutt und Asche gelegt. In Malipara haben sie den Shmashan-Tempel ausgeraubt und abgebrannt, in Korbaniganj den Kali-Tempel, den Chatteshvari- und den Vishnu-Tempel. In Hazarilane und Phakirpara sind alle Tempel zerstört worden. Und natürlich gab es auch Demonstrationen für die Eintracht zwischen Hindus und Muslimen.«
Suranjan seufzt. Kaisar streicht sich die zerzausten Haare nach hinten: »Nicht nur Tempel waren an der Reihe. Gestern haben sie in der Fischersiedlung von Majhirghat Feuer gelegt. Dabei sind mindestens 50 Häuser verbrannt.«
»Und was weiter?« fragt Suranjan, dem das alles plötzlich egal ist.
»In Jaydebpur gab es Übergriffe auf den Madhab-Tempel und den Durga-Tempel. Den Annapurna-Tempel im Landwirtschaftszentrum von Sherpur und den Kali-Tempel von Sherighat Aschram haben sie zerstört. Außerdem haben sie alle Tempel der Ramakrishna-Mission in Faridpur zerstört, der Guru und seine Schüler sind schwer verletzt.«
»Ja, weiter«, läßt Suranjan gleichgültig vernehmen.
»In Narsingdi haben sie die Häuser und Tempel von Chalakachar und Manohardi zerstört. In Narayanganj haben sie den Tempel von Marapara Bazar in Rupganj kaputtgemacht. In Comilla ist der alte Abhay Aschram abgebrannt worden. Und auch in Noakhali gab es eine Reihe von Grausamkeiten.«
»Zum Beispiel?«
»In Sudharam haben sie den Adhar Chand Aschram und sieben Häuser von Hindus verbrannt. In Gangapur sind sämtliche Hindu-Häuser erst geplündert und dann ange-

steckt worden. Der Shiva-Kali-Tempel in Sonapur und der Akhra von Binodpur sind zerstört worden. Den Kali-Tempel von Chaumuhani, den Durga-Tempel von Durgapur und die Tempel von Kutubpur und Gopalpur haben sie niedergerissen. Die Pharmafabrik Dr. P. K. Singh, den Akhanda Aschram und die Tempel im Gebiet von Chayani haben sie zerstört. Insgesamt zehn Tempel und 18 Wohnhäuser von Hindus wurden in Chaumuhani und anderswo ausgeraubt und zerstört. Außerdem sind ein Laden, ein Auto und eine Frau verbrannt. In Bhabardi sind von 17 Häusern 13 verbrannt worden, alle Häuser wurden ausgeraubt, und die Frauen wurden vergewaltigt. Gestern wurden in Birahimpur sämtliche Häuser und Tempel angegriffen. In Sirajpur ist jeder einzelne Bewohner verprügelt und jedes Haus ausgeraubt und abgebrannt worden ...«
»Oh.« Suranjan will keinen Ton mehr von sich geben. Er würde gern die Steine und Kiesel auf der Straße beim Gehen wegkicken, wie er es als kleiner Junge tat. Kaisar redet weiter und weiter von verbrannten Tempeln, geplünderten Häusern und diversen Brandstiftungen, doch Suranjan hört ihm nicht mehr zu; er will nichts mehr hören.
Vor dem Presse Klub bleiben sie beide stehen. Ein Pulk von Journalisten steht beisammen und diskutiert laut und erregt. Suranjan hört zu, als jemand sagt: »In Indien sind jetzt schon mehr als 200 Menschen bei Krawallen gestorben. Verletzt sind einige tausend. Die fundamentalistischen Parteien sowie RSS und Shivsena sind verboten worden, und Advani ist in der Lok Sabha, dem indischen Abgeordnetenhaus, vom Posten des Oppositionsführers zurückgetreten.« Ein anderer fällt ein: »In Chittagong ist Dipak Ghosh, ein Tempeldiener am Nandankanan Tulsidham, beim Fliehen von den Jamaatis erwischt worden. Sie wollten ihn verbrennen; erst als die dabeistehenden Wär-

ter ihn als Muslim ausgaben, ließen sie ihn mit einer Tracht Prügel davonkommen.«

Suranjans Bekannte erschrecken, als sie ihn sehen: »Wieso läufst du denn hier draußen rum? Das ist gefährlich! Geh nach Hause!«

Suranjan antwortet nicht. Er ist ziemlich fassungslos. Was denken sie eigentlich? Weil sein Name Suranjan Datta ist, soll er im Haus herumsitzen, während die Kaisars, Latifs, Belals und Shahins draußen über die Geschehnisse diskutieren und Demonstrationen gegen religiösen Fanatismus auf die Beine stellen? Er aber, Suranjan, soll nach Hause gehen? Ist Suranjan nicht ein genauso gewissenhafter, freidenkerischer und rational gesteuerter Mensch wie sie?

Er lehnt sich gleichgültig an die Wand, kauft sich dann am Tabakbüdchen eine Bangla Five und steckt sie an dem vom Dach des Büdchens hängenden glimmenden Juteseil an. Suranjan fühlt sich isoliert. So viele Menschen stehen um ihn herum, er kennt eine ganze Reihe von ihnen, einige sogar sehr gut, und dennoch fühlt er sich allein. Als wären all die Aufregung und die hitzigen Diskussionen über die Zerstörung der Babri-Moschee und die nachfolgenden Tempelzerstörungen in diesem Land nicht auch seine Sache! Er will sich unter sie mischen, bringt es aber nicht über sich. Er fühlt den unüberbrückbaren Gegensatz. Er versteht, warum ihn die anderen ins Abseits stellen, ihn wohl bemitleiden, ihn aber nicht in ihre Gruppe hineinziehen, aber es ist nicht leicht zu akzeptieren. Suranjan füllt sich die Wangen mit Rauch und bläst einen Kringel in die Luft. Überall herrscht Aufregung, und viele schauen aus den Augenwinkeln zu Suranjan herüber und wundern sich darüber, daß nicht alle Hindus sich versteckt halten. Suranjan drückt sich an die Wand.

Kaisar mischt sich unter eine der Gruppen. Man plant eine Demonstration. Journalisten kommen und gehen mit Taschen oder Kameras über der Schulter. Unter ihnen ist auch Lutfar, doch Suranjan spricht ihn nicht an. Nach einer Weile kommt Lutfar von selbst herüber. Er zieht die Augenbrauen hoch:
»*Dada,* warum sind Sie hier?«
»Wieso, darf ich nicht?«
Lutfars Augen und Mund signalisieren größte Besorgnis, er fragt: »Zu Hause ist doch alles in Ordnung?«
Suranjan merkt, daß sich hinter Lutfars Worten und seiner Sprechweise eine Art Bevormundung verbirgt. Lutfar ist von seinem Naturell her immer wortkarg gewesen. Er war so höflich, bescheiden und wohlerzogen, daß er beim Reden niemals in Suranjans Augen blickte. Suranjan hatte für ihn beim Herausgeber der Zeitung *Ekata* ein gutes Wort eingelegt und ihm eine Anstellung besorgt. Lutfar zündet sich eine Benson an. Er kommt sehr nah an Suranjan heran: »Suranjan*da,* hat es irgendwelche Probleme gegeben?«
Suranjan lacht: »Was für Probleme?«
Lutfar wird ein wenig verlegen. Er stottert: »Was soll ich sagen, *Dada?* Beim momentanen Zustand des Landes ...«
Suranjan wirft seine Zigarettenkippe auf den Boden und reibt sie mit der Sohle über den Asphalt. Lutfar hat bisher immer leise mit ihm gesprochen, doch heute kommt ihm seine Stimme etwas lauter vor. Zischend stößt er den Rauch aus, sieht ihn mit besorgter Miene an und sagt: »*Dada,* nehmen Sie für heute lieber irgendwo anders Quartier. Sie sollten nicht zu Hause bleiben. Können Sie nicht wenigstens für zwei Tage in einem muslimischen Haus in der Nachbarschaft unterkommen?«
In Suranjans Stimme schwingt Gleichgültigkeit mit; er

starrt auf das glimmende Juteseil am Zigarettenbüdchen und sagt:
»Nein.«
»Nein?« Suranjan spürt die Unruhe und wieder jene Bevormundung bei Lutfar. Jeder scheint im Moment diese Haltung einzunehmen und ungefragt mit vorgereckter Stirn Ratschläge zu erteilen: »Es ist nicht gut, zu Hause zu bleiben. Versteck dich! Geh für ein paar Tage aus dem Haus! Laß keinen deinen Namen wissen! Komm erst wieder heraus, wenn sich die Situation normalisiert hat!«
Suranjan hat Lust, sich eine weitere Zigarette anzuzünden, doch Lutfars schwerverdauliche Ratschläge machen diese Lust zunichte. Er kreuzt die Arme vor der Brust und betrachtet die grüne bis tiefgrüne Färbung der Blätter. Die kalte Jahreszeit hat er schon als Kind immer sehr genossen, die heißen Dampfkuchen am Morgen, die in der Sonne gewärmte Decke zur Nacht und dann die Gespenstergeschichten seiner Mutter, die Suranjan eine wohlige Gänsehaut verursachten.
Vor Lutfar steht ein bärtiger junger Mann mit einer Umhängetasche und gibt wie eine Litanei eine Aufzählung der Zerstörungen von sich. Wieder ist die Rede von zerstörten und geplünderten Tempeln, Klöstern, Aschrams und Missionen, von abgebrannten Häusern und ausgeraubten Märkten ...
Lutfar seufzt hörbar auf. Suranjan weiß nicht, ob er hier stehenbleiben, im Demonstrationszug mitgehen oder ganz weit weglaufen soll. Vielleicht sollte er sich in die Wildnis zurückziehen, wo es weder Verwandte noch Freunde gibt.
Der junge Mann mit der Umhängetasche entfernt sich und mischt sich in ein anderes Gespräch. Auch Lutfar tritt schon von einem Bein auf das andere. Suranjans emotionsloses, leeres Gesicht behagt ihm ganz und gar nicht.

Rundherum herrscht verhaltene Aufregung. Suranjan hat Lust, sich unter die Gruppen zu mischen. Auch er möchte teilhaben an all den Nachrichten von zerstörten und verbrannten Tempeln, sie inspizieren, will aus eigenem Antrieb sagen können: »Diese religiösen Fanatiker müssen mit der Peitsche zur Vernunft gebracht werden. Unter ihrer Maske der Religiosität sind in Wirklichkeit sie die größten Betrüger!« Doch er wagt es nicht. Die Blicke, die aus verschiedenen Augenwinkeln auf ihn fallen, triefen vor Mitleid, so als sei er hier nicht sicher, als sei er nicht die richtige Person, um hier zu stehen, sich mit ihnen aufzuregen und mit ihnen Demonstrationen zu organisieren. Er ist bisher immer, ob auf der Bühne oder in Diskussionsrunden, ein geschickter Redner gewesen, sprachlich gewandt und beschlagen in Bereichen wie Kultur, Wirtschaft und Politik, doch heute macht ihn eine unsichtbare Kraft verstummen. Es fordert ihn auch niemand auf, etwas zu sagen, zu tun oder Widerstand zu leisten.
Kaisar tritt aus der Gruppe hervor. Er flüstert: »An der Baytul-Mokarram-Moschee findet eine Veranstaltung gegen die Zerstörung der Babri-Moschee statt, die Leute versammeln sich schon. Geh nach Hause.«
»Und du, gehst du nicht nach Hause?« fragt Suranjan.
»Oh, nein«, sagt Kaisar, »wir müssen für die Eintracht zwischen Muslimen und Hindus demonstrieren!«
Hinter Kaisar haben schon die ganze Zeit zwei Jungen namens Litan und Mahtab gestanden. Auch sie melden sich jetzt zu Wort: »Wir sagen das wirklich zu Ihrem Besten. Angeblich haben sie auch das Jalkhabar-Restaurant abgebrannt. Hier ganz in der Nähe passieren all die Überfälle. Was ist, wenn sie Sie erkennen? Sie rennen offen mit Messern, Schlagstöcken und Dolchen herum.« Kaisar ruft eine Rikscha, die Suranjan nach Hause fahren soll. Lutfar

kommt heran, faßt seine Hand und schüttelt sie: »Bis dann, *Dada*. Fahren Sie jetzt direkt nach Hause. Warum sind Sie heute bloß hergekommen?«
Viele kümmern sich auf einmal darum, Suranjan nach Hause zu schicken. Sogar zwei oder drei, die er gar nicht kennt, kommen herbeigerannt und fragen, was los sei. Man erklärt ihnen, daß er ein Hindu sei und deshalb nicht bleiben könne. Zustimmend wird genickt, es sei wirklich angebracht zu gehen. Aber Suranjan ist nicht aus dem Haus gekommen, um wieder nach Hause geschickt zu werden. Sie legen ihm die Hände leicht auf den Rücken und und ziehen an seinem Arm, um ihn in Richtung Rikscha zu drängen, als Suranjan plötzlich aufbegehrt und sich mit einem kurzen, abrupten Ruck frei macht.

Sudhamay möchte sich ausstrecken und entspannen, doch er ist zu unruhig. Gerade jetzt muß Suranjan das Haus verlassen! Wenig später klopft es leise an der Tür. Sudhamay springt förmlich aus dem Bett. Ob Suranjan gleich wieder umgekehrt ist? Nein, es ist nicht Suranjan, sondern Akhtaruzzaman. Er wohnt im Viertel und ist ein pensionierter Professor über sechzig. Kaum drinnen, verriegelt er selbst die Tür. »Es ist doch nichts passiert?« fragt Akhtaruzzaman mit unterdrückter Stimme. »Nein, was soll schon sein?« Sudhamays Blick schweift einmal über das Bett, den Tisch und die Bücher im Zimmer. Akhtaruzzaman zieht sich selbst einen Stuhl herüber. Er leidet unter Nackenwirbelentzündung. Er hält sich betont gerade, verdreht die Augen und sagt: »Von der Babri-Moschee haben Sie doch gehört? Alles weg. Widerlich.«
»Hm.«
»Sie sagen ja gar nichts. Befürworten Sie das etwa?«

»Warum sollte ich?«
»Und wieso schweigen Sie dann?«
»Das sind die schlechten Taten von schlechten Menschen. Was kann man tun außer zu trauern?«
»Schlimm, wenn es in einem säkularen Staat so weit kommen kann. Die Rechtsstaatlichkeit, die politischen Verlautbarungen, der Supreme Court, das Parlament, die Parteien, die demokratischen Traditionen – all das ist in Wirklichkeit nichts als heiße Luft. Sie müssen zugeben, Sudhamay, daß im Vergleich zu den Krawallen in Indien bei uns verschwindend wenig passiert ist.«
»Hm. Und was ist mit den religiösen Unruhen von 1964, 1990 und jetzt?«
»Sagen Sie lieber gleich 1950. Der wichtigste Aspekt an den Unruhen von 1964 war doch die spontane Opposition gegen den religiösen Fanatismus. Noch am selben Tag, an dem die Krawalle begannen, stand auf Veranlassung von Manik Miya, Jahur Hussain Chowdhury und Abdus Salam in großen Lettern auf jeder Zeitung: ›Ostpakistan, widersetze dich!‹ Und der arme Amir Hussain Chowdhury verlor damals sein Leben, als er eine benachbarte Hindufamilie in Sicherheit bringen wollte!«
Der Schmerz in Sudhamays Brust wird wieder stärker. Er läßt sich auf einen Schemel fallen. Jetzt wäre es gut, eine Tasse heißen Tee zu trinken. Doch wer kann im Moment an Tee denken? Kiranmayi macht sich Sorgen um Suranjan, der ganz allein das Haus verlassen hat. Wenn er schon gehen muß, so kann er doch wenigstens mit Haider gehen! Kiranmayis Sorgen stecken auch Sudhamay an. Suranjan ist schon immer impulsiv gewesen, und Sudhamay weiß, daß man ihn nicht im Haus festhalten kann, doch dieses Mal könnte er vorsichtiger sein! Für den Moment verdrängt er diese beunruhigenden Ge-

danken und kommt wieder auf Akhtaruzzamans Thema zu sprechen: »Es heißt, der Frieden sei das grundlegende Ziel jeder Religion, doch gegen Ende dieses Jahrhunderts müssen wir mit ansehen, wieviel Unfrieden, Blutvergießen und Demütigungen durch diese Religionen über die Menschen kommen können. Kein anderes Banner ist so geeignet wie das der Religion, wenn es darum geht, die Menschen und die Menschlichkeit an sich mit Füßen zu treten.«

»Tja«, sagt Akhtaruzzaman.

Kiranmayi betritt das Zimmer mit zwei Tassen Tee. »Was, sind deine Schmerzen wieder stärker geworden? Vielleicht solltest du das Schlafmittel nehmen«, sagt sie, stellt ihnen den Tee hin und setzt sich auf einen Schemel.

Akhtaruzzaman sagt: »*Baudi* scheint ja den Armreif und das *Sindur* abgelegt zu haben, nicht wahr?«

Kiranmayi senkt die Augen: »Ja, schon seit 1975.«

»Gut so. Doch seien Sie trotzdem vorsichtig. Vorsicht wird nicht bestraft.«

Kiranmayi lacht traurig, und auch Sudhamays Lippen formen sich zu einem melancholischen Lächeln. Akhtaruzzaman trinkt seinen Tee in schnellen, kleinen Schlucken. Der Schmerz in Sudhamays Brust läßt nicht nach. Er sagt: »Auch ich habe damals irgendwann meinen *Dhoti* zu tragen aufgehört – um des lieben Lebens willen.«

Akhtaruzzaman stellt seine Teetasse zurück: »Ich werde dann gehen, ich will auch noch einmal kurz bei Binod*babu* hereinschauen.«

Sudhamay streckt sich auf dem Bett aus. Der kaltgewordene Tee steht auf dem Tischchen am Kopfende. Kiranmayi bleibt an der verriegelten Tür sitzen, das Licht kommt von hinten und läßt ihr Gesicht im Schatten. Früher einmal ist sie eine fabelhafte *Kirtan*-Sängerin gewesen. Ihr Vater war ein namhafter Polizist in Brahmanbaria. Mit 16 Jahren wurde sie verheiratet. Nach der Hochzeit hatte Sudhamay sie gedrängt, weiterzusingen, und ihr einen Lehrer besorgt. Sie lernte dann einige Jahre bei Mithun De. Schon bald wurde sie auch zu öffentlichen Auftritten in Mymensingh eingeladen. Einmal – Suranjan war damals drei oder vier Jahre alt – sang Kiranmayi bei einer Veranstaltung im Rathaus. Sie gehörte bereits zu den wenigen herausragenden Sängern der Stadt, die an diesem Abend auftraten. Nach Samirchandra De kam sie an die Reihe. Sudhamay saß in der ersten Reihe und schwitzte vor Lampenfieber. Sie sang *Anandaloke mangalaloke biraja satyasundara.* Das Publikum schrie vor Begeisterung und rief nach einer Zugabe. Sie trug ein weiteres Tagore-Lied vor: »O Weltengott / befreie mich von allen weltlichen Bindungen / Herr, befreie mich von Angst / Nimm hinweg alles Leiden / Mach meinen immer verängstigten, rastlosen Geist sorgenfrei.« Sie sang dieses Lied mit so viel Gefühl, daß auch Atheisten wie Sudhamay die Augen feucht wurden.

Nach der Unabhängigkeit Bangladeschs wollte Kiranmayi nicht mehr öffentlich auftreten. Beim »Kulturfest des Nordens« sollten Sumita Naha und Mitali Mukherjee singen, und bei Gelegenheiten wie dieser drängte Suranjan seine Mutter, auch etwas vorzutragen. Kiranmayi lachte dann: »Ich übe doch nicht. Glaubst du etwa, ich hätte noch dieselbe Stimme wie früher?« Sudhamay sagte: »Sing doch ruhig, wo ist denn da das Problem? Früher hast du gesungen, und viele von den Leuten kennen dich ja auch. Damals hast du ordentlich Applaus geerntet!«

»Keine Frage. Aber die, die damals klatschten, waren dieselben, die nachher meinten, Hindufrauen lernten nur deshalb das Singen, weil sie kein Schamgefühl hätten und es ihnen nichts ausmachte, beim Singen fremden Männern ihren Körper zu zeigen.«

Sudhamay konterte: »Singen muslimische Frauen etwa nicht?«

»Aber erst seit neuestem. Früher, als sie noch nicht sangen, mußten wir uns die Kommentare anhören. Minti*di* sang so gut, doch dann wurde sie von einer Horde Jungen bedroht, weil sie angeblich muslimische Mädchen zum Singen verführte.«

»Gesangsunterricht ist doch eine gute Sache«, hatte Sudhamay gesagt.

»Die Jungen meinten, für muslimische Mädchen gehöre sich das Singen nicht. Singen sei schlecht, es werde sie verderben.«

»Oh.«

Kiranmayi verlor nach und nach das Interesse am Singen. Manchmal sagte ihr Lehrer Mithun De bedauernd: »Du hattest eine gute Stimme, Kiran, aber du tust ja praktisch nichts mehr dafür.« Kiranmayi seufzte: »Ich habe keine Lust mehr, *Dada.* Es hat ja doch keinen Sinn. Das ganze Tanzen und Singen gefällt den Leuten nicht, sie finden es unmoralisch.«

Sudhamay respektierte ihre Entscheidung, nicht mehr vor Publikum aufzutreten. Aber er beschwerte sich manchmal, daß sie auch im Haus nicht mehr sang. Aber war denn die Zeit auch für Lieder?

Spät in der Nacht, wenn sie nicht einschlafen konnten, stiegen sie manchmal aufs Dach hinauf. Beide hatten sie starkes Heimweh nach dem Brahmaputra und dem Haus, das sie an seinen Ufern zurückgelassen hatten. Wortlos sahen sie hinauf zum fernen Sternenhimmel. Kiranmayi summte die Melodie eines Tagore-Lieds: »Ach, was soll ich über jene vergangenen Tage sagen«, und auch dem sonst hartgesottenen Sudhamay wurde dabei beklommen zumute. Auch er wollte alles wiederbekommen: die Spielwiese seiner Kindheit, den Schulhof, den Fluß zur Regenzeit und die Spaziergänge durch den dichten Uferwald. Und trotz seiner außergewöhnlichen Gefaßtheit geschah es Nacht für Nacht, daß Sudhamay sich an seine Frau preßte und weinte.

Er durchlitt grenzenloses Leid. 1971 wurden seine Hindu-Bekannten Jaganmay Ghoshal, Praphulla Sarkar und Nitai Sen fast vor seinen Augen umgebracht. Sie wurden in ein Gefangenenlager gebracht und erschossen, am nächsten Tag wurden die Leichen auf einem Laster abtransportiert und irgendwo in den Dschungel geworfen. Wenn die Pakistanis Hindus fanden, traktierten sie sie mit Stiefeln und Bajonettspitzen, rissen ihnen die Augen aus den Höhlen und brachen ihnen die Rippen. Wenn die Menschen die Mißhandlungen überlebten, wurden sie umgebracht. Viele Muslime sah Sudhamay mit Prügel davonkommen, Hindus aber wurden niemals am Leben gelassen. Den Brunnen von Metharpatti hatte man bis zum Rand mit Leichen von Hindus und Muslimen aufgefüllt, und als nach der Unabhängigkeit Tausende von Knochen aus dem Brunnen geholt wurden, warfen sich die Verwandten der Majeds, Rahims und Idris schreiend darüber, denn wer sollte jetzt noch zwischen Majeds muslimischen und Anils hinduistischen Gebeinen unterscheiden?

Sudhamays gebrochenes Bein, seine drei gebrochenen Rippen und auch die Wunde am Stumpf seines abgeschnittenen Penis waren im Laufe der Zeit geheilt, doch die Narbe in seinem Herzen blieb, und seine Tränen trockneten nicht. Er war physisch gesehen lebendig aus dem Gefangenenlager zurückgekehrt, und doch war es ihm nicht so vorgekommen, als habe er wirklich überlebt. Im Dorf Arjun-

khila bei Phulpur hatten sie sieben lange Monate in einer Bambushütte gelebt. Sudhamay nannte sich Abdus Salam, Suranjan mußte Saber gerufen werden, und wenn die Leute Kiranmayi als Fatima anredeten, dann schämte er sich unendlich. Nicht einmal die Spitzen der gebrochenen Rippen konnten ihn innerlich so verletzen wie die Entwürdigung, die dieser Name Fatima für ihn darstellte. Als dann im Dezember die Freiheitskämpfer nach Phulpur kamen und das ganze Dorf unter *Jay-Bangla*-Rufen zu tanzen begann, da rief er den Namen, den er seit ganzen sieben Monaten nicht mehr hatte sagen können, aus voller Kehle heraus: Kiran, Kiran, Kiranmayi! Und eins um das andere vergingen die Leiden, die sich in seiner Brust angesammelt hatten. Dies war Sudhamays *Jay Bangla,* der Sieg Bengalens: die Freiheit, Kiranmayi vor Tausenden von Menschen mit ihrem wirklichen Namen anreden zu können.
Plötzlich läßt ihn das unangenehme Quietschen der Türkette aufschrecken. Es ist Haripada Bhattacharya. Sudhamays Schmerz ist ein wenig gelindert, nachdem er eine Nificard-Tablette unter der Zunge hat zergehen lassen und sich mit geschlossenen Augen hingelegt hat. Haripada gehört praktisch zur Familie. Sudhamay setzt sich auf, um ihn angemessen zu begrüßen.
»Ich habe gehört, du warst krank? Du siehst sehr blaß aus!«
»Ja, Haripada. Seit ein paar Tagen ist mein Körper nicht besonders gut beieinander. Ich habe auch den Blutdruck nicht überprüfen lassen.«
»Hätte ich das gewußt, dann hätte ich mein Meßgerät mitgebracht.«
Kiranmayi sagt: »Und zu allem Überfluß ist Suranjan auch noch aus dem Haus gegangen. Wie bist du denn überhaupt hergekommen?«

»Ich habe einen Schleichweg genommen, die große Straße habe ich gemieden.«
Eine ganze Weile sagt niemand ein Wort. Haripada wickelt sich aus der Decke heraus, mit der er die Schultern bedeckt hat, und beginnt zu sprechen: »In Dhaka finden heute Protestaktionen gegen die Zerstörung der Babri-Moschee statt, gleichzeitig aber auch Friedensdemonstrationen. Politische Parteien und verschiedene Vereinigungen haben dazu aufgefordert, die Harmonie zwischen den Religionsgruppen aufrechtzuerhalten. Das Kabinett hat in einer Sitzung an das Volk appelliert, beherrscht und tolerant zu bleiben. Auch Sheikha Hasina hat im Radio gesagt, man solle den Frieden zwischen den Religionsgruppen um keinen Preis stören. In Indien sind 223 Menschen bei Krawallen gestorben, in 40 Städten ist Ausgangssperre verhängt worden, die fundamentalistischen Parteien sind verboten worden, und Premierminister Narasimha Rao hat versprochen, die Babri-Moschee wieder aufbauen zu lassen.«
Haripadas Gesicht ist tiefernst. Er spricht weiter: »Hast du dir schon etwas überlegt? Willst du hierbleiben? Ich glaube nicht, daß das gut ist. Ich dachte, ich könnte zum Haus meiner Schwiegereltern nach Manikganj fahren. Heute kam dann mein älterer Schwager und erzählte, daß sie in der Stadt und in Ghior fast einhundert Häuser geplündert und in Brand gesteckt haben. Es gibt da ein Dorf namens Bakjhuri, wo sie alle Hindu-Häuser angesteckt haben. Sarasvati, die Tochter von Deben Shor, haben ein knappes Dutzend Jugendliche mitten in der Nacht einfach mitgenommen und vergewaltigt.«
»Was sagst du da!« stöhnt Sudhamay.
»Wo ist denn deine Tochter?«
»Maya ist zu einer Freundin gegangen.«
»Doch wohl in ein muslimisches Haus?«

»Ja.«
»Dann ist es in Ordnung.« Haripada atmet erleichtert auf. Auch Kiranmayi ist erleichtert. Sudhamay putzt seine Brillengläser und sagt: »Eigentlich gibt es gerade in dieser Gegend besonders viele Übergriffe. In Mymensingh habe ich nie solche Krawalle gesehen. Apropos, hast du von irgendwelchen Ereignissen bei uns in Mymensingh gehört, Haripada?«
»Ich habe gehört, daß sie letzte Nacht im Dorf Bathuadi bei Phulpur zwei Tempel und einen Gebetspavillon und in Trishal einen Kali-Tempel zerstört haben.«
»Aber in der Stadt ist sicherlich nichts passiert. Im Norden des Landes gibt es das in Wirklichkeit nur sehr selten. Sag doch, Kiranmayi, kannst du dich an irgendeine Tempelverbrennung in unserer Gegend erinnern?«
Haripada fährt bereits fort: »Die öffentliche Gebetshalle an der Northbrook Hall Road, die Häuser der hinduistischen Grundbesitzer, Kali-Statuen und Tempel sind zerstört worden. Heute haben sie in Shantinagar den Jalkhabar-Süßwarenladen und den Shatarupa Store ausgeplündert, verwüstet und in Brand gesteckt. In Kushtia haben gestern in tiefster Nacht die Jamaat-Shibir-Leute sechs Tempel zerstört. Und dann erst Chittagong, Sylhet, Bhola, Sherpur, Cox's Bazar und Noakhali ... Ich habe viele Dinge gehört, die einem ordentlich Angst einjagen.«
»Angst wovor?« fragt Sudhamay.
»Vor einem Exodus.«
»Nein, Unsinn. So weit wird es in diesem Land niemals kommen.«
»Du hast 1990 vergessen, *Dada*. Findest du die damaligen Unruhen unerheblich, oder wie?«
»Das war doch Ershads abgekartetes Spiel.«
»Was sagst du da, *Dada?* Du kannst dir ja mal die Berech-

nungen des Statistischen Amtes von Bangladesch ansehen. Diesmal wird es eine beängstigende Abwanderung geben. Wegen einiger von oben arrangierter Vorfälle verläßt kein Mensch seine Heimaterde. Heimaterde ist schließlich was anderes als Blumenerde, mit Begießen und hin und wieder Auswechseln ist es nicht getan. Ich habe große Angst, *Dada*. Mein Sohn studiert in Kalkutta, doch die beiden Mädchen sind noch hier. Sie sind schon groß, und ich kann ihretwegen nachts nicht schlafen. Ich denke, wir sollten vielleicht weggehen.«

Sudhamay ist alarmiert, mit einer energischen Geste nimmt er die Brille ab: »Bist du verrückt geworden, Haripada? Solche Dinge soll man nicht mal aussprechen.«

»Und als nächstes wirst du gleich sagen, daß hier meine Praxis gut läuft, daß ich gut verdiene, daß ich ein eigenes Haus habe. Stimmt's?«

»Nein, Haripada. Nicht deshalb. Nicht nur wegen deines guten Auskommens sollst du nicht auswandern. Und wieso sollte sich die Frage überhaupt stellen, selbst dann, wenn du kein gutes Auskommen hättest? Ist es nicht dein Land? Sieh mich an: Ich bin ein Rentner. Ich habe keine geregelte Arbeit mehr. Mein Sohn arbeitet nicht. Die Patienten halten uns über Wasser, doch sie werden von Tag zu Tag weniger. Soll ich deshalb gleich weglaufen? Sind die Leute, die ihr Land verlassen, überhaupt Menschen? Ganz gleich, was auch passieren mag und wie viele Krawalle wir noch miterleben müssen, die Bengalen sind jedenfalls keine unzivilisierte Nation. Dieser Tumult wird sich wieder legen. Indien und Bangladesch sind Nachbarländer; wenn in einem Land Feuer ist, dann fliegen die Funken automatisch auch in das andere Land. Vergiß nicht, Haripada: Die Unruhen von 1964 haben nicht die bengalischen Muslime, sondern die Biharis angefacht.«

Haripada bedeckt sich Nase und Mund sorgfältig mit seiner Decke und sagt: »Es ist aber nicht die Angst vor den Biharis, *Dada,* die mich dazu bringt, mein Gesicht mit dieser Decke zu vermummen, sondern die Angst vor ihren bengalischen Brüdern!«

Haripada berührt die Tür kaum, als er sie öffnet, schlüpft auf Zehenspitzen hinaus und verschwindet in dem Gäßchen zur Linken. Kiranmayi läßt die Tür zwei Fingerbreit offen und wartet unruhig auf Suranjans Rückkehr. Einen Moment später hören sie einen Menschenzug die Parole *Allahu akbar* rufen. Die indische Regierung müsse die Babri-Moschee auf jeden Fall wieder aufbauen, sagt ein Redner, anderenfalls könne man für nichts garantieren.

Suranjan kommt ziemlich spät am Abend zurück. Er schwankt vor Müdigkeit und sagt Kiranmayi, daß er keinen Hunger hat und kein Abendbrot essen wird.

Suranjan löscht das Licht und legt sich hin, doch der Schlaf will nicht kommen. Die ganze Nacht dreht er sich von einer Seite auf die andere und läßt die Vergangenheit Schritt für Schritt vor seinen Augen Revue passieren. Vor einigen Jahren hat er für die Zeitschrift »*Ekata*« als Reporter gearbeitet, und diese Ausbildung hat ihn gelehrt, seine Gedanken zu ordnen, und ihm gleichzeitig den Zugang zu sämtlichen Informationen über sein Land ermöglicht.

Der Staat Bangladesch hatte vier Grundsätze: Patriotismus, Säkularismus, Demokratie und Sozialismus. Die religiös-fanatischen Kräfte waren seit der Sprachbewegung von 1952 durch den langen demokratischen Kampf und dessen letzte Phase, den Befreiungskrieg, besiegt worden. Aber nach der Unabhängigkeit, gegen deren Geist sie gekämpft hatten, gewannen sie wieder an Einfluß. Sie hatten die Verfassung geändert und den reaktionären Fundamentalismus rehabilitiert. Seit der illegalen, nicht verfassungsmäßigen Erklärung des Islam zur Staatsreligion – ein fauler Trick, der die Religion zur politischen Waffe machte – haben die Aktivitäten der religiösen, fundamentalistischen Kräfte stark zugenommen, ist der religiöse Haß explodiert. Im Geiste zählt Suranjan die Übergriffe auf:

Im Dorf Sabahan (Kreis Daudkandi, Distrikt Comilla) fielen im Morgengrauen des 8. Februar 1979 fast vierhundert Menschen der benachbarten Dörfer unerwartet über eine Gruppe von Hindu-*Rishis* her. Schreiend verkündeten sie: »Die Regierung hat den Islam zur nationalen Religion ausgerufen. Wollt ihr in einem islamischen Land leben, so müßt ihr alle zu Muslimen werden. Anderenfalls müßt ihr aus dem Land verschwinden.« Die Leute plünderten und verbrannten alle Häuser der *Rishis*, demolierten ihren Tempel und nahmen viele von ihnen mit, von denen es noch heute keine Spur gibt. Die Frauen wurden vergewaltigt und mißhandelt. Noch heute tragen viele schwere Verletzungen infolge jenes Überfalls mit sich herum.
Im Kreis Shibpur von Narsingdi, in einem Dorf namens Abirdia, wurden Nripendra Kumar Sengupta und seine Frau Anima Sengupta im Haus eines Notars festgehalten und dazu gezwungen, 8¼ *Bighas* Land jemand anderem zu überschreiben. Am 27. März 1979 erhob Anima schriftlich Anklage beim Polizeipräsidenten von Narsingdi: Sie erhalte Drohungen von ihren Schuldnern, auch die Nachbarschaft sei eingeschüchtert worden und traue sich nicht, Stellung zu beziehen. Daraufhin wurde Anima vier Tage in Untersuchungshaft genommen und gefoltert.
Im selben Jahr am 27. Mai griffen in Baulkanda (Kreis Kaukhali, Distrikt Pirojpur) ein Dutzend bewaffnete Leute das Haus der Haldars an. Sie raubten die Einrichtung des Hauses, zerstörten den Haustempel und riefen mit Begei-

sterung: »Haut die *Malauns* tot, ohe, macht den Tempel zur Moschee!« Sie rieten den Hindus, schleunigst aus dem Land zu verschwinden.
Im Dorf Gashchi (Kreis Raujan, Distrikt Chittagong) veranstalteten am 9. Mai fast 150 Muslime ein Massaker, bei dem sie am hellichten Tag Bomben in die Behausungen der Baidyas warfen, Häuser anzündeten und mit Gewehren herumschossen.
Am 16. Juni hielten ein Dutzend Polizisten im Dorf Atghar (Kreis Svarupkathi, Distrikt Pirojpur) etwa 16 Hindus fest, darunter Gauranga Mandal, Nagendra Mandal, Amulya Mandal, Subodh Mandal, Hirendra Nath Mandal und Jahar Deuri, und brachten sie in den Hof von Gauranga Mandal, um sie zu verprügeln. Als Gaurangas Frau Benu protestierte, schleppten die Polizisten sie in ein Zimmer und vergewaltigten sie nacheinander. Mit anderen protestierenden Frauen geschah dasselbe. Auch Sanatan Mandals Tochter Rina wurde festgehalten und vergewaltigt, anschließend wurde sie entführt. Rina ist bis heute nicht wiedergefunden worden.
Am 18. Juni gegen elf Uhr nachts führten in Chandkathi (Kreis Nazirpur, Distrikt Pirojpur) drei Polizisten mit örtlichen Wachmännern und einigen bewaffneten Personen eine Suche nach Hindus durch. Im Zuge der Durchsuchungen wurde den Hindus gesagt, sie sollten das Land verlassen. Dulal Krishna Mandal und vier oder fünf weitere Hindus wurden aufgrund ihrer Mitgliedschaft in der Sarbahara-Party festgenommen und auf der Polizeiwache unsäglichen Foltern ausgesetzt. Danach wurden sie im Tausch gegen etwa 10 000 Taka freigelassen. Viele Hindus dieses Kreises haben das Land verlassen. In zwölf Dörfern der Gemeinde Gazirhat (Kreis Dighlia, Distrikt Khulna) wurde die Hindu-Minderheit unglaublichen Foltern ausgesetzt. Nachdem Mullah Jamaluddin die Wahl zum Chairman verloren hatte, ließ er die Hindus durch Schergen am Be-

stellen ihrer Felder hindern, ihre Ernten stehlen, ihre Kühe und Ziegen entwenden und ihre Geschäfte ausrauben.

Im Dorf Durgapur (Distrikt Barisal) überfielen wegen eines Prozesses gegen illegale Weitervermietung und Beanspruchung geliehenen Eigentums am 10. Dezember 1988 Abdus Sobahan Bhuiya und Golam Hussain mit Waffen und Anhängerschaft das Haus des Anklägers Rajendranath Das. Sie drohten, in Rajendranaths Haus einen Mord zu verüben, raubten Geld und Schmuck und steckten das Haus in Brand. Sie stahlen auch eine Radhakrishna-Statue aus verschiedenen Edelmetallen und verprügelten alle, die sich widersetzen wollten. Bevor sie gingen, wiesen sie Rajendranath Das an, mit seiner Familie sofort das Land zu verlassen.

Am Morgen des 26. August 1988 drangen im Dorf Talbunia (Kreis Rampal, Distrikt Bagerhat) unter der Anstiftung der Fundamentalisten Polizisten in das Haus des über achtzigjährigen Lakshman Chandra Pal ein und verprügelten den Enkel des Greises namens Bikash Chandra Pal sowie auch seine Söhne Pulinbihari und Rabindranath Pal. Als sich Pulinbiharis Frau dem Tun der Polizei widersetzte, wurde auch sie exzessiv verprügelt. Die Polizei nahm hierauf Pulin, Rabindranath und Bikash mit zur Wache und brachte sie unter gefälschten Anklagen in Haft. Sie bekamen nicht die Möglichkeit, gegen Kaution freizukommen. Kurz vor der Unabhängigkeit hatte Abdul Hakim Mullah aus Sholakura Lakshman Chandras Nichte vergewaltigt und die restlichen Mitglieder der Familie verprügelt, was ihm eine längere Gefängnisstrafe eingebracht hatte. Nach seiner Entlassung rächte er sich zusammen mit Siraj Mallik, Harun Mallik und Abdul Jabbar Kazi, indem er die Polizei auf Lakshman Chandras Familienmitglieder ansetzte. Nach diesem Vorfall fürchteten viele Hindus um ihre Sicherheit und machten sich bereit, das Land zu verlassen.

Im gesamten Distrikt Gopalganj und in Gopalganj, Kotalipara und Maksudpur werden Hindus bestohlen, beraubt, ausgeplündert; ihre Häuser werden angezündet, durch falsche Besitzansprüche und erfundene Prozesse den Eigentümern weggenommen; die Frauen werden vergewaltigt, die Tempel zerstört und verbrannt; und als wäre das nicht genug, sind sie auch noch der polizeilichen Willkür ausgeliefert. Die Leute des Schlägertrupps von Mantu Kazi, Chairman in Kotalipara, veranstalten im Dorf Mandra Lakhirpar (Gemeinde Kushla) bei hellichtem Tag Überfälle, vergewaltigen Hindu-Frauen, erpressen Geld von den Hindus in Madarbari, Lakhirpar, Ghaghar Bazar, Khejurbari und Kandi und lassen sich den Besitz von geraubten Wertgegenständen von den Beraubten vertraglich bestätigen. Viele der Hindus haben aus Angst das Land verlassen. Mantu Kazi hat Mrs. Bhaumik von der Sonali Bank entführt und furchtbar mißhandelt. Mamata, Madhu und andere Hindu-Frauen in Kandi lockten sie mit der Versprechung einer Anstellung in die Kreisverwaltung und vergewaltigten sie dann mehrfach.

Am 3. Juli 1988 drang die Polizei mitten in der Nacht in das Haus von Anilchandra in Garibpur (Kreis Chitalmari, Distrikt Bagerhat) ein. Anilchandra war nicht zu Hause, die Polizisten schlugen seine Frau und sein Kind zusammen. In derselben Nacht plünderte die Polizei auch das Haus des Dorflehrers Amulya*babu*. Am 4. Juli wurde im Dorf Surigati das Haus von Kshitish Mandal von der Polizei überfallen. Als im Haus kein männlicher Bewohner angetroffen wurde, wurden Kshitish Mandals Frau und Tochter furchtbar mißhandelt. Am 5. Juli wurde im selben Dorf Shyamal Bisvas' Haus polizeilich überfallen. In Shyamal*babus* Abwesenheit vergewaltigten die Polizisten seine Tochter und raubten alle Wertgegenstände. Einige Tage nach diesen Vorfällen nistete sich ein Rowdy ungefragt bei Nirad Bihari Ray in Chitalmari ein. Eine Anzeige bei den Behörden blieb ohne Resultat.

Im Dorf Kalshira vertrieb Mansur Mallik, Mitglied der islamistischen United Party, einen Hindu gewaltsam aus dessen Haus, um selbst dort einzuziehen. Der Hindu saß obdachlos auf der Straße.
Der Erziehungsbeauftragte von Gopalganj bot Hindu-Frauen Anstellungen an, um sie daraufhin zu vergewaltigen. Auf diese Art und Weise wurden zwei Frauen aus dem Hause Biswas im Dorf Demakair vergewaltigt. Außerdem hat dieser Mann Geld erpreßt, indem er Hindu-Lehrerinnen und -Lehrern mit Versetzungen drohte.
Im Dorf Alti in Gopalganj überfielen Polizisten und bewaffnete Jugendliche gemeinsam das Haus von Jagadish Haldar. Das Haus wurde in Trümmer gelegt und geplündert, die Familienmitglieder wurden verprügelt. Beim Gehen drohte man, sie zu töten. Am 12. August desselben Jahres überfielen Polizisten zusammen mit bewaffneten Jugendlichen weitere Hindu-Häuser des Dorfes und zerstörten einige Tempel. Ashutosh Ray, Sukumar Ray, Manoranjan Ray, Anjali Ray, Suniti Ray und Bela Biswas wurden mißhandelt. Beim Gehen drohten die Angreifer, daß es in diesem Land keine Tempel mehr geben dürfte.
Aus Anlaß des Todes von Khayer Mullah, dem Chairman der Gemeinde Ujani (Kreis Maksudpur, Distrikt Gopalganj) verübten Fundamentalisten und Polizei Gewalttätigkeiten gegen die Hindus der Region. Die Polizei vergewaltigte die Frau von Shibu aus dem Dorf Basudebpur und Kumari Anjali Biswas aus dem Dorf Mahatali. Zwölf Einwohner des Dorfes Shimulpur wurden unter dem Vorwurf, die Sarbahara-Party zu unterstützen, festgenommen und furchtbaren Foltern ausgesetzt, erst nach Zahlung einer großen Geldsumme wurden sie freigelassen.
Im Dorf Bastukathi (Kreis Svarupkathi, Distrikt Pirojpur) überfiel die Polizei am 20. Juni ohne Anlaß die Hindus. Auf beiden Seiten des Flusses Bastukathi vernichtete man die Ernten auf ihren Feldern. Alle, die dort arbeiteten, wurden

festgenommen und nur gegen große Geldsummen freigelassen. Im selben Dorf wurde am 11. Juni die Angestellte des Kreisgesundheitsamtes, Minati Rani, auf dem Weg nach Adamkathi, wo sie zusammen mit ihrer Schwägerin und ihrem Bruder ihre Freundin Chabi Rani besuchen wollte, an einem Polizeiposten festgehalten und mit Folter bedroht. Später wurde sie gegen 1000 Taka freigelassen.
Die vierzehnjährige Shiuli, Tochter von Sudhanshu Haldar im Dorf Purbajala Bari (Kreis Svarupkathi) wurde auf dem Weg zu ihrem Onkel von einem Mann namens Rustam Ali vergewaltigt. Shiuli blieb ohnmächtig auf der Straße liegen. Als Sudhanshu Haldar von den örtlichen Dorfhonoratioren die Verurteilung des Vorfalls verlangte, wurde ihm gesagt: »Wenn Sie so etwas nicht aushalten können, sollten Sie das Land verlassen.«
Aus Anlaß einer Moscheegründung in der Nähe des Wohnhauses von Dr. Shacindra Kumar Shaha in Bhuriganj Bazar (Kreis Shibganj, Distrikt Bagura) überfielen am 7. April die Leute des Moscheekomitees Dr. Shahas Haus. Sie zerstörten Türen und Fenster, raubten das Haus aus und setzten es in Brand. Auch den angrenzenden Tempel legten sie in Schutt und Asche. Fast zwei Stunden ließen sie ihrer Zerstörungswut freien Lauf und raubten Gegenstände im Wert von 1100000 Taka. Währenddessen hatte Dr. Shahas Sohn fliehen können und bei der Polizeiwache Anzeige erstattet; als die Polizei am Tatort eintraf, wurde sie unter der Führerschaft von Altaf Hussain Mandal mit Schlagstöcken, Eisenstangen und Ziegelsteinen angegriffen, wobei einige Polizisten verletzt wurden. Daraufhin ging der Polizeichef des Kreises Shibganj als Ankläger gegen Altaf Hussain Mandal und weitere 65 Leute vor Gericht und veranlaßte ihre Inhaftierung. Auf Weisung einer höheren Instanz wurden die Angeklagten jedoch wieder freigelassen. Gegen Dr. Shahas Familie wurden Morddrohungen ausgesprochen. Daraufhin sahen die Hindus der ganzen Gegend ihre

Sicherheit nicht mehr gewährleistet und überlegten, die Gegend zu verlassen.
Am 3. und 4. Mai des Jahres 1979 wurden im Dorf Tikrapara (Kreis Alfadanga, Distrikt Faridpur) Hindus gefoltert. Die Hindus der Gegend verließen aus Todesangst ihre Wohnhäuser und suchten anderswo Zuflucht.
Im Dorf Rahatpur der Gemeinde Raypur (Kreis Mohammadpur, Distrikt Magura) vergewaltigte der einflußreiche Nazir Mridha die Frau des Dorfbewohners Haren Biswas sowie dessen Tochter Nabalika und die Schwiegertochter. Als dieser Fall vor Gericht kam, sah sich Haren Biswas durch die andauernden Gewalttaten von Nazir Mridha und seinen Gehilfen gezwungen, das Land zu verlassen.
In Debgram (Kreis Kotalipara, Distrikt Gopalganj) nahm die Polizei am 19. und 20. Mai Anil Kumar Bagchi, Sunil Kumar Pande und Makhanlal Ganguli unter dem Vorwurf, der Bangabhumi-Bewegung anzugehören, fest und ließ sie gegen enorme Geldsummen wieder frei. Im Dorf Mirakathi (Kreis Jhalkathi, Distrikt Jhalkathi) wurde der geistig behinderte Ramesh Chandra Ojha mit Gewalt zum Islam konvertiert. Auch auf Ramesh Chandras Frau Minati Rani und seinen älteren Bruder Nirad Ojha wurde Druck ausgeübt, zum Islam überzutreten. Als Minati Rani darüber mit lokalen Würdenträgern sprach, wurden ihr furchtbare Foltern angedroht. Minati Rani floh in Todesangst aus dem Dorf.
Im Dorf Jobai (Kreis Kachua, Distrikt Gopalganj) hat ein suspendierter Polizeibeamter namens Sultan die Frau von Sudhir Baidya vergewaltigt. Aus Furcht vor öffentlichem Aufsehen hat dieser geschwiegen. Sudhirs Frau bekam Morddrohungen. Im selben Dorf wurde eine Kuh von Upendra Malo geschlachtet und aufgegessen. Als Upendra dies den Behörden mitteilte, erntete er nur Beleidigungen.
Im Dorf Baultali der Baultali Union (Distrikt Gopalganj) wurde Kartik Ray von den Muslimen seines Viertels er-

mordet, als er den Reis auf seinem Land gegen diese verteidigte. Seine Frau Renuka wurde dazu gezwungen, diesen brutalen Mord als natürlichen Tod zu bezeichnen.
In Dakshin Chandpur (Kreis Laksam, Distrikt Comilla) entführte am 4. Dezember 1988 abends gegen acht Uhr Abdur Rahim mit seinen Gefolgsleuten Manju Rani Shil, die Tochter Premananda Shils, welche in der neunten Klasse war. Am Morgen des nächsten Tages wurde bei der Polizeiwache in Laksam Anzeige erstattet. Von Manju Rani gab es noch keine Spur. Die Leute der Entführer drohten Premananda Shil und seinen Familienmitgliedern verschiedentlich. Die Polizei hüllte sich in Schweigen. Die Hindu-Familien in dieser Gegend finden nicht den Mut, die Mädchen in die Schule zu schicken.
Am 25. April nahm die Polizei im Dorf Gutia (Kreis Ujirpur, Distrikt Barisal) 16 Hindus fest, die *Kirtans* sangen. Sie waren Tagelöhner und arbeiteten auf einer Betelplantage.
Nachdem das Gesetz über die Staatsreligion verabschiedet war, verkauften im Dorf Siddhirpasha (Kreis Abhay Nagar, Distrikt Jessore) Hindus Boden, welcher 20000 Taka den *Bigha* wert war, für 7000 oder 8000 und flüchteten nach Indien, weil einige Leute behaupteten, daß der Besitz von Hindus nicht mehr verkäuflich sei. Madhab Nandi, ein Einwohner des Dorfes, versuchte den Hindus zu erklären, daß es nicht richtig sei, den Boden aufgrund dieses Geredes zu verkaufen. Einige Tage danach überfielen tief in der Nacht ein gutes Dutzend Leute das Haus von Madhab Nandi mit Dolchen und Lanzen und vergewaltigten die im siebten Monat schwangere Schwiegertochter und seine jugendliche Tochter.
Am 15. Mai wurde im Kreis Khoksha in Kushtia Deben Biswas von Gewehrkugeln getötet. Der Prozeß ist zwar eröffnet worden, doch bis jetzt hat man niemanden festgenommen.
Am 12. und 16. August des Jahres 1988 überfiel die Polizei

zusammen mit bewaffneten Jugendlichen das Dorf Garibpur (Kreis Chitalmari, Distrikt Bagerhat). Sie zerstörten die Götterstatuen in den Tempeln und vergewaltigten die Frauen. Etwa zwanzig Menschen wurden ergriffen und fürchterlich verprügelt, bis sie gegen Geld freikamen. Narayan Bairagi, Sushanta Dhali, Anukul Barai, Ranjan Dhali und Jagadish Bairagi waren lange Zeit in Haft. Auch im Dorf Charbaliari gab es Übergriffe dieser Art. Etwa 15 Leute wurden festgehalten und gegen Geld freigelassen. Auch in den Dörfern Hijra und Barbaria wurden etwa acht Leute festgehalten, mißhandelt und schließlich gegen Geld freigelassen.

Im Dorf Parkumia (Kreis Tala, Distrikt Satkshira) wurde Chanda, Drittkläßlerin und Tochter von Rabindranath Ghosh, vom Dorflehrer vergewaltigt. Dies geschah am 16. Mai 1979. Chanda schlief in jener Nacht mit den anderen Familienmitgliedern auf der Veranda des Hauses. In tiefer Nacht kam der Schullehrer Nasimuddin mit einigen Leuten und entführte Chanda mit Gewalt. Danach vergewaltigte er sie in einem Garten in der Nachbarschaft. Am Morgen des nächsten Tages wurde Chanda blutend und bewußtlos auf der Straße liegend gefunden und ins Krankenhaus von Satkshira gebracht. Bei der Polizeiwache von Tala wurde zwar Anzeige erstattet, doch die Angeklagten wurden nicht verhaftet.

Im Dorf Gohala (Kreis Maksudpur, Distrikt Gopalganj) wurde Ujjvala Rani von fünf Leuten, die das Land ihres Vaters besetzt hatten, vergewaltigt. Als Ujjvala Ranis Vater diesen Vorfall bei der Polizeiwache von Maksudpur meldete, lehnte die Behörde es ab, eine Anzeige aufzunehmen.

In den Dörfern Jhalkathi, Nalchiti, Svarupkathi, Banaripara, Agailjhara, Uzirpur, Nazirpur und Gaurnadi im Distrikt Barishal wurden Ausschreitungen gegen Minderheiten als Verhaftungen von Mitgliedern der Sarbahara Party getarnt. Nach den Verhaftungen wurden die Gefangenen gegen Schmiergelder wieder freigelassen. Aus Angst vor polizeilichen Gewalttaten sind in dieser Gegend viele Hindus auf der Flucht.

Kashinath Haldar aus dem Kreis Agailjhara hat bei den polizeilichen Foltern um ein Haar sein Leben verloren.

Im Dorf Naotana in der Gemeinde Digha (Kreis Nazirpur, Distrikt Pirojpur) verprügelte die Polizei den einzigen Sohn von Keshab Sadhu unter der falschen Beschuldigung, mit der Sarbahara-Party in Verbindung zu stehen, in einer derart drastischen Weise, daß Keshab Sadhu beim Anblick seines Sohnes an Herzversagen starb.

Im Dorf Charamdhua in der Gemeinde Charamdhua (Kreis Raypur, Distrikt Narsingdi) überfielen unter der Anführerschaft von Shahabuddin und Alauddin 70 bis 80 Muslime die Hindu-Häuser im Sutradhar-Viertel und plünderten sie aus. 20 Familien, insgesamt etwa 150 Menschen, haben das Dorf verlassen und fristen ihr Leben nun als Flüchtlinge.

In Jahangirpur (Kreis Madan, Distrikt Netrakona) überfiel am 16. Mai eine Gruppe von Fundamentalisten das Haus des Minderheitenführers Binay Baishya. Binay*babus* Familienmitglieder wurden 36 Stunden lang festgehalten, während das Haus ausgeraubt wurde. Als die Nachricht die Polizeiwache erreichte, nahm die Polizei anstelle der Angreifer die zwei Söhne von Binay*babu* fest. Später wurden sie wieder freigelassen.

Im Dorf Durgapur von Bakerganj, Gemeinde Chandpur, überfielen am 10. Dezember unter Leitung des örtlichen U.P.-Mitglieds Golam Hussain Pintu fast 100 Leute das Haus von Rajendra Chandra Das, raubten es aus, verprügelten die Bewohner und zündeten es schließlich an. Als Rajendra Chandra bei der Polizeiwache Anzeige erstattete, zündeten sie das Haus erneut an und drohten den Familienmitgliedern, sie zu töten. Als am Kreisgericht verhandelt wurde, blieb die Polizei stumm.

Im Dorf Mirwarishpur (Kreis Begamganj, Distrikt Noakhali) brachten einige Muslime den Besitz von Dinesh Chandra Das gewaltsam an sich.

Suranjan kann nicht schlafen. Er erinnert sich an die Zeit bei *Ekata*, so um 1988/1989. Er war Reporter und mußte im ganzen Land herumfahren. Seine Tasche war stets schwer gefüllt mit Berichten von all diesen Grausamkeiten. Manchmal wurde etwas davon gedruckt, manchmal auch nicht. Der Herausgeber sagte ihm: »Hast du verstanden, Suranjan, das sind Gewalttätigkeiten von Starken gegen Schwache, von Reichen gegen Arme. Wenn du reich bist, spielt es keine Rolle, ob du Hindu oder Muslim bist – das sind nun mal die Regeln des kapitalistischen Systems. Sieh dir die armen Muslime an: Genau dasselbe! Die Reichen beuten die Armen aus, seien sie nun Hindus oder Muslime.«

3. Tag

Der Winter ist bisher milder als gewöhnlich. Suranjan streift sich die Bettdecke vom Körper. Es ist schon eine ganze Weile hell, doch er hat keine Lust aufzustehen, zumal er die ganze Nacht wach gelegen hat. Er grübelt über den gestrigen Tag, an dem er einmal durch die ganze Stadt gelaufen ist. Er wollte niemanden besuchen, mit niemandem reden, ist allein herumgeirrt. Dabei hat er wohl daran gedacht, daß seine Eltern in Sorge um ihn wären, aber er wollte einfach nicht nach Hause gehen. Kiranmayis von der Furcht gezeichnetes Gesicht macht ihm angst, und die Gefühlsleere in Sudhamays starren Augen ist ihm unerträglich, und erst Maya! Suranjan hat das Verlangen, sich zu betrinken, nur um Mayas Blick vergessen zu können, als sie ihn anflehte, die Familie in Sicherheit zu bringen.

Maya ist rasch erwachsen geworden. Als kleines Mädchen ging sie an der Hand ihres großen Bruders zum Spaziergang an den Fluß hinunter. Sie war ein dunkles, schönes Mädchen. Wenn die *Puja* näher rückte, fragte sie unausweichlich, ob Suranjan ihr eine Bluse kaufen würde. Er sagte dann, sie solle doch den ganzen *Puja*-Klimbim vergessen. »Die Leute tanzen um eine Tonstatue herum, und dafür brauchst du neue Kleidung? Sollte ich versäumt haben, dir das Denken beizubringen?«

Maya sagte dann schmeichelnd: »*Dada,* ich will mir die *Puja* doch nur ansehen. Komm, geh mit mir hin.«

Suranjan schimpfte: »Sei ein Mensch, einfach nur ein Mensch. Warum benimmst du dich wie ein Hindu?«
»Wieso, sind Hindus etwa keine Menschen?« kicherte Maya.
1971 mußte Maya mit dem muslimischen Namen Farida gerufen werden. Noch 1972 rutschte Suranjan dieser Name manchmal heraus. Maya machte das richtig wütend, und er mußte im Eckladen Schokolade kaufen, um sie zu beschwichtigen. Dann war sie hocherfreut, stopfte sich beide ohnehin runden Backen mit Schokolade voll und lachte mit glänzenden Augen. Wenn das *Id*-Fest kam, verlangte sie wie ihre muslimischen Freundinnen einen bunten Luftballon. Auch sie wollte Knaller und Wunderkerzen haben, und bettelnd hängte sie sich an Kiranmayis Sarizipfel: »Heute gibt es bei Nadira *Pulao* und Fleisch, da will ich mitessen!« Schließlich kochte Kiranmayi selbst *Pulao*.
Seit Maya vorgestern gegangen ist, hat niemand im Haus mehr von ihr gehört. Die Eltern machen sich um sie keine allzu großen Sorgen, denn bei ihrer muslimischen Freundin ist ihr Überleben immerhin gesichert. Und außerdem hat Maya ihr Leben fest im Griff. In ihrem jungen Alter hat sie schon zwei Nachhilfeschülerinnen, und die Kosten für ihr Studium am Eden College trägt sie selbst. Er, Suranjan, ist der einzige, der um Geld bitten muß. Seine Arbeitssuche war auf der ganzen Linie erfolglos, und jetzt sitzt er da mit seinem Diplom in Physik.
Dabei hatte er ursprünglich Lust gehabt zu arbeiten, hatte auch das eine oder andere Bewerbungsgespräch geführt. An der Universität war er einer der besten Studenten gewesen, doch die Studenten, die zu ihm kamen, um sich helfen zu lassen, hatten, wie er nicht ohne Bitterkeit feststellte, in den Abschlußexamina mit einemmal höhere Punktzahlen als er erreicht. Dasselbe geschah bei der Arbeitssuche: Die Leh-

rerposten fielen Bewerbern mit schlechteren Abschlüssen als seinem zu. Verschiedene Bewerbungsgespräche hatte er souverän gemeistert. Um so erstaunlicher schien es ihm, daß gerade die Bewerber, die mit trübseliger Miene aus dem Sitzungszimmer entlassen wurden – »Nein, *Bhai,* es ist nicht besonders gut gelaufen« –, irgendwie doch noch eine Zusage bekamen, während er leer ausging. Ein- oder zweimal hieß es, Suranjan beherrsche nicht die rechten Umgangsformen, da er die Sitzungsmitglieder nicht mit dem üblichen *Salam* begrüße. Suranjan für seinen Teil ist davon überzeugt, daß die muslimischen Grußformen des *Salam alaikum* und *Adab* oder das *Namaskar* der Hindus bei weitem nicht die einzige Art und Weise sind, höfliche Ergebenheit zu bezeigen. Ein Bewerber, der *Salam alaikum* sagt und den Aufrichtigen und Ergebenen spielt, vor der Tür dann aber die Prüfer als »Schweinesöhne« beschimpft, ist wohl das, was man in solchen Kreisen wohlerzogen nennt, und so einer hat eine Chance, das Bewerbungsgespräch zu bestehen. Suranjan, der sich weigert, *Salam alaikum* zu sagen, hat noch keinen seiner Lehrer beschimpft, und dennoch steht er bei den Leuten im Ruf, eine unhöfliche Person zu sein. Wer weiß schon, ob dies der Grund war, daß er keine Arbeit bekommen hat, oder nicht doch sein Hinduismus. Bei einem Privatunternehmen hatte er schließlich eine Stelle bekommen und für drei Monate gearbeitet, doch dann gefiel es ihm dort nicht mehr, und er kündigte.

Verglichen mit ihm hat sich Maya recht gut arrangiert. Ihr Nachhilfeunterricht läuft reibungslos, und anscheinend hat sie auch eine Stelle bei irgendeiner nicht regierungsgebundenen Organisation so gut wie sicher. Suranjan hat jenen Jahangir im Verdacht, ihr die Wege zu ebnen, und er befürchtet, daß sie ihn schließlich aus lauter Dankbarkeit heiraten wird.

Kiranmayi betritt das Zimmer mit einer Tasse Tee. Ihre Tränensäcke sind geschwollen, und Suranjan begreift, daß sie in der Nacht kein Auge zugetan hat. Er will sich nicht anmerken lassen, daß auch er nicht geschlafen hat. Er gähnt: »Ich habe nicht einmal bemerkt, wie spät es ist«, gerade so, als habe er bis eben geschlafen.
Kiranmayi steht weiter mit dem Tee vor ihm. Sie hat gar nicht gehört, was er gesagt hat. Suranjan vermutet, daß Kiranmayi etwas sagen möchte. Doch sie gibt keinen Ton von sich und scheint nur darauf zu warten, daß Suranjan ihr die Tasse aus der Hand nimmt. Suranjan versteht, daß man so regungslos und starr nur vor jemandem stehenbleibt, von dem man durch einen tiefen Graben getrennt ist. Er selbst eröffnet das Gespräch: »Ist Maya immer noch nicht zurückgekommen?«
»Nein«, antwortet sie schnell, als habe sie nur auf irgendein Redesignal gewartet, als wolle sie jeden Laut von Suranjans Seite als Gelegenheit benutzen, mit ihm zu reden. Sie setzt sich aufs Bett, nahe zu ihm. Suranjan sieht in ihrem Gesicht eine große Verunsicherung. Er wendet sich ab von Kiranmayis rotgeränderten Augen, ihren ungekämmten Haaren und dem schmutzigen Sari. Er stützt sich auf die Ellenbogen und nippt an seiner Teetasse: »Warum kommt sie nicht zurück? Weil die Muslime sie retten? Hat sie gar kein Vertrauen zu uns? Sie fragt noch nicht einmal nach, wie es uns geht. Denkt sie nur an ihre eigene Haut?«
Kiranmayi schweigt. Suranjan zündet sich zum Tee eine Zigarette an. Sonst raucht er nicht in Anwesenheit seiner Eltern, doch als er heute das Streichholz anreißt, die Zigarette anzündet und einen Mundvoll Rauch ausbläst, denkt er noch nicht einmal an diese ungeschriebene Regel – als wäre dieser Tag kein Tag wie die anderen. In diesem Mo-

ment ist die Kluft zwischen seiner Mutter und ihm wie weggewischt, die unsichtbare Wand, die zwischen ihnen war, verschwindet Stück für Stück.
Wie lang ist es her, daß er seiner Mutter Zärtlichkeit geschenkt hat? Wenn die Söhne groß werden, entfernen sie sich mehr und mehr von den Berührungen ihrer Mütter. Doch heute würde Suranjan gern den Kopf auf Kiranmayis Schoß legen und wie in der Kindheit Geschichten von kämpferischen Papierdrachen hören, zum Beispiel die von seinem Onkel Nabin, der selbst Drachen bastelte und sie virtuos fliegen ließ. Zielsicher zerschnitten seine Drachen die Schnüre aller anderen Drachen und beherrschten siegreich den Himmel.
Sehnsuchtsvoll schaut Suranjan auf seine Mutter. Er nimmt einen tiefen letzten Zug seiner Zigarette und fragt: »Ist gestern Kamal, Belal oder sonstwer gekommen?«
»Nein«, sagt Kiranmayi mit trauriger Stimme.
Suranjan ist sprachlos, daß sich Kamal noch nicht einmal erkundigt hat. Denken seine Freunde etwa, er sei schon tot? Haben sie nicht mehr das Bedürfnis, ihn zu retten?
Kiranmayi sagt langsam, mit versiegender Stimme: »Wohin bist du gestern gegangen? Wir waren allein zu Hause. Kümmert es dich denn gar nicht, daß etwas passieren könnte? Und wenn dir draußen etwas zugestoßen wäre? Gautam von gegenüber ist gegen Mittag zum Laden gegangen, um Eier zu kaufen. Die muslimischen Jungen haben ihn verprügelt. Zwei Vorderzähne haben sie ihm ausgeschlagen. Und ein Bein soll auch gebrochen sein.«
»Oh.«
»Erinnerst du dich noch an Gitas Mutter, die vor zwei Jahren aus dem Shani Akhra kam, weil sie ihr Haus angezündet hatten? Sie hat bei vielen Leuten gearbeitet, um das Geld für ein neues Heim zusammenzubekommen, und

schließlich hat sie es geschafft. Heute morgen war sie hier. Sie sitzt mit ihren Kindern wieder auf der Straße. Auch das neue Haus haben sie dem Erdboden gleichgemacht. Heute morgen sagte sie: ›*Baudi*, wo kann ich Gift bekommen?‹ Sie ist anscheinend verrückt geworden.«

»Oh.« Suranjan stellt seine Teetasse neben dem Kopfkissen ab.

»Wenn Maya zurückkommt, ist das doch nur ein Grund, sich noch mehr Sorgen zu machen.«

»Muß sie deshalb gleich ihr ganzes Leben unter den Fittichen von Muslimen verbringen?« Suranjans Stimme verhärtet sich plötzlich. Auch er war ja schon einmal mit seiner Familie bei Kamal untergekommen. Damals hatte er nichts dagegen einzuwenden gehabt, bei Muslimen Zuflucht zu suchen. Er hatte sich gesagt, daß einige boshafte Menschen ihrer Boshaftigkeit freien Lauf ließen, daß dies vorübergehen würde und daß es solche Menschen ja schließlich in jedem Land gab. Aber dieses Mal sieht alles anders aus. In ihm regt sich der Verdacht, daß alles doch eine große, lange geplante Verschwörung sein könnte. Ja, der Gedanke drängt sich förmlich auf. Suranjan ist sich auf einmal nicht mehr sicher, daß Kamal, Belal, Kaisar und Lutfar frei von jedem religiösen Fanatismus sind. Hatte es etwa 1978 nicht eine Volksbewegung gegeben, damit die Regierung von Ziaur Rahman die *Bismillah*-Formel in die Verfassung aufnahm? Oder hatte das Volk geweint, als die Regierung 1988 den Islam zur Staatsreligion machte?

Es hieß doch, der Säkularismus sei eine unerschütterliche Überzeugung der bengalischen Muslime, besonders während des Unabhängigkeitskrieges, als alle gemeinsam für dieselbe Sache gekämpft hatten. Was war aus diesen Leuten geworden? Es schien sie nicht sonderlich zu betrüben, mitanzusehen, wie der religiöse Fundamentalismus im

Staatswesen Einzug hielt. Was hätte durch ihren Protest nicht alles erreicht werden können! Warum sind die erhitzten Gemüter dieses Landes, die solch einen großen Krieg herbeiführen konnten, mit der Zeit so kalt wie Schlangen geworden? Warum drängte es sie nicht, den Keim des religiösen Fanatismus mitsamt seinen Wurzeln zu vernichten? Wie konnten sie an die wahnsinnige Vorstellung glauben, daß in einem Land, das den Säkularismus abschafft, die Demokratie überleben könnte? Welche Ironie liegt darin, daß dieselben Menschen, die gestern für die Freiheit gekämpft haben, heute zulassen, daß der religiöse Haß weiterbesteht.

»Hast du gehört, daß sie gestern den Sowarighat-Tempel zerstört haben? Und den Shyampur-Tempel?« Kiranmayis Stimme ist verzweifelt.

Suranjan streckt sich und sagt: »Bist du etwa jemals zum Tempel gegangen, daß es dir jetzt solchen Kummer bereitet? Sollen sie doch kaputtgehen, was macht das schon? Sollen sie doch alle diese Monumente der Religion in Trümmer legen.«

»Wissen sie denn nicht, daß die Hindus wütend werden, wenn sie ihre Tempel zerstören, wo sie sich doch selbst so über die Zerstörung von Moscheen erregen? Oder verstehen sie es nicht? Wegen einer Moschee vernichten sie Hunderte von Tempeln. Ist nicht der Islam die Religion des Friedens?«

»Die Muslime wissen ganz genau, daß die Wut der Hindus in diesem Land keinerlei Folgen hat. Deshalb tun sie es. Hat etwa irgendein Hindu Hand an eine Moschee legen können? Der Tempel von Nayabazar liegt seit zwei Jahren in Trümmern. Die Kinder laufen darauf herum und pinkeln an die Steine. Kennst du nur einen Hindu, der den Mut hätte, mit der Faust gegen die Mauer einer Moschee zu schlagen?«

Kiranmayi steht geräuschlos auf. Suranjan begreift, daß auch sie, die sich im Innern eine Welt zurechtgelegt hat und nicht oft aus dem Haus herauskommt, stutzig geworden ist. Auch sie, die Parvin und Archana mit demselben Blick betrachtet, ist jetzt aufgewühlt und beginnt, sich Fragen zu stellen ... Haben denn wirklich nur Muslime ein Anrecht auf Wut und Trauer?

Es stimmt nicht, daß die Überfälle auf Hindus und Hindu-Tempel erst im Oktober 1990, also nach dem Beginn der Angriffe auf die Babri-Moschee begannen. Suranjan erinnert sich, daß am Morgen des 21. April 1979 in Saheb Bazar ein Mann namens Ayub Ali die Kali-Statue des historischen Kali-Tempels eigenhändig zerstörte. Nach der Zerstörung des Tempels wurden auch Läden hinduistischer Eigentümer angegriffen. Aber es gab noch weitere Zwischenfälle:

> Am 16. April desselben Jahres wurde in Ramgopal Para (Kreis Shailakupa, Distrikt Jhinaidah) ein Kulturdenkmal, nämlich die Ramgopal-Statue, aus dem gleichnamigen Tempel gestohlen. Später wurde sie in demoliertem Zustand beim Totenverbrennungsplatz von Shailakupa gefunden, doch Gold- und Silberschmuck des Götterbildes blieb verschwunden.
> Der Kali-Tempel von Jaygopalhat im Dorf Purna Lalanghar wurde dem Erdboden gleichgemacht.
> In Kuraisha Chandgao im Norden von Chandgao wurde die Statue des Durga-Tempels zerstört.
> Zwei Monate nach Inkrafttreten des Gesetzes über die Staatsreligion wurden aus dem Kalachand-Tempel bei dem Dorf Dakshindihi (Kreis Phultala, Distrikt Khulna) die als Wahrheitsorakel verehrte Statue und ihr Goldschmuck

entwendet. Als der Vorsitzende des Tempelkomitees bei der Polizei Anzeige erstattete, war er es, der von der Polizei festgenommen und schwer gefoltert wurde. Gegen alle Mitglieder des Tempelkomitees wurden Haftbefehle erlassen. Als der stellvertretende Polizeichef der Kreisverwaltung zur Inspektion kam, drohte er den Hindus, die Täter seien unter ihnen zu suchen.

In der Nacht des 8. Dezember wurden aus dem alten Tempel von Dvimukha (Kreis Kalihati, Distrikt Tangail) die marmornen Statuen von Shiva, Radhagovinda und Annapurna sowie der als Gott Narayan verehrte Shalgram-Stein gestohlen. Die Polizei kam zum Tatort und erfuhr, daß der Dieb Nur Mohammad Talukdar sei, unternahm aber nichts.

In der Mayanamti Union (Kreis Burichang, Distrikt Comilla) schrieb eine »Universaler Islam« genannte Vereinigung einen offenen Brief an die Hindus, daß sie unverzüglich das Land verlassen sollten. Weiterhin wurde mit Überfällen gedroht, wenn die Hindus nicht die *Puja* und andere religiöse Riten aufgäben. Am 14. April wurde der Banyanbaum beim Kali-Tempel mit Benzin in Brand gesteckt. Auf dem Bazar von Mayanamti verbreitete ein Mann namens Ali Ahmad das Gerücht, daß die Hindus der Region durch Krawalle vertrieben werden würden.

Mehr als hundert Menschen fielen am 11. März über das Shri Shri Madanmohan Akhra im Kreis Lalmohan von Bhola her, während dort *Kirtans* gesungen wurden. Sie zerstörten die Götterstatuen und verprügelten die anwesenden Gläubigen. In verschiedenen Tempeln von Dattapara wiederholte sich das übliche Spiel der Zerstörung von Götterbildern, Plünderung und Brandstiftung.

Im Dorf Bartiya (Kreis Ghior, Distrikt Manikganj) befürchteten die Hindus, die *Puja* in dem fast einhundert Jahre alten Kali-Tempel nicht feiern zu können, da auf dem angrenzenden Grundstück an einem Grabmal für den Notar Zillur Ahmad und einer Moschee gebaut wurde.

In Kalirhat (Union Mohammadpur, Kreis Chatkhil, Distrikt Noakhali) hatten die Hindus seit langem einen Tempel als Gebetsstätte. Die örtlichen Muslime verschworen sich und verhinderten mit Gewalt die weitere religiöse Nutzung des Tempels, um dann Läden dort einzurichten.
Tief in der Nacht des 26. Mai wurde die Götterstatue des Lakshmi-Tempels in Phaukal (Stadt Gazipur) zerstört, und ihr Kopf wurde entwendet.
Im Kloster des Dorfes Kashtasagra (Kreis und Distrikt Jhinaidah) wurde der letzte Tag des hinduistischen Jahres gefeiert, als eine Gruppe von Leuten das Kloster überfiel; der Priester wurde brutal zusammengeschlagen, die Opfergaben wurden verwüstet und die Trommeln entwendet. Trotz einer Anzeige wurde niemand festgenommen.
Am 14. März 1979 überfielen und beschädigten in Nijra Purbapara (Kreis und Distrikt Gopalganj) Muslime den Kali-Tempel. In den Shiva-Tempel von Ulpur wurde eingebrochen, und viele Wertgegenstände mitsamt des Shivalinga wurden gestohlen.
Am 17. Oktober 1979 wurde in Thanapara (Kreis und Distrikt Kushtia) eine Durga-Statue zerstört.
Vor Beginn der *Puja* im Sadar Paler Bazar (Distrikt Khulna) zerstörten einige Muslime die Götterstatuen.
In Gobra (Distrikt Jessore) wurden Durga-Statuen zerstört.
Am 1. Oktober 1979 wurde im Distrikt Khulna die traditionsreiche Durga-Statue des Shri-Shri-Pranabanandaji-Maharaj-Aschrams zerstört.
Am 30. September wurde die Durga-Statue des Tempels bei der Bushaltestelle von Kaliganj (Distrikt Satkshira) vollständig zerstört.
Der Imam der Jama-Moschee von Madhugram (Kreis Dumuria, Distrikt Khulna) schickte einen Rundbrief an alle *Puja*-Veranstalter der Gegend, in dem er verlangte, daß während der täglichen muslimischen Gebete alle Ritualhandlungen zu unterbleiben hätten.

Bei einer Demonstration der fundamentalistischen Kräfte in Khulna wurde in der ersten Oktoberwoche folgender Slogan benutzt: »Stoppt den Dienst an Götterbildern, zerstört sie, macht sie unbrauchbar.«
Die Kali-Statue des Tempels von Mahishkola (Kreis Kumarkhali, Distrikt Kushtia) wurde am 23. Oktober zerstört.
Die Kali-Statue, die für die *Puja* im Kali-Tempel von Kaliganj Bazar (Kreis Kaliganj, Distrikt Gazipur) angefertigt worden war, wurde zerstört. Am 30. September wurden im Dorf Nakhipur (Kreis Shyamnagar, Distrikt Satkshira) die im Haritala angefertigten Götterstatuen zerstört.
Im Kreis Bhandaria des Distrikts Pirojpur wurden die Wände des Kali-Tempels eingerissen, um dort ein Abflußrohr zu bauen.
Die Durga-Statue in Phuljhuri Bazar (Distrikt Barguna) wurde am letzten Tag der *Durga-Puja* von Fundamentalisten attackiert.
In der Bukubunia Union des Kreises Bamna wurde die Durga-Statue einige Tage vor der *Puja* zerstört. All diese Vorfälle kamen nicht vor Gericht.

Und da heißt es, Bangladesch sei ein Land der Harmonie zwischen den Religionen! Suranjan muß plötzlich laut auflachen. Kiranmayi ist aus dem Zimmer gegangen, nur eine Katze liegt bei der Tür. Sie sieht erschrocken auf, als sie Suranjans Lachen hört. Ist diese Katze heute nicht in den Dhakeshvari-Tempel gegangen? Zu welcher Art gehört diese Katze denn überhaupt? Ist sie Hindu? Wenn sie in einem Hindu-Haus wohnt, wird sie wohl auch eine Hindu-Katze sein. Sie hat ein schwarz-weißes Fell, in ihrem blauen Augenpaar schwingt Betroffenheit mit. Trieft etwa auch aus ihren Katzenaugen Mitleid? Dann muß sie muslimisch sein. Ein liberaler Muslim. Die liberalen Muslime haben immer diesen mitleidigen Blick für die Hindus.

Die Katze erhebt sich und geht. Es ist gut möglich, daß ihr die Ofenwärme in diesem Haus nicht ausreicht und sie sich in die Küche des benachbarten muslimischen Hauses setzt. Dann haben Katzen also keine Religionszugehörigkeit, die haben nur Menschen. Nur Menschen haben Tempel und Moscheen.
Die Sonne scheint ins Zimmer, und Suranjan weiß, daß es schon ziemlich spät ist. Heute ist der 9. Dezember, und er hat große Lust, sich in eine Katze zu verwandeln. Sein ganzes Leben lang hat er nicht einmal *Puja* gemacht, ist er nicht einmal in den Tempel gegangen. Er hat es zu seinem Anliegen gemacht, den Sozialismus ins Land zu bringen, ist dafür auf die Straße gegangen, hat Demonstrationen organisiert, hat auf Veranstaltungen große Worte gesprochen, sich für die Bauern und Arbeiter eingesetzt; ja, so viel hat er über den gesellschaftlichen und wirtschaftlichen Fortschritt des Landes nachgedacht, daß er nicht die Zeit fand, sein eigenes Leben zu organisieren. Und jetzt zeigen alle mit dem Finger auf ihn und nennen ihn Hindu. »Faßt ihn, faßt ihn«, rufen ihm die Jungen des Viertels nach. Heute sind sie vielleicht noch nicht so weit, ihn festzuhalten und zu schlagen, doch morgen werden sie es tun. Wie sie Gautam beim Eierkaufen verprügelt haben. Er wird zu Matis Laden an der Kreuzung gehen, um Zigaretten zu kaufen. Plötzlich wird ihn ein starker Hieb in den Rücken treffen, die Zigarette wird ihm von den Lippen gleiten, und wenn er sich umdreht, wird er sie dastehen sehen: Khuddus, Rahman, Belaed, Sobhan und wie sie alle heißen. Harte Knüppel und scharfe Dolche werden sie in den Händen halten ... Wenn Suranjan nur daran denkt, stellt sich sein Körperhaar auf. Bekommt es also auch Suranjan mit der Angst zu tun? Dabei ist er ja alles andere als ein Angsthase. Er steht auf und sucht im Hof nach der Katze. Wie toten-

still das Haus ist. Es scheint, als würde hier seit einiger Zeit niemand mehr wohnen. Als sie 1971 aus dem Dorf zurückgekommen waren, lag das Haus in Brahmapalli genauso still da, an vielen Stellen war Gras aus den Ritzen gewachsen, und im ganzen Haus fand sich kein einziger Gegenstand mehr, weder sein Kreisel, seine Murmeln, sein Drachen, seine Spule noch sein Schachspiel und seine Bücher. Genauso wie damals, als sie das totenstille Haus betreten hatten, zittert auch jetzt Suranjans Brust. Er empfindet das gleiche Unbehagen. Liegt Sudhamay den ganzen Tag im Bett? Wenn sein Blutdruck weiter steigt, wer soll dann einen Arzt rufen?

Suranjan hat sich noch nie um Dinge wie Einkaufen, Medikamente-Besorgen, Bügeln oder Zeitungholen gekümmert. Er ißt zu Hause und kommt meistens erst gegen Abend zurück. Wird es noch später, kommt er durch die Außentür seines eigenen Zimmers herein. Wenn er Geld braucht, fragt er entweder Kiranmayi oder Sudhamay danach, nicht ohne sich zu schämen. Er ist 33 Jahre alt und hat trotzdem noch immer kein Einkommen. Sudhamay hatte gesagt: »Ich gehe bald in Pension. Such dir eine Arbeit, Suranjan.«

Sudhamay finanziert den Haushalt, indem er unter großen Anstrengungen seine Patienten im vorderen Zimmer behandelt, und währenddessen verbringt Suranjan seine Tage zwischen dem Parteibüro, der Madhu Canteen, dem Büro des Ghatak Dalal Nirmul Committee, dem Presse Klub und dem Bus, und wenn er abends müde nach Hause kommt, steht sein Essen abgedeckt auf dem Tisch. Manchmal ißt er etwas davon, bevor er sich hinlegt, manchmal auch nicht. Auf diese Art und Weise hat er sich dem Alltagsleben und seiner Familie entfremdet. Doch als heute Kiranmayi mit dem Morgentee zu ihm hereingekommen

ist und sich auf sein Bett gesetzt hat, hat Suranjan gefühlt, wie sehr seine Eltern von ihm, ihrem verschwenderischen, gleichgültigen und verantwortungslosen Sohn abhängen. Was hat er im praktischen Leben schon geleistet? Was hat er für seine Familie getan?
Der einstmals wohlhabende Sudhamay stößt heute schon zufrieden auf, wenn er so etwas Gewöhnliches wie *Dalbhat* gegessen hat. Suranjan erinnert sich, daß ihm als Kind die Milch, in Bangladesch eigentlich ein Luxus, gegen seinen Willen eingeflößt wurde und er Schläge zu befürchten hatte, wenn er seine Butter nicht aufaß. Heute kann Sudhamay es sich nicht länger leisten, gute Milch und echte Butter auf den Tisch zu bringen, mittags Fisch und Fleisch oder gebratene *Parothas*. Suranjan hat keinen Hang zu Luxus und Überfluß, davor hat ihn Sudhamay bewahrt. Wenn früher seine gleichaltrigen Freunde modische Hosen und Hemden bekamen, brachte ihm Sudhamay statt dessen Biographien über Einstein, Newton und Galilei mit, die Geschichte der Französischen Revolution, des Zweiten Weltkriegs oder Erzählungen von Gorki und Tolstoi. Sudhamay wollte seinen Sohn zu einem Menschen machen, der sich durch seine Bildung auszeichnete. Aber heute vormittag fragt er sich, ob er überhaupt ein Mensch geworden ist. Na gut, er kennt keine Habgier, Besitz lockt ihn nicht, und er stellt das Interesse der Allgemeinheit über sein eigenes. Doch ist dies schon alles, was einen zum Menschen macht? Von solchen Gedanken gequält, geht Suranjan hinaus auf die Veranda, wo Sudhamay die Zeitung liest. Als der Vater seinen Sohn bemerkt, ruft er ihn zu sich:
»Suranjan, hör mal.«
»Was gibt's?«
»Joshi, Advani und weitere sechs Parteifunktionäre sind

festgenommen worden, hast du's gehört? In Indien sind schon mehr als 400 Menschen gestorben. Kalyan Singh aus Uttar Pradesh wird auch vor Gericht gestellt. Amerika und fast der ganze Rest der Welt haben die Zerstörung der Babri-Moschee verurteilt. In Bhola herrscht Ausgangssperre, die BNP, die Awami League und viele andere Parteien gehen auf die Straße, um die religiöse Harmonie aufrechtzuerhalten, und sie geben ihre Stellungnahmen ab.«
Sudhamays Augen strahlen dieselbe Milde und Betroffenheit aus wie die der Katze vorhin.
»Weißt du, den Leuten, die diese Krawalle anzetteln, ist die Religion doch letztendlich egal. In Wirklichkeit geht es um Plünderung. Der Grund für die Plünderungen von Süßwarenläden ist die Gier nach Süßigkeiten, bei den Schmuckläden ist es die Gier nach Gold. Und wenn diese Trupps von Schlägern und Rowdys herumziehen, dann ist das doch in Wirklichkeit kein Konflikt zwischen den Religionsgruppen. Bei den vielen Friedensdemonstrationen, die es zur Zeit gibt, wird schon irgend etwas herauskommen. Denk doch nur an 1990, da mußte Ershad schließlich zurücktreten. Damals hatte Ershad doch den Hindus Schadenersatz versprochen. Hat er seine Zusage eigentlich eingehalten?«
»Bist du etwa verrückt geworden, Papa?«
»Ich weiß nicht, mein Gedächtnis läßt nach. Du weißt doch, daß die Schuldigen im Mordfall von Nidarabad gehängt werden?«
Suranjan weiß, was Sudhamay damit sagen will: daß in diesem Land auch Hindus ihr Recht bekommen. In Nidarabad bei Brahmanbaria wurden Birjabala Debnath und ihre fünf Kinder, Niyatibala, Subhash Debnath, Minatibala, Suman Debnath und Sujan Debnath ins Dhopajhuri-Moor entführt und mit Schlachtermessern in Stücke geschnitten. Dann wurden sie in zwei Ölfässer gesteckt, welche man mit

Leim und Salz verschloß und im Moor versenkte. Später trieben die Fässer wieder an die Wasseroberfläche. Durch diese Morde wollten die Schuldigen dem Prozeß wegen eines weiteren, vorangegangenen Mordes entgehen: Sie hatten Birjas Mann, Shashanka Debnath, umgebracht, um dessen Landbesitz in ihre Hände zu bekommen. Der Supreme Court hatte auf Erhängen der beiden Schuldigen, Tajul Islam und Chora Badshah, entschieden. Doch das ist bereits vier Monate her, und der einzige Grund, weshalb Sudhamay sich jetzt daran erinnert, dürfte wohl sein, daß er sich davon etwas Tröstung verspricht. Er möchte sich weismachen, daß in diesem Land die Hindus sehr wohl zu ihrem Recht kommen, daß Hindus und Muslime denselben rechtlichen Status haben, daß in diesem Land Hindus keine Bürger zweiter Klasse sind.

»Bist du gestern bei der Friedensdemonstration gewesen, Suranjan? Wie viele Leute waren da?«

»Ich weiß nicht.«

»Es sind doch alle Parteien bis auf die Jamaatis auf die Straße gegangen, nicht wahr?«

»Ich weiß nicht.«

»Die Regierung gibt doch Polizeischutz?«

»Keine Ahnung.«

»Hast du gesehen, daß an beiden Enden des Shankhari Bazar Mannschaftswagen voll Polizisten stehen?«

»Ich weiß es nicht.«

»Die Hindus öffnen jetzt auch ihre Läden wieder.«

»Ich weiß nicht.«

»In Bhola ist es angeblich besonders schlimm. Ist es sehr schlimm, Suranjan, oder sind das nur Übertreibungen?«

»Ich habe keine Ahnung.«

»Gautam haben sie wohl aus persönlichen Motiven verprügelt. Er hat anscheinend Haschisch geraucht?«

»Ich weiß nicht.«
Suranjans abweisende Antworten dämpfen Sudhamays Eifer. Er faltet die Zeitung demonstrativ zusammen und sagt mit gekränkter Stimme: »Du liest ja anscheinend keine Zeitung mehr.«
»Was hat man schon davon, die Zeitung zu lesen?«
»Wenn überall so protestiert wird und Widerstand geleistet wird, werden dann die Jamaatis noch die Kraft haben, Polizeibarrikaden zu durchbrechen und Tempel zu überfallen?«
»Was hast du eigentlich mit den Tempeln? Bekommst du mit zunehmendem Alter Lust, *Puja* zu machen? Macht es dir irgend etwas aus, wenn sie die Tempel in Trümmer legen? Sollen sie doch alle Tempel zerstören! Mir ist das gerade recht.«
Sudhamay wird richtiggehend verlegen, und Suranjan merkt, daß er seinen gutherzigen Vater gekränkt hat. Aber dessen Denkweise irritiert ihn. Wenn man ein Bürger zweiter Klasse ist, ist der Wille, sich mit den Muslimen auf eine Stufe zu stellen, nichts als Dummheit. Was hat Sudhamay, was hat Suranjan davon gehabt, die ganze Zeit über keine *Puja* zu machen und die Muslime als Brüder und Freunde zu betrachten? Man kennt sie trotzdem als Hindus. Was hat diese Familie davon gehabt, das ganze Leben lang über Menschheit und Menschlichkeit diskutiert und den Atheismus als ihren Glauben betrachtet zu haben? Trotz alledem müssen sie jetzt aus Angst die Tür verriegeln und sich heraushalten, müssen sie sich zusammenkauern aus Furcht, daß das blinde Feuer des religiösen Fanatismus auch über sie kommen könnte.
Suranjan weiß noch, wie ihn in der siebten Klasse sein Schulkamerad Faruq während der großen Pause beiseite genommen hatte: »Ich habe was Köstliches zu essen von

zu Hause mitgebracht. Ich werde nur dir etwas davon abgeben. Komm mit zur Dachtreppe, okay?« Suranjan war nicht besonders hungrig, aber Faruqs Vorschlag gefiel ihm. Er folgte Faruq aufs Dach, und oben reichte der ihm einen Fleischspieß, und sie plauderten und aßen. Er sagte zu Faruq: »Wer hat denn das gekocht, deine Mutter? Ich werde dir auch einmal etwas mitbringen, das meine Mutter gekocht hat, vielleicht Kokosbällchen.« Als sie fertig gegessen hatten, stieß Faruq einen lauten Siegesschrei aus: »Hurra!« Bevor Suranjan irgend etwas begriff, rannte Faruq schon die Treppe herunter. Unten erzählte er allen aus der Klasse, daß Suranjan Rindfleisch gegessen hatte. Alle tanzten spottend um Suranjan herum und kniffen ihn, stießen seinen Kopf, versuchten, ihm die Hose auszuziehen, streckten ihm die Zunge heraus oder steckten ihm aus Lust und Langeweile getötete Küchenschaben in die Hemdtaschen. Suranjan stand da mit schamgesenktem Kopf, und die Tränen liefen ihm über die Wangen. Das Rindfleisch war ihm kein bißchen widerwärtig vorgekommen, doch die Gemeinheit der ihn umringenden Mitschüler, die war widerwärtig. Er fühlte sich furchtbar allein. Ihm kam es so vor, als wäre er aus ihrer Gemeinschaft ausgeschlossen; als wären seine Freunde von einer Art und er von einer anderen. Als er nach Hause kam, sagte er weinend zu Sudhamay: »Sie haben sich gegen mich verbündet, um mich Rindfleisch essen zu lassen.«
Sudhamay sagte lachend: »Was gibt es denn da zu weinen? Rindfleisch schmeckt doch gut. Paß auf, morgen bringe ich welches vom Markt mit, und wir essen es alle zusammen.« Tatsächlich kaufte Sudhamay am nächsten Tag Rindfleisch, und Kiranmayi bereitete es zu. Es war nicht einfach, sie dazu zu bewegen. Geduldig hatte Sudhamay auf sie eingeredet, daß das Rindfleischverbot für Hindus nichts

als Aberglaube sei und sich schließlich viele große Heilige und Denker nicht daran gehalten hätten – und außerdem sei es sehr wohlschmeckend. »Du kannst es auch scharf gewürzt braten.«

Auf diese Art verlor Suranjan nach und nach die hinduistische Prägung seiner Kindheit. Sudhamay war der Lehrer der Familie. Suranjan bewunderte ihn. Wer hat heutzutage schon soviel Ehrlichkeit, soviel Leichtigkeit, soviel gesunden Menschenverstand, tiefes Wissen und Liebe, und wer ist dem religiösen Fanatismus so fern wie er?

Suranjan sieht die Zeitung nicht einmal flüchtig an. Wortlos verläßt er die Veranda. Er hat keine Lust, sich über die Zeitung zu beugen, um die Beschreibungen von religiösen Ausschreitungen aus dem journalistischen Elfenbeinturm zu lesen und die Fotos von Friedensdemonstrationen zu sehen. Es widerstrebt ihm, sich auf diese Art einen Hauch von Hoffnung zu verschaffen. Da geht er schon lieber die Katze suchen, die Katze ohne Religionszugehörigkeit. Katzen haben keine Nationen, keine Religionsgruppen. Könnte er doch eine Katze sein ...

Nach einigen Tagen war Sudhamay aus dem Lager zurückgekehrt. Er wußte nicht genau, ob er sechs oder sieben Tage dort gewesen war, das einzige, was er wußte, war, daß er furchtbaren Durst gehabt hatte – so sehr, daß er mit verbundenen Augen und gefesselten Armen und Beinen versuchte, sich vorwärtszurollen in der Hoffnung, irgendwo einen Wasserkrug zu finden. Doch wo sollte er im Lager Wasser finden? In der Ferne hörte er das Rauschen des Brahmaputra, doch hier waren selbst die Wasserbecher leer. Sudhamays Zunge und Kehle waren vollkommen ausgetrocknet. Wenn er um Wasser flehte, erntete er nur das sadistische Lachen der Soldaten. Einmal hatten sie ihm etwas zu trinken gegeben: Zwei Soldaten hatten ihm die Augenbinde abgenommen, um vor seinen Augen in ein Wasserglas zu urinieren. Als sie ihm den Urin in den Mund schütten wollten, hatte er aus Ekel das Gesicht abgewendet, doch mit hartem Griff hatte jemand sein Gesicht mit offenem Mund nach vorne gehalten, und ein anderer flößte ihm die Flüssigkeit ein. Die restlichen Soldaten des Lagers lachten lauthals dazu. Die warme, salzige Flüssigkeit rann seine Kehle hinunter, und er wünschte sich aus tiefstem Herzen Gift.

Sie hatten ihn an einem Balken aufgehängt, verprügelt und dabei immer wieder aufgefordert, durch Aussprechen der *Kalama,* des muslimischen Glaubensbekenntnisses, zu konvertieren. Sudhamay widersetzte sich wie der schwarze Junge Kunta Kinte in dem Roman *Roots* von Alex Haley, der ausgepeitscht wird, um seinen Namen zu verleugnen und sich Tobi zu nennen, doch weiterhin ständig schreit, er heiße Kunta Kinte. Als Sudhamay durch nichts dazu zu bewegen war, Muslim zu werden, sagten sie: »Wenn du kein Muslim werden willst, dann machen wir dich eben zum Muslim«, und sie zogen ihm den *Lungi* aus und schnitten die Spitze seines Penis ab. Ihr Lachen klang genauso wie an jenem Tag, als sie ihm den Urin eingetrichtert hatten.

Sudhamay hatte wohl in diesem Augenblick das Bewußtsein verloren. Er hatte keine Hoffnung mehr, lebendig wieder nach Hause zurückzukehren. Die Hindus, die mit ihm zusammen gefesselt waren und sich bereit erklärten, die *Kalama* zu rezitieren, überlebten dennoch nicht; vielleicht ließen sie Sudhamay deshalb am Leben, weil sie ihn körperlich zum Muslim gemacht hatten. Diese Ereignisse machten seinen Plan, nach Nalitabari zu gehen und sich den Widerstandstruppen anzuschließen, zunichte. Als sein Körper, den sie in einen Straßengraben geworfen hatten, wieder zu Bewußtsein kam, sah er, daß er wohl blutete, doch nicht gestorben war. Wenn er daran zurückdenkt, macht es ihn noch heute sprachlos, wie er mit seinen gebrochenen Beinen und Rippen den Weg bis nach Brahmapalli schaffte. Dieselbe innere Kraft war es wohl, die ihn noch heute aufrechthält.

Als er das Haus betrat, brach er vor Kiranmayi zusammen. Kiranmayi war fassungslos und zitterte am ganzen Körper. Sie war es, die ihn und die beiden in Tränen aufgelösten Kinder aus dem Haus und in Sicherheit brachte. Kiranmayi vergoß dabei nicht eine Träne, ihre Tränen sammelten sich in ihrer Brust. Während der folgenden Monate sagte ihr die Mutter von Faizul wiederholt: »Lassen Sie mich den *Maulvi* rufen, rezitieren Sie die *Kalama,* und werden Sie zu Muslimen. Das ist das Vernünftigste. Erklären Sie es Ihrem Mann.« Doch Kiranmayi blieb standhaft, wie ihr Mann im Lager. Wenn im Haus alles schlafen gegangen war, verband sie Sudhamays Wunden mit abgerissenen Streifen ihres Sarizipfels und verlor auch dabei nicht die Beherrschung. Sie weinte erst, als im ganzen Dorf das Freudenfest ausbrach und *Jay-Bangla*-Rufe erschollen. Ohne Rücksicht darauf, was die Umstehenden sagen würden, fiel sie an Sudhamays Brust und weinte heraus, was sich in ihrem Innern an Kummer angesammelt hatte. Sie weinte wie ein Kind.

Wenn Sudhamay Kiranmayi jetzt ansieht, scheint ihm, sie sammle wieder wie in jenen neun Monaten des Jahres 1971 Schmerz in ihrem Innern an. Eines Tages wird sie ihn plötzlich herausweinen, wird ihre schwer erträgliche Starre zerfließen. Er weiß, daß der Kummer sich wie dichte Wolken auf ihr Herz gelegt hat und daß sie auf einen ähnlichen befreienden Moment wie die Unabhängigkeit wartet, um ihre Gefühle zu zeigen. Wie lange wird die Nachricht von der gänzlichen Freiheit, Armreifen, *Sindur* und *Dhotis* zu tragen, noch auf sich warten lassen? Wann wird sie vergehen, diese lange Nacht des Unglücks, erdrückend wie 1971?

Zu allem Überfluß bleiben die Patienten gänzlich aus. Selbst an Sturm- und Regentagen kommen normalerweise mindestens sechs oder sieben Patienten. Und nun muß Sudhamay den ganzen Tag zu Hause sitzen, während draußen die Demonstranten vorbeiziehen und rufen: »*Allahu akbar* – Hindus, wenn ihr leben wollt, dann seht zu, daß ihr euch trollt.« Jederzeit kann eine Bombe das Haus treffen, können die Fundamentalisten Feuer legen, jederzeit kann das Haus geplündert werden, und jeder von ihnen kann ermordet werden. Ob es einen neuen Exodus der Hindus geben wird? Sudhamay weiß, daß 1990 viele das Land verlassen haben, aber weil im neuen Zensus das Kriterium der Religionszugehörigkeit weggefallen ist, kann niemand genau sagen, wie viele geflohen sind. Im Bücherregal hat sich Staub angesammelt. Der Staub erweist sich als ziemlich hartnäckig, als Sudhamay versucht, ihn wegzupusten. Er nimmt den Ärmel seines *Panjabi* zu Hilfe und stößt beim Wischen auf das Statistische Jahrbuch von Bangladesch aus dem Jahr 1986, das auch die Zahlen von 1974 und 1981 enthält.

Auf Seite 112 entdeckt Sudhamay eine interessante Kalkulation: 1974 betrug der Anteil der Hindus an der Gesamtbevölkerung 13,5 Prozent. 1981 waren es noch 12,1 Prozent. Wo sind die restlichen Hindus geblieben? Sudhamay säubert sich die Brillengläser mit dem Hemdsärmel. Laufen sie also weg? Warum? Ist das Weglaufen etwa die einzige Lösung? Ist es nicht angebrachter, im Land zu bleiben und

den Kampf aufzunehmen? Sudhamay hat erneut Lust, den geflohenen Hindus sein »Feigling« hinterherzurufen.
Er fühlt sich körperlich nicht wohl. Seit er das Buch aus dem Regal genommen hat, merkt er, daß sich seine rechte Hand schwach anfühlt. Auch als er das Buch zurück an seinen Platz stellt, hat er nicht die gewohnte Kraft im Arm. Er ruft Kiranmayi und stellt dabei fest, daß ihm auch die Zunge schwer wird. Ein schlimmer Verdacht regt sich in ihm und läßt ihn nicht mehr los. Er will einen Schritt tun, aber auch das rechte Bein gehorcht ihm nicht. Schwach ruft er: »Kiran! Kiran!«
Kiranmayi ist dabei, Reis auf den Herd zu stellen. Auf Sudhamays Rufen läuft sie herbei und bleibt wortlos vor ihm stehen. Sudhamay will ihr den rechten Arm entgegenstrecken, doch er hängt weiter schlaff herunter. »Kiranmayi, hilf mir, mich hinzustellen.«
Kiranmayi versteht nicht, was passiert ist. Warum zittert Sudhamay so, warum spricht er so undeutlich? Sie bringt ihn ins Bett. »Was ist denn los?«
»Wo ist Suranjan?«
»Gerade eben ist er weggegangen. Er wollte nicht auf mich hören.«
»Ich habe Angst, Kiran. Ich fühle mich nicht gut. Tu irgendwas.«
»Wieso lallst du so? Was ist denn passiert?«
»Ich habe keine Kraft im rechten Arm, im rechten Bein auch nicht. Kiranmayi, glaubst du, ich werde gelähmt sein?«
Kiranmayi faßt ihn an beiden Armen und sagt: »Um Gottes willen! Nein, es ist nur eine Schwäche, du schläfst so schlecht. Es kommt bestimmt daher. Du ißt auch nicht genug.«
Sudhamay ist unruhig, die Aufregung durchläuft seinen

ganzen Körper. Er sagt: »Kiran, vielleicht muß ich sterben. Es scheint mir fast so.«
»Wen soll ich rufen? Soll ich Haripada*babu* holen?«
Sudhamay hält Kiranmayis Hand mit seiner Linken umklammert. »Geh nicht, laß mich nur nicht allein, Kiran. Wo ist Maya?«
»Sie ist doch zu Parul gegangen. Sie ist noch nicht zurück.«
»Und wo ist mein Sohn, Kiran? Wo ist mein Sohn?«
»Du redest ja wie ein Wahnsinniger!«
»Kiran, mach alle Türen und Fenster auf!«
»Warum?«
»Ich brauche Licht, Luft.«
»Bleib ganz ruhig hier liegen. Ich gehe Haripada*babu* holen.«
»Diese Hinduisten sind doch alle weggelaufen, da wirst du niemanden mehr finden. Ruf Maya.«
»Wen soll ich denn nach ihr schicken? Es ist ja niemand da.«
»Du bleibst hier, Kiran. Ruf Suranjan.«
Was Sudhamay dann noch stammelt, ist nicht mehr zu verstehen. Kiranmayi ist außer sich. Soll sie vom Haus aus nach jemandem in der Nachbarschaft rufen? Sie kennt sie schließlich schon seit langer Zeit. Entmutigt sinkt sie in sich zusammen. Wer ist da schon, der kommen könnte? Jemand aus Haiders, Gautams oder Shafik*sahebs* Haus? Kiranmayi fühlt sich vollkommen verlassen. Der Geruch von verbranntem *Dal* zieht durch das Haus.

Auch heute läßt sich Suranjan ziellos durch die Straßen treiben. Er denkt daran, zu Belal zu gehen. Als er den Kakrail überquert hat, sieht er rechts den zerstörten Jalkhabar-Laden. Die Tische und Stühle haben sie herausge-

holt und auf der Straße verbrannt, das verkohlte Holz und die Asche liegt noch herum. Suranjan betrachtet es lange, in seine Gedanken versunken. Auch Pulak wohnt in Chamelibagh. Abrupt ändert Suranjan seinen Plan und entschließt sich, Pulak zu besuchen. Er weist den Rikschafahrer an, durch eine Gasse zur Rechten zu fahren. Pulak wohnt in einer Mietwohnung, er arbeitet für eine nicht regierungsgebundene Organisation. Suranjan hat Pulak lange nicht gesehen. Obwohl er seine Abende oft bei Belal ganz in der Nähe verbringt, hat er nicht die Zeit gefunden, nach seinem Freund Pulak zu sehen.
Er klingelt. Von drinnen kommt nicht ein Laut. Suranjan schellt einfach weiter. Durch das monotone Geräusch der Klingel hindurch kommt von drinnen mit schwacher Stimme die Frage: »Wer ist da?«
»Ich bin's, Suranjan.«
»Welcher Suranjan?«
»Suranjan Datta.«
Von innen hört er das Rasseln des Sicherheitsschlosses. Dann öffnet Pulak die Tür und sagt mit gepreßter Stimme: »Komm schon rein.«
»Was ist denn hier los, warum diese ganzen Sicherheitsvorkehrungen? Ein Guckloch in der Tür würde es doch auch tun.«
Pulak verschließt sorgfältig die Tür. Er rüttelt probehalber noch einmal am Schloß, um sicher zu sein, daß es auch richtig zu ist. Suranjan ist ziemlich verwundert. Pulak fragt ihn mit derselben unterdrückten Stimme: »Du traust dich auf die Straße?«
»Ich hatte Lust dazu.«
»Was soll das heißen? Hast du etwa keine Angst? Willst du in einer Mutprobe dein Leben verlieren? Oder ist es pure Abenteuerlust?«

Suranjan läßt sich in die Couch fallen: »Glaub, was du willst.«
Pulak kann es nicht fassen. Auch er setzt sich auf das Sofa und seufzt. »Du bist doch auf dem laufenden?«
»Nein, überhaupt nicht!«
»In Bhola ist es schlimm. In Tazumuddin, Golakpur im Thana Borhanuddin, Chota Dauri, Shambhupur, Daserhat, Khaserhat, Darirampur, Padmaman und Maniram sind fast 50000 Hindus, das sind 10000 Familien, um ihr gesamtes Hab und Gut gebracht worden. Der Mob hat geplündert und gebrandschatzt, alles niedergerissen und vernichtet. Es hat Sachschäden von 500 Millionen Taka gegeben. Es gab zwei Tote und 200 Verletzte. Nicht ein Haus wurde von den Brandstiftern verschont. Hunderte von Läden sind ausgeraubt worden. Im Bazar von Daserhat ist kein einziger Hindu-Laden mehr übrig. Die obdachlosen Menschen verbringen bei dieser Kälte ihre Tage unter freiem Himmel. Soll ich weitererzählen?«
»Wo ist Nila?«
»Sie vergeht vor Angst. Wie geht es dir denn?«
Suranjan setzt sich bequem zurecht und schließt die Augen. Er fragt sich, warum er heute zu Pulak gekommen ist, statt eine Straßenecke weiter Belal zu besuchen. Wird er innerlich schon selbst zum Fundamentalisten, oder sind es die Umstände, die ihn dazu machen?
»Ich bin am Leben, soviel kann ich sagen.«
Auf dem Boden weint Pulaks sechsjähriger Junge mit lauten Schluchzern. Pulak fragt: »Weißt du, weshalb er weint? Die Wohnungsnachbarn lassen ihre Kinder ab heute nicht mehr mit Alak spielen. Sie sagen, der *Huzur* hätte ihnen verboten, Kontakte mit Hindus zu haben.«
»Was für ein *Huzur*?« fragt Suranjan.
»Der *Maulvi*, der ihnen Arabisch beibringt.«

»Nebenan wohnt doch Anis Ahmed. Der arbeitet doch für die kommunistische Partei. *Der* läßt seinen Kindern von einem *Huzur* Arabisch beibringen?«

»Ja«, sagt Pulak.

Suranjan schließt erneut die Augen. Er kann den kleinen Alak sehr gut verstehen, der herzzerreißend weint, weil er nicht begreifen kann, was geschieht. Von heute auf morgen muß er auf seine Freunde und seine täglichen Spiele verzichten. Suranjan fällt ein, daß Maya einmal weinend aus der Schule zurückkam und schluchzte: »Der Lehrer hat mich aus der Klasse geschickt.«

Der Religionsunterricht war ein Pflichtfach, und in der Tat wurde sie während der Islamstunde aus dem Unterricht geschickt. Sie war das einzige Hindu-Mädchen der Klasse; es gab für sie an der Schule weder Religionsbücher noch einen Lehrer. Deshalb mußte sie die Klasse verlassen und fühlte sich so einsam, alleingelassen und ausgestoßen.

Sudhamay fragte: »Warum haben sie dich aus dem Unterricht geschickt?«

»Alle machen mit. Nur mich lassen sie nicht, weil ich Hindu bin, deshalb.«

Sudhamay zog Maya an seine Brust und umarmte sie. Vor Wut und Schmerz konnte er eine Weile nicht sprechen. Am selben Tag ging er zum Religionslehrer nach Hause und sagte: »Schicken Sie meine Tochter bitte nicht aus der Klasse. Lassen Sie sie niemals spüren, daß sie anders ist als ihre Kameraden.«

Danach durfte Maya am Religionsunterricht teilnehmen und fand viel Spaß daran. Sie war sogar so von dem Fach fasziniert, daß sie beim Spielen zu Hause geistesabwesend vor sich hin murmelte: »*Alhamadulilla rabbi al-amin, ar-rahman ar-rahim.*« Das beunruhigte Kiranmayi: »Was macht sie da? Muß man jetzt schon seine Religion aufgeben, wenn man seine Kinder zur Schule schickt?« Auch Sudhamay war besorgt. Er hatte Maya vor dem Gefühl des Ausgestoßenseins bewahren wollen, doch wenn das Resultat davon war, daß sich das Mädchen vom Islam angezogen fühlte, so hätte man nur das alte Problem gegen ein neues eingetauscht.

Ein paar Wochen nach diesem Vorfall schrieb er deshalb folgenden Brief an den Schuldirektor: »Die Religion ist eine Sache des persönlichen Glaubens, es ist nicht nötig, sie im Unterricht zu lehren. Und wenn ich als Vater es nicht als notwendig betrachte, meine Kinder in irgendeiner Religion zu unterrichten, so können sich die Schulbehörden nicht anmaßen, sie zum Erlernen einer Religion zu zwingen. Man könnte etwa statt des Religionsunterrichts ein überreligiöses Fach einrichten, in dem die Lehren wichtiger Denker und die Taten großer Persönlichkeiten gelehrt werden. Dies würde allen Schülern nützen und keine Unterlegenheitsgefühle bei den Minderheiten auslösen.« Die Schulbehörde ließ Sudhamays Eingabe unbeantwortet. Es lief so weiter, wie es lief.

Nila betritt das Zimmer. Sie hat einen schlanken Körper, ist eine echte Schönheit. Normalerweise macht sie sich immer sorgfältig zurecht, doch heute ist sie achtlos gekleidet. Sie hat dunkle Ränder unter den Augen. Sie sagt: »Suranjan*da*, wie lange sind Sie nicht mehr gekommen, um nach uns zu sehen! Sie kommen nicht einmal, um sich zu überzeugen, ob wir noch am Leben sind. Wir haben gehört, Sie sind öfters bei den Nachbarn.« Sie beginnt plötzlich zu weinen.

Sie weint doch nicht etwa, weil Suranjan sie so lange nicht besucht hat? Ist es nicht eher aus Hilflosigkeit, der sie ihrer Religion wegen ausgesetzt ist? Glaubt sie aus einem Zugehörigkeitsinstinkt heraus, daß auch Pulak, Alak und Suranjan hilflos sind? Suranjan fühlt sich dieser Familie plötzlich sehr nah. Noch vor vier, fünf Tagen, als Suranjan Belal besucht hat, schien es ihm fast abwegig, hierherzukommen. Er steht an der Schwelle zu einem neuen Gefühl von sich und dieser Gesellschaft.

»Warum bist du so nervös? In Dhaka können sie nicht allzuviel ausrichten. Die Polizei bewacht Shankhari Bazar, Islampur und Tantibazar.«

»Die Polizei war auch da, als sie vor ihren Augen den Dhakeshvari-Tempel plünderten und in Brand setzten. Hat sie damals eingegriffen?«

»Hm.«

»Warum bist du auf die Straße gegangen? Den Muslimen kannst du nicht trauen. Du hältst einen für deinen Freund, und prompt hat er dir die Kehle durchgeschnitten.«

Wieder schließt Suranjan die Augen, doch auch so läßt seine Irritation um keinen Deut nach. Draußen hört man irgendeinen Tumult, anscheinend wird ein Hindu-Laden zerstört und verbrannt. Er spürt den Brandgeruch in der Nase, und es scheint, als tanzten die Fundamentalisten mit ihren Messern, Beilen und Dolchen direkt vor seinen Augen.

Gestern abend ist er Gautam besuchen gegangen, er lag im Bett und hatte Blutergüsse unter dem Auge und an Brust und Rücken. Suranjan hat ihm die Hand auf die Brust gelegt. Er fragte nichts; wenn man jemand so berührt, wie er Gautam berührte, braucht man nichts zu sagen. Gautam begann: »*Dada,* ich habe überhaupt nichts getan. Sie kamen gerade vom Mittagsgebet aus der Moschee zurück. Wir hatten nichts zu essen zu Hause, deshalb schickte mich meine Mutter Eier kaufen. Der Laden ist ja im Viertel, ich dachte, da habe ich nichts zu befürchten. Ich wollte ja nicht wer weiß wohin. Als ich das Wechselgeld entgegennahm, erwischte mich aus heiterem Himmel ein Knüppelschlag auf dem Rücken. Es waren sechs oder sieben gegen einen, nichts zu machen. Der Ladenbesitzer und die Leute auf der Straße guckten sich von ferne das Spektakel an und sagten keinen Ton. Sie verprügelten mich ohne jeden Grund, schlugen mich zu Boden. Ich habe die ganze Zeit kein Wort gesagt. Aber sie beschimpften mich: ›He, du Hindu-Arsch, Sohn eines *Malauns*! Dich machen wir fertig. Ihr wollt damit durchkommen, daß ihr unsere Moschee zerstört habt? Wir werden euch aus dem Land jagen!‹« Suranjan hatte nur zugehört, was hätte er darauf sagen sollen? Er fühlte das Klopfen in Gautams Brust mit seiner Hand. Auch er hat wohl schon zwei- oder dreimal ein solches Klopfen in der Brust verspürt.

Nila bringt Tee. Beim Teetrinken kommt das Gespräch auf Maya. »Ich mache mir große Sorgen um Maya. Hoffentlich heiratet sie Jahangir nicht gleich!«

»Was? Holen Sie sie zurück, Suranjan*da*. In Notlagen trifft man vorschnelle Entscheidungen.«

»Mal sehen, vielleicht gehe ich auf dem Rückweg bei Paruls Wohnung vorbei. Maya geht vor die Hunde. In ihrer großen Lebensgier wird sie zu einer Farida Begum oder etwas ähnlichem werden. Egoistin!«

Aus Nilas Worten spricht große Sorge. Alak ist eingeschlafen, seine Wangen sind noch feucht von den Tränen. Pulak läuft hin und her; seine Unruhe steckt auch Suranjan an. Der Tee steht da und wird kalt. Suranjan hatte eben noch Lust auf Tee. Seltsam, wie schnell all seine kleinen Gelüste schal werden! Er schließt die Augen und will an dieses Land als sein eigenes denken, als das seines Vaters, Großvaters und dessen Großvater. Warum fühlt er sich so ausgeschlossen? Warum scheint ihm, als hätte er in diesem

Land keine Rechte? Er hat nicht das Recht, sich frei zu bewegen, frei zu sprechen, sich nach eigenem Gutdünken zu kleiden, frei zu denken. Er kann nicht nach Lust und Laune das Haus verlassen und nicht tun, was ihm in den Sinn kommt. Er fühlt sich, als würde ihn jemand erwürgen. Automatisch legt er seine Hände um den Hals und drückt zu. Atemlos ruft er plötzlich laut heraus: »Ich finde es einfach furchtbar, Pulak!«

Auf Pulaks Stirn sammeln sich Schweißtröpfchen. Schweiß jetzt im Winter? Suranjan führt die Hand an seine eigene Stirn. Verblüfft stellt er fest, daß auch er schwitzt. Aus Angst? Aber es verprügelt, tötet sie doch keiner. Warum also diese Angst, dieses Klopfen in der Brust?

Suranjan geht zum Telefon. Plötzlich ist ihm die Nummer von Dilip De eingefallen, dem berühmten Studentenführer von einst. Dilip De ist tatsächlich zu Hause.

»Wie geht's, *Dada*? Ist bei Ihnen alles in Ordnung? Es ist doch nichts passiert?«

»Nein, passiert ist nichts, aber ich fühle mich nicht besonders wohl. Und wieso fragst du nach mir, wo doch das ganze Land im Chaos versinkt?«

»Das ist wahr.«

»Und wie geht es dir? Du hast doch gehört, was in Chittagong los ist?«

»Was denn?«

»Im Thana Sandvip haben sie Tempel zerstört: drei in Bauria, zwei in Kalapania, drei in Magdhara, zwei in Teuria, einen in Harishpur, einen in Rahmatpur, einen in Pashchim Sarikait und einen in Maitbhanga. In Pashchim Sarikait haben sie einen Mann namens Sucharu Das verprügelt und ihm 15000 Taka gestohlen. In Tokatali sind zwei Häuser ausgeraubt und zwei Leute mit Messern verletzt worden. Im Polizeirevier Patia ist ein Haus und in Bhatikain ein Tempel ...«

»Wo haben Sie denn solche genauen Angaben her?«

»Na, ich bin doch von Chittagong! Was hier passiert, brauche ich nicht mal zu erfragen, die Nachrichten erreichen mich ganz von selbst. Hör weiter: Die schlimmsten Vorfälle gab es in Mirersarai und Sitakunda ...«

»Wie lange soll ich mir denn das noch anhören, Dilip*da*? Ich kann nicht mehr!«

»Bist du krank, Suranjan? Deine Stimme klingt so seltsam.«

»Ich weiß selbst nicht so genau.«

Als er auflegt, sagt Pulak, er solle doch bei Debabrata anrufen. Suranjan ruft nacheinander Debabrata, Mahadeb Bhattacharya, Asit Pal, Sajal Dhar, Madhabi Ghosh, Kuntala Chowdhury, Saral De und Rabindra Gupta an, fragt sie, ob es ihnen gutgehe. Seit langem spricht er einmal wieder mit all diesen Hindu-Bekannten und fühlt dabei eine Art Verwandtschaft.

Dann läutet das Telefon. Schrill tönt das Läuten nahe an Suranjans Ohr. Es ist ein Anruf für Pulak aus Cox's Bazar. Nach dem Gespräch sagt Pulak: »In Cox's Bazar haben die Leute vom Jamaat Shibir die Nationalflagge verbrannt.«

Suranjan hört ihm zu und ist selbst verblüfft über seine Gleichgültigkeit. Eigentlich sollte er bei dieser Nachricht vor Empörung in die Luft gehen, doch heute scheint ihm das Verbrennen der Flagge egal zu sein. Es ist ohnehin nicht seine Flagge. Was passiert da mit ihm? Er beschimpft sich selbst dafür, daß er so ist, sieht sich als kleingeistig, niedrigstehend, egoistisch an, und dennoch verläßt ihn die Gleichgültigkeit nicht!« Die Wut bleibt einfach aus.

Pulak setzt sich zu Suranjan: »Geh heute nicht mehr raus,

bleib hier. Man weiß nicht, was draußen alles passieren kann. Zur Zeit sollte niemand von uns auf die Straße gehen.«

Gestern hat Lutfar Suranjan einen ganz ähnlichen Rat gegeben. Doch Suranjan spürt den Unterschied zwischen Pulaks Warmherzigkeit und Lutfars unterschwelliger Hochnäsigkeit.

Nila seufzt: »Wir können anscheinend nicht in diesem Land leben. Vielleicht bleibt heute alles ruhig, doch was ist mit morgen, übermorgen? Wie fürchterlich unsicher unser Leben ist! Dann schon lieber ein gefahrloses Leben in Armut.«

Suranjan will schon fast auf Pulaks Vorschlag eingehen, doch dann fallen ihm Sudhamay und Kiranmayi ein, die allein zu Hause sind und sich Sorgen machen werden. Er steht auf. »Komme, was wolle. Dann werde ich mich eben von den Muslimen zum Märtyrer machen lassen. Eine nicht identifizierte Leiche wird unter den Blütenblättern des Nationaldenkmals auf dem Shapla Square liegen, und die Leute werden sagen, daß es ein Unfall war. Wie findet ihr das?« Suranjan lacht auf, doch Pulak und Nila bringen nicht einmal ein Lächeln zustande.

Auf der Straße sieht Suranjan eine Rikscha. Es ist erst acht, er hat noch keine Lust, nach Hause zu gehen. Pulak ist ein Freund aus College-Zeiten. Seit seiner Hochzeit hat sich sein Leben erstaunlich gut gefügt. Suranjan dagegen hat nichts zustande gebracht, und ganz so jung ist er inzwischen auch nicht mehr.

Vor zwei Monaten allerdings hat er ein Mädchen namens Ratna kennengelernt, und mit einemmal hatte er wieder Lust, zu heiraten und eine Familie zu gründen. Nachdem Parvin verheiratet worden war, hatte er ja nur noch an ein Junggesellendasein für sich gedacht. Doch Ratna hat sein nomadisches Leben irgendwie durcheinandergebracht. Jetzt hat er große Lust, sein Leben zu ordnen, ihm eine feste Form zu geben. Eine Liebeserklärung hat er Ratna freilich bisher noch nicht gemacht.

Einige Tage nach ihrem ersten Zusammentreffen fragte ihn Ratna: »Was machen Sie denn so?«

»Nichts«, sagte Suranjan verächtlich.

»Keine Arbeit, keine Geschäfte, nichts?«

»Nein.«

»Sie haben doch politisch gearbeitet, was ist damit?«

»Ich habe es aufgegeben.«

»Ich weiß, daß Sie in der Studentenföderation waren.«

»Das gefällt mir alles nicht mehr.«

»Was gefällt Ihnen denn?«

»Spazierengehen. Mir die Leute ansehen.«

»Bäume, Flüsse, Landschaften mögen Sie nicht?«

»Doch. Aber am interessantesten sind die Menschen. Ich mag es, den Geheimnissen der Menschen nachzuspüren.«

»Schreiben Sie etwa Gedichte?«

»Nein, nein. Aber ich habe viele Freunde, die Dichter sind.«

»Trinken Sie Alkohol?«

»Dann und wann.«

»Zigaretten rauchen Sie ja reichlich.«

»Das ist wahr. Doch ich habe nicht genug Geld dafür.«

»Rauchen schadet der Gesundheit. Das wissen Sie doch?«

»Ich weiß, aber da ist nichts zu machen.«

»Warum sind Sie noch nicht verheiratet?«

»Ich habe keiner gefallen, darum.«

»Keiner?«

»Doch, eine gab's, aber die hat das Risiko schließlich nicht auf sich genommen.«

»Wieso?«

»Sie war Muslimin, und mich nennt man ja nun mal einen

Hindu. Sie hätte ja gar nicht Hindu werden müssen, um mich zu heiraten, aber ich hätte mich Abdus Saber oder so ähnlich nennen müssen.«

Ratna lachte. Sie sagte: »Es ist besser, nicht zu heiraten – so kurz, wie das Leben ist ... Es ist besser, es ohne feste Bindungen zu leben.«

»Also wollen auch Sie nicht den Hafen der Ehe anlaufen?«

»Haargenau.«

»Das trifft sich ja ganz gut.«

»Wenn wir dieselben Grundsätze haben, werden wir gute Freunde sein.«

»Freundschaft bedeutet mir sehr viel. Man wird noch nicht zu Freunden, bloß weil man in ein paar Dingen dieselbe Meinung hat!«

»Man muß wohl viele Mühen auf sich nehmen, um Ihr Freund zu werden?«

Suranjan lacht laut auf: »Und womit sollte ich dieses Glück verdient haben?«

»Sie haben wohl nicht viel Selbstvertrauen?«

»Nein, das ist es nicht. Ich traue mir selbst, aber ich traue den anderen nicht.«

»Dann probieren Sie es doch mal bei mir.«

Damals war Suranjan den ganzen Tag lang in Hochstimmung gewesen. Heute hat er Lust, wieder an Ratna zu denken, womöglich, um sich aufzuheitern. Zur Zeit ist es sein Rezept gegen schlechte Stimmung, sich an Ratna zu erinnern. Wie es ihr wohl geht? Soll er einmal bei ihr in Azimpur vorbeischauen? Wird Ratna verlegen sein, wenn sie ihn sieht? Suranjan kann sich nicht entscheiden, was er tun soll. Natürlich rücken die Hindus wegen des religiösfanatischen Terrorismus auf den Straßen wieder enger zusammen. Ratna wird also bestimmt nicht erstaunt sein. Sie wird denken, daß sich die Hindus im Moment nach ande-

ren Hindus erkundigen und daß zu einer Zeit, in der alle einander aufsuchen, Suranjan selbstverständlich ohne jede Verabredung bei ihr hereinplatzen kann.
Er weist den Rikschafahrer an, nach Azimpur zu fahren. Ratna ist nicht besonders groß, sie reicht nicht einmal bis an seine Schulter. Ihr Gesicht ist rund und hell, und in ihren Augen liegt eine tiefe Traurigkeit, der Suranjan nicht auf den Grund kommt. Er nimmt sein Adreßbuch aus der Brusttasche und schlägt ihre Anschrift nach. Nach einigem Suchen findet er das Haus.
Ratna ist nicht zu Hause. Ein älterer Mann öffnet die Tür einen Spaltbreit und fragt: »Wer sind Sie?«
»Suranjan.«
»Ratna hat Dhaka verlassen.«
»Wann? Wohin?« Suranjan spürt die Aufregung und Dringlichkeit in seiner eigenen Stimme und schämt sich ein wenig.
»Nach Sylhet.«
»Wissen Sie, wann sie zurückkommt?«
»Nein.«
Ist Ratna beruflich nach Sylhet gefahren oder in die Ferien, oder ist sie geflohen? Oder sie ist überhaupt nicht in Sylhet, gibt man es nur vor? Doch auf die Nennung seines Namens Suranjan, dieses Hindu-Namens hin gibt es ja eigentlich nichts zu verbergen, denkt Suranjan, während er durch Azimpur läuft. Hier in Azimpur kann ihn niemand als Hindu ausmachen. Es ist in der Tat sehr amüsant, daß von all den *Topi* tragenden Passanten, den in Gruppen herumstehenden aufgeregten Jugendlichen und Jungen niemand ihn erkennt. Wenn sie ihn für einen Hindu halten, werden sie ihn vielleicht totschlagen, und er allein wird kaum die Kraft aufbringen, sich zu retten. Das Pochen in seiner Brust läßt sich wieder vernehmen. Er merkt, daß

Schweiß ihm auf der Stirn steht, obwohl ein kalter Wind geht und er nur ein dünnes, luftiges Hemd trägt.
Er geht weiter bis nach Palashi. Da er schon einmal hier ist, kann er gleich nachsehen, wie es Nirmalendu Gun geht. In Palashi wohnen die kleinen Angestellten der Technischen Hochschule, und Nirmalendu Gun hat sich in das Gärtnerhäuschen eingemietet. Suranjan empfindet großen Respekt für diesen aufrechten Mann, der kein Blatt vor den Mund nimmt. Kaum hat Suranjan geklopft, öffnet ein zehn- bis zwölfjähriges Mädchen. Nirmalendu Gun hat die Beine auf dem Bett und ist dabei, konzentriert fernzusehen. Als er Suranjan sieht, intoniert er ein Tagore-Lied: »Komm, komm, komm in mein Zimmer ...«
»Was gibt's im Fernsehen?«
»Ich gucke mir die Reklame an. Sunlight-Batterien, Ziya Seidensaris, Peps Gel Zahnpasta. Außerdem gucke ich *Hamad Nath* und *Die Stimme des Korans.*«
»Und so verbringen Sie den ganzen Tag? Sie sind ja vermutlich nicht rausgegangen?«
»In meinem Haus wohnt ein vierjähriger muslimischer Junge, ich lebe im Vertrauen auf ihn. Als ich gestern zu Asim ging, mußte er vor mir her gehen.«
»Und eben haben Sie die Tür einfach so aufgemacht? Wenn es nun jemand anderes gewesen wäre?«
Gun sagt lachend: »Letzte Nacht um zwei standen ein paar Jungen auf dem Bürgersteig herum und diskutierten ihren Plan, eine Demonstration zu machen, und die Slogans, die man zur Beschimpfung der Hindus gebrauchen könnte. Ich schrie unangekündigt: ›Wer ist denn da? Zieht Leine!‹, und schon waren sie weg. Und mit meinen Haaren und dem Bart halten mich ja viele für einen Muslim oder gar einen *Maulvi.*«

»Was macht das Gedichteschreiben?«
»Nichts. Was soll das schon bringen? Ich habe es aufgegeben.«
»Stimmt es, daß Sie ihr Geld abends in den Bazar von Azimpur zum Spielen tragen?«
»Ja, ich schlage die Zeit tot. Doch seit ein paar Tagen bin ich nicht mehr hingegangen.«
»Wieso nicht?«
»Ich rühre mich vor Angst noch nicht einmal vom Bett. Mir kommt es vor, als würden sie mich fassen, wenn ich mich nur ein wenig bewege!«
»Sagen sie irgendwas im Fernsehen, zeigen sie was von den Tempelzerstörungen?«
»Ach wo! Wenn du fernsiehst, meinst du, du seiest hier im Land der perfekten Harmonie und es gäbe überhaupt keine Krawalle. Fürs Fernsehen existiert so etwas nur in Indien.«
»Vor kurzem sagte jemand, es habe bisher 4000 Krawalle in Indien gegeben. Und dennoch verlassen ja die indischen Muslime nicht ihr Land. Die hiesigen Hindus dagegen stehen mit einem Bein in Bangladesch und mit dem anderen in Indien. Das heißt, die indischen Muslime kämpfen, und unsere Hindus fliehen.«
Gun sagt ernst: »Die Muslime von drüben können ja auch kämpfen. Indien ist ein säkularer Staat. Und hier sind die Fundamentalisten an der Macht. Wofür soll man hier kämpfen? Hier sind Hindus Bürger zweiter Klasse. Haben Bürger zweiter Klasse etwa die Kraft zu kämpfen?«
»Warum schreiben Sie nichts darüber?«
»Ich hätte schon Lust. Aber dann werde ich wieder als Indien-Sympathisant beschimpft. Was ich nicht alles gern schreiben würde und dann trotzdem nicht schreibe! Was bringt das Schreiben schon?«

Mit stumpfen Augen schaut Gun wieder auf den Fernseher. Gita bringt ihnen Tee. Suranjan mag keinen Tee trinken. Guns resignierter Schmerz berührt auch ihn.

Plötzlich lacht Gun auf: »Du fragst bei anderen nach, aber bist du selbst überhaupt in Sicherheit?«

»Hm ... Gun*da*, gewinnen Sie eigentlich auch mal was beim Spielen?«

»Nein.«

»Warum spielen Sie dann?«

»Wenn ich nicht spiele, lassen sie Flüche gegen mich und meine Erzeuger los. Ich muß also spielen.«

Suranjan bricht in lautes Gelächter aus, und auch Gun lacht mit. Der Mann hat einen großartigen Sinn für Humor. Genauso wie er es fertigbrächte, in einem Kasino von Las Vegas Roulette zu spielen, kann er sich in einem Slum von Palashi von Mücken zerstechen lassen. Er scheut vor nichts zurück und ist niemals entnervt. In seinem Zimmerchen von zehn Quadratmetern findet er mit Leichtigkeit den Raum für kleine Genüsse und Freuden. Suranjan wundert sich, wie er es schafft, so ausdauernd glücklich zu sein. Oder versteckt sich hinter der Fröhlichkeit ein Leiden? Jedenfalls fügt er sich ins Unvermeidliche und überbrückt schlechte Zeiten mit seinem Lachen.

Suranjan steht auf. Auch er wird sich seines Leidens immer bewußter. Ist Leiden ansteckend?

Er geht zu Fuß weiter in Richtung Tikatuli. Eine Rikscha will er nicht nehmen, denn ihm bleiben nur fünf Taka. An der Kreuzung von Palashi kauft er eine Zigarette. Als er eine Bangla Five verlangt, starrt ihn der Zigarettenverkäufer wortlos an. Suranjan verspürt wieder jenes Klopfen in der Brust. Ob der Mann merkt, daß er ein Hindu ist, ob er weiß, daß man nach der Zerstörung der Babri-Moschee jeden Hindu willkürlich verprügeln darf? Suranjan nimmt sein Zigarette und macht sich eilig davon. Was ist bloß mit ihm? Da hat er nun sogar darauf verzichtet, sich die Zigarette im Laden anzustecken, aus Angst, als Hindu erkannt zu werden! Man trägt seine Hindu- oder Muslim-Identität ja schließlich nicht auf der Stirn geschrieben! Doch er hat den Verdacht, daß möglicherweise auch an seinem Gang, seiner Ausdrucksweise und dem Blick seiner Augen etwas Auffälliges ist.

Als er zur Hauptkreuzung von Tikatuli kommt, schlägt ein Hund an. Er fährt vor Schreck zusammen. Plötzlich hört er hinter sich Stimmen einer Horde von Jungen: »Faßt ihn, faßt ihn!« Er dreht sich nicht erst um, sondern beginnt zu laufen. Er gerät außer Atem, bricht in Schweiß aus. Er achtet nicht darauf, daß die Knöpfe seines Hemdes aufspringen. Nachdem er eine ordentliche Distanz zurückgelegt hat, dreht er sich um: Niemand ist hinter ihm. Ist er also umsonst weggerannt? Galt der Ruf nicht ihm? Oder hat er schon Halluzinationen?

Weil es schon spät ist, klopft Suranjan nicht an der Vordertür, sondern kommt direkt durch die von außen mit einem Schloß gesicherte Tür zu seinem Zimmer herein. Sobald er eingetreten ist, hört er vom Nachbarzimmer her wehklagende Ausrufe: »*Bhagaban, Bhagaban*!« Er nimmt an, daß Hindu-Gäste oder Verwandte im Haus sind. Schon möglich. Als er mit diesem Gedanken in Sudhamays Zimmer geht, verschlägt es ihm die Sprache, als er Kiranmayi mit einer Tonstatue in der Ecke sitzen sieht. Sie stöhnt: »*Bhagaban, Bhagaban.*«

Einen solchen Anblick hat es in diesem Haus noch nie gegeben. Diese seltsame, unbekannte Szene läßt Suranjan so sehr erstarren, daß er eine gute Weile überhaupt nicht reagieren kann. Soll er die Tonfigur auf dem Boden in Stücke schmeißen, oder soll er Kiranmayis zusammengekrümm-

ten Körper eigenhändig von dort wegschleifen? Der Anblick dieser demütigen Geste ist ihm widerwärtig.
Er zieht Kiranmayi an beiden Armen hoch und herrscht sie an: »Was ist denn mit dir los? Wieso sitzt du denn hier mit einer Götterfigur herum? Meinst du, die wird dich retten?«
Kiranmayi schluchzt lauthals auf: »Arme und Beine deines Vaters sind gelähmt. Er kann nicht mehr deutlich sprechen.«
Suranjans Blick fällt auf Sudhamay. Er liegt auf dem Bett und murmelt etwas vor sich hin, doch man versteht kein Wort davon. Suranjan setzt sich an seines Vaters Seite und befühlt dessen rechte Hand: Sie ist ohne Kraft und Gefühl. Suranjan trifft es mit einemmal wie der Hieb einer Axt. Seinen Großvater hatte einmal eine ähnliche einseitige Lähmung befallen, und der Arzt hatte einen Schlaganfall diagnostiziert. Er mußte dann starke Pillen einnehmen, und ein Physiotherapeut kam und machte mit ihm Übungen für die Stärkung der Gliedmaßen. Stumm starrt Sudhamay erst auf Kiranmayi, dann auf Suranjan.
Sie haben keine Verwandten in der Nähe. Wohin soll Suranjan sich wenden? An nahestehenden Verwandten ist sowieso niemand mehr da, einer nach dem anderen haben sie das Land verlassen. Suranjan fühlt sich über die Maßen einsam, bedürftig, hilflos. Als Sohn wird er jetzt alle Verantwortung auf seine Schultern nehmen müssen. Er taugt nicht viel im praktischen Leben, sogar heute hat er den Tag mit Spaziergängen durch die Stadt vergeudet. Mit keiner Anstellung hat er sich abfinden können, und auch der Versuch, einen Laden aufzumachen, ist fehlgeschlagen. Wenn Sudhamay wirklich dauerhaft krank sein sollte, so erlischt damit das Herdfeuer ihres gemeinsamen Haushalts, und sie können sich auf ein Leben auf der Straße einrichten.
»Ist Kamal oder sonst jemand hier gewesen?« fragt Suranjan.

»Nein.« Kiranmayi schüttelt den Kopf.
Niemand ist gekommen, um nachzusehen, wie es Suranjan geht. Wie ist er dagegen durch die ganze Stadt gelaufen, um sich nach seinen Bekannten zu erkundigen! Allen geht es gut, ausgenommen nur er selbst. So viele finanzielle Sorgen und soviel Unsicherheit gibt es anscheinend in keinem anderen Haus. Ein starkes Mitgefühl überkommt Suranjan, als er Sudhamays Hand in seiner hält. Wer weiß, ob diese Lähmung nicht seine bewußt gewählte Antwort auf diese widrige Welt ist.
Mit einem Ruck steht Suranjan auf: »Ist Maya noch nicht zurück?«
»Nein.«
Und plötzlich brüllt er: »Wie ist das möglich?«
Kiranmayi verschlägt es die Sprache. Ihr Sohn redet niemals so hitzig. Warum brüllt er heute auf einmal? Daß Maya zu Parul gegangen ist, ist doch wirklich nicht so schlimm, sondern vielmehr ein Grund zur Gelassenheit. Wenn sie kommen, um das Haus zu plündern, dann gibt es hier mit Ausnahme von Maya nichts zu erbeuten. Denn die Leute sehen Frauen ja als einen Besitz an, nicht anders als Gold.
Suranjan läuft ruhelos im Zimmer auf und ab: »Woher nimmt sie soviel Vertrauen zu den Muslimen? Wie lange werden die sie schon beschützen?«
Kiranmayi begreift nicht, warum Suranjan sich darüber aufregt, daß Maya zu Muslimen gegangen ist. Statt dessen soll er jetzt lieber einen Arzt für den kranken Sudhamay besorgen.
Suranjan schimpft vor sich hin: »Und jetzt brauchen wir einen Arzt. Kannst du mir mal verraten, wo du das Geld dafür auftreiben willst, he? Ihr habt euch von zwei milchbärtigen Halbstarken einschüchtern lassen und unser

Haus für ein Fünftel des Preises verscherbelt und schämt euch jetzt noch nicht einmal, wie Bettler zu leben.«

»Es war doch nicht nur wegen dieser Jungen, der Prozeß um das Haus war auch kein Pappenstiel«, antwortet Kiranmayi kurz.

Auf der Veranda steht ein Stuhl, dem Suranjan jetzt einen Fußtritt versetzt.

»Und eure Tochter ist ausgezogen, einen Muslim zu heiraten. Sie hat gedacht, die Muslime würden sie hofieren. Sie will noch was werden im Leben!«

Suranjan verläßt das Haus. An der Tikatuli-Kreuzung wohnt Haripada Sarkar und zwei Häuser weiter Amzad Hussain. Wen soll er holen? Suranjan läuft einfach drauf los. Sein wütendes Gebrüll, daß Maya noch nicht zurück sei – rührt das wirklich daher, daß Maya nicht nach Hause gekommen ist, oder nicht vielmehr daher, daß er es nicht erträgt, Mayas Vertrauen zu den Muslimen vor Augen geführt zu bekommen? In ihm regt sich der Verdacht, daß er selbst mehr und mehr zum religiösen Fundamentalisten wird. Voller Selbstzweifel läuft er zur Tikatuli-Kreuzung.

4. Tag Haider ist zu Besuch gekommen – weniger aus Sorge um Suranjan, sondern um ein wenig zu plaudern. Haider ist bei der Awami League. Früher einmal hatte Suranjan mit ihm zusammen einen kleinen Handel aufbauen wollen, doch als sie sahen, daß die Chancen sehr schlecht waren, mußten sie das Projekt wieder aufgeben. Haiders Lieblingsthema ist Politik. Suranjan hat diese Vorliebe immer geteilt, seit kurzem aber mag er nicht mehr darüber reden. Jetzt scheint es ihm um einiges besser, still im Bett zu liegen, als seine Gedanken daran zu verschwenden, was Ershad getan hat, was Khaleda tut und was Hasina tun wird. Haider bestreitet denn auch die Diskussion im Alleingang und hält ihm eine lange Rede über den Islam als Staatsreligion.

»Nun gut, Haider«, sagt Suranjan und richtet sich halb im Bett auf, »hat denn euer Staat oder Parlament das Recht, Unterschiede zwischen Menschen verschiedener Religionen zu machen?«

Haider hat die Füße auf den Tisch gelegt und ist dabei, Suranjans rotgebundene Bücher durchzublättern. Jetzt lacht er laut auf und sagt: »Was heißt hier ›euer‹ Staat? Ist der Staat nicht auch deiner?«

Suranjan hat nur ein bitteres Lächeln für ihn. Er hat dieses Wort »euer« absichtlich benutzt. »Ich werde dir mal ein paar Fragen stellen, die du mir ehrlich beantworten mußt.«

Haider richtet sich auf: »Die Antwort auf deine erste Frage lautet nein. Der Staat hat keinerlei Recht, Unterschiede zwischen Menschen verschiedener Religionen zu machen.«

Suranjan zieht lange an seiner Zigarette: »Hat der Staat oder das Parlament das Recht, einer Religion den Vorrang vor einer anderen zu geben oder sie besonders zu fördern?«

Haider antwortet sofort: »Nein.«

Suranjan stellt seine dritte Frage: »Hat der Staat oder das Parlament ein Recht auf Parteilichkeit?«

Haider schüttelt den Kopf.

»Hat das Parlament das Recht, den in der Verfassung des Staates der demokratischen Republik Bangladesch festgelegten Grundsatz des Säkularismus zu ändern?«

Haider hört aufmerksam zu. Dann antwortet er: »Auf gar keinen Fall.«

Suranjan fragt erneut: »Die Souveränität des Landes ist auf die gleichen Rechte aller Menschen gegründet. Wird dieser Grundsatz nicht durch die Verfassungsänderung verletzt?«

Jetzt starrt Haider Suranjan mit schmalen Augen an. Es scheint ihm ja wirklich ernst zu sein. Warum wirft er diese alten Fragen von neuem auf?

Suranjan stellt seine sechste Frage: »Werden durch die Anerkennung des Islam als Staatsreligion die anderen Religionsgruppen von der staatlichen Förderung und Anerkennung ausgeschlossen?«

Haider runzelt die Stirn: »So ist es.«

Die Antworten auf all diese Fragen kennt Haider so gut wie Suranjan. Suranjan weiß, daß er und Haider in diesen Fragen einer Meinung sind. Will Suranjan testen, ob nicht auch er, Haider, vom Denken in Religionszugehörigkeiten infiziert ist und somit einen Keim des Fundamentalismus in sich trägt?

»Meine letzte Frage«, sagt Suranjan, während er seine Zigarette im Aschenbecher ausdrückt: »Die Zwei-Nationen-Theorie war die Grundlage der Trennung Britisch-Indiens in verschiedene Staaten. Warum wird jetzt versucht, Bangladesch wieder in den fatalen Sog dieser Lehre zu ziehen? Wessen Interessen sind da im Spiel?«

Haider antwortet diesmal nicht gleich, sondern steckt sich zunächst eine Zigarette an. Als er den Rauch ausstößt, sagt er: »Aber Jinnah selbst hat doch vor der Teilung Indiens die Zwei-Nationen-Theorie, nämlich die Trennung in Muslime und Hindus, abgelehnt. Er sagte: ›Von heute an sollen im staatlichen Leben Muslime, Hindus, Christen und Buddhisten nicht mehr als Angehörige ihrer jeweiligen Religion angesehen werden. Sie alle werden, unabhängig von Rasse und Religion, nur einer Nationalität, nämlich der pakistanischen, zugehörig sein und ausschließlich als Pakistanis angesehen werden.‹«

Suranjan setzt sich auf und sagt: »Vielleicht war Pakistan doch besser als das jetzt, was meinst du?«

Haider steht erregt auf: »Nein, Pakistan war überhaupt nicht besser, in Pakistan gab es überhaupt keine Hoffnung für euch. Nach der Gründung von Bangladesch dachtet ihr, ihr würdet hier volles Bürgerrecht genießen, weil Bangladesch ein säkularer Staat sei. Als sich eure Träume dann nicht gleich erfüllten, habt ihr es euch zu sehr zu Herzen genommen.«

Suranjan lacht laut auf: »Jetzt ist es dir schließlich doch noch herausgerutscht: eure Hoffnung, eure Träume! Wen meinst du denn mit diesem ›euch‹? Doch wohl die Hindus? Du hast mich einen Hindu genannt? Ist das der Lohn dafür, daß ich immer Atheist gewesen bin?«

Unruhig läuft Suranjan im Zimmer umher. In Indien hat die Zahl der Toten bereits 650 überstiegen. Die Polizei hat acht Fundamentalistenführer festgenommen, darunter auch den Parteivorsitzenden der BJP, Murli Manohar Joshi, und Lal Krishna Advani. In ganz Indien wird aus Protest gegen die Zerstörung der Babri-Moschee gestreikt. In Bombay, Ranchi, Karnataka und Maharashtra gibt es Unruhen, sterben Menschen. Suranjan ballt die Hand zur Faust aus Haß gegen die extremistischen Hindu-Fundamentalisten. Stünde es in seiner Macht, so ließe er alle Fundamentalisten der Welt in eine Reihe stellen und erschießen.

Offiziell sagen die Fundamentalisten in Bangladesch, für die Zerstörung der Babri-Moschee sei die indische Regierung verantwortlich. »Für diese Schuld der indischen Regierung tragen die Hindus dieses Landes keine Verantwortung. Unsere Entrüstung richtet sich nicht gegen die Hindus und die Tempel von Bangladesch. Die Harmonie zwischen den Religionsgruppen muß durch die Besinnung auf islamische Werte erhalten werden.« Diese Stellungnahme der Fundamentalisten wird in Radio, Fernsehen und Presse verbreitet. Doch sie ist nichts als ein Lippenbekenntnis. Die Zerstörungen und Pogrome, die sie am Tag des Generalstreiks unter der Schutzbehauptung, gegen die Zerstörung der Moschee zu protestieren, veranstaltet haben, sind ohnegleichen. Der Vorwand des Protestes hat ihnen, den Verrätern von 1971, dazu gedient, die Büros des *Ghatak Dalal Nirmul Committee* und der Kommunistischen Partei zu verwüsten und in Brand zu stecken – warum? Eine Abordnung der fundamentalistischen Partei Jamaat-e Islami aus Bangladesch hat sich mit der Führung der Hindu-fundamentalistischen BJP in Indien getroffen. Worüber hat man gesprochen? Suranjan versucht sich die Diskussionen, Intrigen und Verschwörungen auszumalen.

Eine Welle von Ausschreitungen im Namen der Religion durchläuft den ganzen Subkontinent, und als Angehöriger einer Minderheit versteht Suranjan nur zu gut, was für grausame Foltern dies für die Minderheiten hier wie dort bedeutet. Sowenig wie Christen in Bangladesch für die Vorgänge in Bosnien-Herzegowina verantwortlich sind, können die Hindus von Bangladesch verantwortlich gemacht werden für Katastrophen, die sich in Indien ereignen. Doch wem kann Suranjan dieses Einmaleins des Denkens erklären?
Haider sagt: »Nun beruhige dich doch. Mach dich lieber für die Menschenkette bereit!« Eine Menschenkette. Suranjan hat davon gehört, daß das Nationale Komitee für Integration zu der Veranstaltung aufgerufen hat, um die nationale Eintracht im Geiste des Befreiungskrieges und die Erhaltung der Freiheit und Souveränität gegen die verräterischen Gegner der Unabhängigkeit und alle fundamentalistischen, faschistischen Kräfte zu propagieren. Die Menschenkette soll zudem Symbol der internationalen Eintracht gegen den religiösen Fanatismus sein und für ein harmonisches Miteinander regional und weltweit werben.
»Was habe ich denn damit zu tun?« fragt Suranjan.
»Was soll das heißen? Bedeutet dir das denn gar nichts?« fragt Haider, wie vor den Kopf gestoßen.
Suranjans Antwort ist besonnen und ruhig: »Nein.«
Haider ist über alle Maßen erstaunt. Er hat die ganze Zeit gestanden, jetzt setzt er sich wieder hin und zündet sich erneut eine Zigarette an. »Kann ich eine Tasse Tee bekommen?«
Suranjan streckt sich auf dem Bett aus: »Wir haben keinen Zucker im Haus.«
Die Menschenkette soll vom Bahadur Shah Park bis zum

Parlamentsgebäude gehen. Von elf bis ein Uhr wird der Verkehr auf dieser Route gesperrt. Haider will noch mehr über die Menschenkette erzählen, doch Suranjan unterbricht ihn: »Was hat Hasina gestern auf dem Treffen der Awami League gesagt?«

»Du meinst auf der Friedensveranstaltung?«

»Ja.«

»In jedem Viertel sollen aus allen Schichten und Religionsgruppen rekrutierte Friedensbrigaden aufgestellt werden, um die Harmonie zwischen den Religionsgruppen zu erhalten.«

»Wird das die Hindus, das heißt uns, schützen? Werden wir überleben, meine ich?«

Haider starrt Suranjan an, ohne eine Antwort zu geben. Suranjan ist unrasiert und ungekämmt. Dann wechselt er das Thema und fragt: »Wo ist Maya?«

»Sie ist nach *Jahannam*, in die Hölle, gegangen.«

Haider erschrickt, das Wort *Jahannam*, das islamische Wort für Hölle, aus Suranjans Mund zu hören. Er überspielt seinen Schreck mit einem Lachen: »Und welcher Art ist denn bitte diese Hölle?«

»Man wird von Schlangen gebissen und von Skorpionen gestochen, man brennt und verbrennt, doch man stirbt nicht.«

»Oho, du bist ja besser über die Hölle informiert als ich.«

»Zwangsläufig. Wir sind es ja, die das Feuer anfällt.«

»Warum ist es so still im Haus? Wo sind deine Eltern? Hast du sie weggeschickt?«

»Nein.«

»Ach ja, Suranjan, hast du eigentlich mitbekommen, daß die Jamaatis die Babri-Moschee zum Vorwand nehmen, um den Prozeß gegen Golam Azam zu beeinflussen?«

»Kann schon sein. Aber glaube mir, der Fall Golam Azam

bedeutet dir etwas anderes als mir. Ob er nun ins Gefängnis gesteckt und gehenkt wird oder nicht, ist mir eigentlich egal.«
»Ich finde, du hast dich ziemlich verändert.«
»Auch Khaleda Zia hat gefordert, die Babri-Moschee wieder aufzurichten, Haider. Warum redet sie nicht auch davon, die Tempel wieder aufzubauen?«
»Du willst, daß Tempel gebaut werden?«
»Komm, du weißt ganz genau, daß ich weder Tempel noch Moscheen will. Doch wenn man nun schon einmal vom Wiederaufrichten spricht, warum sollten dann nur Moscheen wieder aufgebaut werden?«
Haider zündet sich noch eine Zigarette an. Er kann nicht begreifen, daß Suranjan am Tag der Menschenkette allein zu Hause bleiben will. Am 26. März dieses Jahres, als das Volksgericht eröffnet wurde, war es Suranjan gewesen, der ihn aus dem Bett geworfen und zu der öffentlichen Veranstaltung mitgenommen hatte. Es goß in Strömen. Haider lag unter seiner Bettdecke und gähnte: »Laß uns doch heute lieber hierbleiben und etwas Gutes essen.« Doch Suranjan ließ sich nicht erweichen: »Du mußt auf jeden Fall mitgehen! Los, mach dich schnell fertig! Wenn auch wir noch schlaff werden, ist bald nichts mehr zu retten.« Durch den strömenden Regen waren sie gegangen. Und derselbe Suranjan stellt sich jetzt plötzlich hin und gibt bekannt, daß ihm die ganzen Treffen und Veranstaltungen nichts mehr bedeuten. Menschenketten erscheinen ihm nur noch als Farce.
Zwei Stunden lang versucht Haider, Suranjan doch noch zum Mitkommen zu bewegen – ohne Erfolg.

Kiranmayi hat Maya von Parul abgeholt. Maya wirft sich auf die Brust ihres schwachen, gelähmten Vaters und bricht in Tränen aus. Ihre Trauer macht Suranjan wütend. Können Tränen irgend etwas ausrichten in der Welt? Wichtiger ist es, Sudhamay zu behandeln. Suranjan hat drei Tagesrationen des von Dr. Haripada verschriebenen Medikaments gekauft. Wieviel Geld wird nach diesem Kauf noch in Kiranmayis Schrank zu finden sein? Wer weiß, ob überhaupt noch etwas da ist ...
Er hat ja selbst nie gearbeitet. Es geht gegen seine Natur, sich als Angestellter, als Untergebener für andere abzurakkern. Als er darüber nachdenkt, ob er sein Handelsprojekt mit Haider wieder aufnehmen sollte, spürt er auf einmal großen Hunger. Doch es ist der falsche Zeitpunkt, irgend jemand davon in Kenntnis zu setzen. Maya und Kiranmayi vermeiden es ja ohnehin, sein Zimmer zu betreten. Als Arbeitsloser und Nichtsnutz zählt er einfach nicht. Er hat keine Lust nachzufragen, ob es etwas zu essen gibt. Auch er hat sich heute zurückgezogen und ist noch nicht in Sudhamays Zimmer gewesen. Seine Zimmertür nach draußen steht offen. Wenn ihn Freunde besuchen, kommen sie direkt bei ihm herein. Die Tür zum Haus hat er angelehnt, vielleicht denken sie also, er sei mit einem Freund ins Gespräch vertieft, und klopfen deshalb nicht an. Nein, genau besehen stellt sich die Frage anders: Wieso soll Suranjan denn überhaupt erwarten, daß sich die Familie um ihn kümmert? Was hat er schon zu ihrem gemeinsamen Leben beigetragen? Immer nur draußen herumgelaufen ist er mit seinen Freunden, immer hat er es vermieden, zu Hause anzuecken oder Streitigkeiten auszutragen, eine reibungsarme Gleichgültigkeit hat er kultiviert. Nur in der politischen Bewegung war er voll bei der Sache. Anweisungen der Partei hat er wie ein devoter Diener ausgeführt. Spät

in der Nacht ist er nach Hause gekommen und hat Marx und Lenin auswendig gelernt. Was hat er, was hat seine Familie davon gehabt?

Haider ist gegangen, auch gut. Suranjan jedenfalls wird sich der Menschenkette nicht anschließen. Warum sollte er? Wird die Menschenkette ihn etwa von seinem Gefühl der Isolation befreien? Wohl kaum. Durch die Ereignisse ist ihm der Glaube an alles und jedes abhanden gekommen. Haider und er sind schon seit langem Freunde, und ständig haben sie über Rationalität, Verstand und das richtige Bewußtsein diskutiert. Sie haben die Menschen des Landes aufgefordert, sich im Geist des Befreiungskriegs zu vereinigen, sie haben einige Jahre damit verbracht, die Menschenrechte und die Gesellschaft zu verteidigen und für ein menschliches Wertesystem einzutreten. Heute scheint ihm das alles unnütz. Hätte er sich doch lieber anständig besoffen, Videofilme und Pornos angesehen und sich abends Mädchen vom Strich geholt! Oder hätte er doch geheiratet und wäre zu einem Knauserer geworden, hätte er Gemüsepreise verglichen und wie ein respektierlicher bengalischer Haushaltsvorsteher die Fische beim Einkauf prüfend betätschelt! Dann ginge es ihm jetzt besser.

Suranjan zündet sich eine neue Zigarette an. Er nimmt ein Heftchen vom Tisch und reibt sich die Augen. Es enthält Nachrichten von den Krawallen von 1990. Er hat es nie gelesen, hat nie großes Interesse daran gehabt. Jetzt aber vertieft er sich gleich in die Lektüre.

Es war in der Nacht des 30. Oktober um ein Uhr. Die Bewohner des Panchanandham Aschram erwachten vom Geräusch einer Menschenhorde. Die Leute brachen das Tor und die Außenwände ein und kamen herein, sie beschimpften die Bewohner des Aschrams und steckten die umliegenden Blechhütten mit Kerosin in Brand. Die Aschram-Bewohner flohen aus Angst in alle Richtungen. Nacheinander wurden alle Götterbilder zerstört. Sie schleiften die Spitze von Sadhubabas Grabtempel und steckten die religiösen Bücher an. Im Innern des Aschrams war eine Sanskrit-Schule. Sie brachen die Schränke der Schule auf, steckten alle Bücher an und raubten alles vorhandene Geld. Am 30. Oktober um elf Uhr nachts bewarfen 2500 Leute den Kali-Tempel von Sadarghat mit Ziegelsteinen, brachen die Hauptpforte auf und drangen bewaffnet ins Innere ein. Sie zerstörten die Götterstatuen im Haupttempel und richteten mit schweren Eisenstangen und Knüppeln maßlose Zerstörungen an. Auf der Treppe des Catteshvari-Tempels zerstörten, plünderten und verbrannten sie die Läden und Häuser auf beiden Seiten. Nachts um halb zwölf überfielen sie den Verbrennungsplatz von Golpahar und setzten ihn in Brand. Die Kali-Statue des Verbrennungsplatzes wurde zerstört. Am 30. Oktober nach den Nachrichten von Voice of America überfiel eine Gruppe von Fundamentalisten brutal den Kaibalya Aschram. Sie zerstörten jedes Götterbild und setzten das Mobiliar aller Zimmer in Brand. Die Aschram-Bewohner flohen aus Angst auf den Hügel. Alle, die man fand, wurden verprügelt. Ein paar tausend Leute griffen den Tempel mehrmals an. Sie rissen das Fundament des Tempels mit Eisenstangen und Knüppeln nieder. Die Götterstatuen im Haragauri-Tempel wurden zerschlagen, Geld und Wertgegenstände geraubt. Die religiösen Bücher wurden verbrannt. Die Menschen der an den Tempel angrenzenden Gegenden und alle Familien des Malipara waren obdachlos, von ihrem Besitz war nichts geblieben. Um etwa neun Uhr abends überfielen bewaffnete Leute den Krishna-Gopalji-Tempel in der Chatteshvari Road. Sie entwendeten große Mengen von Silber- und Goldschmuck sowie weitere Wertgegenstände und verwüsteten den Hauptraum mitsamt den Götterstatuen. Sie zerstörten die

Gabhi-Statue auf dem Torbogen am Eingang des Tempels und fällten die Fichten vor dem Tempel. Auch die Statuen für die Raslila wurden nicht verschont. In der Ilias-Colony von Bahaddarhat richteten sie Plünderungen und Zerstörungen an und setzten Frauen wie Männer unsäglichen körperlichen Foltern aus.

Eine große Menge von Tempeln wurde in der Stadt Chittagong geplündert, zerstört und verbrannt: der Dashbhuja-Durga-Tempel in der College Road, der Baradeshvari-Kali-Tempel in Korbaniganj, der Paramhansa Mahatma-Narsinha-Tempel in Chakbazar, der Barsha-Kali-Tempel und der Durga-Kali-Tempel in Uttar Chandagao, der Siddheshvara-Kali-Tempel von Sadarghat, der Dewaneshvari-Tempel von Dewanhat, der Kali-Tempel vom Verbrennungsplatz von Uttar Patenga in Kathghar, die Magadheshvari-Statue von Purba Madarbari, der Raksha-Kali-Tempel, der Milanparishad-Tempel von Moghaltuli, der Durga-Tempel, Shiva-Tempel und Hari-Tempel von Tiger Pass, der Raj-Rajeshvari-Tempel von Sadarghat, der Kali-Tempel und Durga-Tempel von Jalalabad, der Verbrennungsplatz-Tempel im Napitpara von Kulgao, der Karunamayi-Kali-Tempel von Katalganj, der Jaykali-Tempel im Nathpara in Chandagao, der Dayamayi-Kali-Tempel und der Magadheshvari-Tempel von Nazirpara, der Kali-Tempel von Pashchim Baklia, der Brahmamayi-Kali-Tempel von Katalganj, der Barabazar-Shrikrishna-Tempel von Pashchim Baklia, die Shiva-Tempel von Himanshu Das, Satindra Das, Rammohan Das, Chandicharan Das, der Krishna-Tempel von Manomohan Das, der Tulsidham-Tempel von Nandankanan, der Dakshin-Halishahar-Tempel im Hafenbezirk, der große Verbrennungsplatz und Kali-Tempel von Golpara in Panchlaish, der Jelepara-Kali-Tempel in der Aman Ali Road, der Anandamayi-Kali-Tempel in der Medical College Road.

Zerstört, geplündert und angesteckt wurden weiterhin: der

Bura-Kali-Tempel von Nalua in Satkania, der öffentliche Kali-Tempel und Durgamandap von Jagria, der Chandimandap und der Magadheshvari-Tempel von Dakshin Kanchana, der Madhyapara-Kali-Tempel von Dakshin Charti, der öffentliche Kali-Tempel von Madhya Nalua, der Tempel von Charti, der Barnakpara-Rup-Kali-Tempel und der Dhara-Tempel von Dakshin Charti, der Jvalakumari-Tempel von Pashchim Matiadanga, der Krishnahari-Tempel von Badona Deputy Hat, das Durnigar Mahabodhi Bihar von Bajalia, der historische Milan-Tempel und der Krishna-Tempel von Kadhurkhil, die Jagadananda-Mission von Aburdandi, der öffentliche Magadheshvari-Tempel von Shakpura, der Mohinibabu Aschram von Madhya Shakpura, der Kali-Tempel von Dhorla Kalaia Hat, der öffentliche Jagaddhatri-Tempel von Kadhurkhil, der Rishidham Adhipati von Kok Dandiya und der Bigraha-Tempel von Shashvata Chowdhury in Kadhurkhil mitsamt dem Magadheshvari-Tempel von Dhanpota und Sebakhola, der öffentliche Kali-Tempel von Patia, der Dvijendra-Das-Hari-Tempel und Jagannath-Tempel von Nalua in Satkania, der öffentliche Dakshinpara-Kali-Tempel von Dakshin Charti in Satkania, der öffentliche Kali-Tempel von Dakshin Brahmandanga.
Gegen elf Uhr nachts fielen 100 religiöse Fanatiker über den Mirzapur Jagannath Aschram im Kreis Hazaripur her. Die Götterstatuen des Aschrams zerschmissen sie auf dem Boden. Den Schmuck der Jagannath-Statue raubten sie, am nächsten Tag kippten 100 Leute Benzin auf das Blechdach des Aschrams und setzten es in Brand. Als sie am darauffolgenden Tag erneut kamen, stand die Polizei bereit, zog sich jedoch beim Anblick der Menschenmasse zurück. Als bei der Polizeiverwaltung wegen Schutzmaßnahmen vorgesprochen wurde, redete sich die Polizei mit begrenzten Kräften heraus. In derselben Nacht überfielen 40 bis 45 bewaffnete Leute die wehrlosen Dorfbewohner von Mekhal.

Zuerst warfen sie in der Art eines Terrorkommandos Molotowcocktails, um die Dörfler zu verängstigen. Als die Dorfleute geflohen waren, brachen sie Türen und Fenster der Häuser auf und begannen mit der Plünderung. Sie zerschmetterten die Götterstatuen in den Häusern und vernichteten alle Götterstatuen des Tempels vom Lehrer Madannath an der Parbati-Oberschule und die des Magadheshvari-Tempels.
Die Götterbilder im Dharaihat-Hari-Tempel im Kreis Chandanaish wurden zerstört, und der Wagen Jagannaths wurde vernichtet. Überfallen wurden der Matri-Tempel und der Radhagobinda-Tempel im Dorf Pathandandi der Gemeinde Bara Kal. 400 Leute aus Boalkhali verwüsteten nachts um zwölf den Milan-Tempel sowie die Haustempel von Himanshu Chowdhury, Paresh Biswas, Bhupal Chowdhury, Phanindra Chowdhury und Anukul Chowdhury in der Gemeinde Kadhurkhil. Sie machten den alten Rishidham Aschram im Kreis Banshkhali dem Erdboden gleich, legten in allen Räumen Feuer und steckten sämtliche Bücher in Brand.
In der Nacht des 31. Oktober überfielen muslimische Fundamentalisten den Jagannath Aschram in Sitakunda mit Knüppeln, Äxten und Lanzen. Sie drangen in den fast 200 Jahre alten Shri-Shri-Kali-Tempel von Battala ein, zerstörten den Kopf der Kali-Statue und raubten die silberne Krone und den Goldschmuck. Das Dorf Charsharat ist hauptsächlich von Hindus bewohnt. Am 1. November um zehn Uhr abends raubten einige hundert Menschen das gesamte Dorf aus. Was sie nicht mitnehmen konnten, verbrannten sie und hinterließen riesige Haufen von Asche und halbverbrannte Bäume. Beim Gehen drohten sie, alle Bewohner totzuschlagen, wenn diese nicht bis zum 10. November das Dorf verlassen würden. Die Kühe und Ziegen, die nicht aus dem Dorf flohen, wurden abgeschlachtet. Die Reisspeicher wurden in Brand gesetzt. Fast 4000 Hindus erlitten Verlu-

ste. 75 Prozent der Häuser wurden abgebrannt, ein Mensch starb, und unzählige Kühe und Ziegen fielen dem Brand zum Opfer. Viele Frauen wurden vergewaltigt. Die geschätzten Verluste betrugen 55 Millionen Taka. Im Dorf Satbaria griffen abends um 20.45 Uhr fast 200 Leute mit Knüppeln, Äxten, Dolchen und Eisenstangen den Jayram-Tempel an und vernichteten sämtliche Götterstatuen. Auf die Nachricht vom Überfall hin flohen die Leute ringsherum aus Angst um ihr Leben, und alle Familien verbrachten die Nacht im Wald oder auf den Reisfeldern. Man plünderte jedes Haus. Der öffentliche Durga-Tempel von Satbaria wurde zur Unkenntlichkeit verwüstet. Auch der Tempel und die Häuser des Dorfes Khejuria wurden in Brand gesteckt. Die bäuerlichen Familien sind jetzt besitzlos. Im Feuer verbrannte die Frau von Shailendra Kumar. Während des Gebets im Shiva-Tempel wurden die Gläubigen von einigen Leuten mit unsäglichen Flüchen beschimpft, die Statuen und ihre Sockel wurden zerschlagen, und bevor die Leute gingen, urinierten sie darauf.

Die Schrift verschwimmt vor Suranjans Augen. Ihm ist, als spüre er den Urin am eigenen Körper. Voller Ekel wirft er das Heft in die Ecke.

Dr. Haripada hat Maya und Kiranmayi gezeigt, wie die physiotherapeutischen Übungen zur Kräftigung der gelähmten Gliedmaßen ausgeführt werden müssen. Beide machen jetzt zweimal täglich mit Sudhamay die Übungen und verabreichen ihm regelmäßig die Medikamente. Maya hat ihre frühere sprunghafte Lebendigkeit verloren. Ihr Vater, den sie immer als einen tatkräftigen Mann erlebt hat, liegt jetzt unbeweglich auf dem Bett. Wenn sie ihn mit seiner unkontrollierten, lallenden Stimme »Maya, Maya«

rufen hört, zerreißt es ihr das Herz. Ihr scheint, als wollten seine hilflosen, stummen Augen ihr etwas mitteilen.
Ihr Vater hat sie immer gelehrt, ein Mensch zu werden und sich selbst treu zu bleiben. Er selbst war immer ein ehrlicher, mutiger Mann, der sich manchmal bis zur Absurdität weigerte, soziale Einschränkungen zu akzeptieren. Kiranmayi fing immer wieder davon an, die Tochter sei ja nun herangewachsen, man müsse sie verheiraten. Sudhamay wollte nichts davon hören und sagte barsch: »Sie soll erst mal studieren und arbeiten, und dann kann sie selbst entscheiden, ob sie heiraten will.« Kiranmayi seufzte dann und kam unweigerlich auf ihr zweites Lieblingsthema zu sprechen: »Oder wir schicken sie zu ihrem Onkel nach Kalkutta. Die Mädchen ihres Alters, Anjali, Nilima, Abha, Shibani sind alle zum Studieren nach Kalkutta gegangen.«
Sudhamay antwortete: »Na und? Kann man hier etwa nicht studieren? Gibt es hier keine Schulen und Colleges mehr?«
»Ich sage dir, daß Maya jetzt erwachsen ist. Ich kann nachts überhaupt nicht mehr schlafen. Bijaya wurde schließlich auch auf dem Weg zum College belästigt.«
»Auch muslimische Mädchen werden belästigt. Werden muslimische Mädchen etwa nicht vergewaltigt, werden sie nicht entführt?«
»Schon. Trotzdem.«
Kiranmayi sah ein, daß Sudhamay um nichts in der Welt zustimmen würde. War auch das Grundstück seines Vaters verlorengegangen, so hatte er doch immerhin den Boden seines Heimatlandes unter den Füßen. Das war sein ganzer Trost. Auch Maya hatte übrigens noch nie ein Interesse daran gehabt, nach Kalkutta zu gehen. Einmal war sie dort zu Besuch bei ihrer Tante gewesen, doch es hatte ihr nicht gefallen. Die Cousinen mütterlicherseits waren arrogante

Zicken, die sie nicht an ihren Gesprächen teilhaben ließen. Maya saß den ganzen Tag allein herum und dachte an zu Hause. Noch vor Ende ihrer *Puja*-Ferien vertraute sie ihrem Onkel an: »Ich will nach Hause.«
»Wieso denn das?« mischte sich ihre Tante ein, »deine Mutter hat dich doch für zehn Tage hergeschickt.«
»Ich habe großes Heimweh.« Maya schossen Tränen in die Augen, als sie das aussprach. Auch der riesige Rummel bei der *Puja* in Kalkutta hatte ihr nicht gefallen. Die ganze Stadt platzte aus den Nähten, und trotzdem fühlte sich Maya einsam. Darum war sie statt nach zehn Tagen schon nach einer Woche zurückgekehrt. Dabei war es Kiranmayis geheimer Wunsch gewesen, daß Maya dort bleiben sollte, vorausgesetzt natürlich, es gefiel ihr.
Als Maya auf Sudhamays Bettkante sitzt, denkt sie an Jahangir. Von Paruls Haus aus hat sie zweimal mit ihm telefoniert. Die fehlende Wärme in Jahangirs Stimme war nicht zu überhören. Er erzählte, daß sein Onkel in Amerika wohnt und ihm geschrieben und ihn eingeladen hat, zu ihm zu kommen. Jahangir hat bereits die nötigen Schritte für eine Auswanderung unternommen. Maya kann ihre Enttäuschung kaum verbergen: »Was, du gehst?«
»Na hör mal, es ist immerhin Amerika! Soll ich das Angebot etwa ausschlagen?«
»Was wirst du dort tun?«
»Fürs erste werde ich mir irgendeinen Job suchen müssen. Irgendwann werde ich dann die Staatsbürgerschaft bekommen.«
»Du wirst nicht zurückkehren?«
»Wozu sollte ich? Kann man in diesem verdammten Land denn überhaupt leben?«
»Weißt du schon, wann du fährst?«
»Nächsten Monat. Mein Onkel hat es eilig damit. Er

glaubt, daß ich vor die Hunde gehe, wenn ich weiter in der hiesigen Politik mitmische.«

»Oh.«

Während des Gesprächs hat Jahangir nicht einmal danach gefragt, was aus Maya wird, wenn er das Land verläßt. Soll Maya mit ihm fahren oder hier zu Hause auf ihn warten? Hat ihn der Traum von Amerika ihre schon vier Jahre währende Liebe und die in Restaurants oder am Ufer des Crescent Lake geschmiedeten Heiratspläne vollständig vergessen lassen? Stellt der Reichtum für Jahangir eine so große Versuchung dar, daß er Maya dafür sitzenläßt? Auf Sudhamays Bettrand sitzend, muß Maya immer wieder an Jahangir denken. Sie will ihn vergessen, doch sie schafft es nicht. Und zu diesem Kummer kommt jetzt noch die Sorge um Sudhamay, der nur noch ein Schatten seiner selbst ist. Kiranmayis Ängste und Sorgen sind vielleicht noch größer. Mitten in der Nacht bricht sie plötzlich in Schluchzen aus. Warum, um wen sie weint, behält sie für sich. Den ganzen Tag verrichtet sie ohne ein Wort ihre Arbeiten. Stumm kocht sie, hält das Haus sauber und pflegt ihren Mann.

Kiranmayi trägt kein *Sindur* am Haaransatz, keine Armreifen oder ähnliches. 1971 hatte Sudhamay sie gebeten, sie solle es lassen. Nach 1975 gab es Kiranmayi von sich aus auf. Auch Sudhamay verzichtete damals auf seinen geliebten *Dhoti*. An dem Tag, als er mit weißem Leinen in Taru Khalifas Laden für einen *Payjama* hatte Maß nehmen lassen, hatte er sich über Migräne und erhöhte Temperatur beschwert. Sudhamay bekam immer Fieber, wenn ihn etwas sehr erregte.

Maya ist beunruhigt, weil Suranjan sich selbst in diesen Tagen von der Familie absondert. Den ganzen Tag lungert er in seinem Zimmer herum, sagt nicht, ob er Hunger hat

oder nicht. Er hält es noch nicht einmal für nötig, nachzusehen, ob sein Vater noch am Leben ist. Freunde kommen ihn in seinem Zimmer besuchen, unterhalten sich lautstark mit ihm. Er verläßt das Haus, nicht ohne sein Zimmer zu verschließen, sagt aber nicht, wann er kommt und geht. Hat er denn überhaupt kein Verantwortungsgefühl? Es fragt ihn ja niemand nach Geld. Doch als Sohn sollte er sich ein bißchen kümmern: den Arzt rufen, Medikamente besorgen und den anderen durch seine Fürsorge etwas Kraft geben. Wenigstens Sudhamay kann doch von seinem Sohn erwarten, daß er einmal kommt und seine linke Hand hält. Wenn die rechte Hand auch gelähmt ist, so hat er doch immer noch Gefühl in der linken.
Durch die Medikamente von Dr. Haripada fühlt sich Sudhamay schon viel besser. Sein Lallen läßt nach. Doch seine Gliedmaßen sind noch ohne Gefühl. Der Arzt hat gesagt, durch regelmäßige Übungen würde es schnell besser werden. Maya hat ja ohnehin nichts zu tun. Ihren Nachhilfeunterricht hat sie aufgegeben. Ein Mädchen namens Minati war ihre Schülerin, doch nun hat ihr deren Mutter mitgeteilt, sie bräuchte den Unterricht nicht mehr fortzusetzen, da die Familie nach Indien ziehe.
»Warum nach Indien?« fragte Maya.
Minatis Mutter lachte traurig, sagte aber nichts.
Minati ging zur Bhikharunnesa-Schule. Eines Tages, als Maya mit Minati einige Mathematikaufgaben durchnahm, bemerkte sie, wie Minati beim Schreiben arabische Wörter vor sich hinmurmelte.
Maya fragte verblüfft: »Was redest du denn da?«
Minati sagte, ohne zu zögern: »Während des Schulgebets werden doch die Suren gelesen.«
»Ach ja? In Bhikharunnesa lesen sie Suren?«
»Ja, zwei, dann kommt die Nationalhymne.«

»Was tust du denn, wenn sie die Suren lesen?«
»Ich spreche mit und bedecke mir den Kopf.«
»Gibt es in der Schule keine Gebete für Hindus, Buddhisten und Christen?«
»Nein.«
Maya war es plötzlich seltsam zumute. Es war doch wohl eine Unsitte, daß man die Versammlung einer der großen Schulen des Landes zu einer islamischen Veranstaltung machte und keine Gebete für die Angehörigen anderer Religionen sprach.
Maya hat noch eine andere Nachhilfeschülerin gehabt, Sumaia, eine Verwandte von Parul. Eines Tages sagte Sumaia: »*Didi*, ich kann nicht mehr bei Ihnen lernen.«
»Wieso?«
»Mein Vater hat gesagt, er will eine muslimische Lehrerin suchen.«
»Ach so, ich verstehe.«
Maya hat niemandem gesagt, daß sie ihre Nachhilfejobs verloren hat. Suranjan liegt der Familie ohnehin auf der Tasche. Wenn jetzt auch Maya noch die Hand nach Geld ausstrecken würde, wüchse Kiranmayi die Lage über den Kopf. Auf ein so großes Unglück in der Familie will sie nicht noch eins draufsetzen mit ihrer schlechten Nachricht.
Kiranmayi kocht still karge Portionen *Dal-bhat*. Sudhamay bräuchte eigentlich Fruchtsaft und Suppen, doch es ist ja niemand da, der sich um die Einkäufe kümmert. Suranjan liegt den ganzen Tag im Bett. Wie er das nur aushält!
Maya ist wütend auf ihren *Dada*, Suranjan. Seit dem 7. Dezember hat sie ihn so sehr gedrängt, etwas für sie zu tun, doch er hat sich nicht einen halben Meter von der Stelle gerührt. Und ist die Gefahr jetzt etwa geringer? Doch die Gleichgültigkeit, die alle im Haus an den Tag legen, hat auch Maya angesteckt. »Komme, was wolle«,

denkt sie, und: »Was soll's?« Und wenn Suranjan nicht nachdenken will, hat es wenig Sinn, wenn sie sich allein den Kopf zerbricht. Sie hat ja keinen Freund, bei dem sie alle zusammen unterkommen könnten. Selbst bei Parul hat sie sich nicht wohl gefühlt. Eigentlich ist Parul eine ihrer engsten Freundinnen, und nie war etwas dabeigewesen, wenn sie sie tagsüber oder abends besucht hatte. Doch dieses Mal hat Paruls Familie sie dennoch mit argwöhnischen Augen angesehen. Ihre Blicke schienen zu fragen: »Was machst du hier?« Und Parul hatte immer wieder betont, daß Mayas Haus nicht sicher genug sei, um dort zu bleiben.

Das Problem der Unsicherheit stellt sich nur bei Maya, bei Parul nie. Würde Parul jemals in Mayas Haus Zuflucht nehmen müssen? Maya war es peinlich, und sie machte sich ganz klein, blieb aber dennoch um ihres Lebens willen als ein ungebetener Gast bei Paruls Familie. Parul selbst hat sie großherzig empfangen, aber wenn Verwandte der Familie zu Besuch kamen, gab es Situationen wie diese, als sie nach ihrem Namen gefragt wurde und antwortete:

»Maya.«

»Und dein ganzer Name?«

»Sie heißt Zakia Sultana«, warf Parul schnell ein, bevor Maya antworten konnte. Maya erschrak über diesen Namen. Als die Verwandten gegangen waren, sagte Parul: »Ich habe deinen Namen verborgen, weil sie anders als wir sind – sie sind *Munshis*. Sie würden sonst herumlaufen und allen erzählen, daß wir Hindus aufnehmen.«

»Oh.«

Maya hat verstanden, doch schmerzen tut es trotzdem. Ist es etwa ein Verbrechen, Hindus aufzunehmen? Und noch eine Frage raubt ihr den Schlaf: Warum muß den Hindus überhaupt Zuflucht gewährt werden? In der Schule hatte

Maya eine Auszeichnung bekommen, während Paruls Noten mittelmäßig waren. Und dennoch kommt es ihr fast immer so vor, als bemitleide Parul sie.

»Schließ die Finger zur Faust, Papa. Versuch einmal, die Hand etwas anzuheben.«

Sudhamay befolgt Mayas Anweisungen wie ein braver Junge. Maya scheint es, als komme ganz langsam wieder Kraft in Sudhamays Finger.

»Ißt *Dada* nichts?« fragt Maya.

»Was weiß ich, anscheinend schläft er«, gibt Kiranmayi mürrisch zurück.

Kiranmayi selbst verzichtet auf das Essen und überläßt Maya ihre Portion. Türen und Fenster sind geschlossen, es ist dunkel im Haus. Auch Maya ist müde. Plötzlich läßt sie das Geräusch einer Menschenmenge aus dem Halbschlaf aufschrecken. »Hindus, wenn ihr leben wollt, dann seht zu, daß ihr euch trollt!« Auch Sudhamay hört es, und er spürt, daß Mayas Hand, die seine eigene hält, zu zittern beginnt.

Suranjan hat so großen Hunger, daß er mittlerweile Bauchkrämpfe hat. Sonst hat sein Essen immer auf dem Tisch gestanden, ob er es nun aß oder nicht. Offensichtlich kümmert sich seine Familie nicht mehr um ihn, und er will auf keinen Fall seinen Hunger zugeben. An der Pumpe im Hof spritzt er sich Wasser ins Gesicht und trocknet sich mit einem an einem Draht hängenden Handtuch ab. In seinem Zimmer wechselt er sein Hemd und verläßt das Haus. Doch ihm fällt einfach nicht ein, wo er hingehen könnte. Zu Haider? Der ist um diese Zeit wohl kaum zu Hause. Also vielleicht zu Belal oder Kamal? Und wenn sie dann denken, er sei in Gefahr geraten und komme, um sich einen Unterschlupf zu suchen oder Mitleid zu erheischen?

Nein, Suranjan wird niemanden besuchen. Allein wird er durch die Stadt spazieren. Dhaka ist ja schließlich seine Stadt.
Er hätte nie geglaubt, daß er Mymensingh einmal verlassen würde. Und eines Nachts verkaufte dann Sudhamay das Haus an Raisuddin, und am nächsten Morgen wußte Suranjan noch nicht, daß sein Geburtshaus, das der Duft von Kamini-Blumen umwehte und in dessen sauberem Teich er zu schwimmen pflegte – daß dieses »Haus Datta« nicht mehr ihnen gehörte. Als Suranjan erfuhr, daß sie das Haus binnen einer Woche zu räumen hätten, war er so eingeschnappt, daß er zwei Tage lang nicht nach Hause kam.
Suranjan versteht selbst nicht, warum er so empfindlich und sein Stolz so oft verletzt ist. Manchmal gibt er der Familie, ihn selbst eingeschlossen, die Schuld, ein andermal Parvin. Parvin liebte ihn. Häufig kam sie heimlich in sein Zimmer und sagte: »Komm, laß uns fliehen.«
»Wohin willst du denn fliehen?«
»Weit weg, in die Berge.«
»Wo willst du hier denn Berge finden? Da mußt du schon bis nach Sylhet oder Chittagong fahren.«
»Genau da fahren wir hin. Wir bauen uns ein Haus auf einem Berg.«
»Und wovon willst du leben? Von Gras?«
Parvin fiel lachend in Suranjans Arme. Sie sagte: »Ohne dich werde ich sterben.«
»So reden die Frauen, doch in Wirklichkeit sterben sie kein bißchen.«
Und damit hat er doch letztendlich recht behalten. Parvin ist nicht gestorben, sondern hat sich wie eine gehorsame Tochter auf den Hochzeitsstuhl gesetzt. Zwei Tage vor der geplanten Hochzeit mit Suranjan teilte sie ihm mit, daß

ihre Familie seine Konversion zum Islam fordere. Suranjan lachte: »Ich habe mit Religion nichts zu schaffen, das weißt du doch.«
»Nein, du mußt Muslim werden.«
»Ich will kein Muslim werden.«
»Heißt das, du willst mich nicht?«
»Natürlich will ich dich. Aber warum muß ich dafür zum Muslim werden?«
Parvins helles Gesicht wurde von einem Augenblick auf den anderen rot vor Wut. Suranjan wußte, daß ihre Familie Druck auf sie ausübte, ihn zu verlassen. Er hätte gern gewußt, auf welcher Seite Haider damals stand. Haider ist Parvins Bruder und Suranjans Freund. Haider hat über ihre Beziehung immer geschwiegen. Dieses Schweigen gefiel Suranjan überhaupt nicht. Auf eine Seite hätte er sich doch stellen müssen. Auch zu jener Zeit hatten er und Haider lange Diskussionen, doch über Parvin fiel nicht ein Wort. Da Haider sich in dieser Beziehung ausschwieg, tat Suranjan das gleiche.
Dann wurde Parvin eines Tages mit einem muslimischen Geschäftsmann verheiratet. Weil Suranjan kein Muslim werden wollte, hatte Parvin wohl den Traum, mit ihm in die Berge zu fliehen, über Bord geworfen. Aber kann man Träume so leicht über Bord werfen wie die Durga-Statuen, wenn die Freude und das Gelächter der *Durga-Puja* zum Ende gekommen ist?
Heute morgen hat Haider gesagt: »Ich glaube, Parvin wird sich von ihrem Ehemann scheiden lassen.« Nach nur zwei Jahren die Scheidung?, hätte Suranjan fast gefragt. Er hatte Parvin ja schon fast vergessen. Doch als er nun von ihrer Scheidung hörte, begann sein Herz zu klopfen. War der Name Parvin etwa mit besonderer Sorgfalt in seinem Innern verwahrt, in einem Kästchen ganz tief unten? Es

scheint so. Wie lange er Parvin nicht mehr gesehen hat! Der Kummer versetzt ihm einen Stich in die Brust. Absichtlich ruft er in seiner Erinnerung Ratnas Gesicht wach. Ratna Mitra. Ein erstaunliches Mädchen. Sie würde auch gut zu ihm passen. Was hat Suranjan schon damit zu tun, wenn sich Parvin scheiden läßt? Da hatte sie nun einen Muslim geheiratet, die Hochzeit war der Familie genehm, doch war die übereinstimmende Kaste und Religion etwa eine Garantie für eine glückliche Ehe? Und warum mußte sie dann zurückkommen? Ist ihr Ehemann nicht mit ihr auf die Berge gestiegen? Hat er ihre Träume nicht erfüllt? Aber er selbst ist ja auch nur ein arbeitsloser Hindu, der sich hier und dort herumtreibt, also alles andere als ein angemessener Bräutigam!

An der Tikatuli-Kreuzung nimmt Suranjan eine Rikscha. Aus der Tiefe seiner Brust steigt immer wieder Parvins Gesicht herauf. Parvin hat ihn oft geküßt, und er umarmte sie und sagte: »Du bist ein Vogel, mein kleiner Spatz.« Parvin schmiegte sich dann lächelnd an ihn und gab zurück: »Und du bist ein Affe!«

Ist er denn nicht wirklich ein Affe? In den letzten fünf Jahren ist er keinen Schritt vorangekommen. Seine besten Jahre sind vergangen, und er hat nichts bekommen. Niemand ist gekommen und hat wie Parvin gesagt: »Ich liebe dich sehr.« Als Parvin diese Worte zu ihm sagte, gab er ihr zurück: »Hast du etwa mit jemand gewettet?«

»Wieso?«

»Na, ob du es schaffst, mir diese Worte zu sagen.«

»So ein Quatsch!«

»Du bist also ehrlich?«

»Ich sage immer, was ich denke.«

Und dieses starrköpfige Mädchen gab jeden Widerstand auf, als bei ihr zu Hause von ihrer Hochzeit die Rede war.

All ihre seltsamen Träume und der Wunsch, immer nur das zu tun, was ihr in den Sinn kam, verloren sich. Als man sie schließlich zur Hochzeit zwang, sagte Parvin nicht ein einziges Mal, daß sie eigentlich einen anderen zum Ehemann nehmen wolle. Haiders Haus ist nur zwei Häuser von ihrem entfernt. Maya und Kiranmayi waren auf die Hochzeitsfeier gegangen, Suranjan nicht.

Er weist den Rikschafahrer an, in Richtung Chamelibagh zu fahren. Es wird Abend. Der Hunger nagt in seinem Magen, und jetzt bekommt er auch noch Sodbrennen. Sudhamay hat ihm gesagt, er solle Antacid einnehmen. Doch der weiße Staub der Tablette auf seiner Zunge ist ihm widerwärtig. Außerdem vergißt er immer, das Medikament einzustecken, wenn er das Haus verläßt. Er wird bei Pulak etwas essen müssen. Pulak wird er in jedem Fall zu Hause antreffen. Seit fünf Tagen sitzt er als Gefangener hinter der verschlossenen Tür seines eigenen Hauses.

Als Suranjan hereinkommt, sagt er gleich: »Gib mir irgendwas zu essen. Bei uns ist heute anscheinend nichts gekocht worden.«

»Warum das?«

»Mein Vater hat einen Schlaganfall gehabt: Seine Frau und Tochter sind momentan mit ihm beschäftigt. Sudhamay Datta, der einstmals wohlhabende Sohn von Sukumar Datta, kann jetzt nicht einmal für seine eigene Behandlung aufkommen.«

»Ehrlich gesagt hättest du dich darum kümmern sollen. Du hättest arbeiten sollen.«

»Es ist sehr schwierig, im Land der Muslime Arbeit zu finden. Und wie soll man überhaupt unter diesem ignoranten Pack arbeiten?«

Pulak ist schockiert: »Du beschimpfst doch nicht etwa die Muslime, Suranjan?«

»Wieso, macht dir das angst? Ich beschimpfe sie doch nur vor dir, nicht von Auge zu Auge. Ist es denn überhaupt möglich, sie direkt zu beschimpfen? Bleibt der Kopf dann an seinem Platz?«
Suranjan beißt die Zähne zusammen und stützt sich auf die Armlehne des Sofas. Nila bringt Reis und Gemüse auf den Tisch. Besorgt fragt sie: »Suranjan*da*, haben Sie den ganzen Tag nichts gegessen?«
Suranjan lacht bitter. »Ich und essen? Wer denkt schon daran, daß ich essen muß.«
»Heiraten Sie doch.«
»Heiraten?« Suranjan schluckt. »Wer wird mich schon heiraten?«
»Nur wegen dieser Parvin haben Sie alle Gedanken an Heirat aufgegeben. Das ist nicht gut.«
»Nein, nein, wieso das denn? In Wirklichkeit habe ich in der ganzen Zeit einfach vergessen, ans Heiraten zu denken.«
Trotz ihrer Bedrückung lachen Pulak und Nila beide auf. Suranjan hat plötzlich keinen Appetit mehr. Doch er ißt trotzdem, um seinen Hunger zu stillen. Beim Essen fragt er Pulak: »Kannst du mir etwas Geld leihen, Pulak?«
»Wieviel?«
»Soviel du kannst. Zu Hause sagt mir ja niemand, wieviel sie brauchen. Aber mir scheint, daß meine Mutter mit leeren Händen dasteht.«
»In Ordnung, ich gebe dir etwas. Du weißt doch, was im Land passiert? In Bhola, in Chittagong, Sylhet, Cox's Bazar, Pirojpur?«
»Jetzt wirst du mir bestimmt erzählen, daß sie alle Tempel zerstören, die Wohnungen der Hindus ausrauben und in Brand stecken, die Männer verprügeln und die Frauen vergewaltigen. Wenn es sonst noch etwas Neues gibt, dann sag es mir.«

»Findest du das alles etwa normal?«

»Aber sicher. Was erhoffst du dir denn in einem Land wie diesem? Ihr haltet alle den Kopf hin und wundert euch, wenn sie ihn mit ihren Fäusten bearbeiten.«

Pulak sitzt Suranjan am Eßtisch gegenüber. Nach kurzem Schweigen sagt er: »In Sylhet haben sie das Haus von Chaitanyadeb verbrannt. Auch die Bibliothek wurde nicht verschont. Mein großer Bruder ist aus Sylhet gekommen. Dort haben sie ungefähr 20 Akhras und einige Tempel dem Erdboden gleichgemacht. Benubhushan Das, Sunil Kumar Das und Kanubhushan Das sind durch das Feuer ums Leben gekommen.«

»Ach so?«

»Bei all diesen Übergriffen weiß ich nicht, wie wir in diesem Land bleiben sollen, Suranjan. In Chittagong haben die Jamaatis zusammen mit der BNP Häuser und Tempel abgebrannt. Sie stehlen den Hindus sogar den Hausrat und die Fische aus dem Teich. Viele Hindus haben seit einer guten Woche nichts mehr in den Bauch bekommen. Kalubihari Nath und seinem Sohn Arjun Bihari Nath aus dem Dorf Khajuria in Sitakunda setzten die Leute vom Jamaat Shibir die Pistole auf die Brust und sagten, er könne nur dann in seinem Haus bleiben, wenn er ihnen 20000 Taka gebe. Sie sind geflohen. Utpala Rani Bhaumik, die Tochter des Professors vom Mirersarai College, haben sie am Donnerstag mitten in der Nacht entführt und erst im Morgengrauen wiedergebracht. Jetzt sag mir mal, ob wir bei alldem nicht protestieren sollen?«

»Weißt du, was passiert, wenn wir protestieren? Du kennst doch das Gedicht von D. L. Roy: ›Sollte ich mit meinem Knüppel dich auf deinen Rücken schlagen / zeigt doch nur des Rückens Hochmut sich in deinem Mißbehagen.‹«

Suranjan lehnt sich auf das Sofa und schließt die Augen.

»In Bhola sind einige tausend Häuser ausgeraubt worden, und ein paar tausend sind vollständig abgebrannt. Heute morgen wurde die Ausgangssperre für elf Stunden aufgehoben. Dreihundert Leute fielen mit Brecheisen und Äxten zum drittenmal über den Lakshmi-Narayan-Tempel her. Die Polizei schaute tatenlos zu. In Borhanuddin sind mehr als 1500 Häuser verbrannt. 2000 Häuser wurden beschädigt. In Tazumuddin sind 2200 Häuser vollständig zerstört worden, und weitere 2000 sind stark beschädigt worden. In Bhola haben sie 260 Tempel demoliert.«
Suranjan sagt lachend: »Du redest ja genauso wie ein Polizeireport. Dir bereitet das alles anscheinend großen Kummer?«
Pulak sieht Suranjan sprachlos an. Dann stößt er hervor: »Dir etwa nicht?«
Suranjans Gelächter dröhnt durch die ganze Wohnung. Er sagt: »Keine Spur! Warum sollte es mir Kummer machen?«
Pulak sagt in leicht besorgtem Ton: »Ich habe schließlich viele Verwandte in der Gegend von Sylhet. Ich mache mir große Sorgen um sie.«
»Die Muslime haben ihr muslimisches Werk vollbracht, sie haben Häuser abgebrannt. Glaubst du etwa, daß es deshalb jetzt an den Hindus wäre, die Häuser der Muslime abzubrennen? Da kann ich dir leider überhaupt nicht helfen, Pulak. Tut mir leid!«
Pulak holt aus einem der Hinterzimmer 2000 Taka und gibt sie Suranjan. Der steckt das Geld in die Tasche und sagt: »Wie geht es Alak? Lassen sie ihn wieder mitspielen?«
»Nein. Den ganzen Tag sitzt er schlechtgelaunt hier im Haus rum. Da ist nichts zu machen. Er guckt durchs Fenster zu, wie seine Freunde draußen spielen.«
»Hör zu, Pulak. All die Leute, die wir religiös tolerant nen-

nen und als die Unseren, als unsere Freunde betrachten, sind in Wirklichkeit verkappte Fundamentalisten. Wir haben uns an die hiesigen Muslime so stark angepaßt, daß wir, ohne zu stocken, *Salam alaikum* und *Khoda hafis* sagen. Wir nennen das Wasser nicht *Jal*, sondern *Pani* wie sie, das Bad nicht *Snan*, sondern *Ghusal*. In ihrem Fastenmonat Ramadan trinken wir draußen keinen Tee und rauchen nicht, und selbst wenn wir Hunger haben, können wir tagsüber nicht ins Restaurant essen gehen. Aber sind sie uns dadurch nähergekommen? Kannst du mir sagen, für wen wir eigentlich all diese Opfer bringen? Denk doch an die paar läppischen Tage *Puja*-Ferien, die wir bekommen, und während ihrer *Id*-Feste werden die öffentlichen Krankenhäuser vollständig von Hindus in Gang gehalten. Ein paar Tage lang hat die Awami League geschrien, als der Islam zur Staatsreligion gemacht wurde, doch damit hatte es sich. Und jetzt bedeckt ja auch Hasina ihren Kopf mit dem Schleier – wie alle, die von der *Hajj*-Pilgerreise zurückkommen. Es ist mit allen dasselbe, Pulak, mit allen. Und wir können uns jetzt entweder umbringen oder das Land verlassen.«

Pulak hat sich an die Wand gelehnt. Suranjan wendet sich zum Gehen. Kiranmayi hat kürzlich gebeten, zu Raisuddin nach Mymensingh zu gehen und ihn zu fragen, ob er ihnen aus der finanziellen Not helfen könne, da er ja das Haus so günstig bekommen habe. Suranjan aber hat noch nie jemanden um Geld angepumpt. Lieber läßt er beim Gemüseladen anschreiben und zahlt dann am Ende des Monats. Erstaunlich also, wie leicht es ihm fällt, Pulak um Geld anzugehen. Vielleicht ist es, weil er ihm selbst einmal etwas gegeben hat, vielleicht aber auch, weil Pulak ein Hindu ist und die Probleme der Minderheiten besser als jeder andere versteht. Auch andere würden ihm vielleicht etwas leihen, doch nicht mit dieser Selbstverständlichkeit. Suranjan hat sich entschlossen, niemals wieder einen Muslim um Hilfe zu bitten. Zu Hause nimmt ihn niemand in die Verantwortung. Sie sehen in ihm den Patrioten, der sich nur um das Wohl des Landes sorgt und dem alles andere egal ist. Sie glauben, es sei nutzlos, ihn mit ihren Problemen zu behelligen. Aber heute wird er Kiranmayi das Geld geben. Er bewundert, wie sie das Ruder in den Händen behält und niemanden beschuldigt, auch nicht ihn, ihren nichtsnutzen Sohn. Sosehr sie auch verarmt sind, Kiranmayi hat sich nie beschwert.

Von Pulaks Haus aus geht er in Richtung Tikatuli. Auf einmal scheint ihm das ganze Leben ohnehin nicht lebenswert. Welchen Sinn hat es, wie Sudhamay dahinzuvegetieren, sich von den anderen sauberhalten und füttern zu lassen? Und auch er, Suranjan – warum lebt er überhaupt noch? Er denkt daran, wie es wäre, wenn er für das Geld in seiner Tasche eine Packung Schlaftabletten kaufen und sie auf einmal schlucken würde. Er genießt den Gedanken ans Sterben. Soll man ihn doch tot auf dem Bett liegend finden! Niemand zu Hause würde an so etwas denken, sie würden meinen, er schlafe und man störe ihn wohl besser nicht. Schließlich würde ihn dann vielleicht Maya rufen – »Steh auf, *Dada*, tu etwas für Papa, für uns« – doch *Dada* würde nicht mehr antworten.

Mit derlei Gedanken beschäftigt, sieht Suranjan an der Kreuzung von Bijaynagar eine Demonstration, eine Friedensdemonstration. Er hört Slogans wie: »Hindus und Muslime sind Brüder.« In Suranjans Mundwinkeln formt sich ein verächtliches Lächeln.

Bevor er nach Hause geht, schaut er noch bei Gautam vorbei, dem es jetzt bessergeht als vorher. Doch die Angst in seinen Augen und seinem Gesicht ist geblieben. Bei jedem

Geräusch fährt er zusammen. Gautam ist ein einfacher Medizinstudent, der an Politik nicht interessiert ist und im Viertel keine Feinde hat. Und ausgerechnet ihn mußte man verprügeln – unter dem Vorwand, daß in Indien die Babri-Moschee zerstört worden ist. Gautams Mutter hat sich ganz nah zu ihnen gesetzt. Mit vorsichtiger, verschwörerischer Stimme sagt sie: »Hör mal, Suranjan, wir gehen weg.«

»Sie gehen weg?« Suranjan erschrickt.

»Ja, wir versuchen gerade, das Haus zu verkaufen.«

Suranjan hat keine Lust mehr, sich anzuhören, wohin sie denn gehen. Bevor sie ihm die Schreckensnachricht mitteilen können, daß sie das Land verlassen, schiebt Suranjan abrupt seinen Stuhl von sich, steht auf und sagt: »Ich gehe dann mal.« Gautams Mutter sagt: »Setz dich, Suranjan. Wer weiß, ob wir uns noch mal sehen, bevor wir gehen. Laß uns noch ein wenig reden.« Ihre Stimme ist tränenerstickt. »Nein, *Mashi,* lassen Sie mich gehen. Ich habe zu Hause zu tun. Vielleicht ein andermal.« Suranjan sieht weder die *Mashi* noch Gautam an. Er senkt die Augen und geht, ohne einen tiefen Seufzer zurückhalten zu können.

5. Tag Birupaksha gehört Suranjans Partei an, er ist kürzlich erst beigetreten, ein begabter Junge. Als Birupaksha das Zimmer betritt, liegt Suranjan noch immer im Bett.
»Es ist schon zehn, und Sie schlafen noch immer?«
»Von wegen schlafen, ich liege. Wenn man sonst nichts zu tun hat, muß man sich eben hinlegen. Wir haben ja schließlich keinen Mut, Moscheen zu zerstören. Also können wir auch im Bett bleiben.«
»Gut gesagt. Sie zertrümmern Hunderte von Tempeln. Und was blüht uns dagegen, wenn wir auch nur einen Stein nach einer Moschee werfen! Den 400 Jahre alten Ramana-Kali-Tempel haben die Pakistanis in Schutt und Asche gelegt, und damals sprach keine Regierung davon, alles wieder aufzubauen.«
»Oppositionsführerin Hasina redet dauernd vom Wiederaufbau der Babri-Moschee. Sie hat zwar auch von Wiedergutmachungen an den Hindus von Bangladesch gesprochen, doch vom Wiederaufbau von Tempeln war nicht ein Ton zu hören. Die Hindus von Bangladesch sind ja schließlich nicht plötzlich vom Himmel gefallen. Sie sind Bürger dieses Landes. Nicht weniger als andere haben sie das Recht, am Leben zu bleiben und ihr Leben, ihr Eigentum und ihre Gebetsstätten zu verteidigen.«
»Und es ist ja nicht so, daß die Übergriffe alle eine direkte Folge der Zerstörung der Babri-Moschee sind. Im Dorf

Bisharihata von Bagerhat entführten bereits am 21. März 1992 Mokhlesur Rahman und Chand Miya Talukdar die Tochter von Kalindranath Haldar aus derselben Gegend. In der Gemeinde Baga von Patuakhali mußten aufgrund der Gewalttaten des U.P.-Bürgermeisters Yunus Miya und des U.P.-Mitgliedes Nabi die Familien von Ali Mridha Mani und Kanai Lal das Land verlassen. Im Dorf Rajnagar entführte man einen gewissen Biren, um an seinen Grundbesitz zu kommen. Bis heute gibt es keine Spur von ihm. Auch Sudhir wurde wegen seines Grundbesitzes überfallen und mußte das Land verlassen. Chandan Shil aus dem Dorf Sabupura entführte der Bürgermeister höchstpersönlich. Er ist bis heute nicht gefunden worden. Und im Dorf Baga stahl man die Ernte von Chittaranjan Chakrabarti. Als er daraufhin klagte, bedrängte man ihn verschiedentlich, die Klage fallenzulassen, und sprach sogar Morddrohungen aus.«

Suranjan zündet sich eine Zigarette an. Eigentlich hat er keine Lust auf ein solches Gespräch, doch er merkt, daß ihn die Geschehnisse nicht völlig kalt lassen. Mit der Zigarette zwischen den Lippen spricht er: »Am 1. April kamen sieben oder acht Leute mit Pistolen in das New-Jalkhabar-Restaurant von Svapan Chandra Ghosh und forderten 10000 Taka Schutzgeld. Als sie das Geld nicht bekamen, verprügelten sie die Angestellten, brachen die Kasse auf und entwendeten 20000 Taka. Solche Sachen passieren freilich auch in muslimischen Geschäften, die Schutzgelderpressungen nehmen von Tag zu Tag zu. In Siddiq Bazar haben Sahabuddin, Siraj, Parvez und Salauddin aus dem Viertel mit Gewalt die Hälfte von Manik Lal Dhupis Besitz an sich gebracht. Jetzt versuchen sie auch noch, die zweite Hälfte zu bekommen.«

Suranjan hält kurz inne, seufzt und fährt fort: »Muß man

denn überhaupt noch Beispiele sammeln für all die Fälle von Ernteraub, Entführungen, Vergewaltigungen, widerrechtlichen Aneignungen, Morddrohungen und Vertreibungen von Haus und Land? Das passiert doch überall im ganzen Land! Wie viele von all diesen Gewalttaten und Vertreibungen nehmen wir denn überhaupt zur Kenntnis?«

»Svarnamala, die Frau von Krishnalal Das aus Senbagh in Noakhali, wurde von Abul Kalam Munshi, Abul Kasim und einigen anderen Männern entführt, vergewaltigt und dann in bewußtlosem Zustand in das Reisfeld bei ihrem Haus geworfen«, sagt Birupaksha.

Suranjan steht auf und geht ins Badezimmer. Nachdem er sich das Gesicht gewaschen hat, bittet er Kiranmayi um zwei Tassen Tee. Gestern abend hat er ihr die 2000 Taka gegeben. Sie kann also nicht sagen, daß ihr Sohn bar jeglichen Verantwortungsgefühls sei. Kiranmayi scheint ihm etwas frischer als an anderen Tagen, möglicherweise, weil die finanziellen Sorgen gebannt sind. Als er in sein Zimmer zurückkommt, sieht er Birupaksha mit betroffenem Gesicht auf einem Stuhl sitzen. Suranjan fühlt sich viel besser. Er überlegt sogar, ob er einmal kurz nach Sudhamay sehen sollte, doch da kommt schon Maya mit dem Tee.

»Na, du hast ja ganz schön abgenommen in den paar Tagen. Haben sie dir bei Parul denn nichts zu essen gegeben?« Maya geht auf seine Neckerei nicht ein. Sudhamay ist krank, da ist es wohl unangebracht, solche Witze zu machen. Suranjan bedauert seine unpassende Bemerkung und schweigt.

Birupaksha reißt ihn aus seinen Gedanken: »Suranjan*da*, du bist ja kein gläubiger Hindu, du machst keine *Puja* und ißt Rindfleisch. Sag doch den Muslimen, daß du kein echter Hindu bist, sondern zur Hälfte Muslim.«

»Die Wahrheit ist doch, daß ich ein Mensch bin, damit haben sie Probleme. Zwischen den extremistischen Fundamentalisten der Hindus und der Muslime gibt es keine Konflikte. Siehst du nicht, wie sich die hiesigen Jamaati-Führer mit den Führern der indischen BJP angefreundet haben? Die beiden fundamentalistischen Parteien wollen in ihren jeweiligen Ländern an die Macht gelangen. Nijami hat es doch selbst gesagt: ›Für die Krawalle in Indien ist nicht die BJP, sondern der Congress verantwortlich.‹«

»Bei den Ausschreitungen in Indien sind 1000 Menschen gestorben. Der Vishva Hindu Parishad, der RSS, der Bajrang Dal, die Jamayat und der Islami Sevak Sangh sind verboten worden. Bei uns wird in Sylhet gestreikt, in Pirojpur wird nach Paragraph 144* verfahren, in Bhola ist Ausgangssperre, und außerdem gibt es überall Friedensdemonstrationen. In den Demonstrationen hört man Parolen wie: ›Nijami und Advani sind von derselben Clique, drum laßt sie beide baumeln vereint am selben Stricke.‹ Heute ist ein Friedenstreffen aller Parteien gegen religiösen Fundamentalismus. Angeblich sind auch in England Tempel angegriffen worden. Tofael Ahmed ist in Bhola gewesen und sagt, man müsse die Bangladesh Rifles hinschicken. In Bhola sieht es sehr schlecht aus.«

»Wieso, was soll die schon tun, wenn alles niedergebrannt ist? Sollen sie die Asche zu Haufen zusammenkehren? Wo war denn Tofael in der Nacht des 6. Dezember? Warum hat er da nicht für Polizeischutz gesorgt?« Suranjan ist mit einemmal aufgebracht: »Glaub nicht, daß in der Awami League nur Heilige sind.«

»Glaubst du, es stimmt, daß auch die Awami League sich

* Gemeint sind Ausgangssperre und Versammlungsverbot. (A.d.Ü.)

nicht bemüht hat, die Ausschreitungen einzudämmen, um der Regierung die Schuld dafür unterschieben zu können?«
»Ich weiß nicht. Kann schon sein. Stimmen brauchen sie ja alle. In diesem Land herrscht die Politik des Stimmenfangs, um Ideale schert sich niemand allzusehr, es reicht, wenn man durch Macht oder faule Tricks an die nötigen Stimmen kommt. Die Awami League hatte ja fest auf die Stimmen der Hindus gerechnet, sie waren ihr Stimmenreservoir. Angeblich haben sie hier und da selbst geplündert.«
»Mancherorts ist es ja sogar passiert, daß in Gebieten mit Awami-League-Mehrheit die Leute der BNP Hindu-Häuser ausgeraubt und Tempel zerstört haben, um daraufhin zu fragen: ›Wo sind jetzt die, die ihr gewählt habt?‹ Dasselbe hat die Awami League in Gebieten mit BNP-Mehrheit getan. In Bhola waren es die Leute der BNP, in Maheshkhali, Ghior und Manikganj die der Awami League.«
»Das politische Taktieren hat viel zur gegenwärtigen Situation beigetragen, doch ohne die Beteiligung der Fundamentalisten wäre es nicht dazu gekommen. Sag mal, stimmt es eigentlich, daß heute in fast allen Zeitungen ein einheitliches Vorwort herausgekommen ist, in dem zur Wahrung des religiösen Friedens aufgefordert wird?«
»Liest du etwa keine Zeitung?«
»Ich habe keine Lust dazu.«
In diesem Moment kommt Maya ins Zimmer. Sie legt einen Umschlag auf den Tisch und sagt: »Mama hat mir das gegeben, sie hat gesagt, sie braucht es nicht.«
Sie geht, noch bevor Suranjan fragen kann, was seine Mutter nicht braucht. Suranjan öffnet den Umschlag und sieht die 2000 Taka vom letzten Abend. Die Kränkung treibt ihm das Blut in den Kopf. Ist das ein Zeichen von Kiranmayis

Hochmut? Oder hat sie gedacht, ihr arbeitsloser Sohn bringe ihr geklautes Geld? Beleidigung und Scham verderben Suranjan die Lust, mit irgend jemandem zu reden, selbst mit Birupaksha.

Kiranmayis Vater, der Polizist Akhil Chandra Basu, war ein bedeutender Mann in Brahmanbaria. Er verheiratete seine 16jährige Tochter mit dem Sohn eines Arztes und ging mit dem Rest der Familie nach Kalkutta. Seine Hoffnung war, daß Tochter und Schwiegersohn auch eines Tages herüberkommen würden. Angesichts ihrer Onkel und Tanten, die nach und nach fast alle weggingen, dachte auch Kiranmayi, sie würden wohl irgendwann gehen. Doch da war sie an eine seltsame Familie geraten. Sechs Jahre war sie bei ihren Schwiegereltern gewesen, sechs Jahre hatte sie mit angesehen, wie ihre Verwandten und Nachbarn vor ihren Augen die Bündel schnürten, doch ihr Mann dachte nicht im Traum daran, das Land zu verlassen. Kiranmayi weinte insgeheim. Aus Indien kamen Briefe ihres Vaters:
»Kiran, habt Ihr Euch endlich entschieden zu kommen? Sag Sudhamay, er soll noch einmal darüber nachdenken. Auch wir wollten ja unser Land nicht verlassen, doch wir wurden dazu gezwungen. Uns geht es hier nicht besonders gut, und wir haben oft Heimweh. Doch man muß die Tatsachen akzeptieren. Wir machen uns Sorgen um Euch. Dein Vater.«
Immer wieder las Kiranmayi diese Briefe und trocknete ihre Tränen. Nachts sagte sie zu Sudhamay: »Von deinen Verwandten sind viele nicht mehr hier, auch meine Verwandten sind weggegangen. Wenn wir hierbleiben, finden wir noch nicht einmal jemanden, der uns Wasser bringt,

wenn wir krank sind.« Sudhamay lachte dann verächtlich: »Wenn du so begierig nach Wasser bist, gebe ich dir den ganzen Brahmaputra zu trinken. Mal sehen, ob du den schaffst. Haben die Verwandten etwa mehr Wasser als der Brahmaputra?«

Niemand wollte je etwas davon hören, das Land zu verlassen, nicht ihr Schwiegervater, nicht ihr Mann und noch nicht mal ihr Sohn Suranjan, und so mußte Kiranmayi sich fügen. Schließlich fiel ihr die Aufgabe zu, für die Familie zu sorgen, durch alle Krisen. Sie hatte sich nie beklagt, und erst kürzlich hat sie ihre beiden Armreifen an Dr. Haripadas Frau verkauft. Dies hat sie niemand zu Hause wissen lassen. Warum sollte man so etwas herumposaunen? Gold ist ja schließlich nichts so Wertvolles, daß man es bei Bedarf nicht verkaufen kann. Im Moment ist es am wichtigsten, daß Sudhamay wieder gesund wird. Kiranmayi kann selbst nicht verstehen, woher plötzlich ihre große Liebe zu diesem Mann kommt. Seit der Unabhängigkeit 1971 haben sie sich nicht mehr körperlich geliebt. Manchmal sagt Sudhamay: »Kiranmayi, ich habe dich wohl ganz schön betrogen, was?«

Kiranmayi weiß ganz gut, von welchem Betrug Sudhamay spricht. Doch sie antwortet nicht. Was soll sie sagen? Soll sie sagen: »Nein, wieso soll ich betrogen worden sein?« Es kommt ihr nicht über die Lippen. Ihr fällt einfach nichts zu sagen ein.

Sudhamay seufzt dann und sagt: »Wirst du mich verlassen, Kiranmayi? Ich habe große Angst davor.«

Kiranmayi hat sich niemals vorstellen können, Sudhamay zu verlassen. Ist denn in einer Beziehung nur die körperliche Liebe wichtig und alles andere unbedeutend? Sind also die 35 Ehejahre ohne Bedeutung? Ist es andererseits so leicht, das lange gemeinsame Leben in guten wie in schlechten Zeiten auf diese Weise abzuwerten? Kiranmayi denkt: »Der Mensch hat nur ein Leben, das kriegt man schließlich nicht wieder. Da muß man auch die Unannehmlichkeiten, die dieses Leben mit sich bringt, annehmen.« Auch wenn seit Jahren ein wichtiger Teil ihrer Ehe fehlt, kann Kiranmayi das akzeptieren. Und wenn Sudhamay sie mitten in der Nacht weckte und flüsterte: »Ist es sehr schlimm für dich, Kiran?«, dann antwortete sie: »Was soll schlimm sein?«

Kiranmayi verstand ihn genau, täuschte aber Unverständnis vor. Sudhamay bereitete es großes Unbehagen, davon zu sprechen. Aus Schmerz über seine Unfähigkeit preßte er das Gesicht ins Kissen. Und Kiranmayi verbrachte zur Wand gedreht schlaflose Nächte. Manchmal sagte Sudhamay: »Wenn du willst, dann heirate noch einmal neu, ich werde es dir nicht verübeln.«

Nicht, daß Kiranmayis Körper keiner Lust mehr fähig war. Er war es, und wenn Sudhamays Freunde kamen, bei ihr saßen und erzählten, dann fiel ihr Schatten manchmal auf ihren Schoß. Und jäh kam Kiranmayi dann auch der Wunsch, der Schatten möge doch echt sein, und sein Besitzer möge doch den Kopf auf ihren Schoß legen! Doch die körperliche Lust quälte sie nicht allzu viele Jahre. Sie hat diese Jahre in Enthaltsamkeit hinter sich gebracht. Wie im Fluge waren 21 Jahre vergangen. Kiranmayi hat sich inzwischen sogar vorgestellt, daß der Mann, für den sie Sudhamay verlassen hätte, ja auch impotent hätte sein können, und wenn schon nicht impotent, so doch nicht so warmherzig wie Sudhamay. Und manchmal scheint es Kiranmayi, als müsse Sudhamay sie sehr lieben. Er ißt nicht ohne sie und legt die größten Fischstückchen von seinem Teller auf den ihren. Wenn die Abwaschfrau nicht da ist, bietet er ihr an, das Geschirr zu spülen, denn er könne das sehr gut.

Wenn Kiranmayi nachmittags traurig dasitzt, sagt Sudhamay: »Dein Haar ist verfilzt, Kiran. Komm, ich kämme es dir. Kauf dir doch heute nachmittag zwei schöne neue Saris vom Ramana Bhaban, du hast ja nicht mehr viel zum Anziehen. Wenn ich das Geld hätte, würde ich dir ein großes Haus bauen, Kiran. Du würdest barfuß im Hof des Hauses herumlaufen, Obstbäume, Monsungemüse und Blütensträucher pflanzen. Wie die Bohne an die Bohnenstange, der Kürbis an die Kürbisstaude und der Jasmin ans Fenster gehörst du eigentlich in das Haus in Brahmapalli. Aber du weißt ja, das Problem mit mir ist, daß ich überhaupt nicht nach dem Geld geschaut habe. Es ist nicht so, daß ich keins hätte verdienen können, wenn ich gewollt hätte. Dein Vater hat sich unser Haus und unseren Lebensstil angesehen, als er dich mit mir verheiratete, doch nun haben wir weder das Haus noch den Lebensstil von damals. Wir leben so ziemlich von der Hand in den Mund. Mir macht das alles nichts aus, aber für dich ist es anscheinend sehr schlimm, Kiran.«

Kiranmayi verstand, daß dieser einfache, gerade, hilflose Mensch sie sehr liebte. Wenn man durch die Liebe zu einem guten Menschen wie ihm die kleinen Freuden des Lebens oder besser gesagt auch den Eigennutz aufgeben kann, dann ist es doch gut. Seit ihrem 28. Lebensjahr hat Kiranmayi jene Unzufriedenheit in ihrem Körper, doch das Meer von Liebe in ihr wäscht die Krankheiten, Schmerzen und den Kummer des Körpers hinweg.

Suranjan hat ihr Geld gegeben, wahrscheinlich hat er es geliehen. Er fühlt sich wohl schuldig, weil er nichts verdient. Doch Kiranmayi steht noch nicht gänzlich mit dem Rücken zur Wand. Noch immer hat sie etwas Geld, um den Haushalt in Gang zu halten. Sudhamay hat nicht einen *Paysa* seines Verdienstes für sich behalten, sondern sein

ganzes Einkommen Kiranmayi anvertraut. Außerdem ist noch immer etwas Goldschmuck übrig. Sie schickt Suranjan das Geld durch Maya zurück. Sie hat nicht daran gedacht, daß ihn das verletzen könnte. Aber plötzlich kommt Suranjan ins Zimmer gestürmt und fragt: »Denkst du, ich habe das Geld geklaut? Oder schämst du dich, Geld von Arbeitslosen anzunehmen? Vielleicht bin ich ja wirklich zu nichts fähig. Aber immerhin will ich doch etwas tun. Kann das denn niemand verstehen?«
Kiranmayi setzt sich stumm hin. Suranjans Worte haben sie hart getroffen.

Suranjan klopft an Ratnas Haustür. Ratna öffnet selbst. Sie ist nicht besonders erstaunt, so, als wäre es abgemacht gewesen, daß Suranjan kommt. Sie nimmt ihn direkt mit in ihr Schlafzimmer wie einen langjährigen Vertrauten. Ratna trägt einen einfachen, handgewebten Sari. Ein roter Punkt auf der Stirn würde ihr großartig stehen, und wenn dann noch ein Fleck *Sindur* am Scheitel hinzukäme ... Suranjan ist nicht traditionsgläubig, doch das typisch Bengalische, das in Armreifen, *Sindur*, *Ulu*-Rufen und dem Blasen auf Muscheln zum Ausdruck kommt, fasziniert ihn. In ihrem Haus ist es ein Tabu gewesen, *Puja* zu machen, doch er hat nichts dagegen einzuwenden gehabt, in der Gruppe zur *Puja* zu gehen, aus Spaß am rituellen Tanz teilzunehmen, die Lieder mitzusingen oder ein paar *Laddus* mitzuessen.
Ratna hat ihm einen Platz angeboten und ist hinausgegangen, um Tee zu bereiten. Außer »Wie geht es Ihnen?« hat sie nicht einen Satz gesagt, auch Suranjan nicht. Ihm fällt nichts ein. Der eigentliche Grund seines Besuchs ist seine Liebe zu Ratna. Er hat sich ein gebügeltes Hemd ange-

zogen, ist seit langem wieder einmal rasiert und gebadet und hat sogar Parfüm benutzt. Ratna lebt zusammen mit ihren Eltern und mit ihrem großen Bruder. Der Bruder hat Frau und Kinder. Die Kinder laufen durcheinander, und weil ihnen niemand sagt, wer dieser neue Mann ist und was er will, entfernen sie sich auch nicht allzu weit von der Tür. Suranjan ruft ein siebenjähriges Mädchen heran und fragt sie nach ihrem Namen.
Das Mädchen antwortet prompt: »Mrittika.«
»Oh, einen sehr schönen Namen hast du. Ist Ratna deine Tante?«
»Ja, meine *Pishi.*«
»Aha.«
»Du arbeitest wohl in *Pishis* Büro?«
»Nein, ich arbeite überhaupt nicht. Ich spaziere nur so durch die Gegend.«
Suranjans Worte gefallen Mrittika. Sie will noch etwas sagen, als Ratna mit einem Tablett ins Zimmer kommt. Auf dem Tablett sind Teetassen, Kekse, *Chanachur* und Süßigkeiten.
»Nanu? Es gibt doch bei Hindus im Moment nichts zu essen, sie können ihre Häuser nicht einmal verlassen. Und hier sind die Läden so mir nichts dir nichts weiter geöffnet. Aber wann sind Sie denn aus Sylhet zurückgekommen?«
»Nicht aus Sylhet. Ich war in Habiganj, Sunamganj und Maulvibazar. Vor meinen Augen haben sie im Madhabpur-Bazar von Habiganj drei Tempel zerstört.«
»Wer hat die Tempel zerstört?«
»Muslime mit *Topis* und Bärten. Danach haben sie den Kali-Tempel im Bazar zerstört. Mein Verwandter dort ist Tapan Dasgupta, ein Arzt. Auch seine Praxis haben sie geplündert und demoliert. In Sunamganj haben sie am 8. zwei Tempel zerstört. Am 9. haben sie vier Tempel und

fünfzig Läden ausgeraubt und abgebrannt. In Rajnagar und Kulaura in Maulvibazar haben sie sechs Tempel und ein Akhra zerstört und in Brand gesteckt. Auch in Brahmanbazar wurden sieben Läden ausgeraubt.«
»Das waren sicherlich Hindu-Läden?«
Ratna kann sich ein Lachen nicht verkneifen: »Muß man das noch extra sagen?«
Ratna reicht Suranjan den Tee und fragt: »Sagen Sie mal, kann man in diesem Land noch bleiben?«
»Warum nicht? Gehört dieses Land etwa den Muslimen?«
Ratna lacht. In ihrem Lachen schwingt Niedergeschlagenheit mit. Sie sagt: »In Bhola verkaufen die Leute angeblich ihr Land und verschwinden. Einige kriegen etwas Geld dafür, andere kriegen gar nichts.«
»Wer flieht aus Bhola? Sie meinen doch wohl die Hindus?«
»Ja, sicher!«
»Warum sagen Sie es dann nicht?« fragt Suranjan, während er am *Chanachhur* knabbert.
Dabei weiß er, daß es nicht nötig ist, extra zu betonen, wer die Opfer sind. Aber er will Ratna klarmachen, daß die Hindus, deren Häuser und Läden ausgeraubt werden, keine »Menschen« von Bhola oder Habigan sind, sondern nur und ausschließlich »Hindus«.
Wer weiß, woran Ratna denkt, als sie Suranjan tief in die Augen sieht. Er hat gedacht, er würde heute einfach ohne alle Einleitungen seinen Satz heraussagen: »Ich mag Sie sehr, wenn auch Sie mich heiraten wollen, dann lassen Sie uns das tun!«
Ratna steht auf, um Wasser zu holen. Ihr Sarizipfel streift dabei Suranjans linke Hand. Suranjan spürt diese Berührung noch lange auf der Haut. Es liegt nur an Ratna, seine Frau zu werden. Suranjans Lust aufs Heiraten ist nicht bloß der Wunsch, sein herumtreiberisches Leben zu kon-

solidieren. Er will den ganzen Tag mit Ratnas Fingern herumspielen und dabei von der Kindheit erzählen, so daß es zwischen ihnen nichts Unbekanntes und keinerlei Grenze mehr geben wird. Eigentlich wird sie nicht so sehr seine Frau, sondern vielmehr seine Freundin sein.
Was bedeutet Ratnas tiefer Blick? Suranjan ist verlegen. Dann rutscht ihm heraus: »Ich wollte mal sehen, ob Sie unversehrt sind.«
»Unversehrt? Das ist ein mehrdeutiges Wort, es bedeutet etwas anderes bei Männern als bei Frauen. Welche Unversehrtheit meinen Sie?«
»Beide.«
Ratna lacht und senkt den Blick. Wenn sie lacht, ist es vielleicht kein Perlenregen, doch es ist sehr schön. Suranjan kann seine Augen nicht von ihrem Gesicht losreißen. Ist er schon zu alt? Sehen Männer in seinem Alter nicht schon ganz schön alt aus, jedenfalls völlig undiskutabel zum Heiraten? Wie als Antwort auf diese Fragen sieht Ratna Suranjan an. Ihr Blick verrät ihre Verliebtheit.
»Halten Sie noch immer fest an Ihrem Entschluß, niemals zu heiraten?« fragt sie lachend.
Suranjan läßt sich Zeit bei der Antwort: »Sie wissen, das Leben ist ein Fluß. Bleibt der Fluß etwa stehen? Genauso bestehen auch Entschlüsse nicht für alle Zeiten. Man ändert sie.«
»Gott sei Dank«, antwortet Ratna.
Suranjan fragt nicht nach, was dieses »Gott sei Dank« bedeuten soll, er versteht es auch so. Ratna macht ihn sehr glücklich. Gern würde er jetzt ihre schmalen Finger berühren und sagen: Gehen wir zum Shalban Bihar. Wir bleiben die ganze Nacht im grünen Gras liegen, und der Mond ist unsere Wache. Er soll sein Licht nicht verbergen.
Selbst als Suranjan schon an der Treppe ist, würde er der

an der Tür stehenden Ratna gern sagen: Kommen Sie, lassen Sie uns unsere festen Vorsätze über Bord werfen und irgend etwas anstellen.

Doch Suranjan bringt es nicht heraus. Ratna kommt zwei Stufen zu ihm herunter und sagt: »Besuchen Sie mich bald wieder. Durch Ihr Kommen fühle ich, daß mir jemand zur Seite steht, daß ich nicht vollkommen allein gelassen bin.«

Suranjan spürt deutlich, daß er dasselbe Gefühl, das Parvin in ihm hervorgerufen hat, auch jetzt wieder empfindet.

6. Tag Morgens beim Tee nimmt sich Suranjan die Zeitung. Heute hat er gute Laune, er hat auch gut geschlafen. Er überfliegt die Überschriften und fragt dann Maya: »Was ist eigentlich mit dir? Warum sitzt du hier die ganze Zeit so traurig rum?«

»Wieso ich? Du schmollst doch die ganze Zeit. Du hast nicht ein einziges Mal nach Papa gesehen.«

»Ich kann das nicht. Es macht mich wütend zu sehen, wie dieser gesunde, starke Mann wie eine Leiche auf dem Bett liegt. Und wenn ihr die ganze Zeit dabeisitzt und jammert, macht ihr alles noch schlimmer. Ach ja, sag mal, wieso hat Mama denn mein Geld nicht behalten? Hat sie etwa zuviel davon?«

»Mutter hat ihren Schmuck verkauft.«

»Das hat sie allerdings richtig gemacht. Ich halte überhaupt nichts von Schmuck.«

»Aha, du hältst nichts davon! Und was ist mit dem perlenbesetzten Ring, den du Parvin geschenkt hast?«

»Damals war ich noch jung und hatte Flausen im Kopf ...«

»Und jetzt bist du wohl ganz besonders weise geworden, wie?« fragt Maya mit einem Lächeln.

Suranjan hat Maya schon lange nicht mehr lachen gesehen. Damit dieses Lächeln nicht gleich wieder verschwindet, zeigt er ihr die erste Seite der Zeitung:

»Auf der Friedensdemonstration in der Stadt haben sie gerufen: ›Rasse oder Religion, was macht das denn schon aus, als gleiche Menschen sind wir hier in Bangladesch zu Haus!‹ – ›Steht auf gegen religiösen Fundamentalismus‹, hat die überparteiliche Friedensdemonstration kämpferisch verkündet. Man solle um jeden Preis Widerstand leisten gegen diese Anarchisten und Plünderer. In Indien ebbt die Gewalt langsam ab. Der High Court hat entschieden, daß die Aneignung des Grundstücks der Babri-Moschee durch den Bundesstaat Uttar Pradesh widerrechtlich ist. Premierminister Narasimha Rao hat gesagt, für die Zerstörung der Babri-Moschee sei nicht die Zentralregierung, sondern die Landesregierung von Uttar Pradesh verantwortlich. In Westbengalen, Gujerat und Maharashtra ist das Militär noch immer in erhöhte Alarmbereitschaft versetzt.

In Bangladesch haben die Linken den Fundamentalisten den Krieg erklärt. Heute ist an der Paltan-Kreuzung eine Versammlung der Kommunisten. Die Awami League hat gesagt, zur Wahrung des Friedens müßten Friedensbrigaden gebildet werden. Das städtische Bürgerbewegungskomitee fordert dazu auf, Nijami und die Mullahs als Anstifter der Krawalle festzunehmen. Auch das *Ghatak Dalal Nirmul Committee* hält eine Versammlung ab. In Tangi wird eine überparteiliche Friedensdemonstration stattfinden. Die kulturellen Institutionen verkünden die Parole ›Bangladesch wird die fanatischen Krawallmacher stoppen.‹ 15 Personen haben eine Erklärung veröffentlicht, daß die Bewahrung religiösen Friedens allgemeine Bürgerpflicht ist. Oberst Akbar hat gesagt, die faschistische Jamaat-e Islami müsse verboten werden. In Barisal ist ein Komitee zur Wahrung des religiösen Friedens gegründet worden. Die Professorenschaft der Universität Dhaka hat erklärt, daß die Störung des religiösen Miteinander den

Monat des Sieges* entweihe. In Dhamrai sind 18 Leute festgenommen worden unter der Anklage, Tempel zerstört zu haben. Jyoti Basu, Ministerpräsident des indischen Westbengalen, bedauert, daß Indien in der Welt sein Gesicht verloren habe.«

»Du liest ja nur die guten Nachrichten«, seufzt Maya und setzt sich im Schneidersitz auf das Bett. Sie nimmt sich die Zeitung herüber: »Was ist mit den restlichen Nachrichten? In Bhola sind 10000 Familien obdachlos. In Chittagong haben sie 700 Häuser in Schutt und Asche gelegt. In Kishoreganj sind Tempel zerstört worden. In Pirojpur haben sie den Paragraphen 144 in Kraft gesetzt. In Mirersarai, Sitakunda, sind 700 Häuser verbrannt.«

»Meine Laune ist gut, ich will heute keine schlechten Nachrichten hören.«

»Wieso, weil sich Parvin scheiden läßt? Sie ist gestern hier gewesen und hat erzählt, daß ihr Mann sie jeden Abend verprügelt.«

»Warum denn das auf einmal? Ich denke, man erlangt grenzenlosen Frieden, wenn man einen Muslim heiratet? Nein, nein, mit Parvin hat meine gute Laune nichts zu tun, die habe ich woanders her. Diesmal ist es keine Muslimin. Ich will mir nicht schon wieder das weinerliche Gebettel vor der Hochzeit anhören, ich sollte doch meine Religion ändern.«

Maya lacht laut auf. Es tut gut, ihr schönes Lachen zu hören.

Suranjan wird plötzlich sehr ernst: »Wie geht es Papa jetzt? Wird er wieder gesund werden?«

»Es geht ihm schon besser, er kann wieder ganz gut sprechen. Wenn ich ihn stütze, kann er ins Bad gehen. Er kann

* Der 16. 12. ist der Tag des Sieges, ein Nationalfeiertag. (A. d. Ü.)

auch wieder leichte Kost essen. Da fällt mir ein, gestern ist Belal gekommen, um dich zu besuchen. Er ist bei Papa gewesen, und er läßt dir ausrichten, daß du nicht aus dem Haus gehen sollst. Es ist zu riskant.«
»Tatsächlich?«
Mit einem Ruf springt Suranjan auf die Beine. Maya fragt: »Was ist los? Wo willst du hin?«
»Sehe ich aus wie jemand, der zu Hause sitzen bleibt?«
»Denk an die Sorgen, die sich Mama macht, wenn du draußen bist. Geh nicht, *Dada*. Auch ich habe große Angst.«
»Ich muß Pulak sein Geld zurückbringen. Hast du vielleicht ein paar Taka für mich? Du gehörst ja schließlich zur arbeitenden Bevölkerung. Komm, laß von deinen Ersparnissen was springen für ein paar Zigaretten!«
»Oh, nein, für Zigaretten gibt es kein Geld. Ich will nicht, daß du dich umbringst.« Trotz dieser Worte geht Maya 100 Taka für Suranjan holen.
Ihr Bruder sieht ihr liebevoll nach und muß plötzlich an eine Episode denken, die sich vor vielen Jahren ereignete. Maya kam einmal tränenüberströmt aus der Schule. Die Mädchen hatten sie verspottet: »Heilig Blatt vom Basilikum, Hindu du / Hindu bist du, und ihr eßt den Kopf der Kuh!« Weinend fragte Maya Suranjan: »Ich soll Hindu sein. *Dada*, bin ich Hindu?«
»Ja«, sagte Suranjan.
»Ich will aber kein Hindu mehr sein. Sie ärgern mich, weil ich Hindu bin.«
Sudhamay hatte sich eingemischt: »Wer hat gesagt, daß du Hindu bist? In Wahrheit bist du ein Mensch. Es gibt nichts Größeres auf der Welt als Menschen.«
Bei diesen Gedanken wird Suranjan von tiefer Verehrung für Sudhamay ergriffen. Viele Menschen hat er erlebt,

doch nur die wenigsten davon sind so idealistisch, vernünftig und gewissenhaft wie sein Vater Sudhamay. Wenn er überhaupt jemanden als seinen Gott verehren kann, so ist das am ehesten Sudhamay.

1964 hatte Sudhamay den Slogan gerufen: »Ostpakistan, steh auf und wehre dich.« Die Ayub-Regierung hatte die Krawalle selbst angezettelt, um ein weiteres Wachstum der oppositionellen Bewegung zu verhindern. Sheikh Mujibur von der Awami League ging dazwischen und verhinderte größere Ausschreitungen. Wegen oppositioneller Aktivitäten stellte die Regierung die politischen und studentischen Führer vors Kriegsgericht. Sudhamay war einer der Angeklagten.

Sudhamay möchte gar nicht immer an Vergangenes denken, doch manchmal drängen sich die Erinnerungen auf, und immer machen sie ihn melancholisch. Wozu haben all die Aktionen für das Land, für die Zukunft letztendlich geführt? Und wohin hat es ihn gebracht? Das Gute, das dabei herausgekommen ist, ist kaum der Rede wert. Seit 1975 fällt das Land immer mehr in die Hände der Fundamentalisten, und die Leute sehen unbewegt zu. Geht der neuen Generation das politische Bewußtsein ab? Ist das Blut in ihren Adern nicht mehr dasselbe, das 1952 auf der Straße floß für die Forderung, Bengali zur Staatssprache zu machen, nicht das Blut der Revolte von 1969 oder der drei Millionen Bengalen aus dem Freiheitskrieg 1971? Wo ist heute jene Begeisterung, jener Enthusiasmus, mit dem sich Sudhamay in die verschiedenen Volksbewegungen gestürzt hatte? Wo sind die engagierten Jugendlichen, warum sind sie heute so kaltblütig? Und wie kommt es, daß der Fundamentalismus so leicht Einlaß findet in ein säkulares Land? Versteht denn niemand, was für schreckliche Zeiten vor der Tür stehen? Sudhamay versucht mit ganzer Kraft, sich vom Bett zu erheben, doch er schafft es nicht. Sein Gesicht erblaßt vor Schmerz, Zorn und dem Gefühl des Versagens.

Der Justizminister der Awami League brachte Ayub Khans Gesetz zum feindlichen Eigentum erneut im Parlament vor, wenn auch unter einem veränderten Namen als »Gesetz zum übertragenen Eigentum«.
Das Eigentum der Hindus, die das Land verlassen hatten, war unter der früheren Regierung als feindliches Eigentum bezeichnet worden. Waren also Sudhamays Onkel Feinde des Landes gewesen? Sie hatten große Häuser besessen, hier in Dhaka wie auch in Sonargao, Narsingdi, Kishoreganj und Faridpur. Diese waren wahlweise in Colleges, Tierkrankenhäuser und Büros für Familienplanung oder Einkommensteuer verwandelt worden. Als Kind kam Sudhamay öfter nach Dhaka zu seinem Onkel Anil. In dessen großem Haus an der Ramakrishna Road gab es zehn Pferde, und Onkel Anil ließ ihn darauf reiten. Heute verbringt Sudhamay in einem dunklen, feuchten Haus in Tikatuli seine Tage, und nur ein paar Ecken weiter steht Onkel Anils Haus, das jetzt dem Staat gehört. Wenn man im Gesetz zum übertragenen Eigentum auch das Erbrecht berücksichtigt, könnte man die Lage so mancher Hindu-Familie, die im Land geblieben war, verbessern. Sudhamay hat diesen Vorschlag schon verschiedentlich bei so einigen hohen Tieren vorgebracht, doch geschehen ist nichts – wie bei so vielen anderen Demarchen, die er unternommen hat. Und nun muß er sein Alter auch noch halb gelähmt verbringen. Er findet keinen triftigen Grund, sein Leben

fortzuführen. Er weiß, daß es niemandem schaden würde, wenn er hier auf seinem Bett lautlos dahinginge. Im Gegenteil, Kiranmayi würde endlich von ihren nächtlichen Wachen und der Krankenpflege erlöst werden.
Das Gesetz zum feindlichen Eigentum hatten die kolonialistischen pakistanischen Machthaber in einem Klima religiösen Hasses während des indo-pakistanischen Krieges 1965 erlassen. Es hatte Sudhamay sehr getroffen, daß dieses Gesetz durch eine Umbenennung auch nach der Unabhängigkeit in Bangladesch gültig blieb. Ist es nicht ein Schandmal für ein freies Land und für das bengalische Volk? Dieses Gesetz hatte 20 Millionen Menschen sämtlicher Rechte beraubt, und indem man dieses gegen politische und soziale Gleichheit gerichtete Gesetz beibehielt, hat man sie gleichsam enteignet und an den Rand des gesellschaftlichen Abgrunds gebracht. Ist es da etwa die Schuld der Hindus, wenn unter ihnen ein extremes Gefühl der Verunsicherung und Bedrohung umgeht? Der Samen des religiösen Fanatismus wurde tief im Bewußtsein der Gesellschaft gesät. Wenn auch die Verfassung von Bangladesch gleiche Rechte und den gleichen Schutz für alle Bürger gewährleistet, so verrät doch die Regierung die nationale Unabhängigkeit und Souveränität, indem sie durch Beibehaltung des Gesetzes zum übertragenen (feindlichen) Eigentum Verfassungsrecht verletzt. Die Grundrechte sind in den folgenden Artikeln festgelegt:

> 26. (1) Alle Gesetze, die im Widerspruch zu den Bestimmungen in diesem Abschnitt stehen, oder entsprechende zu erlassende Gesetze werden unwirksam, insoweit sie zu diesen Bestimmungen in Widerspruch stehen.
> 26. (2) Der Staat soll keine Gesetze erlassen, die zu diesen Bestimmungen in Widerspruch stehen, und entsprechende

Gesetze werden unwirksam, insoweit sie mit diesen Bestimmungen in Widerspruch stehen.
27. Alle Einwohner sind gleich vor dem Gesetz und haben den gleichen Anspruch auf Schutz durch das Gesetz.
28.1. Der Staat soll keine Einwohner auf der Grundlage von Religion, Rasse, Kaste, Geschlecht oder Herkunft benachteiligen oder bevorzugen.
31. Jeder Staatsbürger von Bangladesch, gleich wo er sich aufhält, und jede andere Person während ihres Aufenthalts in Bangladesch hat das unveräußerliche Recht, den Schutz des Gesetzes zu beanspruchen und ausschließlich gemäß dem Gesetz behandelt zu werden; insbesondere darf niemand ohne gesetzliche Grundlage an seinem Leben, seiner Freiheit, seinem Körper, seinem Ruf oder seinem Eigentum beeinträchtigt werden.

In Art. 112 heißt es deutlich: »Alle Gewalten, sowohl die exekutive als auch die judikative, sind zur Unterstützung des Supreme Court verpflichtet.« In der Pakistanischen Verteidigungsverordnung von 1965 lautete die Definition eines Feinds:

(a) jeder Staat oder jedes Staatsoberhaupt, welcher oder welches im Krieg mit Pakistan steht oder militärische Operationen gegen Pakistan durchführt, oder
(b) jeder einzelne Einwohner auf feindlichem Gebiet, oder
(c) jede Organisation, die auf feindlichem Gebiet oder in einem im Krieg mit Pakistan liegenden oder militärische Operationen gegen Pakistan durchführenden Land oder aufgrund der Gesetze dieses Landes gegründet wurde, oder
(d) jede andere Person oder Gruppe, welche von der Zentralregierung zum Feind erklärt wurde, oder
(e) jede Organisation, inkorporiert oder nicht, welche gleich an welchem Ort Geschäfte betreibt, wenn und solange sie

von einer Person geführt wird, die nach dieser Vorschrift ein Feind ist, oder
(f) jede Geschäftstätigkeit in Feindesland und jede Person oder Gruppe, die solche Geschäfte betreibt.

In §169 Abs. 1 heißt es: Ein Staatsfeind ist

(a) jedes Individuum, welches die Nationalität eines Staates besitzt, welcher im Krieg mit Pakistan steht oder militärische Operationen gegen Pakistan durchführt, oder diese besessen hat, ohne eine andere Staatsangehörigkeit anzunehmen, oder
(b) jede in einem solchen Staat oder aufgrund seiner Gesetze gegründete Organisation mit oder ohne eigene Rechtspersönlichkeit.
§169 Abs.4. Feindliches Eigentum ist: ein Eigentum, das zur Zeit einem unter §161 der Ausführungsverordnung definierten Feind, einer feindlichen Person oder Firma gehört oder für diesen besessen oder verwaltet wird; beinhaltet aber nicht »Evakuierteneigentum« nach dem Pakistanischen Gesetz XII von 1957 (Verwaltung Evakuierteneigentums).
Wenn eine feindliche Person in Pakistan stirbt, kann das gesamte Eigentum, welches ihr vor ihrem Tod persönlich gehörte oder welches sie besaß oder für sie verwaltet wurde, trotz ihres Todes weiterhin als feindliches Eigentum betrachtet werden im Sinne des §182 der Ausführungsverordnung.

Nach 1947, als in Ostpakistan religiöse Unruhen ausbrachen, wanderten Millionen von Hindus nach Indien aus. Die damalige pakistanische Regierung erließ das Ostbengalische Evakuiertengesetz VIII von 1949 (Verwaltung von Eigentum), das Ostbengalische Evakuiertengesetz XXIII von 1951 (Rückerstattung von Eigentum) und das Ostbengalische Evakuiertengesetz XXIV von 1951 (Verwaltung unbeweglichen Eigentums). Im Ostbengalischen Evakuiertengesetz XXIV von 1951 (Verwaltung unbeweglichen Eigentums) heißt es:

> Die unter diesem Gesetz gegründeten Ausschüsse für Evakuierteneigentum sollen nicht die Verwaltung eines solchen Eigentums übernehmen,
> 1. wenn der alleinige Eigentümer oder alle Teilhaber des Eigentums gegen die Verwaltung dieses Eigentums durch den Ausschuß Einspruch erheben, da er oder sie andere Vorkehrungen für die Verwaltung und Nutzung des Eigentums getroffen haben, und wenn der Ausschuß von der Angemessenheit dieser Vorkehrungen überzeugt ist, oder
> 2. wenn Einspruch gemäß dieses Abschnitts erhoben und zugelassen wird.

In diesem Gesetz heißt es außerdem, daß die Eigentumsgegenstände nur auf Antrag der Evakuierten hin übertragen werden können und vorbehaltlich des Rechts der Eigentümer übertragen werden, nach Belieben darüber zu verfügen.
1957 änderte die pakistanische Regierung dieses Gesetz erneut und verabschiedete das Pakistanische Gesetz XII von 1957 (Verwaltung Evakuierteneigentums). Nach diesem Gesetz ist Evakuierteneigentum:

> Eigentum einer Person, die in einem der jetzt zu Indien gehörigen oder von Indien besetzten Gebiete wohnt und nicht imstande ist, ihr Eigentum in Pakistan persönlich in Besitz zu nehmen, zu beaufsichtigen oder zu verwalten, oder Eigentum, das sich in Besitz, unter Aufsicht oder Verwaltung einer anderen Person befindet.

Mehr noch als dieses Gesetz brachte die Ostpakistanische Verordnung zur Rehabilitation der Opfer von Unruhen die Hindus in Schwierigkeiten.

Auf den indo-pakistanischen Krieg 1965 hin erklärte die pakistanische Regierung den Ausnahmezustand, und die Pakistanische Verfassung von 1962 sowie die in Kap. 1 und 2 festgelegte Gültigkeit der Gesetze mitsamt der Grundrechte wurden eingeschränkt. Am 6. September 1965 wurden die Pakistanische Verteidigungsverordnung XXIII und die dazugehörige Ausführungsverordnung, die Pakistanischen Verteidigungsvorschriften, verabschiedet. In § 182 der Pakistanischen Verteidigungsvorschriften von 1965 hieß es:

> Zur Vermeidung von Geldzahlungen an feindliche Firmen und zur Regelung der Verwaltung oder Verfügung, durch Übereignung oder anderweitig, von oder über feindliches Eigentum und Angelegenheiten, die damit verbunden oder dazugehörig sind, kann die Zentralregierung einen pakistanischen Treuhänder für feindliches Eigentum sowie einen oder mehrere stellvertretende und assistierende Treuhänder für feindliches Eigentum in zu bestimmende Gebiete berufen und kann durch Dekret ein zu bestimmendes feindliches Eigentum dem eingesetzten Treuhänder verleihen oder die Verleihung festsetzen und regeln.

Auf dieser Grundlage kam all dieses Eigentum unter die Rechtsprechung der Regierung. Feindliches Eigentum, dessen Eigentümer während des Kriegs im Gefängnis saßen oder denen Beschränkungen auferlegt waren, wurde folglich als ungeschützt betrachtet. Die Verantwortung für solches Eigentum wurde vorübergehend von der Regierung übernommen, und den Eigentümern wurde versprochen, daß ihnen ihr Eigentum zurückgegeben werden würde. Die Zentralregierung verabschiedete ein neues Gesetz, die Verordnung zum feindlichen Eigentum 1965 (Verwahrung und Registrierung). 1966 wurde die Verfügung über Verwaltung und Veräußerung feindlichen Eigentums (Grundstücke und Gebäude) verabschiedet. Nach diesen Gesetzen sollte die vollständige Verantwortung für die Regelung von Entschädigungen, Instandhaltung und Verwaltung und auch für die Buchführung feindlichen Eigentums bis auf weiteres einem bestimmten Regierungsbeamten übertragen werden.

Nach dem indo-pakistanischen Krieg behielten die früheren Gesetze, wie zum Beispiel die Erste Verordnung zum feindlichen Eigentum 1969 (Fortsetzung der Notstandsgesetzgebung), ihre Gültigkeit. Auch in Bangladesch wurde durch den Präsidentenerlaß Nr. 29 von 1979, auch Bangladeschische Verordnung über die Verleihung von Eigentum und Vermögen genannt, das Eigentum, das bislang dem Treuhänder der pakistanischen Regierung anvertraut gewesen war, auf die Regierung Bangladeschs übertragen, ungeachtet der Tatsache, daß Indien im Unabhängigkeitskrieg eine verbündete Macht gewesen war und die beiden Länder nicht miteinander im Krieg lagen. In Wirklichkeit sind durch Aufrechterhaltung der 1969 von den pakistanischen Machthabern verabschiedeten Ersten Verordnung zum feindlichen Eigentum die dem Volk gegebenen Versprechen menschlicher Würde, gesellschaftlicher Rechte und Gleichstellung zynisch gebrochen worden. Wie in der pakistanischen Zeit wurde auch in Bangladesch die höchst ungerechte staatliche Beaufsichtigung feindlichen Besitzes aufrechterhalten. Die Forderungen des Volkes wurden ignoriert; das Gesetz zum feindlichen Eigentum wurde zwar aufgehoben durch Gesetz XLV von 1974, tauchte aber mit dem Gesetz zu verliehenem Eigentum und Eigentum von Nicht-Ansässigen XLVI von 1974 in einem neuen Gewand wieder auf. Hiernach wurde das bisher der pakistanischen Regierung unterstellte Eigentum zum Eigentum von

Personen erklärt, die nicht mehr im Land ansässig sind oder eine andere Staatsbürgerschaft erworben haben. Zur Verwaltung und Verfügung über solches Eigentum durch die Regierung wurde ein Ausschuß eingesetzt. Dieses Gesetz sorgte dafür, nicht nur Eigentum, das in der pakistanischen Zeit als »feindlicher« Besitz aufgeführt gewesen war, unter die Kontrolle der Regierung zu bringen, sondern selbst Eigentum, das niemals als solches betrachtet worden war.
Bevor dieses Gesetz jedoch in Kraft trat, wurde die Verordnung XCIII verabschiedet, in der es heißt:

> Durch dieses Gesetz verliehenes Eigentum soll durch die Regierung verwaltet, kontrolliert und veräußert werden, und zwar durch Delegation oder anderweitig an einen zu bestimmenden Beamten oder eine zu bestimmende Institution.

1977, kaum ein Jahr danach, kam ein Rundschreiben heraus, das bekanntgab:

> Ein halber *Bigha* unbebautes Nicht-Ackerland wird mit am vollen Marktwert orientierter Prämie und Pacht auf lange Zeit an eine geeignete Person verpachtet, und in Gewerbegebieten gelegenes Nicht-Ackerland wird in öffentlicher Auktion an den Meistbietenden versteigert.

In anderen Worten: Das Nicht-Ackerland von 15 bis 20 Millionen Bangladeschis würde auf Auktionen versteigert werden, und die Regierung würde langjährige Pachten beziehen. In Abs. 37 dieser Anweisung hieß es außerdem, daß Beamte oder Angestellte der Steuerbehörden, die entsprechendes Eigentum auffinden oder Informationen darüber geben können, belohnt werden. In Abs. 38 wurden den mit dieser Aufgabe betrauten Beamten auf verschiedenen Verwaltungsebenen hohe Auszeichnungen versprochen. Aus

Geldgier vertrieben sie unter dem Vorwand, solches Eigentum ausfindig zu machen, viele Hindus von ihren Wohnsitzen.
In der Landvermessung, die die ostpakistanische Regierung nach 1966 durchführte, wurde das Eigentum der Hindus, die beim Massenexodus 1947 oder nach den Unruhen von 1950 und 1954 nach Indien gegangen waren und die Verwaltung ihres Besitzes ihren Familien, Teilhabern, Verwandten oder anderen Bürgern übertragen hatten, samt und sonders, ob Häuser, Teiche, Gärten, Familienverbrennungsplätze, Klöster, Tempel, landwirtschaftliche Nutzflächen oder andere Grundstücke, als »feindliches« Eigentum aufgeführt. Auch das Eigentum der Hindus, die nach kurzem Aufenthalt in Indien ins außerindische Ausland gegangen waren, wurde zu feindlichem Eigentum. Mit dem Besitz der Muslime, die nach Indien oder in ein anderes Land gezogen waren, wurde nicht in dieser Weise verfahren, und es wurde dafür auch keine Landvermessung durchgeführt. Nach den Regeln des hinduistischen Familiensystems erben beim Tod des Besitzers dessen überlebende Familienmitglieder das Eigentum, hier aber hat nur die Regierung geerbt.
Sudhamay denkt an Niyaz Hussain, Fazlul Alam und Anwar Ahmed und andere Muslime, die vor seinen Augen mit ihren Familien nach London oder Amerika ausgewandert sind. In ihre hiesigen Häuser haben sie entfernte Verwandte oder Verwalter geholt, um die Häuser zu vermieten und die Mieten eintreiben zu lassen. Ihr Eigentum ist kein feindliches Eigentum. Sudhamay versucht aufzustehen, doch der Schweiß bricht ihm aus. Niemand ist zu Hause. Wo sind Maya und Kiranmayi bloß hin?

Suranjan läuft durch die Altstadt von Dhaka. Trotz der vielen Jahre in der Hauptstadt kann er Mymensingh nicht vergessen. In dieser Stadt ist er geboren, hat er seine Kindheit und Jugend erlebt. Als er sich an den Buriganga setzt und die Füße im Flußwasser badet, denkt er unweigerlich an den Brahmaputra. Ein Mensch müßte sich schon vollständig verleugnen wollen, um die Erde und das Flußufer seiner Geburt zu vergessen. Gautams Familie will das Land verlassen, sie fühlen sich hier nicht mehr sicher. Wenn es so ist, warum dann das viele Geheul vor dem Abschied? Vor fünf Jahren ist sein Onkel aus Kalkutta gekommen, und wie ein Kind hat er losgeweint, als er in Brahmanbaria war. Kiranmayi fragte Suranjan, ob er mit seinem Onkel nach Kalkutta gehen wolle, und er hatte sich vehement geweigert.
Vor einigen Jahren mußte er einmal für die Partei nach Mymensingh fahren. Er saß am Zugfenster und sah die grünen Reisfelder, Baumreihen bis zum Horizont, Lehmhütten, Strohballen, die Kinder, die mit Stofftüchern in den Tümpeln herumhüpften, um Fische zu fangen, und die einfachen Bauern, die ihre Arbeit unterbrachen, um sich neugierig nach dem Zug umzusehen, und es schien ihm, als sehe er das wahre Gesicht Bengalens. Der Dichter Jibanananda Das war ebenso beeindruckt gewesen und hatte es aufgegeben, andernorts nach Schönheit zu suchen. Doch auf Suranjans Begeisterung folgte ein jähes Erwachen, als er sah, daß der Ort Ramlakshmanpur in Ahmad Bari umbenannt worden war, und nacheinander bemerkte er dann, daß Kali Bazar zu Fatema Nagar, Krishnanagar zu Aulia Nagar geworden war. Die Islamisierung erfaßte das ganze Land, auch die kleinen Bahnhöfe vor Mymensingh wurden nicht ausgenommen. Brahmanbaria nennt man B. Baria, das Brajamohan College ist in Barisal B. M. College umbenannt, das Murari Chand College in M. C. College. Nimmt man jetzt

Zuflucht zu Abkürzungen, um die Hindu-Namen zu verbergen? Suranjan befürchtet, daß bald auch diese Abkürzungen durch neue Namen wie Mohammad Ali College oder Sirajuddaula College ersetzt werden. Als 21 Jahre nach der Unabhängigkeit die Jinnah-Halle an der Universität Dhaka zur Surya-Sen-Halle umbenannt wurde, meldeten die Feinde des Geistes der Unabhängigkeit wütenden Protest an, unter dem Vorwand, Surya Sen wäre ein Räuber gewesen, und es ginge nicht an, öffentliche Gebäude nach ihm zu benennen. Es ist nicht sehr wahrscheinlich, daß sich die Regierung auf lange Sicht ihrem Ansinnen entgegenstellen wird, denn die BNP regiert mit Hilfe der Fundamentalisten und vertritt hintenherum auch ihre Interessen.
In den Gassen der Altstadt von Dhaka sieht Suranjan, daß die noch unversehrten Läden der Hindus allesamt geschlossen sind. Welche Hoffnung sollte die Besitzer auch zum Öffnen bewegen? Und dennoch haben sie ja auch nach den Krawallen von 1990 die Läden wieder geöffnet, vielleicht würden sie es also auch auch diesmal, 1992, tun. Die Hindus müssen wirklich ein dickes Fell haben, wie könnten sie sonst ihre zerstörten Häuser und Läden am selben Fleck wieder aufbauen? Häuser lassen sich immerhin mit etwas Sand und Mörtel wieder aufrichten, doch wie steht es mit ihren zerbrochenen Herzen?
1990 wurden die Gebäude des Brahmo Samaj in Patuatuli, der Shridhar-Bigraha-Tempel von Shankhari Bazar, das alte Kloster von Nayabazar und der Schlangentempel von Kaettuli ausgeraubt, zerstört und abgebrannt. Dasselbe geschah mit den folgenden Läden in Patuatuli: dem berühmten M. Bhattacharya and Sons, Hotel Raj, Dhakeshvari Jewellers, Evergreen Jewellers, New Ghosh Jewellers, Alpana Jewellers, Kashmiri Biriani House, Rupashri Jewellers, Manasi Jewellers und Mitali Jewellers, mit Soma Store,

Ananya Laundry, Krishna Hair Dresser, Tire Tube Repairing und Saha Canteen in Shankhari Bazar sowie mit dem schwimmenden Restaurant Ujala und dem Hotel Panthanibas in Sadarghat. In Nayabazar wurde in der Städtischen Kehrersiedlung gebrandschatzt. Die Straßenkehrersiedlung des Bezirksgerichts Dhaka wurde vollständig verbrannt. Der Harisabha-Tempel und der Kali-Tempel von Chunkutia in Keraniganj, der Tempel vom Mirbagh, das Akhra in Goshambazar, der Durga-Tempel des Shubhadhya-Gosai-Gartens, der Chandranikara-Tempel, der Kali-Tempel von Pashchimpara, das Verbrennungsghat, der Ramkanai-Tempel von Tegharia Pubnadi, der Durga-Tempel im Kalindi-Barishur-Bazar sowie der dortige Kali-Tempel und der Manasa-Tempel wurden überfallen, ausgeraubt, und Götterbilder wurden zerstört. In Shubhadhya Khejurbagh wurden mitsamt dem Haus von Rabi Mishra, dem Sohn von Pyarimohan Mishra, 50 Mietshäuser in Brand gesteckt. Ausgeraubt, zerstört und verbrannt wurden in Tegharia Häuser von Bhabatosh Ghosh und Paritosh Ghosh, das Hindu-Viertel von Mandail in Kalindi und 300 Häuser des Rishipara von Bangao. Einiges davon hat Suranjan mit eigenen Augen gesehen.

Wen hat er schon hier in Dhaka, mit dem er sich ein Weilchen zusammensetzen und alles bereden könnte? Heute hat ihm Maya 100 Taka gegeben. Der Geldschein steckt in seiner Brusttasche, doch er hat wenig Lust, ihn auszugeben. Er hat ein-, zweimal daran gedacht, sich ein Päckchen Bangla Five zu kaufen, doch das würde ihn nur zum Kettenrauchen verleiten. Suranjan hat noch nie viel am Geld gelegen. Das Geld, das ihm Sudhamay für Kleidung gab, lieh er an seine Freunde weiter, wenn zum Beispiel einer von ihnen ohne Zustimmung der Eltern heiraten wollte und kein Geld dafür hatte. Einmal hat er einem Jungen namens Rahmat Geld für

die Examensgebühr gegeben. Als er hörte, daß die Mutter des Jungen im Krankenhaus lag und nicht einmal das Geld für ihre Medikamente hatte, gab Suranjan prompt die Summe für das Examen her.
Wie wäre es, wenn er wieder zu Ratna ginge? Ratna Mitra. Nach der Heirat würde sich ihr Nachname ändern. Warum müssen die Frauen ihren Namen aufgeben? Vor der Heirat hängen sie am Rockzipfel des Vaters, und danach an dem des Ehegatten. Ausgemachter Blödsinn ist das. Auch Suranjan hätte nicht übel Lust, den Nachnamen Datta aufzugeben. Diese religiösen Differenzen und Kastenunterschiede zerstören die Menschen. Ein Bengale sollte einen bengalischen Namen haben, gleich ob Hindu oder Muslim. Schon oft hat er gedacht, daß Nilanjana Maya ein schöner Name für Maya wäre. Und er selbst könnte sich zum Beispiel Nibir Suranjan, Suranjan Sudha oder Nikhil Suranjan nennen. Auf diese Weise würde er nicht das Zeichen einer bestimmten Religion mit sich herumtragen. Unter den bengalischen Muslimen fällt ihm die Neigung auf, arabische Namen zu wählen. Selbst die, die sich vehement für die bengalische Kultur starkmachen, nennen ihre Kinder dann Faisal Rahman, Tauhidul Islam oder Faiz Chowdhury. Warum bloß? Warum sollten bengalische Menschen arabische Namen haben? Suranjan wird seine Tochter Srotasvini Bhalobasa oder Athai Nilima nennen. Oder paßt Athai Nilima besser zu Mayas Namen Nilanjana? Den Namen könnte man Mayas Tochter geben.
Suranjan läuft weiter. Unschlüssig läßt er sich treiben, obwohl er eben noch so vieles vorhatte. Sobald er den Fuß vor die Tür setzt, weiß er nicht mehr, wohin er gehen soll. Es ist, als seien alle mit wichtigen Dingen beschäftigt, und nur er habe nichts zu tun. Hier, in dieser vom Terror heimgesuchten Stadt, möchte er ein paar Sätze mit jemandem

sprechen. Soll er einmal zu Bamshali Dulal gehen oder nach Azimpur zu Mahadeb*da*? Er könnte auch in die Ispahani Colony zu Kajal Debnath gehen. Warum kommen ihm eigentlich nur Hindu-Namen in den Sinn? Gestern war schließlich Belal bei ihm, er kann doch genausogut ihn besuchen gehen. Auch Haider ist bei ihm gewesen, er könnte sich etwas mit ihm unterhalten. Doch wenn er zu ihnen ginge, würde wieder über nichts als nur die Babri-Moschee geredet. Er würde sich anhören müssen, was in Indien passiert, wie viele gestorben sind, was die BJP-Führer gesagt haben, in welchen Städten die Armee eingreift, wer verhaftet worden ist, welche Parteien verboten worden sind und was in Zukunft geschehen wird. Er will das alles nicht mehr hören.

Was dort drüben die BJP ist, sind hier die Jamaatis. Die beiden Parteien haben dasselbe Ziel, nämlich den Fundamentalismus einzuführen. Das beste wäre es wohl, in beiden Ländern die Religion einfach zu verbieten ... Doch es scheint, als sei die Religion zu sehr im Denken und Fühlen des hungernden, hilflosen, gefolterten Menschen der Dritten Welt verwurzelt, als daß dieser sich davon befreien könnte. Mitten in der Menge murmelt er einen seiner Lieblingssätze von Karl Marx vor sich hin: »Die Religion ist der Seufzer der bedrängten Kreatur, das Gemüt einer herzlosen Welt, wie sie der Geist geistloser Zustände ist. Sie ist das Opium des Volkes.« Der Mittag vergeht darüber, daß Suranjan durch Wari, Nababpur, Tantibazar, das Gerichtsviertel, Rajani Basak Lane, Gendaria und Begam Bazar spaziert und sich schließlich entschließt, Kajal zu besuchen. Er ist zu Hause, alle Hindus sind momentan zu Hause. Entweder haben sie sich irgendwo anders versteckt, oder sie kauern sich zu Hause zusammen und warten auf bessere Zeiten. Aber ihm ist das im Moment sogar recht.

Er hat nichts zu tun und ist froh, seine Freunde ständig antreffen zu können. Es sitzen noch einige andere Leute in Kajals Zimmer, Subhash Sinha, Tapas Pal, Dilip De, Nirmal Chatterjee, Anjan Majumdar, Yatin Chakrabarti, Saidur Rahman und Kabir Chowdhury.

»Wie geht's? Eine schöne Hindu-Versammlung habt ihr da.«

Niemand reagiert auf Suranjans Worte, und er lacht als einziger. »Was ist, warum habt ihr alle so schlechte Laune? Weil sie hinter den Hindus her sind?« fragt Suranjan.

»Gibt es irgendeinen Grund, gute Laune zu haben?« fragt Subhash zurück.

Kajal Debnath ist im Minderheiten-Komitee für die Eintracht zwischen Hindus, Buddhisten und Christen engagiert. Suranjan hält nichts von diesem Komitee. Für ihn ist das nur eine weitere religiös-fundamentalistische Gruppierung. Wenn man dieses Komitee unterstützt, schwächt man damit die Forderung, Politik auf der Grundlage von Religion zu verbieten. Darauf hält ihm Kajal freilich entgegen, daß man bereits 40 Jahre gewartet und gehofft habe und daß das Komitee ein Versuch sei, die Würde und Unabhängigkeit seiner Mitglieder zu wahren.

»Hat Khaleda Zia auch nur einmal zugegeben, daß im Lande fundamentalistische Übergriffe stattfinden? Ist sie in eines der verwüsteten Gebiete gefahren?« fragt einer aus der Runde, und jemand anderes fügt hinzu: »Was hat die Awami League denn schon getan? Statements haben sie abgegeben. Dieselbe Art von Statements haben sogar schon die Jamaat-e Islamis abgegeben. Es hat ja das Gerücht gegeben, daß die Awami League das *Bismillah* wieder aus der Verfassung verbannt hätte, wäre sie bei den letzten Wahlen an die Macht gekommen. Nach ihrer Niederlage denken sie jetzt, daß es ihrer Popularität schadet, wenn sie von der Abschaffung des Paragraphen bezüglich der Staatsreligion reden. Will die Awami League Stimmen fangen, oder will sie eine beständige Politik machen? Und wenn letzteres der Fall ist, warum sagt dann niemand etwas gegen dieses Gesetz?«

Saidur Rahman nimmt die Awami League in Schutz: »Sie haben sich gedacht, laßt uns erst einmal die Wahlen gewinnen, danach werden wir ändern, was verändert werden muß.«

»Man kann niemandem vertrauen. Jeder, der hier an die Macht kommt, wird das Lied des Islam singen und eine anti-indische Politik betreiben. Die Leute hier mögen nun mal das Feindbild Indien und den Islam«, sagt Kajal und schüttelt den Kopf.

Suranjan wechselt abrupt das Thema: »Kajal*da,* wäre es nicht besser, anstelle deines Komitees eine überreligiöse Partei zu gründen? Und kannst du mir mal sagen, wieso Saidur Rahman nicht im Komitee ist?«

Yatin Chakrabarti antwortet mit tiefernster Stimme: »Wir sind nicht verantwortlich dafür, daß Saidur Rahman nicht Mitglied sein kann. Versagt haben vielmehr die, die den Islam zur Staatsreligion erhoben haben. Wir haben ja all die Jahre kein solches Komitee gebraucht. Warum brauchen wir es jetzt? Bangladesch ist ja schließlich nicht von selbst entstanden, sondern Hindus, Buddhisten, Christen und Muslime haben alle dazu beigetragen. Wenn man eine bestimmte Religion zur Staatsreligion macht, heißt das, den Menschen anderer Religionsgruppen Minderwertigkeitsgefühle zu suggerieren. Keiner liebt das Land weniger als der andere. Alle, die mit ansehen müssen, daß, da sie nun mal nicht zum Islam gehören, die Religion ihrer Väter in den Augen des Staates als zweit- oder drittklassig angesehen wird und sie aufgrund dieser religiösen Diskriminierung zu zweit- oder drittklassigen Bürgern gemacht werden, sind über die Maßen gekränkt. Kann man sie dann etwa beschuldigen, wenn ihr Patriotismus deshalb in religiöses Gruppendenken umschlägt?«

Mit dieser leidenschaftlichen Antwort hat er sich direkt an Suranjan gewandt, der mit ruhiger Stimme erwidert: »Aber warum sollten derartige religiöse Vereinigungen in einem modernen Staat bestehen dürfen?«

Wie aus der Pistole geschossen kommt Yatin Chakrabartis Antwort: »Wer hat denn die Minderheiten gezwungen, sich auf der Grundlage ihrer Religion zusammenzuschließen? Doch wohl die Befürworter der Staatsreligion! Wenn man eine bestimmte Religion zur Staatsreligion macht, ist der Staat doch überhaupt kein Nationalstaat. Ein Staat mit einer Staatsreligion kann jederzeit zu einem religiösen Staat gemacht werden. Dieser Staat läuft rapide in diese Richtung, und unter diesen Umständen ist es nur lächerlich, von nationaler Integration zu sprechen. Die Minderheiten wissen, daß die Achte Verfassungsänderung in Wirklichkeit die bengalische Nationalität mit Füßen tritt, denn sie sind die Leidtragenden.«

»Glauben Sie etwa, daß es den Muslimen irgend etwas Gutes bringt, wenn der Islam zur Staatsreligion wird oder wenn ein religiöser Staat ausgerufen wird? Ich glaube das nicht.«

»Auf gar keinen Fall! Das werden sie eines Tages selbst herausfinden, auch wenn sie es im Moment noch nicht wissen.«

»Die Awami League müßte sich in diesem Punkt viel stärker engagieren«, meint Anjan.

Suranjan gibt ihm recht: »Ja, aber die Awami League hat die Abschaffung der Achten Verfassungsänderung noch nicht einmal in ihr Parteiprogramm aufgenommen! Jeder

moderne demokratisch denkende Mensch weiß, daß die erste Bedingung für Demokratie ein säkularer Staat ist. Ich verstehe nicht, was es bringen soll, den Islam zur Staatsreligion zu machen in einem Land, wo ohnehin 86 Prozent der Menschen Muslime sind. Die Muslime in Bangladesch üben ihre Religion auch so aus, dafür braucht man keine Staatsreligion.«
Yatin*babu* rutscht auf seinem Stuhl hin und her und sagt: »In Fragen der Moral gibt es keine Kompromisse. Doch die Awami League läßt sich durch die gegnerische Propaganda zu einem Kompromiß treiben.«
Subhash hat die ganze Zeit still zugehört. Jetzt sagt er: »Anstatt über die Awami League herzufallen, sollten wir uns lieber über die Jamaat-e Islami und die BJP Sorgen machen. Sind sie etwa besser als die Awami League?«
Kajal unterbricht ihn: »Über erklärte Feinde braucht man nicht groß zu reden. Bitterer ist es, wenn einen die verlassen, denen man vertraut hat.«
Plötzlich fährt Kabir Chowdhury dazwischen: »Ihr redet alle soviel von Säkularismus. Säkularismus heißt, alle Religionen unter demselben Gesichtspunkt zu betrachten. Es gibt keine Parteilichkeit. Das Wort Säkularismus heißt eigentlich Diesseitigkeit oder einfach ausgedrückt: Es darf keine Beziehung zwischen Staat und Religion geben.«
Aufgeregt sagt Kajal: »Bei der Teilung Indiens siegte der muslimische Fundamentalismus und zog die Geburt Pakistans nach sich. In Indien aber hat der Hindu-Fundamentalismus verloren. Deshalb hat Indien zu einem modernen, demokratischen und säkularen Staat werden können. Die Hindus dieses Landes sind nur deshalb zu *Jimmis,* zu ungläubigen Nicht-Muslimen erklärt worden, um sie vertreiben und ihres Eigentums berauben zu können. Warum sollten die Hindus nicht unruhig werden, wenn abermals

von Verhältnissen wie während der pakistanischen Periode getönt wird? Die Hindus können in diesem Land nicht leben, wenn es keinen säkularen Staat gibt. Außerdem fordern wir, daß das Gesetz zum feindlichen Eigentum abgeschafft wird. Es gibt keine Hindus in der Verwaltung. Seit der Unabhängigkeit ist kein Hindu zum Minister berufen worden. In der Armee ist die Zahl der Hindus sehr klein, und diese wenigen werden nicht befördert. Anscheinend gibt es in der Marine und der Luftwaffe überhaupt keine Hindus.«

Nirmal sagt: »Es gibt keinen Hindu im Rang eines Brigadegenerals oder Generalmajors. Bei den Obersten ist es einer von 70, bei den Oberstleutnants sind es acht von 450, bei den Majoren 40 von 1000, bei den Hauptleuten acht von 1300, bei den Leutnants drei von 900 und bei den einfachen Soldaten nur 500 von 80000. Von 40000 Reservisten sind nur 300 Hindus. Unter den Staatssekretären fehlen nicht nur die Hindus, sondern auch die Buddhisten und Christen. Unter den 134 Joint Secretaries ist nur einer ein Hindu.«

Kajal setzt wieder ein: »Gibt es im diplomatischen Dienst überhaupt irgendeinen Angehörigen einer Minderheit? Es scheint nicht so.«

Subhash erhebt sich von dem Korbschemel, auf dem er bislang gesessen hat, und sagt: »Nein, Kajal*da*, niemand.«

Suranjan hat es sich auf dem Teppich bequem gemacht und stützt sich auf ein Kissen. Mit wachsendem Spaß hört er der Diskussion zu.

Kabir Chowdhury sagt: »Seit Pakistan ist bisher in Bangladesch nur einmal, während der Regierungszeit der Awami League, ein Hindu namens Manoranjan Dhar für einige Tage als Botschafter Bangladeschs nach Japan geschickt worden.«

»Man wählt nur ungern Hindus für Fortbildungen im Ausland und ähnliches aus. Die Hindus sind mittlerweile aus allen lukrativen Gewerbezweigen herausgedrängt worden. Hindus haben Probleme, bei Firmengründungen die nötigen Lizenzen zu bekommen, wenn sie nicht wenigstens einen muslimischen Teilhaber haben. Zudem bekommen sie keine Darlehen von der Gesellschaft für Industriekredite.«
Anjan sagt: »Ja genau, ich mußte mir die Schuhsohlen ablaufen, um eine Erlaubnis zur Textilproduktion zu erhalten. Von den Banken bekam ich keine Hilfe. Ich mußte schließlich Afsar zu meinem Partner machen, um ein Darlehen zu kriegen.«
Subhash sagt: »Habt ihr bemerkt, daß die Radio- und Fernsehsendungen mit Koranzitaten eröffnet werden? Den Koran nennt man ein heiliges Buch. Doch wenn aus der Gita oder dem Pali-Kanon gelesen wird, heißt es nie, das seien heilige Bücher.«
Suranjan sagt: »In Wirklichkeit ist doch keins dieser Bücher heilig, und man müßte im Grunde alle abschaffen. Die religiöse Propaganda muß aus den Medien verbannt werden.«
Für einen Moment legt sich Schweigen über die Runde. Suranjan hätte Lust, einen Tee zu trinken, doch anscheinend gibt es in diesem Haus keinen. Suranjan legt sich auf den Teppich, um den seltsamen Genuß, den ihm die Enthüllungen all dieser persönlichen Leiden verschaffen, noch zu steigern.
Kajal benutzt die Pause, um Subhashs Gedankengang weiterzuführen: »In allen Veranstaltungen der Regierung und jeder Versammlung werden Suren aus dem Koran gelesen. Liest man etwa aus der Gita? Für Hindu-Beamte gibt es im ganzen Jahr nur noch einen religiösen Feiertag. Sie haben

auch das Recht verloren, sich ihre Ferienzeiten nach Belieben zu legen. Alle möglichen Ausschüsse verkünden den Bau neuer Moscheen, doch vom Bau neuer Tempel wird nicht geredet. Jahr für Jahr werden Millionen für die Gründung neuer oder die Renovierung alter Moscheen ausgegeben, aber zahlt irgendwer auch nur einen Paysa für den Bau von Tempeln, Kirchen oder Pagoden?«
Suranjan hebt den Kopf: »Macht es dich etwa froh, wenn im Radio und Fernsehen aus der Gita gelesen wird oder neue Tempel gebaut werden? Da stehen wir nun an der Schwelle zum 21. Jahrhundert, und noch immer fordern wir die Vertretung der Religion in der Gesellschaft und im Staat. Sag doch lieber, Politik, Gesellschaft und Erziehung sollen von religiöser Unterwanderung frei bleiben. Wenn wir für Säkularismus in der Verfassung eintreten, heißt das doch nicht, daß man wie aus dem Koran jetzt auch aus der Gita lesen muß. Wir müssen fordern, jegliche religiöse Einflußnahme aus den Staatsgeschäften herauszuhalten. Verboten werden müssen religiöse Zeremonien und Gebete in Schulen und Universitäten genauso wie die Lebensläufe religiöser Führer in den Schulbüchern. Außerdem muß man die Teilnahme von Politikern an religiösen Zeremonien verbieten. Wenn ein Politiker an solchen Zeremonien teilnimmt oder sie sponsert, muß er aus seiner Partei ausgeschlossen werden. Religiöse Propaganda durch die Regierung und ihre Organe muß verboten werden. Und auf keinen Fall darf ein Bewerber um einen Posten nach seiner Religion gefragt werden!«
Kajal lacht über Suranjans Ausführungen: »Du denkst zu weit nach vorne. In einem säkularen Staat mögen deine Vorschläge ja angehen, doch nicht in diesem Land!«
Subhash hat ungeduldig auf eine Pause gewartet, jetzt sagt

er: »Heute haben wir vom Studentischen Solidaritätskomitee Bangladeschs aus ein Treffen vor dem Presse Klub veranstaltet. Wir haben dem Innenminister ein Memorandum überreicht mit Forderungen nach Wiederaufbau der zerstörten Tempel, Kompensationen für die verwüsteten Häuser, Entschädigung und Rehabilitation der Obdachlosen und Bedürftigen, Bestrafung der Schuldigen und einem Verbot religiös-fundamentalistischer Politik.«
Suranjan erhebt sich von dem Kissen, auf das er mittlerweile seinen Kopf gebettet hat, und sagt: »Diese Regierung wird auch nicht einer deiner Forderungen nachkommen.«
»Warum sollte sie auch?« sagt Kabir Chowdhury. »Der Innenminister ist durch und durch ein Verräter. Ich habe gehört, daß er 1971 Aufseher in einem Lager der Pakistanis war.«
Saidur Rahman sagt: »Die damaligen Verräter sitzen jetzt an der Macht. Sheikh Mujibur hat ihnen Amnestie gewährt und Ziaur Rahman an die Macht gebracht. Ershad hat sie noch weiter gestärkt, und Khaleda Zia ist mit ihrer direkten Hilfe an die Macht gekommen.«
»Ich habe Nachrichten aus Cox' Bazar erhalten«, setzt Tapas Pal ein, »sie haben den Tempel von Sebakhola zerstört. Es gab auch einen Chita-Tempel, mit dem ist es dasselbe. Den Haupttempel der Kali am Idgao Bazar in Jalalabad, den öffentlichen Durga-Tempel vom Hindupara, den Manasa-Tempel und den Hari-Tempel von Machuapara und das Haus des Machuapara Club haben die Jamaatis abgebrannt. Den öffentlichen Durga-Tempel vom Hindupara in Islamabad, den Durga-Tempel, das Advaita-Chinta-Hari-Kloster, das Haus des Klostervorstehers sowie weitere fünf Haustempel von Boalkhali haben sie vollständig in Schutt und Asche gelegt. Den Hari-Tempel von Boalkhali haben sie ausgeraubt. In Chaufar-

dandi wurden acht Tempel, sechs Häuser und zwei Läden abgebrannt. Im Hindu-Viertel wurden insgesamt 165 Familien vollständig ausgeplündert. Die fünf Hindu-Läden im Bazar wurden ausgeraubt, die Hindus wurden bei jeder Gelegenheit verprügelt. Die Reisspeicher der Hindu-Häuser wurden mit Kerosin in Brand gesteckt. Der Bhairava-Tempel von Ukhia wurde komplett zerstört. Der Kali-Tempel und das Haus des Priesters in Teknaf wurden in Schutt und Asche gelegt. Auch den Tempel von Sarbang haben sie zerstört und verbrannt. In Maheshkhali wurden drei Tempel und elf Häuser abgebrannt. Vier Gita-Schulen wurden in Brand gesetzt. Im Bazar von Kalarama wurden der Kali- und der Hari-Tempel zerstört und abgebrannt. Im Baraghop Bazar von Kutubdia wurden der Kali-Tempel, der Nat-Tempel und weitere vier Tempel in Brand gesteckt. Vier Handwerksläden des Bazars wurden geplündert. In Ali Akbar Deil wurde der gesamte Hausrat von 51 Fischerfamilien vollständig verbrannt. Bei all diesen Brandstiftungen in Kutubdia kamen drei Kinder ums Leben. Im Ramur Idgah wurden der öffentliche Kali-Tempel und der Kali-Tempel von Jelepara zerstört und abgebrannt. In Fatekharkul wurden viele Häuser in Schutt und ...«

»Um Himmels willen, hör auf, es reicht«, unterbricht Suranjan Tapas Pal, »behalt deine ganzen Zerstörungsmeldungen für dich! Sing doch lieber mal ein Lied!«

»Ein Lied?« Suranjans befremdlicher Vorschlag macht die Runde sprachlos. Kann man denn in diesen Tagen Lieder singen? Sind das Tage wie alle anderen? Im ganzen Land werden die Häuser, Tempel und Läden der Hindus geplündert, zerstört und abgebrannt, und Suranjan will Lieder hören.

Bevor die anderen reagieren können, wechselt Suranjan

erneut das Thema: »Ich habe großen Hunger, Kajal*da*. Hast du etwas zu essen für mich?«
»Essen um diese Zeit?« fragen ein, zwei verblüffte Stimmen. Ist Suranjan jetzt verrückt geworden?
Nein. Er möchte lediglich etwas Reis haben und dazu ein wenig Trockenfisch-Curry. Die Fliegen würden ihn summend umkreisen, und beim Essen würde er sie mit der linken Hand verscheuchen. Ramratia hat er einmal so essen gesehen, im Hof ihres Hauses in Brahmapalli. Ramratia war Kehrerin in der Schule von Rajbari. Sie hatte Maya eines Tages aus der Schule zurückgebracht, weil sie Bauchschmerzen hatte. Maya war noch klein, sie hatte noch nicht genug Verstand, um schnell auf die Toilette zu rennen, und stand weinend mit ihrer ursprünglich weißen, jetzt aber gelb eingefärbten Hose im Garten. Die Direktorin hatte Ramratia beauftragt, Maya nach Hause zu bringen. Kiranmayi gab Ramratia Reis zu essen, und Suranjan erinnert sich genau an die große Zufriedenheit, mit der Ramratia gegessen hatte. Er hat damals begriffen, daß etwas so Einfaches wie eine Schale Reis ein großes Glück bedeuten kann.
Und jetzt möchte auch er, hier vor allen Leuten, seine Schale mit Reis. Und verrückt ist er nicht, denn dann wäre es ihm egal, was sie um ihn herum sagen. Er spürt, daß ihm die Tränen aufsteigen, und er versucht, sie zurückzuhalten. Aber er ist den ganzen Tag in der Sonne herumgelaufen, hat Hunger und ist müde. Eigentlich wollte er ja zu Pulak gehen, um den Geldschein zurückzubringen, den er noch immer nicht angebrochen hat.
Wie im Halbschlaf hört Suranjan jemanden aus der Runde sagen, im Dorf Loharkanda in der Region Narsingdi sei Basana Rani Chowdhury von den Dorfleuten von ihrem Familienbesitz vertrieben worden. »Basanas Junge wurde mit

einem Messer bedroht und mußte ein leeres Blatt Papier unterschreiben. Bevor die Leute gingen, drohten sie, Basana und ihre zwei Söhne zu töten, wenn sie irgend jemandem etwas von diesem Vorfall erzählten.« Ob diese Basana wie Kiranmayi aussieht, so sanft, hilflos und friedfertig?
»Im Dorf Ramzanpur in Madaripur wurden Sabita Rani und Pushpa Rani von Junus Sardars Leuten vergewaltigt. In Dumuria, Khulna, wurden die Schwestern Archana Rani und Bhagabati Bisvas in Malopara von dem Lastwagen, mit dem sie nach Hause zurückkehrten, gezerrt und in Wazeb Alis Haus vergewaltigt.« Wer tat so etwas? Suranjan hört Namen wie Madhu, Shaokat und Aminur. »In Patia, Chittagong, drangen Baccha Miya, Nur Islam und Nur Hussain um drei Uhr nachts in das Haus von Parimal Das ein und töteten seinen Sohn Uttam Das. Da Uttams Familie vor Gericht gegangen ist, verschwört man sich jetzt, sie aus dem Land zu vertreiben. Sabita Rani De, Studentin an der Baralekha-Schule in Sylhet, war spätabends am Lernen, als Nizamuddin mit einem Schlägertrupp in ihr Haus eindrang und sie entführte. Sabita ist bisher nicht gefunden worden. In Bagura wurde Shefali Rani Datta, die Tochter von Mrigendra Chandra Datta, entführt und zwangskonvertiert. Die Verwaltung half dem Opfer in keiner Weise. In den Dörfern Shuro und Baghdanga von Jessore wurden die Häuser der Hindus von bewaffneten Muslimen umzingelt und ausgeraubt, die Hindus wurden nach Belieben verprügelt, und elf Mädchen wurden die ganze Nacht hindurch vergewaltigt.«
Was noch, was noch? Anscheinend gibt es Leute, die das interessiert. Aber weiten sich ihre Augen nur aus Angst und Ekel oder noch aus anderen Gefühlen heraus? Suranjans Augen sind geschlossen, er ist müde und will gar nicht wissen, wem in der Runde so sehr an all den weiteren

Schreckensnachrichten gelegen ist. Und die schreckliche Litanei geht weiter: »Im Gebiet Ghoshbagh in Noakhali sitzt Sabitri Bala Ray mit ihrem Mann Mohanbasi Ray und einer jugendlichen Tochter auf der Straße. Männer aus dem Dorf gingen eines Tages zu Sabitri Debi und raubten ihr die 18000 Taka, für die sie ihnen Ackerland verkauft hatte, um ihre Tochter verheiraten zu können. Sie drohten ihr mit Mord, falls sie ihnen nicht ihren restlichen Grundbesitz überschriebe und nach Indien auswanderte, und stahlen ihre Kühe. Wenn Sabitri nicht nach Indien geht, muß sie mit ihrer Ermordung rechnen und der ihrer Familie. Im Dorf Sapmari von Sherpur haben 360 Hirtenfamilien das Land aufgrund der Gewalttaten der Fundamentalisten verlassen. In Katiadi, Kishoreganj, haben die extremistischen Muslime des Gebietes durch gefälschte Dokumente den großen Landbesitz von Charachandra De Sarkar, Sumantamohan De Sarkar, Yatindramohan De Sarkar und Dineshchandra De Sarkar in ihren Besitz gebracht. In Dapunia, Mymensingh, wird versucht, die Familie von Ranjan Rajbhar durch gefälschte Dokumente von ihrem Land zu vertreiben. Malati und Ramrati, die beiden Schwestern von Ranjan, sind zwangskonvertiert und verheiratet worden, und wenige Tage nach der Hochzeit hat man die beiden Schwestern wieder vertrieben. Im Dorf Balighata brachten muslimische landlose Bauern die 20 *Bighas* Land von Narayan Chandra Kunda gewaltsam an sich. Auf dem Land haben sie sich Häuser gebaut.«
In Suranjan kämpft die Müdigkeit mit der Überreizung. Er will nicht mehr zuhören, und dennoch nimmt er die Stimme wahr, die an seine Ohren dringt: »Ali Master, Abul Bashar, Sahid Moral und ihr Schlägertrupp haben nach Art eines Terrorkommandos mit Gewehren und Maschinengewehren die Häuser von sechs Hindu-Familien in Chargor-

kul, Narayanganj, zerstört. Sie beraubten Subhash Mandal, Santosh Netai und Kshetramohan ihres gesamten Besitzes und vertrieben sie von ihrem Land.«

Auf einmal hört Suranjan seinen Namen rufen: »Los, steh auf, Suranjan, es gibt was zu essen.«

»Das ist wohl Kajal*das* Stimme«, denkt Suranjan, während er aus seinem Halbschlaf erwacht. Genauso ruft ihn Maya: »Komm, *Dada,* ich habe dein Essen aufgetragen, komm essen!« Heute abend wird er Mayas Geld anbrechen und ein paar Schlaftabletten kaufen. Es kommt ihm vor, als habe er schon eine Ewigkeit nicht mehr geschlafen. Sobald es Nacht wird, kommen die Wanzen. Sein Bett ist voll davon, und ihm fällt ein, wie Kiranmayi sie früher mit dem Fächer auf dem Boden zerdrückte. Er wird Maya bitten, sein Bett zu reinigen. Diese Viecher hören nicht auf zu beißen, sogar ins Gesicht. Bei dem Gedanken wird ihm schwindelig, und er ist kurz vorm Erbrechen.

Inzwischen sagt jemand, er komme aus Rajbari, also muß es wohl Tapas' Stimme sein, und man habe dort 30 Tempel und die umstehenden Häuser abgebrannt. Gleich darauf sagt eine weitere Stimme, benommen von der abendlichen Redseligkeit: »Hört, was in Noakhali passiert: Im Dorf Sundalpur sind sieben Häuser und der Abdar Chand Aschram ausgeraubt und abgebrannt worden. Im Dorf Jagananda fielen drei Häuser den Brandschatzern zum Opfer, und auch im Dorf Gangapur wurden drei Häuser in Schutt und Asche gelegt. Die Dörfer Ragargao, Daulatpur, Ghoshbagh und Maijdi sowie der Kali-Tempel von Sonapur, das Binodpur-Akhra, der Kali-Tempel von Chaumuhani, die Dörfer Durgapur, Kutubpur, Gopalpur, der Akhanda Aschram von Sultanpur und einige Tempel von Chaiani Bazar wurden zerstört. Die Dörfer Babupur, Tetuia, Mahadipur, Rajganj Bazar, Tangir Par, Kazirhat, Rasulpur, Zamidarhat, Chaumuhani, Porobari und zehn Tempel und 18 Häuser im Dorf Bhababhadri wurden verbrannt. Im Dorf Bararajpur in Companiganj wurden 19 Häuser ausgeraubt und widerliche Verbrechen gegen die Frauen begangen. Im Dorf Ramdi ist heute ein Mann namens Biplab Bhaumik mit einem Messer erstochen worden.«

Könnte sich Suranjan doch Wachs in die Ohren stopfen! Überall nichts als die Babri-Moschee und Geschichten von Zerstörungen und Verbrennungen! Könnte er doch einmal allein sein. Jetzt wäre es schön, nach Mymensingh zu fahren. Dort passiert auch nicht soviel. Wahrscheinlich würde seine fast körperliche Gereiztheit vergehen, wenn er im Brahmaputra baden könnte. Mit einem Ruck steht er auf, und er bemerkt, daß sich schon einige aus der Runde verabschiedet haben. Auch Suranjan macht sich fertig zum Gehen. Kajal*da* sagt: »Auf dem Tisch steht das Essen, iß doch was. Bist du krank, daß du zu dieser Zeit eingeschlafen bist?«

Suranjan streckt sich: »Nein danke, Kajal*da*, ich werde nichts essen. Ich habe keinen Appetit. Ich fühle mich nicht sehr wohl.«

»Woher kommt das denn?«

»Ich weiß auch nicht, aber was soll ich tun? In einem Moment habe ich Hunger, und im nächsten schon nicht mehr. Ich muß sauer aufstoßen und habe Sodbrennen. Außerdem bin ich müde, doch sobald ich mich hinlege, ist es aus mit dem Schlaf.«

Yatin Chakrabarti legt Suranjan die Hand auf die Schulter: »Du gehst kaputt, Suranjan. Dürfen wir uns denn so hängenlassen? Reiß dich zusammen! Wir müssen schließlich am Leben bleiben.«

Mit gesenktem Kopf hört Suranjan Yatin zu und fühlt sich

an Sudhamay erinnert. Wie lange hat er nicht mehr am Bettrand seines kranken Vaters gesessen! Heute wird er zusehen, daß er schnell nach Hause kommt. Es mußte ja so kommen, daß er bei Kajal*da* hängenbleibt: Immer sind dort viele Leute, reden sich in den Rausch und vergessen darüber die Zeit. Bis spät in der Nacht zerbrechen sie sich die Köpfe über politische und gesellschaftliche Fragen.
Suranjan läßt den aufgetragenen Reis auf dem Tisch stehen und geht. Heute wird er endlich einmal wieder mit der Familie essen, er wird sich mit Maya, Kiranmayi und Sudhamay zusammen an den Tisch setzen. Er selbst ist ja schuld an der großen Distanz innerhalb der Familie, die er jetzt beklagt. Ab jetzt wird er sich nicht mehr abgrenzen. Mit derselben guten Laune, die er heute morgen gehabt hat, wird er mit allen zusammen lachen und erzählen, genauso wie in jenen Kindertagen, als sie in der Sonne Dampfkuchen gegessen hatten. Niemand wird mehr Vater, Sohn, Bruder oder Schwester sein, alle werden nur noch sehr enge Freunde sein. Heute wird er niemanden mehr besuchen, weder Pulak noch Ratna. Er wird nach Tikatuli gehen, den *Dal-bhat* oder was es sonst zu essen gibt, mit den anderen teilen und dann bis in die Nacht hinein plaudern, bis ihn der Schlaf übermannt.
Kajal*da* bringt ihn bis zum Tor und sagt mit großer Warmherzigkeit in der Stimme: »Es ist aber nicht gut, daß du so draußen herumläufst. Wir bewegen uns auch nur innerhalb des Viertels, nicht außerhalb. Alle, die hier waren, wohnen ganz in der Nähe. Und du läufst sorglos allein durch die Stadt. Man kann nie wissen, was passiert.«
Suranjan macht sich wortlos auf den Weg. Er hat Geld in der Tasche und kann sich eine Rikscha leisten, aber er bricht Mayas Geldschein nur ungern an. Doch was soll's – den ganzen Tag hat er nicht geraucht, und wenn es Abend

wird, kriegt er immer große Lust auf Zigaretten. Er fühlt sich wie ein König, als er an einem Laden eine Packung Bangla Five kauft. Er läuft weiter bis zur Kakrail-Kreuzung und nimmt sich dort eine Rikscha. Ihm scheint, als gehe die Stadt momentan früher als gewöhnlich schlafen, geradeso, als wäre sie ein kranker Mensch. Als er sich fragt, an welcher Krankheit sie leide, fällt ihm ein Freund ein, der ein großes Geschwür am Rücken hatte. Er schrie Tag und Nacht, doch wenn er ein Medikament sah, bekam er Angst, und der Anblick einer Spritze machte ihn zittern. Ein ganz ähnliches Geschwür sitzt jetzt der Stadt im Rücken, denkt Suranjan.

»Sag mal, Maya, was ist eigentlich mit Suranjan los? Wo treibt er sich denn um diese Zeit noch herum?« fragt Sudhamay.

»Er wollte zu Pulak gehen. Wahrscheinlich sitzt er noch dort und diskutiert.«

»Kann er deshalb nicht vor der Dunkelheit nach Hause kommen?«

»Was weiß ich, ich habe keine Ahnung. Er sollte eigentlich schon da sein.«

»Denkt er denn überhaupt nicht daran, daß wir uns Sorgen machen, wenn er nicht rechtzeitig heimkommt?«

Maya unterbricht ihn: »Laß nur, du darfst nicht soviel reden, das ermüdet dich. Es ist nicht gut für dich. Bleib ganz ruhig liegen. Jetzt wirst du ein wenig essen, und wenn du dann etwas vorgelesen haben möchtest, so kann ich das tun. Um Punkt zehn bekommst du dann dein Schlafmittel. Bis dahin wird *Dada* schon zurückkommen, mach dir keine Sorgen.«

»Du hast mich ziemlich schnell gesundgepflegt, Maya. Ohne dich würde ich wohl noch eine ganze Weile im Bett

zubringen müssen. Aber gesund zu sein ist ja eine zweischneidige Sache.«
»Wieso zweischneidig?« fragt Maya, während sie auf der Bettkante sitzt und den Reis für ihren Vater zu Brei zerdrückt.
Sudhamay sagt lachend: »Du fütterst mich, und Kiranmayi massiert mir Arme, Beine und Stirn. Werde ich soviel Fürsorge erhalten, wenn ich wieder gesund bin? Dann werde ich Kranke behandeln und einkaufen müssen und mich zweimal am Tag mit dir streiten.« Sudhamay lacht. Maya freut sich über Sudhamays Lachen. Seit seinem Schlaganfall ist es das erste Mal.
Auch zu Kiranmayi sagt Sudhamay mit neuer Lebendigkeit: »Mach doch heute mal alle Fenster auf. Ich mag es nicht, wenn das Zimmer so dunkel ist. Laß ein bißchen Luft herein, ich habe ja dieses Jahr noch gar keine Winterluft geschnuppert. Ist etwa nur die Frühlingsluft etwas Besonderes? In meiner Jugend habe ich in klirrender Kälte Plakate an die Wände geklebt. Ich hatte nichts am Körper als ein dünnes Hemd. Mit Mani Singh bin ich durch die Berge von Susan und Durgapur gelaufen. Weißt du eigentlich was von der damaligen Tanka-Bewegung und der Hajang-Rebellion, Kiranmayi?« Auch Kiranmayi ist gut aufgelegt, sie sagt: »Nach der Hochzeit hast du mir so oft davon erzählt. Zum Beispiel, wie du mit Mani Singh in jenem leerstehenden Haus übernachtet hast.«
»Sag mal, Kiran, hat sich Suranjan denn was Warmes angezogen?« fragt Sudhamay plötzlich. Maya verzieht das Gesicht: »Ach woher denn! Er hat genauso ein dünnes Hemd an wie du damals. Er ist doch auch so ein Revolutionär. Die Jahreszeiten können seinem Körper nichts anhaben. Er ist damit beschäftigt, das politische Klima unserer Zeit erträglich zu halten.«

In Kiranmayis Stimme macht sich Unmut breit: »Man weiß ja nicht einmal, wo er sich den lieben langen Tag aufhält und was er ißt und ob er überhaupt was ißt. Er wird von Tag zu Tag fahriger.«

In diesem Moment klopft es an der Tür. Ist Suranjan endlich zurück?

Kiranmayi, die auf Sudhamays Bett gesessen hat, steht auf, um ihm zu öffnen. Das Geräusch hört sich nach Suranjan an, aber Kiranmayi fragt sich, warum er nicht den direkten Eingang in sein Zimmer benutzt wie meistens, wenn es spät ist. Die Tür, die direkt in sein Zimmer geht, ist meistens von außen verschlossen, damit Suranjan sie leichter öffnen kann. Aber auch wenn sie von innen verriegelt ist, bekommt er sie auf. Es ist ja noch nicht so spät, er wird es wohl sein.

Maya ist gerade dabei, Linsen unter Sudhamays Reis zu mischen. Sie zerdrückt alles zu einem Brei, damit Sudhamay keine Probleme beim Essen hat. Viele Tage lang hat er nur Flüssigkeit zu sich nehmen können. Dann hat der Doktor von halbfester Nahrung gesprochen, und sie haben Fischsoße zubereitet. Als Maya die Soße unter den Brei aus Reis und Linsen rührt, hört sie das Kratzen an der Tür. Kiranmayi steht an der Tür und fragt, wer da sei. Sudhamay spitzt die Ohren.

Sowie Kiranmayi die Tür öffnet, drängen sieben Jugendliche von draußen herein. Vier haben dicke Knüppel in der Hand. Sie drängen Kiranmayi beiseite und stürmen ins Haus. Alles geht so schnell, daß sie nicht erkennen kann, was die anderen bei sich haben. Sie sind um die zwanzig Jahre alt. Zwei haben *Topis* auf dem Kopf und tragen *Kurta* und *Payjama,* die restlichen haben Hemd und Hose an. Sofort beginnen sie, Tische, Stühle, den Glasschrank, den Fernseher, das Radio, das Geschirr, die Gläser und Schalen,

Bücher, die Anrichte, die Kleidung, den Tischventilator, alles, was ihnen unter die Finger kommt, zu demolieren. Daß alles ohne ein Wort geschieht, macht die Szene noch gespenstischer. Man hört nur das Krachen der Möbel und das Splittern von Glas. Von Entsetzen gepackt, will Sudhamay sich aufsetzen, schafft es aber nicht. Maya ruft angstvoll nach ihrem Vater. Kiranmayi hält sich still an der Tür fest. Als sie mit ihrer fürchterlichen Zerstörung fertig sind, holt einer der Jungen einen Dolch aus seinem Gürtel und schreit: »Ihr Schweine habt die Babri-Moschee zerstört. Habt ihr geglaubt, wir würden euch ungeschoren davonkommen lassen?«

Kein einziger Gegenstand im Haus bleibt ganz, unter Scheppern und Klirren geht alles kaputt. Bevor noch jemand begriffen hat, was eigentlich vorgeht, ist bereits alles verwüstet. Die Dattas haben starr vor Angst zugesehen. Einer der Angreifer packt plötzlich Maya, und ihr Schrekkensschrei läßt die beiden anderen aus ihrer Erstarrung erwachen. Kiranmayi bricht in Klagegeschrei aus, Sudhamay stöhnt nur, seine Stimme versagt. Er muß zusehen, wie sie vor seinen Augen Maya hinauszerren. Sie klammert sich am Bettrand fest, und Kiranmayi kommt herbeigerannt und hält sie mit beiden Armen. Doch die Eindringlinge stoßen die Mutter beiseite und zwingen Maya, loszulassen. Sie verschwinden ebenso schnell, wie sie gekommen sind, mit Maya. Kiranmayi rennt hinterher. Immer wieder schreit sie: »Bitte, laßt sie, laßt mein Mädchen in Ruhe!«

Draußen auf der Straße warten zwei Motor-Rikschas. An Mayas Händen kleben immer noch Reste von Sudhamays Reisbrei. Ihr Schal hat sich gelöst und schleift über die Erde. »Nein, nein, Hilfe!« schreit sie. Mit entsetzten Augen blickt sie zurück zu ihrer Mutter in der Hoffnung, die könne ihr helfen. Kiranmayi nimmt ihre ganze Kraft zusammen und stürzt sich auf die Entführer. Ungeachtet der Gefahr und des blitzenden Dolches versucht sie, Maya zu befreien. Doch es ist vergeblich. Sie rennt eine Weile hinter den anfahrenden Motor-Rikschas her. Allen, die sie auf der Straße sieht, ruft sie zu: »Helfen Sie, helfen Sie doch, *Dada*.« Am Laden an der Kreuzung hält sie kurz. Ihr Haar ist offen, sie ist barfuß. Kiranmayi sagt zu Mati Miya: »Helfen Sie mir, *Dada*. Ein paar Jungen haben gerade meine Tochter Maya entführt.« Alle sehen mit ungerührten Blicken zu Kiranmayi, so als hörten sie das verwirrte Gefasel einer Verrückten. Kiranmayi läuft weiter auf der Suche nach ihrem verschwundenen Kind ...

Als Suranjan nach Hause kommt, verschlägt es ihm die Sprache: Die Tür steht weit offen, die Einrichtung ist verwüstet, die Tische sind umgeworfen, die Bücher liegen auf dem Boden herum. Die Bettdecke ist nicht mehr auf dem Bett, der Kleiderständer ist umgeworfen, Kleidungsstücke sind überall verstreut. Er bekommt kaum Luft. Er geht ein Zimmer weiter. Der ganze Fußboden ist von Glasscherben, Armlehnen, zerrissenen Büchern, Arzneigläschen bedeckt. Sudhamay liegt mit dem Gesicht nach unten auf dem Boden und stöhnt. Maya und Kiranmayi sind nicht da. Suranjan hat Angst zu fragen, was denn passiert sei. »Wo sind denn die Frauen?« fragt er schließlich und merkt, wie seine Stimme zittert. Tief erschüttert steht er da.

Langsam und schmerzverzerrt spricht Sudhamay die Worte: »Sie haben Maya mitgenommen.« Jetzt zittert Suranjan am ganzen Körper: »Was, mitgenommen? Wer hat sie mitgenommen? Wohin? Wann?« Sudhamay liegt da und kann sich weder rühren noch rufen. Suranjan hebt ihn behutsam auf und legt ihn auf das Bett. Sudhamay atmet schnell und schwitzt am ganzen Körper.

»Wo ist Mama?« fragt Suranjan mit belegter Stimme.

Sudhamays Gesicht ist totenblaß vor Angst und Verzweiflung. Sein ganzer Körper zittert. Wenn sein Blutdruck steigt, kann das Schlimmste passieren. Soll Suranjan sich um ihn kümmern oder nach Maya suchen? Suranjan weiß nicht, was tun. Auch er zittert am ganzen Körper. Sein Innerstes rotiert vor Panik und Wut. In ihm steigt das Bild einer wildgewordenen Horde von Hunden hoch, die ein Katzenjunges jagt. Er faßt Sudhamays gelähmte Hand: »Ich werde Maya um jeden Preis zurückholen, Papa.« Schnell läuft er hinaus.

Er klopft laut an Haiders Haustür, so laut, daß Haider selbst öffnen kommt.

Als Haider den Freund sieht, erschrickt er: »Was ist los, Suranjan? Ist was passiert?«

Suranjan kann zunächst nichts sagen, der Schmerz hat sich zu einem Klumpen in seiner Kehle zusammengeballt. Schließlich bringt er mit versiegender Stimme heraus: »Maya ist entführt worden.«

»Wann?«

Suranjan antwortet nicht. Ist es nicht zunächst einmal wichtiger zu wissen, *daß* sie Maya entführt haben, als den Zeitpunkt zu erfragen? Haiders Stirn legt sich in Falten. Er ist eben erst von einer Parteisitzung nach Hause gekommen, hat sich noch nicht einmal umgezogen, nur die Knöpfe seines Hemdes sind schon geöffnet. Suranjan sieht Haider entgeistert an, er erkennt auf einmal, daß sein früheres Leben wie durch eine Flutwelle hinweggefegt worden ist. Die Hand, mit der er sich an der Tür festhält, zittert. Er ballt sie zur Faust, um das Zittern unter Kontrolle zu bringen. Haider legt ihm die Hand auf die Schulter und sagt: »Setz dich, beruhige dich erst mal ein bißchen. Dann können wir überlegen, was zu tun ist.«

Sowie Suranjan die Hand auf seiner Schulter spürt, bricht

er in Tränen aus. Er faßt Haider mit beiden Händen und sagt: »Bring mir Maya zurück, Haider, bring Maya zurück!«
Suranjan sackt weinend in sich zusammen und läßt sich bei Haiders Füßen zu Boden gleiten. Haider ist sprachlos. Er hat diesen zähen Mann bisher nicht ein einziges Mal weinen sehen. Er richtet ihn auf. Haider hat Hunger, er hat noch nicht zu Abend gegessen. Trotzdem sagt er: »Komm, laß uns aufbrechen.« Er setzt Suranjan hinter sich auf seine Honda und durchstreift mit ihm die Gassen von Tikatuli. Er fragt in vielen Häusern nach, die Suranjan noch nie gesehen hat. Flüsternd fragt er auch an einigen von trüben Funzeln beleuchteten *Pan-* und *Beedy*-Läden nach. Dann fahren sie weiter in die English Road, nach Nababpur, Lakshmibazar, durch die ganze Stadt. In den winzigsten Gäßchen watet Haider durch Pfützen und klopft an eine Tür nach der anderen, und Suranjan hat Schwierigkeiten sich vorzustellen, wen er dort überhaupt sucht. Haider glaubt, an diesen Orten sei Maya vielleicht zu finden – vielleicht ist Maya hier irgendwo gefesselt, wird verprügelt oder anderes, Schlimmeres. Suranjan spitzt die Ohren, für den Fall, daß Maya rufen sollte.
Beim Lakshmibazar hört Suranjan jemanden weinen und läßt Haider anhalten: »Hör mal, hört sich das nicht an wie Maya?«
Die beiden laufen dem Geräusch nach. Doch es ist nur ein weinendes Kind in einer Wellblechhütte. Die Suche geht weiter, durch die ganze Stadt. Es wird später, doch Suranjan läßt nicht nach. Beim Anblick der in Grüppchen in den Gassen herumstehenden Jugendlichen denkt Suranjan jedesmal, daß bestimmt genau diese es gewesen sind, die seine hilflose, schöne Schwester Maya entführt haben. »Haider, warum findest du sie nicht, warum findest du Maya immer noch nicht?«

»Ich versuche es doch.«
»Wir müssen Maya um jeden Preis noch heute abend finden.«
»Bald ist kein Rowdy mehr übrig, den ich noch fragen könnte. Was soll ich tun, wenn sie einfach nicht zu finden ist?«
Suranjan raucht eine Zigarette nach der anderen – Zigaretten, die er mit Mayas Geld bezahlt hat.
»Komm, laß uns im Superstar was essen gehen. Ich habe Hunger.« Haider bestellt *Parothas* und Fleisch, zwei Teller. Suranjan möchte essen, doch die *Parotha*-Stückchen wollen einfach nicht von der Hand in den Mund. Das Gefühl der Leere nimmt immer mehr von ihm Besitz. Haider schlingt sein Essen gierig herunter und zündet sich eine Zigarette an. Suranjan treibt ihn an: »Haider, wir müssen weiter. Wir haben sie schließlich noch nicht gefunden.«
»Wo sollen wir denn noch suchen? Wir sind schon überall gewesen, du hast es doch selbst gesehen.«
»Dhaka ist doch nicht so groß. Wer sagt, daß Maya nicht zu finden ist? Komm, gehen wir zur Polizei.«
Auf der Wache notiert ein Polizeibeamter mit unbeweglichem Gesicht Namen und Adresse. Nichts weiter. Als sie die Polizeiwache verlassen, sagt Suranjan: »Sieht nicht so aus, als würden sie irgendwas tun.«
»Vielleicht doch.«
»Komm, laß uns nach Wari fahren. Kennst du dort nicht jemanden?«
»Ich habe die Jungen von der Partei auf die Suche geschickt. Mach dir doch nicht solche Sorgen.«
Haider gibt sich ja Mühe, doch Suranjan ist in Panik. Die ganze Nacht fahren sie auf Haiders Honda in der Stadt herum. Sie fahren hin und her zwischen alkoholisierten Rowdys, Spielhöllen und Schmugglerhütten und suchen

nach Maya, bis irgendwann der *Azan*, der Ruf zum Morgengebet, ertönt. Suranjan hat die Melodie des *Azan* immer gemocht, heute aber ist ihm der Gesang widerwärtig, denn der *Azan* bedeutet, daß die Nacht vorbei ist und die Suche nach Maya erfolglos war. Zurück in Tikatuli, stellt Haider den Motor der Honda ab und sagt: »Suranjan, nimm es dir nicht allzu sehr zu Herzen. Wir können noch einiges tun.«

Zu Hause hat Kiranmayi verloren im Zimmer gesessen, den Blick starr auf die Tür gerichtet. Auch Sudhamay, dessen Lähmungen wieder schlimmer geworden sind, hat eine schlaflose, beschwerliche Nacht verbracht in der Hoffnung, daß Suranjan Maya zurückbringen würde. Jetzt sehen sie Suranjan mit leeren Händen ohne Maya zurückkommen. Ihre Hoffnung erlischt, als sie den müden, gebeugten und tief enttäuschten Suranjan sehen. In ihren Gesichtern steht die Angst vor der Frage, ob Maya überhaupt noch zu finden sein wird. Im Haus sind alle Türen und Fenster geschlossen, alle Ventilatoren sind aus. Die Luft steht in den Räumen. Es riecht schwül. Die beiden sitzen zusammengekauert da, wie Geister. Suranjan hat nicht den Mut, mit ihnen zu reden. Viele Fragen stehen in ihren Blicken geschrieben, doch auf all diese Fragen gibt es ja nur eine Antwort: Er hat Maya nicht gefunden.

Suranjan setzt sich mit ausgestreckten Beinen auf den Fußboden. Ihm ist übel. Inzwischen werden sie sie wahrscheinlich alle vergewaltigt haben. Ob sie nicht auch diesmal zurückkehren könnte, wie sie im Alter von sechs Jahren nach zwei Tagen nach Hause gekommen war? Suranjan hat die Tür offengelassen in der absurden Hoffnung, sie werde dann eher heimkommen. Mit demselben gleichmütigen Schritt wie damals in ihrer Kindheit soll sie in diesen kleinen, zerstörten Haushalt zurückkehren. Haider hat ihm versprochen, er werde Maya noch weiter suchen. Darf er also daran glauben, daß Maya nach Hause kommen wird? Warum haben sie Maya entführt? Weil Maya Hindu ist? Wie viele Vergewaltigungen, wieviel Blutvergießen, wie viele Beraubungen werden die Hindus noch über sich ergehen lassen müssen, um in diesem Land friedlich leben zu dürfen? Wie lange müssen sie noch wie die Schildkröten die Köpfe einziehen? Suranjan stellt sich diese Fragen, ohne die Antworten zu kennen.

Kiranmayi hat sich in eine Zimmerecke gesetzt, den Rücken zur Wand, und spricht wie zu sich selbst: »›*Mashima*‹, haben sie gesagt, ›wir sind gekommen, um nachzusehen, wie es Ihnen geht. Wir sind aus dem Viertel. Machen Sie mal die Tür auf.‹ Sie waren nicht viel älter als zwanzig. An körperlicher Kraft habe ich ihnen nichts entgegenzusetzen. Ich bin in die Häuser des Viertels gegangen, doch alle haben nichts getan außer zuzuhören. Ich war am Boden zerstört, und niemand hat mir geholfen. Einer von den Jungen heißt Rafiq, ich habe den mit dem *Topi* gehört, wie er ihn rief. Wäre Maya nur bei Parul geblieben, dann wäre das alles nicht passiert. Wird Maya nicht zurückkommen? Dann hätten sie schon lieber das Haus abbrennen sollen. Das haben sie wohl gelassen, weil der Eigentümer ein Muslim ist. Oder mich hätten sie töten sollen, wenn sie dafür das unschuldige Mädchen verschont hätten. Mein Leben ist ja schließlich schon vorbei, während ihres gerade eben beginnt.«

In Suranjans Kopf breitet sich ein hämmernder Schmerz aus. Mit heftigem Würgen übergibt er sich auf den Fußboden des Badezimmers.

7. Tag

Der Sonnenschein fällt auf die Veranda. Die schwarz-weiße Katze läuft von einer Seite zur anderen. Sucht sie nach Fischgräten oder nach Maya? Maya trug sie mit sich herum und rollte sich an ihrem weichen Fell mit ihr auf dem Bett zusammen. Ob sie spürt, daß Maya fort ist?

Ob sie Maya gefesselt haben, geknebelt? Es ist nicht das gleiche, ob man sechs oder 21 Jahre alt ist. Die Motive einer Entführung unterscheiden sich erheblich je nach dem Alter. Suranjan kann sich ganz gut vorstellen, was sieben Männer mit einer 21jährigen anstellen. Ein krampfhafter Schmerz läßt seinen ganzen Körper steif werden, als habe ihn bereits die Leichenstarre ereilt. Ist Suranjan überhaupt noch am Leben? Das wohl schon, doch Maya ist nicht mehr da. Soll Mayas Familie auch nicht mehr leben, weil Maya weg ist? Niemand gibt ein Stück seines Lebens an einen anderen ab. Auf der ganzen Welt gibt es kein Lebewesen, das so egoistisch ist wie der Mensch.

Sicher, Haider sucht weiter. Doch Suranjan scheint, er lasse es dabei an der nötigen Konzentration fehlen. Suranjan hat Muslime durch Muslime suchen lassen, das ist ungefähr so, als wenn man Gift durch Gift bekämpft. Während er die Katze auf dem sonnenbeschienenen Hof betrachtet, kommt Suranjan plötzlich der Verdacht, daß Haider in Wirklichkeit wisse, wer Maya entführt hat. Als er im Restaurant sein Essen hinunterschlang, war auf seinem Gesicht weit und breit keine Spur von Sorge zu erkennen. Wie er da nach dem Essen zufrieden rülpste und behaglich den Rauch seiner Zigarette ausstieß, hatte es doch überhaupt nicht den Anschein, als sei er auf der Suche nach jemandem und erachte dies für sehr wichtig. Es gefällt ihm vielmehr ganz gut, nachts durch die Stadt zu ziehen. Ist er vielleicht nur zu seinem eigenen Spaß losgefahren? Hat er in Wirklichkeit überhaupt keinen Ehrgeiz, Maya wiederzufinden? Was er getan hat, geht doch nicht über die üblichen Freundschaftspflichten hinaus. Er hat schließlich nicht besonders energisch mit den Leuten auf der Polizeiwache geredet, und den Jungen von der Partei hat er zunächst von den Parteiangelegenheiten erzählt und erst danach von Maya, als wäre Maya nicht Nummer eins, sondern Nummer zwei auf der Dringlichkeitsliste. Hat das damit zu tun, daß die Hindus in diesem Land Bürger zweiter Klasse sind?

Suranjan kann immer noch nicht glauben, daß Maya nicht nebenan sitzt. Wenn er jetzt hinginge, scheint ihm, würde Maya dasitzen und Sudhamays Gymnastik überwachen. Als würde sie ihn, kaum wäre er da, sofort mit einer ihrer Bitten konfrontieren. Nichts hat er ja für sie getan. Er, der *Dada,* hat sich um nichts gekümmert, keine Besorgungen, keine Botengänge, keine Einkäufe gemacht. Maya ist es gewesen, die sich gekümmert hat, nicht Suranjan. Er ist Tag und Nacht mit sich selbst beschäftigt gewesen. Er hatte seine Freunde, Diskussionen, Parties – was bedeuteten ihm da Maya, Kiranmayi und Sudhamay, welche Notwendigkeit gab es, sich um ihre Befindlichkeiten zu scheren? Er hat dieses sein geliebtes Land erziehen und zur Reife bringen wollen, doch hat es in dieser Richtung irgendwelche Fortschritte gegeben?

Um Punkt neun Uhr bricht Suranjan auf zu Haider. Haider liegt noch im Bett, und Suranjan wartet im Vorderzimmer. Beim Warten kommt ihm der schlimme Gedanke, daß Haider jenen Rafiq, einen von den sieben, möglicherweise kennen könnte. Wenn er nun gar ein Verwandter von ihm ist ... Suranjan erschauert. Nach zwei Stunden wacht Haider endlich auf. Als er Suranjan dasitzen sieht, fragt er: »Ist sie zurückgekommen?«

»Würde ich dann hier warten?«

»Hm.« Haiders Stimme verrät Gleichgültigkeit. Haider hat nichts am Körper als einen *Lungi.* Er kratzt sich am Oberkörper. Er sagt: »Dieses Jahr ist es noch nicht so richtig kalt geworden, nicht wahr? Heute gibt es wieder eine Versammlung bei der Parteivorsitzenden zu Hause. Wahrscheinlich werden weitere Demonstrationen vorbereitet. Ausgerechnet als die Golam-Azam-Affäre am brenzligsten war, mußten die Schweine Krawalle anzetteln. Das sind in Wirklichkeit alles Schachzüge der BNP. Sie wollen die Sache zu ihren Gunsten wenden.«

»Sag mal, Haider, kennst du einen Jungen namens Rafiq? Einer von den sieben gestern hieß Rafiq.«

»Wo soll er denn wohnen?«

»Ich weiß nicht. Er ist so um die Zwanzig. Er könnte auch von hier sein.«

»Ich kenne jedenfalls keinen. Aber ich werde es meinen Leuten sagen.«

»Komm, laß uns losfahren. Wir dürfen keine Zeit verlieren. Ich kann meinen Eltern nicht mehr in die Augen sehen. Mein Vater hat einen Schlaganfall gehabt, und ich hoffe nur, daß ihm durch die ganze Anspannung jetzt nicht noch Schlimmeres passiert.«

»Es wäre nicht richtig, wenn du jetzt mit mir rausgingst.«

»Wieso, was wäre daran nicht richtig?«

»Warum willst du es nicht begreifen? Versuch doch wenigstens, es zu verstehen.«
In Wirklichkeit hat Suranjan ganz genau verstanden, warum Haider ihn nicht dabeihaben will – weil er nämlich ein Hindu ist, und es macht sich nicht gut, als Hindu Muslime zu verdächtigen. Dabei spielt es keine Rolle, ob der jeweilige Muslim ein Rüpel, ein Dieb oder ein Mörder ist. Anscheinend ist es ja schon zuviel der Anmaßung, ein Hindu-Mädchen den Händen der Muslime entreißen zu wollen.
Enttäuscht verläßt Suranjan Haider. Soll er wieder nach Hause gehen? Er mag nicht in das verlassen anmutende Haus zurückkehren. Wie Verdurstende sitzen Kiranmayi und Sudhamay dort in Erwartung, daß Suranjan Maya zurückbringt. Er will nicht ohne Maya nach Hause gehen. Haider sagt, er habe Leute darauf angesetzt, und er möchte ja auch gern daran glauben, daß Haiders Leute Maya eines Tages retten werden, doch andererseits nagt der Verdacht an ihm, daß ihnen Mayas Schicksal vollkommen egal ist, denn sie haben ja schließlich keine besondere Zuneigung zu ihr. Warum sollten die Muslime Maya auch geneigt sein? Das muslimische Nachbarhaus und all die anderen muslimischen Häuser werden ja nicht ausgeraubt und zerstört, zerstört wird nur Suranjans Haus, verbrannt werden nur die Häuser von Gopal Haldar und Kajalendu De.
Suranjan geht nicht nach Hause, er läuft durch die Straßen. Er sucht Maya in der ganzen Stadt. Was hat Maya schon getan, daß sie sie entführen mußten? Ist es solch eine große Schuld, Hindu zu sein? So sehr, daß man ihre Häuser zerstören und sie nach Belieben verprügeln kann, daß man sie entführen und vergewaltigen kann? Suranjan geht kreuz und quer durch die Stadt, verfällt zeitweise ins Laufen. Auf der Straße meint er in jedem Jungen den

Entführer Mayas zu erblicken. Sein Argwohn wächst und wächst.

In einem Gemüseladen in Islampur kauft er sich eine Tüte Puffreis. Der Gemüsehändler schaut ihn merkwürdig an, und Suranjan scheint es, als wisse der Mann, daß seine Schwester entführt worden ist. Im Zickzackkurs läuft er durch die Straßen und ruht dann eine Weile auf den Trümmern des zerstörten Klosters von Nayabazar aus. Mit seiner inneren Ruhe ist es aus und vorbei. Alle, die er besuchen könnte, würden unweigerlich wieder von der Babri-Moschee anfangen. Ihm fällt ein, was Selim vor ein paar Tagen herausgerutscht ist: »Wenn ihr unsere Moschee kaputtmachen könnt, was ist dann schon dabei, wenn wir eure Tempel zerstören?« Selim hat das zwar lachend gesagt, aber der Gedanke muß ihn ja immerhin beschäftigt haben.

Maya soll auf jeden Fall nach Hause kommen. Selbst wenn sie vergewaltigt worden ist, soll sie zurückkehren. Mit dem Wunsch, sie möge schon dasein, geht Suranjan schließlich doch nach Hause, und er sieht seine stummen Eltern mit geöffneten Augen und Ohren dasitzen und auf Maya warten. Gibt es eine brutalere, unbarmherzigere und furchtbarere Antwort, als daß Maya noch nicht zurückgekehrt ist? Suranjan legt sich auf den Bauch und preßt das Gesicht ins Kissen. Aus dem anderen Zimmer hört er Sudhamays Stöhnen. Wie das Zirpen der Grillen durchbricht Kiranmayis Wimmern die erstarrte Stille der Nacht und läßt Suranjan kein Auge zutun. Fast wäre es besser, sie hätten Gift und könnten sich alle drei umbringen. Damit ließe sich dem Leiden immerhin ein Ende setzen. Warum soll man überhaupt am Leben bleiben? Es hat keinen Sinn, als Hindu hier in Bangladesch zu leben.

Sudhamay schätzt, daß er eine Gehirnthrombose, eine Embolie oder etwas ähnliches gehabt hat. Wäre es ein Blutsturz gewesen, so wäre er unweigerlich gestorben. Jetzt bedauert er, daß es nicht so war. Er ist ja schon halb tot gewesen. Hätte doch an seiner Stelle Maya überlebt! Das Mädchen hing so sehr am Leben. Ganz allein war sie zu Parul gelaufen, und an ihrer Entführung war nur seine Krankheit schuld. Das Schuldgefühl geht Sudhamay durch Mark und Bein. Immer wieder verschwimmt sein Blick. Er streckt die Hand nach Kiranmayi aus, doch niemand ist da. Kein Suranjan, von Maya ganz zu schweigen. Er hat Durst, seine Zunge, sein Gaumen und Hals sind ausgetrocknet.

Auch Kiranmayi hat unter ihm gelitten in ihrem Leben. Sie hätte gern auf traditionelle Art gebetet, aber gleich nach der Hochzeit hatte Sudhamay ihr zu verstehen gegeben, daß so etwas in seinem Haus nicht in Frage komme. Kiranmayi war eine gute Sängerin gewesen, doch die Leute nannten sie eine scham- und anstandslose Frau. Kiranmayi wurde unwohl bei all dieser üblen Nachrede, und sie gab das Singen fast gänzlich auf. Hatte er sie vielleicht zuwenig unterstützt? Vielleicht hatte ja auch er gedacht, daß es keinen Sinn habe weiterzumachen, wenn die Leute schlecht redeten.

Einundzwanzig Jahre lang hat er neben ihr geschlafen, immer neben ihr, hat Kiranmayis Keuschheit bewacht. Aber warum? Auch das ist doch eine Art von Perversion. Kiranmayi hat niemals viel an Kleidung und Schmuck gelegen. Nie hat sie gesagt, daß sie diesen Sari oder jene Ohrringe braucht. Sudhamay sagte oft: »Kiranmayi, verbirgst du mir irgendeinen Kummer?« Kiranmayi antwortete dann: »Nein, überhaupt nicht. Mein Glück, meine Träume liegen in dieser Familie. Ich will kein Glück für mich allein.«

Sudhamay wollte eine Tochter. Vor Suranjans Geburt hör-

te er mit dem Stethoskop Kiranmayis Bauch ab und sagte: »Ich kann den Herzschlag meiner Tochter hören, Kiranmayi. Willst du auch mal?«
»Die Mädchen sind es, die sich um ihre altgewordenen Väter und Mütter kümmern«, sagte Sudhamay, »die Jungen bauen sich ihre eigenen Familien auf und entfremden sich langsam. Nur die Mädchen lassen ihre eigenen Familien zurück, um ihre Eltern zu pflegen. Ich sehe das ständig im Krankenhaus. An den Betten ihrer kranken Eltern sitzen die Mädchen, die Jungen kommen höchstens einmal zu Besuch, wie Gäste.«
Auch Kiranmayi legte er den Schlauch des Stethoskops ans Ohr und ließ sie das Klopfen des Herzens hören. Alle Welt wünscht sich Jungen, doch Sudhamay wollte ein Mädchen. Als Suranjan noch klein war, zog er ihm einen Rock an, wenn er mit ihm spazierenging. Bei Mayas Geburt erfüllte sich Sudhamays Hoffnung. Er selbst nannte sie Maya: »Maya ist der Name meiner Mutter. Meine Mutter ist dahingegangen, jetzt tritt eine andere an ihre Stelle.«
Maya gab Sudhamay abends immer seine Medizin. Heute ist es schon sehr spät, doch er hat sein Medikament noch nicht bekommen. »Maya, Maya«, ruft er seine geliebte Tochter. Die Nachbarn sind alle schlafen gegangen. Seinen Ruf hören nur Suranjan, Kiranmayi und die schwarzweiße Katze, zu denen der Schlaf nicht kommen will.

8. Tag Langsam verebbt das Blutvergießen, das nach der Zerstörung der Babri-Moschee im gesamten Indien angefangen hat. Die Zahl der Toten liegt in Indien mittlerweile über 1800. In Kanpur und Bhopal gibt es immer noch Ausschreitungen. Zur Verhütung weiteren Unheils ist in Gujerat, Karnataka, Kerala, Andhra Pradesh, Assam, Rajastan und Westbengalen die Armee eingesetzt worden, und sie überwacht die Straßen. Die Büros der verbotenen Parteien sind geschlossen worden.

Was nutzt es dagegen, wenn in Dhaka überparteiliche, spontane Demonstrationen für Frieden und Harmonie eintreten? Die Realität sieht anders aus:

> In Golakpur sind 30 Mädchen vergewaltigt worden, Chanchali, Sandhya, Mani und wie sie alle heißen. Nikunja Datta ist getötet worden. Bei einer alten Frau namens Bhagabati führte die Panik zum Herzstillstand. In Golakpur fanden selbst am hellichten Tag Vergewaltigungen statt. Sogar Frauen, die in muslimischen Häusern Zuflucht gesucht haben, sind vergewaltigt worden.
>
> Im Laden von Nantu Haldar im Bazar von Daserhat sind 1400 *Man* Betelnüsse zu Asche verbrannt.
>
> Während der Tempelzerstörungen in der Stadt Bhola standen die Polizei, der Magistrat und der *Deputy Commissioner* stumm dabei.
>
> Die Juwelierläden wurden in aller Öffentlichkeit ausge-

plündert. Der Waschplatz der Hindus wurde vollständig abgebrannt.
In der Stadt Manikganj sind der Lakshmi Mandap, der öffentliche Shiva-Tempel, die Goldschmiedegassen von Dashora und Kalikhalai und der große Getränke- und Zigarettenladen von Gadadhar Pal zerstört worden.
Drei Lastwagen voller Leute haben die Dörfer Tara, Baniajuri, Pukuria Uthali, Mahadebpur, Joka und den Polizeidistrikt Shibalay angegriffen.
Im Dorf Betila, drei Kilometer von der Stadt entfernt, wurden die Häuser der Hindus ausgeraubt und verbrannt.
Der 100 Jahre alte Nat-Tempel von Betila wurde angegriffen.
In Garpara wurde Jiban Sahas Haus in Brand gesteckt, seine drei Ställe wurden abgebrannt, und einige hundert *Man* Reis verbrannten.
Im *Thana* Ghior wurden die Hindu-Läden im Terashri-Bazar in Brand gesteckt, in den Dörfern Gangdubi, Baniajuri und Senpara die Häuser der Hindus.
In Senpara wurde eine frischverheiratete Hindu-Frau vergewaltigt.
Verbrannt wurden in Pirojpur der Kali-Tempel des Kalibari Debarchana Committee, der Manasa-Tempel, der Durga-Tempel der Shiva-Tempel, der Narayan-Tempel, der Pirojpur-Madanmohan-Tempel, das Akhra, der Kali-Tempel von Rayer Kathi, der Rairasaraj Aschram von Krishnanagar, der Aschram des Shri Guru Sangh von Dumurtala mitsamt dem Tempel, der Kali-Tempel im Hause Suresh Sahas in Dakshin Dumurtala, der Manasa-Tempel im Haus Naren Sahas in Dumurtala, der Manasa-Tempel und das Wohnhaus von Somesh Saha, der öffentliche Kali-Tempel von Dumurtala, die Haustempel von Sucharan Mandal, Gauranga Haldar, Kharendranath Saha und Narendranath Saha, der Kali-Tempel bei der High-School von Dumurtala, der Panchadebi-Tempel von Ranipur, der öffentliche Durga-Tempel und die Holzhandlung

von Kartik Das in Hularhat, der Kali-Tempel des Sanatan Aschram in Kalakhali, das Gauragobinda-Altenheim von Jujkhola, der Sanatan Dharma-Tempel der Harisabha, der Kali-Tempel im Hause Ranajit Shils, der öffentliche Puja-Mandap von Jujkhola, der öffentliche Durga-Tempel bei der Schule von Gabtala, der Tempel im Haus Bipin Haldars von Krishnanagar, der öffentliche Kali-Tempel von Namazpur, Tempel und Kloster im Hause der Biswas von Kalikathi, der Kali-Tempel von Lairi, der öffentliche Tempel von Indrer Hat im Polizeibezirk Svarupkathi, der Durga-Tempel im Haus Kanai Das von Indrer Hat, das Kino Nakul Sahas, der Durga-Tempel im Hause Amal Guhas, der Haustempel von Hemanta Shil und der Kali-Tempel im Haus von Yadab Das im Polizeibezirk Mathbaria.

Auch der Shiva-Tempel im Mistripara von Saiyadpur wurde dem Erdboden gleich gemacht.

Vollständig zerstört wurden der öffentliche Tempel im Dorf Ratdanga, Bezirk Narail, der öffentliche Verbrennungsplatz von Kurulia, der Familientempel von Nikhil Chandra De, die Familientempel von Kalipada Hazda und Shibprasad Pal, der Tempel im Haus von Dulal Chandra Chakrabarti im Dorf Badan, der Tempel im Hause Krishnachandra Laskars, der öffentliche Tempel im Dorf Taltala, die Familientempel von Baidyanath Saha, Sukumar Bisvas und Pagla Bisvas im Dorf Pangabila, der öffentliche Tempel von Pangabila und der Narayan-Jiu-Tempel in Daulatpur Purbapara im Polizeibezirk Lorhagara.

In Khulna sind zehn Tempel zerstört worden.

In den Dörfern Raduli, Sobanadash und Baka in Paikpara wurden vier oder fünf Tempel zerstört und einige Häuser ausgeraubt.

Im Gebiet Talimpur, *Thana* Rupsa, wurden zwei Tempel zerstört. Die angrenzenden Häuser von Hindus wurden geplündert.

In den Gegenden von Dighlia und Senhati wurden in der

Nacht des 8. Dezember drei Tempel zerstört und in Brand gesteckt.
Im Dorf Sahadebpur von Feni überfiel eine Horde von Leuten 13 Häuser.
Bei Überfällen auf das Dorf Jaypur von Chagalnaya wurden 20 Menschen verletzt.
Unter der Anführerschaft von Moazzem Hussain überfielen 200 Leute aus dem Dorf Langalgoa das Haus von Gobindaprasad Ray. Ein Mann namens Kamal Biswas wurde schwer verletzt, wahrscheinlich wird er sterben müssen.

Birupaksha, Nayan und Debabrata sitzen vor Suranjan und speien ohne Unterlaß die Nachrichten von den Zerstörungen heraus. Suranjan liegt da mit geschlossenen Augen, nicht ein Wort erwidert er auf ihre deprimierenden Berichte. Keiner von ihnen weiß, daß nicht nur die Hindu-Häuser in Bhola, Chittagong, Pirojpur, Sylhet und Comilla geplündert worden sind, sondern daß auch aus diesem Haus in Tikatuli ein hübsches Mädchen geraubt wurde. Auch hier haben die Täter Frauen als Besitz betrachtet, deshalb haben sie wie Geld und Gold auch Maya mitgenommen.
»Was ist los, Suranjan, warum sagst du nichts? Ist irgendwas?« fragt Debabrata.
»Ich will was trinken. Können wir uns heute nicht mal richtig besaufen?«
»Besaufen willst du dich?«
»Ja. Ich habe etwas Geld da, geh doch mal jemand eine Flasche Whisky holen!«
»Hier zu Hause willst du trinken? Und deine Eltern?«
»Ach vergiß doch die Alten! Ich will trinken, und ich werde trinken. Geh mal los, Biru, bei Sakura oder Piyasi wirst du schon was kriegen.«
»Aber Suranjan*da* ...«
»Nun zier dich nicht so, geh schon!«

Aus dem anderen Zimmer hört man Kiranmayis Weinen.
»Wer weint denn da? *Mashima?*« fragt Birupaksha.
»Was kann man als Hindu schon tun außer weinen?«
Die drei jungen Männer verstummen. Auch sie sind ja Hindus, und sie verstehen, warum Kiranmayi weinen muß. Auch ihr Inneres wird von einem stummen Weinen zerrissen. Birupaksha nimmt das Geld und läuft schnell davon, als könnte er sich so von allem Schmerz befreien. Genauso wie Suranjan meint er, den Schmerz im Alkohol ertränken zu können.
Sobald Birupaksha gegangen ist, fragt Suranjan: »Sag mal, Debabrata, kann man nicht eine Moschee anzünden?«
»Eine Moschee? Hast du sie nicht mehr alle?«
»Los, laß uns heute nacht die Tara-Moschee abbrennen.«
Verblüfft guckt Debabrata einmal Suranjan, einmal Nayan an. »Wir sind immerhin zwanzig Millionen Hindus, wenn wir wollen, können wir sogar die Baytul-Mokarram-Moschee abbrennen!«
»Du hast dich selbst noch niemals einen Hindu genannt. Warum tust du es heute?«
»Ich nannte mich einen Mensch, einen Humanisten. Doch die Muslime haben mich kein Mensch sein lassen. Sie haben mich zum Hindu gemacht.«
»Du veränderst dich ziemlich, Suranjan.«
»Das ist nicht meine Schuld.«
»Was haben wir davon, eine Moschee abzubrennen? Bringt uns das etwa die Tempel zurück?« fragt Debabrata, während er mit seinen Fingernägeln die kaputte Armlehne des Stuhls bearbeitet.
»Dann bekommen wir halt nichts zurück, aber immerhin können wir auch etwas zerstören. Können nicht auch wir mal ein bißchen von unserer Wut ablassen? Die Babri-Moschee war 450 Jahre alt. Das Haus von Chaitanyadeb war

sogar 500 Jahre alt. Werden die 400 bis 500 Jahre alten Traditionen in diesem Land denn nicht mit Füßen getreten? Ich hätte auch Lust, die Sobhanbagh-Moschee zu zerstören. Die Moschee in Gulshan ist mit dem Geld Saudi-Arabiens gebaut worden. Kommt, besetzen wir sie und machen einen Tempel daraus.«
»Was redest du da, Suranjan? Du bist ja völlig verrückt geworden. Hast du nicht früher davon geredet, die Orte, an denen Tempel oder Moscheen stehen, zu Teichen auszuheben und darin Schwäne auszusetzen?«
»Ja, und außerdem habe ich immer gesagt: ›Stampft die Monumente der Religion in Grund und Boden, zerreibt in himmlischer Zerstörungswut Tempel, Moscheen, *Gurudvaras* und Kirchen, und laßt uns auf diesen Trümmerhaufen Sandelduft verbreiten und einen Blumengarten errichten, eine Kinderschule oder ein College. Gebetsorte sollen zum Wohl der Menschen von nun an Krankenhäuser, Waisenhäuser, Schulen und Universitäten sein. An die Stelle der religiösen Stätten sollen die Akademie für Kunst und Gewerbe, die Kunsthochschule, die Naturwissenschaftsinstitute treten oder die goldenen Reisfelder im Licht der aufgehenden Sonne, die offenen Wiesen, die Flüsse, das stürmische Meer. Der andere Name von Religion sei von nun an Menschlichkeit.‹«
»Ich habe kürzlich etwas von Debesh Ray gelesen. Darin tanzt Bare Golam mit seiner kleinen Zither und singt *hari om tatsat, hari om tatsat*. Bis in die heutige Zeit hinein hat Bare Golam dieses eine Lied gesungen. Die Hindus, die die Babri-Moschee dem Erdboden gleichgemacht und an ihrer Stelle eine Rama-Statue aufgestellt haben, können dieses Lied nicht hören. Auch Advani und Ashoke Singhal verstehen es nicht, noch auch die Leute vom RSS oder Bajrang Dal. Bare Golam Ali war ein Muslim. Doch die Muslime,

die glauben, die einzige Entgegnung auf die Moscheezerstörung sei die Zerstörung von Tempeln, können sein *hari om tatsat* nicht hören.«

»Also willst du sagen, daß es falsch ist, auf Tempelzerstörungen mit Moscheezerstörungen zu reagieren? Du bist genauso idealistisch wie mein Vater. Ich hasse ihn. Ich hasse diesen alten Kindskopf!« Suranjan springt aufgeregt mit einem Satz vom Bett.

»Beruhige dich, Suranjan, beruhige dich. Was du da sagst, ist keine Lösung.«

»Ich will aber diese Art von Lösung. Auch ich will endlich einen Dolch, ein Brecheisen, eine Pistole oder einen dicken Knüppel in die Hand nehmen. In der Altstadt von Dhaka haben sie doch einen Tempel bepinkelt, oder? Auch ich will an ihre Moscheen pinkeln.«

»Oh, Suranjan ... Du wirst selber zum Fundamentalisten.«

»Ja, ich werde zum Fundamentalisten. Ja!«

Debabrata ist aus Suranjans Partei. Sie haben gemeinsam für viele verschiedene Projekte gekämpft. Suranjans Benehmen macht ihn sprachlos. Er will sich besaufen, nennt sich selbst einen Fundamentalisten und beschimpft sogar seinen Vater. Debabrata ist fassungslos.

»Religiöse Unruhen sind ja schließlich keine Überschwemmungen, die Gefahr ist nicht damit gebannt, daß man die Leute aus den Fluten rettet und ihnen dann etwas kalten Reis besorgt. Die Ausschreitungen sind auch kein Feuer, bei dem es mit dem Löschen getan ist. Die Krawallmacher verleugnen ihre Menschlichkeit. Das Gift in ihren Köpfen bahnt sich seinen Weg nach außen. Ausschreitungen sind keine Naturereignisse, keine Unfälle, sie sind eine Perversion der Menschlichkeit.«

Sudhamay seufzt, während er die Rede verfolgt. Kiranmayi sitzt mit einem Götterbild in der Zimmerecke. Die Tonfigur ist von den Eindringlingen zerstört worden. Ein Bild von Radha und Krishna haben sie verschont, und das hält sich Kiranmayi jetzt an die Stirn. Sie weint lautlos. Sudhamay liegt bewegungslos und denkt darüber nach, ob Radha oder Krishna die Kraft haben, Maya zurückzubringen. Dieses Bild ist ja schließlich nichts weiter als ein Mythos, eine Geschichte. Wie sollen Radha und Krishna Maya aus der Gewalt der harten, unerbittlichen und brutalen Fundamentalisten befreien? Als Bürger des Landes, als Teilnehmer an der Sprachbewegung und selbst als Freiheitskämpfer, der die Pakistanis vertrieben und dem Land die Unabhängigkeit gebracht hat, hat er keine Sicherheit. Und nun sollen Radha und Krishna für diese Sicherheit sorgen ... Warum essen sie überhaupt noch? In Mymensingh haben ihm seine Nachbarn, die er von Geburt an kennt, sein Haus weggenommen, und jetzt haben die Nachbarn seine Tochter entführt. Und ausgerechnet Krishna und seine Geliebte Radha sollen ihnen in dieser Lage zu Hilfe kommen? Wenn die Probleme bereinigt werden, dann sollen das all jene gemeinsam tun, die dafür gekämpft haben, zu *einem* Volk zusammenzuwachsen.
Mit trauriger, müder Stimme ruft Sudhamay: »Kiran, Kiran!«
Als sich Kiranmayi wie ein Roboter an sein Bett stellt, fragt er: »Hat Suranjan heute nicht nach Maya gesucht?«
»Ich weiß nicht.«
»Haider läßt ja anscheinend seine Leute suchen. Ist er vorbeigekommen?«
»Nein.«
»Also finden sie Maya nicht?«
»Ich weiß nicht.«

»Setz dich ein bißchen zu mir, Kiran.«
Kiranmayi setzt sich mechanisch, bleibt wie leblos sitzen. Keine Hand streckt sie nach Sudhamays gelähmten Gliedmaßen aus, keinen Blick wirft sie auf ihren Ehemann. Aus Suranjans Zimmer kommt hitziges Geschrei. Sudhamay sagt: »Warum schreit Suranjan so? Ist er nicht bei Haider? Ich hätte ja selbst gehen können. Warum bin ich nur so krank geworden? Wenn ich gesund gewesen wäre, hätte dann irgend jemand Hand an Maya legen können? Ich hätte sie alle totgeschlagen. Wenn ich gesund wäre, würde ich Maya schon irgendwie finden ...«
Sudhamay will aufstehen, doch er fällt rücklings aufs Bett zurück. Kiranmayi hilft ihm nicht, sie sieht unbeweglich in Richtung der verschlossenen Tür. Wann wird es klopfen, wann wird Maya zurückkehren?
»Willst du deinen allerliebsten Herrn Sohn nicht mal herüberbitten? Dahergelaufener Schuft! Seine Schwester ist fort, und er veranstaltet hier zu Hause ein Saufgelage und schreit herum. Ekelhaft ist das!«
Doch Kiranmayi holt weder Suranjan noch sagt sie Sudhamay, er solle sich beruhigen. Stumm blickt sie zur Tür. In der Zimmerecke hat sie das Bildnis von Radha und Krishna aufgestellt. Sie ist nicht mehr bereit, das Verbot ihres Mannes und Sohnes zu akzeptieren, sich ihrem Atheismus zu beugen. Vielleicht kann ihr jetzt, da die Menschen versagen, Gott Hilfe gewähren. Sudhamay würde gern aufstehen und den Menschen mit Jonathan Swift sagen: »Wir haben zu viele Religionen des gegenseitigen Hasses, zu wenige der gegenseitigen Liebe.« Die menschliche Geschichte ist überschattet von religiösen Streitigkeiten und Kriegen. 1946 rief Sudhamay: »*Hindu muslim bhai-bhai* – Hindus und Muslime sind Brüder!« Noch heute werden solche Parolen gebraucht. Warum

muß man so etwas so lange Zeit sagen? Wie viele Jahre, wie viele Jahrhunderte wird man diese Parole auf dem Subkontinent noch rufen müssen? Noch immer hat sich diese Aufforderung nicht erübrigt. Dringt eine solche Parole überhaupt zu Menschen ohne Wissen und Gewissen durch? Wenn ein Mensch im Innersten nicht tolerant ist, dann kann diese Parole bei ihm nichts ausrichten.

Suranjan ist bei Haider gewesen. Haider ist nicht da, er ist nach Bhola gefahren. Er will die katastrophale Lage der Hindus in Bhola in Augenschein nehmen. Ganz sicher wird er nach seiner Rückkehr ein großes Gejammer anstimmen und an mindestens zehn Orten Reden halten. Die Leute werden applaudieren, sie werden sagen: »Die Leute von der Awami League sind sehr mitfühlend, sehr tolerant.« Das wird der Awami League die Stimmen der Hindus eintragen. Haider hat kein Mitgefühl mit der Maya in der Nachbarschaft, er geht sich lieber die Mayas in der Ferne ansehen.

Suranjan öffnet die Flasche und trinkt in großen Schlukken. Die anderen sind weniger gierig, sie verdünnen sich den Whisky mit Wasser, um ihm beim Trinken Gesellschaft zu leisten. Das Trinken auf leeren Magen läßt Suranjan schwindlig werden.

»Am Nachmittag gehe ich gern spazieren, auch Maya liebt das. Ich will sie eines Tages zum Shalban Bihar mitnehmen.«

»Am 2. Januar beginnt der Lange Marsch der fundamentalistischen Ulama Mashaekh«, sagt Birupaksha.

»Was für ein Langer Marsch?«

»Sie wollen zu Fuß bis nach Indien laufen, um die Babri-Moschee wieder aufzubauen.«

»Sind bei dem Langen Marsch auch Hindus zugelassen?

Wenn ja, gehe ich mit. Kommt von euch auch jemand mit?« fragt Suranjan.
Alle sind still und sehen sich gegenseitig an.
Debabrata sagt mit einem leichten Drohen in der Stimme: »Was hast du denn ständig mit deinen Hindus und Muslimen? Du übertreibst es mit deinem Hindutum.«
»Hör mal, Debu, wenn Männer nicht beschnitten sind, weiß man, daß sie Hindus sind. Doch wie erkennt man, ob Frauen Hindus sind? Nimm zum Beispiel Maya: Wenn man sie einfach so auf der Straße läßt, zum Beispiel geknebelt und mit gefesselten Armen und Beinen, wie kann man da erkennen, daß sie Hindu ist? Ihre Nase, ihre Augen, ihr Gesicht, Arme, Beine, Kopf – alles ist doch wie bei Muslimen.«
Ohne auf Suranjans Worte einzugehen, sagt Debabrata: »Zur Zeit Ziaur Rahmans hat es einen politischen Langen Marsch bis zur Grenze gegeben wegen dem Farakka-Staudamm. Und jetzt wird das Jahr 1993 unter der Regierung Khaleda Zias mit einem fundamentalistischen Langen Marsch für den Wiederaufbau der Babri-Moschee beginnen. So wie der Staudamm nicht der wirkliche Grund für den damaligen Marsch war, so wird auch diesmal der Wiederaufbau der Babri-Moschee nur ein Vorwand sein. Das eigentliche Ziel dieser ganzen Überbetonung der Babri-Moschee ist es doch, die Politik zur Schaltzentrale des Fundamentalismus zu machen und die Blicke der Gegner Golam Azams in eine andere Richtung zu lenken. Denk mal an das absolute Schweigen, das die Regierung im Moment bewahrt. Es passiert soviel, und trotzdem behauptet die Regierung die ganze Zeit, daß in diesem Land religiöser Frieden herrsche.«
In diesem Moment kommt Pulak herein. Er fragt: »Wieso sitzt ihr hier bei offener Tür herum?«

»Wir haben die Tür aufgerissen, saufen und schreien. Wovor sollen wir uns fürchten? Wenn wir sterben, sterben wir eben. Und du – wie kommt es denn, daß du draußen herumläufst?«

»Die Lage hat sich beruhigt.«

Suranjan lacht laut heraus: »Und wenn es wieder losgeht, wirst du hinter verschlossenen Türen hocken, nicht wahr?«

Pulak ist über die Maßen verwundert, als er sieht, daß Suranjan Alkohol trinkt. Er hat sich in der Rikscha zusammengekauert aus Angst, gesehen zu werden. Das Land ist in einer schlimmen Lage. Und unvorstellbar: Hier sitzt ein politisch aufgeweckter Mann wie Suranjan herum und betrinkt sich. Warum hat er sich plötzlich so verändert?

Suranjan nippt an seinem Glas und sagt: »Golam Azam Golam Azam Golam Azam ... Was habe ich schon mit Golam Azam zu schaffen? Was habe ich denn davon, wenn sie Golam Azam bestrafen? Ich kann mich überhaupt nicht dafür begeistern, eine Bewegung gegen ihn auf die Beine zu stellen. Im Befreiungskrieg haben die Pakistanis zwei Onkel väterlicherseits und zwei Onkel mütterlicherseits von mir umgebracht. Ich verstehe nicht, warum sie meinen Vater am Leben gelassen haben. Wahrscheinlich, damit er die Unabhängigkeit des Landes genießen kann. In der Tat, die genießt er jetzt, mit seiner Ehefrau, seinem Sohn und seiner Tochter genießt Dr. Sudhamay Datta die Freiheit!«

Suranjan hat seine Beine auf dem Boden ausgestreckt. Auch Pulak setzt sich hin. Das Zimmer ist staubig, kaputte Stühle, verstreute Bücher. Überall liegt Zigarettenasche. In einer Zimmerecke steht ein Schrank, demoliert. Nach Suranjans Laune zu urteilen, denkt sich Pulak, hat er wohl selber im Suff alles kaputtgeschlagen. Im Haus ist es so ruhig, daß man glaubt, es sei verlassen.

»Ekram Hussain ist in Bhola gewesen. Nach seinen Worten meinen die Polizei, die Verwaltung und die Leute von der BNP, daß sämtliche Vorkommnisse natürliche, spontane Reaktionen auf die Zerstörung der Babri-Moschee seien und daß all dies nur auf das Konto notorischer Brandschatzer gehe. Ein Dorf nach dem anderen haben sie abgebrannt, um die Hindus zu vertreiben. Überall liegt Brandgeruch in der Luft. Auch die Heuschober und Getreidespeicher sind nicht verschont worden. Alles ist bis zur Unkenntlichkeit verwüstet. Kleidung, Schuhe, Bettzeug, Ölflaschen und sogar Besen sind geraubt und mit Kerosin in Brand gesetzt worden. Reisfelder und Kokospalmenhaine gingen in Flammen auf, und kleinen Jungen wurden die *Lungis* vom Leib gerissen. Die Frauen wurden wahllos vergewaltigt, und ihre Saris und Schmuckstücke wurden ihnen gewaltsam abgenommen. Die Hindus haben sich in den Reisfeldern versteckt. Der Lehrer an der Shambhupur-Khaserhat-Schule, Nikunja Datta, wurde in seinem Versteck im Reisfeld gefunden und unsäglich geschlagen, damit er sein Geld herausrückt. Nikunja Datta wird wahrscheinlich sterben. In Bhola kursierte die Parole: ›Hindus, wenn ihr weiterleben wollt, dann macht, daß ihr euch nach Indien trollt!‹ Die Hindus wurden mit Sprüchen wie den folgenden bedroht: ›Haut endlich ab!‹ und ›Wir werden euch abschlachten und den Krähen zum Fraß vorwerfen.‹
Den wohlhabenden Hindus ist es nicht besser ergangen. Auch sie haben ihren Besitz verloren, alles ist verbrannt. Auch sie trinken jetzt aus Kokosnußschalen und essen von Bananenblättern, und selbst das nur mit Hilfe anderer. Einmal am Tag bekommen sie etwas Gemüse. Es ist sogar passiert, daß Frauen vor den Augen ihrer Ehemänner, Väter oder Brüder vergewaltigt worden sind. Es ist auch vorge-

kommen, daß Mutter und Tochter gleichzeitig vergewaltigt wurden. Viele sagen ganz offen: ›Lieber werde ich zum Bettler, als noch länger hierzubleiben.‹ Die Hindus sagen den Hilfsorganisationen: ›Wir brauchen keine Hilfe. Setzen Sie uns über, und dann gehen wir.‹
Die Orte Golakpur und Shambhupur überfielen M. A. Bachet und Siraj Patuari, die früher Führer des Jamaat Shibir waren und jetzt in der BNP mitarbeiten. In Lord Hardinge ist angeblich nicht ein einziges Hindu-Haus von den Flammen verschont worden. Priyalal*babu* war ein Freiheitskämpfer, auch sein Haus haben sie gewaltsam angegriffen. Sein Dorf wurde vom lokalen Führer der Awami League, Abdul Kader, und vom Chairman Belaet Hussain angegriffen. Drei Erntemaschinen von Bablu Das sind verbrannt. Als Ekram ihn fragte, was er in Zukunft tun würde, brach Bablu in lautes Weinen aus und sagte: ›Ich werde so schnell wie möglich verschwinden.‹«

Pulak würde vermutlich noch eine ganze Weile weiterreden, doch Suranjan unterbricht ihn jäh: »Halt die Klappe! Ich will kein einziges Wort mehr hören! Noch ein Wort, und ich poliere dir die Fresse!«

Suranjans drohender Ton verwirrt Pulak noch mehr. Er kann nicht verstehen, weshalb Suranjan sich so unnatürlich aufführt. Möglich, daß es am Alkohol liegt. Betreten lächelt er in Debabratas Richtung.

Lange Zeit sagt niemand ein Wort. Suranjan leert zügig sein Glas. Er ist nicht an Alkohol gewöhnt. Nur gelegentlich hat er hier und da mal ein Gläschen mitgetrunken, und auch immer nur wenig. Heute würde er am liebsten mehrere Flaschen auf einen Zug leeren. Die Atmosphäre ist wie erstarrt, nachdem er Pulak zum Schweigen gebracht hat. Als Suranjan jetzt, inmitten dieser Erstarrung, in Tränen ausbricht, wird die Sprachlosigkeit der anderen vollkommen. Schluchzend stammelt er vor sich hin, den Kopf an Pulaks Schulter. Sein Kopf rutscht langsam herunter bis auf den Boden. Das trübe Licht im Zimmer, der Alkoholgeruch und Suranjans herzzerreißendes Weinen lassen die ohnehin sprachlosen Besucher vor Angst erschauern. Suranjan trägt Hemd und Hose von gestern, hat sie nicht gewechselt. Kein Baden, kein Essen. Sein Körper ist verdreckt. Er wälzt sich durch den Schmutz des Zimmers und sagt schließlich: »Sie haben gestern abend Maya entführt.«

»Was hast du da gesagt?« Erschrocken dreht sich Pulak nach Suranjan um, ebenso wie Nayan und Birupaksha.

Suranjans Körper zuckt immer noch unter heftigen Schluchzern. Er kippt seinen Whisky um, der auf den Boden läuft und sich mit dem übrigen Dreck vermengt. Maya ist fort – diese drei Wörter sind die größte Ungeheuerlichkeit von allen. Niemand weiß etwas zu sagen. Suranjan ist nicht krank, man kann ihn nicht damit trösten, es werde schon alles wieder gut werden.

In die Starre, die das Zimmer erfüllt, kommt jetzt Belal. Er erfaßt die Stimmung, berührt Suranjans am Boden liegenden Körper und sagt: »Suranjan, stimmt es, daß sie Maya entführt haben?«

Suranjan hebt den Kopf nicht.

»Habt ihr Anzeige erstattet?«

Suranjan hebt noch immer nicht den Kopf. Belal sieht die anderen im Zimmer an in Erwartung einer Antwort, doch sie signalisieren ihm, nichts darüber zu wissen.

»Hast du versucht herauszufinden, wer sie entführt hat?«

Suranjan hebt noch immer nicht den Kopf.

Belal setzt sich aufs Bett und zündet sich eine Zigarette an. Er sagt: »Ein Wahnsinn, was überall passiert! Eine günstige Gelegenheit für alle Schläger und Krawallmacher. Drüben in Indien passiert ja mit uns genau dasselbe.«

»Was heißt mit euch?«
»Mit den Muslimen. Die BJP veranstaltet dort ja ein Gemetzel.«
»So, so.«
»Und hier verlieren sie den Kopf, wenn sie die Nachrichten von drüben hören. Wen soll man da beschuldigen? Drüben sterben wir, hier sterbt ihr. Warum war es nötig, die Babri-Moschee zu zerstören? So eine alte Moschee. Die Inder schleifen eine Moschee, um die Wiege Ramas, einer Figur aus einem Epos, zu finden! Wie lange wird es wohl noch dauern, bis sie das Taj Mahal schließen, weil der Affengott Hanuman dort geboren sei? Ausgerechnet in Indien redet man soviel von Säkularismus! Die Hauptschuldige ist doch die BJP mit ihren Anführern, Advani und Joshi, und hier wird Maya entführt. Ich habe gehört, in Metiaburuz ist es besonders schlimm.«
Suranjan liegt am Boden wie ein Toter. Aus der Wohnung kommt das Geräusch von Kiranmayis Weinen, das, zusammen mit Sudhamays undeutlichem Stöhnen, Belals Worte begleitet.
»Maya wird bestimmt wiederkommen. Wir leben schließlich nicht mehr in der Zeit, als man Mädchen bei lebendigem Leibe auffraß. Sag deiner Mutter, sie soll etwas Geduld haben. Und wieso weinst du überhaupt hier rum wie eine Frau? Löst man durch Weinen etwa Probleme? Und warum sitzen Sie alle so da? Sie können doch immerhin mal nachfragen, wo das Mädchen abgeblieben ist!«
Birupaksha sagt: »Wir haben doch gerade erst davon gehört. Und dann, findet man Entführte denn jemals wieder? Wo sollten wir denn anfangen zu suchen?«
»Wahrscheinlich nehmen diese Typen irgendwelche Drogen, Haschisch oder Heroin, und kommen hier aus dem Viertel. Sie hatten ein Auge auf das Mädchen geworfen,

und bei der erstbesten Gelegenheit haben sie es entführt. Machen anständige Leute so etwas? Typisch, die halbstarken Jungs von heute tun die schlimmsten Dinge. Wohlgemerkt, das liegt hauptsächlich an der wirtschaftlichen Unsicherheit.«

Birupaksha senkt den Kopf. Belal ist mit keinem von Suranjans Besuchern bekannt. Er ist aufgebracht, er nimmt eine Benson und ein Feuerzeug aus der Tasche. Er hält die Zigarette unangezündet in der Hand und sagt: »Ist Alkohol etwa eine Lösung? Sagen Sie doch, ist das eine Lösung? Hat es hier im Land überhaupt Unruhen gegeben? Das sind doch keine Unruhen! Die Jungs rauben Süßigkeitenläden aus, weil sie Lust auf Süßes haben. In Indien hat es, wie es heißt, schon 4000 bis 6000 Krawalle gegeben. Die Muslime sind zu Tausenden gestorben. Wie viele Hindus sind dagegen hier gestorben? In jedem Hindu-Viertel stehen Lastwagen voller Polizei herum.«

Keiner sagt einen Ton, auch nicht Suranjan. Suranjan will reden. Er ist sehr müde. Belal zündet sich seine Zigarette nicht mehr an. Er sagt, er habe ganz in der Nähe noch etwas zu tun, und geht. Auch die anderen stehlen sich, einer nach dem anderen, davon.

9. Tag Gopals Haus ist geplündert worden, das Nachbarhaus von Suranjans Familie. Ein ungefähr zwölfjähriges Mädchen, Gopals kleine Schwester, kommt herüber. Sie sieht sich die verwüsteten Zimmer an und geht lautlos umher. Vom Boden aus, wo er die Nacht verbracht hatte, beobachtet Suranjan das Mädchen, das wie eine Katze aussieht. Schon in diesem Alter steht Gopals kleiner Schwester der Terror ins Gesicht geschrieben. Mit weit aufgerissenen Augen steht sie an Suranjans Zimmertür und starrt herein. Als er den Sonnenschein auf der Veranda sieht, wird Suranjan klar, daß der Vormittag schon vorangeschritten sein muß. Mit einem Handzeichen ruft er das Mädchen zu sich. »Wie heißt du?«
»Madal.«
»In welcher Schule bist du?«
»In der Sher-e-Bangla-Mädchenschule.«
Früher hieß diese Schule »Tempel der Frauenerziehung«, gegründet von Lila Nag. Ob Lila Nags Name heute noch irgendwo genannt wird? In einer Zeit, als es noch nicht üblich war, Mädchen in die Schule zu schicken, lief sie von Haus zu Haus und ermutigte die Mädchen zum Lernen. Sie hatte mit großem Engagement in Dhaka eine Mädchenschule aufgemacht. Diese Schule gibt es noch immer, das heißt, das Schulgebäude existiert noch; der Name aber hat sich geändert. Wahrscheinlich ist es verboten, den Hin-

du-Namen Lila Nag auszusprechen, und wer weiß, ob nicht auch der Name Tempel der Frauenerziehung irgendeinem ungeschriebenen Verbot zum Opfer gefallen ist. Genauso wie beim B. M. College oder beim M. C. College, auf daß in diesem muslimischen Land bloß nicht das hinter den Abkürzungen verborgene Hindutum ans Licht komme! Schon 1971 hatte es eine Serie von Namensänderungen gegeben, im Zuge der Islamisierung änderten die Pakistanis die Namen von 240 Straßen der Stadt: Aus der Lal Mohan Poddar Lane wurde die Abdul Karim Ghaznavi Street, die Shankhari Nagar Lane wurde zur Gul Badan Street, die Nabinchand Gosvami Road wurde Bakhtiar Khilji Road, aus der Kalicharan Saha Road wurde die Gazi Salauddin Road, der Rayer Bazar wurde zu Sultanganj, die Shashibhushan Chatterjee Lane wurde in Saiyad Salim Street umbenannt, und die Indira Road wurde Anar Kali Road genannt.

Das Mädchen fragt: »Warum schlafen Sie denn auf dem Boden?«

»Weil mir der Boden gefällt.«

»Ich sitze auch gern auf der Erde. In unserem Haus haben wir einen Hof. Jetzt ziehen wir um, und im neuen Haus ist kein Hof und kein Boden.«

»Dann hast du ja keinen Platz mehr zum Spielen.«

Das Mädchen setzt sich nah an Suranjans Kopf und lehnt sich am Fuß seines Bettes an. Sie ist froh, mit Suranjan reden zu können. Mit einem kleinen Seufzer sagt sie:

»Jetzt, wo wir weggehen, merke ich, wieviel *Maya* ich für dieses Haus habe, wie sehr ich an ihm hänge.«

Als das Mädchen dieses Wort *Maya*, was soviel wie Hang, Zuneigung, Nostalgie bedeutet, ausspricht, wird Suranjan schwindlig. Er ruft das Mädchen noch näher heran, so als wäre sie seine Maya. Die kleine Maya, die zu ihrem *Dada*

kam, um von der Schule, vom Spielen zu erzählen. Wie lange hat er schon nicht mehr mit ihr geplaudert! In der Kindheit bauten sich Suranjan und seine Freunde Lehmhütten am Flußufer, und Maya half dabei. Nachmittags bauten sie die Hütten, und nachts wuschen die dunklen Fluten des Flusses sie wieder hinweg. Und dann der Tag, als sie ihre Zungen mit Süßigkeiten rot gefärbt hatten, die märchenhaften Kindertage, und erst der Tag, als sie von zu Hause weggelaufen waren, um im Kash-Wald herumzustromern ... Suranjan streicht über die Hand des Mädchens, eine weiche Hand wie Mayas. Irgend jemand zerrt jetzt an Mayas Händen, viele gnadenlose, grausame, rauhe Hände reißen an ihr. Ob Maya verzweifelt versucht zu fliehen und es nicht kann? Erneut wird ihm schwindlig. Er hält Madals kleine Hand umklammert, die der Mayas so ähnlich ist. Als werde man sie entführen, wenn er sie losließe, als werde man sie mit starken Seilen fesseln.
Madal sagt: »Warum zittert denn Ihre Hand?«
»Sie zittert? Das ist, weil ich dich mag und du jetzt fortgehst.«
»Aber wir ziehen doch gar nicht nach Indien, nur nach Mirpur. Die Familie von Subal, die zieht nach Indien.«
»Was hast du getan, als sie bei euch eingebrochen sind?«
»Ich stand auf der Veranda und habe vor Angst geweint. Sie haben unseren Fernseher mitgenommen und den Schmuckkasten aus dem Schrank. Papas Geld haben sie auch mitgenommen.«
»Von dir wollten sie nichts?«
»Beim Gehen haben sie mir zwei Ohrfeigen gegeben. Sie haben gesagt, ich soll ruhig sein und nicht heulen.«
»Sonst haben sie nichts gemacht? Sie wollten dich nicht mitnehmen?«
»Nein. Aber May*adi* haben sie schrecklich verprügelt,

oder? Meinen *Dada* haben sie auch furchtbar geschlagen. *Dada* hat geschlafen, und sie haben ihm mit Knüppeln auf den Kopf gehauen. Es hat ziemlich geblutet.«

Suranjan überlegt, daß Maya wohl davongekommen wäre, wenn sie in Madals Alter wäre. Dann hätten sie sie vielleicht nicht mitgenommen. Zu wie vielen haben sie Maya vergewaltigt? Zu fünft? Zu siebt? Oder waren es noch mehr? Ob Maya sehr blutet?

Madal sagt: »Meine Mutter hat mich geschickt. Sie hat gesagt, ich soll mal nach *Mashima* sehen. Weil sie soviel weint.«

»Madal, machst du einen Spaziergang mit mir?«

»Mutter wird sich Sorgen machen.«

»Sag ihr vorher Bescheid.«

Oft sagte Maya: »*Dada*, nimmst du mich mal mit zu Cox' Bazar? Komm, laß uns in den Wald von Madhupur fahren. Ich würde auch gern mal in die Sundarbans!« Als sie Gedichte von Jibanananda Das las, setzte sie es sich in den Kopf, nach Nator, einem fiktiven Ort in seiner Poesie, zu fahren. Suranjan hat sich immer über sie lustig gemacht: »Hör auf mit deinem Nator! Geh lieber mal in den Slum von Tejgao und sieh dir die Menschen an. Sieh dir das Leben der Menschen an, das ist besser als all diese Bäume und Steine.« Maya ist jedesmal gekränkt gewesen. Irgendwann behielt sie ihre Bitten für sich.

Wenn er heute darüber nachdenkt, fragt er sich ernsthaft, was er durch seine Lebensphilosophie erreicht hat. Was hat es ihm gebracht, von Geburt an den Menschen gegenüber wohlwollend zu sein? Was hat es genützt, sich den Kopf über die Arbeiter- und Bauernbewegung, den Aufstieg des Proletariats und die Entwicklung des Sozialismus zu zerbrechen? Vor kurzem erst ist ja der Sozialismus kaputtgegangen, haben sie die Lenin-Statue mit einem Seil von ihrem Sockel

gestürzt. Damit ist die Niederlage der Idee besiegelt, und nun geht es auch ihm, der zeit seines Lebens für den Humanismus gestritten hat, an den Kragen.
Madal richtet sich langsam auf und entzieht Suranjan ihre Hand, die Hand, die so weich wie Mayas ist.
Haider kommt auch heute nicht. Wahrscheinlich traut er sich nicht, oder er will sich nicht aufdrängen. Suranjan sieht ja selbst ein, daß es nutzlos ist, Maya zu suchen. Wenn es sein soll, wird sie zurückkommen, wie damals im Alter von sechs Jahren. Suranjan fühlt sich vollkommen leer. Als Maya bei Parul wohnte, war das Haus genauso verlassen, doch er hatte nichts dabei gefunden. Er wußte, daß Maya noch da war, daß sie zurückkommen würde. Jetzt erscheint ihm das Haus als Totenverbrennungsplatz. Als wäre jemand gestorben. Beim Anblick der Whiskyflasche, der durcheinandergerollten Gläser am Boden und der zerstreuten Bücher ist es ihm, als fülle sich seine Brust mit Tränen, als stauten sich die Tränen dort an, ohne seine Augen zu erreichen.
Von Kamal, Rabiul und all den anderen ist diesmal niemand gekommen, um nach Suranjan zu sehen. Vielleicht glauben sie, jeder solle sich doch um seinen eigenen Kram kümmern. Er muß daran denken, was Belal gestern abend immer wiederholt hat: »Warum habt ihr unsere Moschee zerstört?« Die Babri-Moschee gehört doch den Indern, warum soll sie plötzlich Belal gehören? Und daß er, Suranjan, mit seinen Hindu-Freunden die Babri-Moschee zerstört haben soll, ist schlichtweg absurd. Er ist ja in seinem Leben noch nicht einmal in Indien gewesen. Wirft Belal die Hindus aus Indien und die hiesigen Hindus in einen Topf? Ob Suranjan überhaupt darüber nachgedacht habe, was es heißt, daß die Hindus die Moschee geschleift haben, fragte Belal. Aber sind denn die Hindu-Fundamentalisten von

Ayodhya und Suranjan ein und dasselbe? Ist er nicht genauso ein Mensch wie Belal, Kamal oder Haider? Ist er nichts weiter als ein Hindu? Ist Suranjan dafür verantwortlich, daß in Indien die Moschee zerstört worden ist? Ist die Religion stärker als das Land, die Nationalität? Die Ungebildeten, Schwachen, die nur mit Hilfe der Religion überleben, mögen all dies von ihm denken, doch warum Belal? Belal ist ein hochgebildeter Mann, ein Freiheitskämpfer. Warum sollten auch seine Füße im stinkenden Morast der Religion steckenbleiben? Suranjan findet keine Antworten auf all diese Fragen.

Zwei Bananen und Kekse liegen für ihn auf dem Tisch. Kiranmayi hat sie wortlos hingelegt. Doch Suranjan hätte schon mehr Lust, den übriggebliebenen Whisky auf einen Zug herunterzukippen. Als er gestern halb bewußtlos dalag, ist ihm Maya mehrmals im Traum erschienen. Er hatte sich schlecht und schuldig gefühlt. Als er erwachte, verschwand ihre Gestalt vor seinen Augen. Wenn er jetzt die Augen schließt, meint er zu sehen, wie sie von einem Rudel Hunde zerrissen wird.

Haider ist nicht einmal gekommen, um ihm mitzuteilen, wie es in der Suche nach Maya steht. Suranjan kennt das Viertel schlechter als Haider, deshalb hat er sich an ihn gewendet. Sonst hätte er auch allein die Gassen durchkämmen können. Allerdings braucht es heute keine Gassen und Winkel mehr, um Hindu-Frauen zu vergewaltigen, das kann man auch auf offener Straße tun. Genauso, wie öffentlich geplündert und gebrandschatzt wird. Bei Gewalttaten gegen Hindus bedarf es heutzutage keiner Geheimnistuerei mehr. Die latente Unterstützung der Regierung ist ja einigermaßen offensichtlich, sie ist keine Regierung eines säkularen Staates mehr. Sie vertritt konsequent die Interessen der Fundamentalisten.

Sheikha Hasina, die Oppositionsführerin, hat gesagt, man müsse den religiösen Frieden bewahren, um die Sicherheit der 140 Millionen indischen Muslime zu gewährleisten. Warum muß Sheikha Hasina zuerst an die Sicherheit der indischen Muslime denken? Ist die Bewahrung religiösen Friedens nicht auch für die Bürger dieses Landes wichtig? Warum muß ihr die Sicherheit der indischen Muslime mehr am Herzen liegen als die Sicherheit der Staatsbürger ihres eigenen Landes? Muß man also annehmen, daß die anti-indischen und pro-islamischen Parolen, die die Jamaat-e Islami dem Volk entgegenschleudert, jetzt auch von der Awami League verbreitet werden? Und geht das muslimische Gerede der Kommunisten nicht in dieselbe Richtung? Das grundsätzlichste und naheliegendste Anliegen ist nicht der Schutz der Interessen der indischen Muslime, sondern die Gewährleistung des Verfassungsrechts. Als freie Bürger des Landes haben die Hindus in Bangladesch das Recht, ihre Religion auszuüben und ihren Besitz in Anspruch zu nehmen. Die Hindus sollen wie alle anderen leben können, nicht durch die Gnade einer Religionsgruppe oder politischen Partei, nicht aufgrund des Mitgefühls einiger Privatpersonen, sondern weil ihre Rechte im staatlichen Gesetzeskanon festgelegt sind. Warum also ist Suranjan in seinem Leben auf die Unterstützung und das Mitgefühl von Kamal, Belal oder Haider angewiesen? In Mirsarai, Chittagong, wurde das Haus des Führers der Studentenunion, Kamal Bhaumik, in Brand gesteckt, und seine Tante kam im Feuer ums Leben. Nach einer Brandstiftung in der Hindu-Siedlung von Kutubdia sind drei Jungen gestorben. Suryamohan aus Nathpara, Satkania, ist im Feuer ums Leben gekommen. Basudeb aus Mirsarai wurde gefragt, wer das Dorf angegriffen habe, und er antwortete: »Die, die nachts herumziehen und

brandschatzen, kommen am nächsten Morgen vorbei, um ihr Mitleid auszudrücken, und sagen: ›Es zerreißt uns das Herz, wenn ihr nicht mehr hier seid.‹« Auf dieselbe Frage antwortete Yatramohan Nath aus Khajuria: »Bevor ich Ihnen das sage, erschießen Sie mich lieber gleich.«
Auf der politischen Bühne haben sich sechs Tage nach Ausbruch der Unruhen, als die Welle der fundamentalistischen Ausschreitungen bereits am Abklingen war, die antifundamentalistischen Parteien Bangladeschs, das Nationale Bürgerbewegungskomitee und sämtliche kulturellen Organisationen zu einem überparteilichen Komitee gegen den Fundamentalismus zusammengeschlossen. Das Komitee hat bis jetzt nichts auf die Beine gestellt außer einer Demonstration und einer Massenkundgebung. Auf dieser Kundgebung wird die Forderung bekanntgegeben werden, die Propaganda der Jamaat Shibir Freedom Party zu verbieten. Doch wie sehr das Komitee auch auf dieser Forderung herumreiten wird, weiß Suranjan, daß sich die verschiedenen Führer davor hüten werden, bei ihrer Nichterfüllung landesweite Kampagnen anzukündigen – und die Regierung würde ohnehin nicht auf sie hören.
Ein paar Leute des Komitees haben von Prozessen gegen die Plünderer geredet. Doch einer der von der Verwüstung des Shani Akhra Betroffenen hat gesagt: »Die Leute, die das Akhra zerstört haben und unsere Häuser verbrannt und ausgeplündert haben, kennen wir. Doch wir werden nicht vor Gericht gehen. Denn die Oppositionsparteien haben den Übergriff auf uns nicht verhindern können und werden darum auch während eines Prozesses nicht für unsere Sicherheit garantieren können.« Ähnliche Reaktionen wird es im ganzen Land geben, und die Aufforderung, vor Gericht zu gehen, denkt Suranjan, ist nichts anderes als ein politisches Manöver.

Die demokratischen Kräfte haben es versäumt, mit schnellen Maßnahmen den fundamentalistischen Gewalttaten entgegenzutreten. Die fundamentalistischen Kräfte sind sehr viel effizienter und auch schneller. Nach einer Woche ein überparteiliches Friedenskomitee gegründet zu haben, ist wahrlich kein Grund für die angeblich demokratischen Parteien und Institutionen, stolz auf sich zu sein. Und viele Intellektuelle beruhigen sich damit, daß die Übergriffe in Bangladesch im Vergleich zu Pakistan und Indien weniger zahlreich waren. Suranjan kann nicht begreifen, warum sie sich nicht eingestehen, daß in Bangladesch die Aggression einseitig ist. Die hiesigen Hindus schlagen nicht zurück wie die indischen Muslime. Es handelt sich also nicht um einen Austausch von Gewalttätigkeiten.
In allen drei Staaten haben die Regierungsparteien um des politischen Nutzens willen den fundamentalistischen und faschistischen Kräften die Hand gereicht. Die Fundamentalisten sammeln Kräfte: in Indien, in Tadschikistan, in Afghanistan, Pakistan, in Algerien, Ägypten, im Iran und in Serbien. Ihr gemeinsames Ziel ist es, die demokratischen Kräfte zu schwächen. Die deutsche Regierung hat nach dem Tod von drei türkischen Frauen und Mädchen bei einem Brandanschlag zwei faschistische Gruppierungen verboten. Auch in Indien sind die fundamentalistischen Parteien verboten, wenn es auch fraglich ist, wie lange dieses Verbot gelten wird. In Algerien sind sie verboten worden. Die Regierung von Ägypten behandelt die Fundamentalisten mit harter Hand. In Tadschikistan liegen die Fundamentalisten mit den Kommunisten im Krieg. Und hier in Bangladesch hat die Regierung nicht einmal ein Lippenbekenntnis dazu abgegeben, die fundamentalistischen und faschistischen Parteien zu verbieten. Es ist ungewiß, was in den anderen Ländern passiert,

doch in diesem Land wird die Politik auf der Grundlage der Religion ganz sicher nicht aufhören.
Zum Nutzen der extremistisch-fundamentalistischen Parteien in Indien hat die in Bangladesch amtierende BNP-Regierung den Fall Golam Azam vor ihren eigenen Karren gespannt und es geschafft, die Bewegung gegen Golam Azam in eine fundamentalistische Richtung zu lenken. Hierbei hat der Regierung die Bereitschaft der Jamaat Shibir Freedom Party und verschiedener anderer fundamentalistischer Parteien geholfen. Die Jamaat-e Islami lenkt den Blick des Volkes in andere Richtungen und erholt sich dieserart von dem Druck der Bewegung gegen Golam Azam. Auf dem Demonstrationszug der kulturellen Institutionen hat es die Parole gegeben: »Bangladesch, steh auf gegen die fundamentalistischen Krawallmacher.« Oh, Bangladesch! Suranjan stößt wütend den Rauch aus und sagt: »Schweinisches, beschissenes Bangladesch!« Immer wieder sagt er es vor sich hin. Er erfreut sich daran. Und plötzlich erschrickt er über die Grausamkeit seines eigenen Lachens.

Madal drückt sich an Kiranmayi und sagt: »*Mashima,* wir ziehen nach Mirpur. Da kommen die Schläger nicht hin!«
»Wieso denn das nicht?«
»Mirpur ist doch sehr weit weg!«
Madal glaubt, daß es die Schlägertypen nur in Tikatuli gibt, daß sie nicht nach Mirpur kommen können, weil es so weit entfernt ist. Kiranmayi fragt sich, ob die Leute, die Hindu-Häuser ausgeraubt und zerstört und Maya entführt haben, die üblichen Schlägertypen sind. Die Schläger gehen doch überall hin, zwischen Hindus und Muslimen machen sie keinen Unterschied. Für diejenigen, die aufgrund der Reli-

gion rauben und entführen, sind Begriffe wie Schläger oder Plünderer gar nicht ausreichend.
Sudhamay liegt auf dem Bett. Es gibt ja sonst nichts, was er tun kann. Warum soll er mit diesem gelähmten Körper noch am Leben bleiben? Nichts als zusätzliche Sorgen für Kiranmayi. Kiranmayi erträgt alles. Sie gönnt sich keine Ruhe. Die ganze Nacht weint sie. Bestimmt hat sie nicht den Mut, den Ofen in Gang zu bringen, doch sie tut es. Der Hunger läßt sich nicht vertrösten, auch wenn Suranjan Essen und Waschen fast vollständig aufgegeben hat und auch bei Kiranmayi nicht viel dazu fehlt. Auch Sudhamay hat den Appetit verloren. Noch immer ist Maya nicht zurückgekommen. Ist sie für immer verschwunden? Könnte er doch sein Leben im Tausch gegen Maya bieten! Könnte er sich doch an die Kreuzung stellen und rufen: »Ich will Maya zurück! Ich habe das Recht, Maya zurückzufordern!«
Das Recht? Geisterhaft hallt das Wort Recht in seinem Kopf nach. 1946, als er noch ziemlich jung war, aß er einmal *Sandesh* in einem Laden in Kalibari und bat um ein Glas Wasser. Er hatte das Wort *Pani* benutzt, nicht das Wort *Jal*. Er hatte Angst, denn zu der Zeit herrschten große Spannungen zwischen Hindus und Muslimen, und in dem Laden beäugten ihn einige Muslime mit scharfen Blicken.
Die Engländer hatten verstanden, daß es ihnen nicht möglich sein würde, in Indien eine Kolonialherrschaft aufzubauen und das Land auszubeuten, ohne die Einheit von Hindus und Muslimen aufzubrechen. Ihre Verschlagenheit zeigte sich in dem Motto ihrer Herrschaft: »Teile und herrsche.«
Eigentlich ist es eine Ungeheuerlichkeit, denkt Sudhamay, daß in einem Land, wo 90 Prozent der Bauern Muslime waren, 90 Prozent des Bodens den Hindus gehörte. Diese

Verhältnisse hatten in Rußland und China zu Revolutionen geführt, in Bengalen hingegen lösten sie den Konflikt zwischen Hindus und Muslimen aus. Die Frage des Grundbesitzes wurde hier zu einer Frage der Religion gemacht. Mit Unterstützung der Engländer entstand 1906 die Muslim League, die die Religion in die Politik brachte. Diese Partei ist dafür verantwortlich, das gesellschaftliche und politische Leben ganz Indiens mit dem Gift des Fundamentalismus verseucht zu haben. Freilich trägt auch der Congress eine Mitschuld.

Nach 1947 haben 24 Jahre lang die imperialistischen Staatsführer Pakistans den Islam propagiert, den Haß gegen Indien geschürt und Fundamentalismus gesät und somit die Bürger dieses Landes ihrer demokratischen Rechte beraubt. Sudhamay hatte aufgeatmet, als er 1971 diese Rechte zurückbekam. Nach der Unabhängigkeit Bangladeschs wurde der Säkularismus als einer von vier politischen Grundsätzen in der Verfassung verankert. Dies war ein eindeutiger Schritt gegen jedes Wiederaufkeimen des Fundamentalismus. Doch nach dem 15. August 1975* stand der religiöse Haß wieder auf. Mit ihm paarten sich Gewalttätigkeit, religiöser Fanatismus und Despotismus. Um den Fundamentalismus gesellschaftsfähig zu machen, bedarf es einer Ideologie, eines theoretischen Überbaus. Vor der Entstehung Pakistans war dies die Zwei-Nationen-Theorie gewesen, und im Bangladesch nach 1975 nannte man es »bangladeschischen Nationalismus«. Die tausend Jahre alte Tradition des bengalischen Volkes wurde hinweggefegt zugunsten von etwas, das man »bangladeschisch« nannte. Ebenso wie Kühe, Esel, Reis und Jute mußten auch die Menschen das Etikett »Bangladeschi« tragen.

* Staatstreich. Mujibur Rahman wird ermordet. (A. d. Ü.)

1988 fand durch die Achte Verfassungsänderung die folgende Regelung Eingang in die Verfassung: »Die Staatsreligion der Republik ist der Islam, doch andere Religionen dürfen in Frieden und Harmonie ausgeübt werden.« Warum heißt es hier »dürfen« und nicht »sollen«? Bei den Grundrechten heißt es freilich: »Der Staat darf keinen Bürger aufgrund seiner Religion, seiner Kaste, seines Geschlechts oder seiner Herkunft diskriminieren.« Doch was bringt es, die Diskriminierung abzulehnen? Wenn es keine Diskriminierung gibt, warum wird dann Maya entführt? Warum beschimpft man sie, die Hindus, als Kinder von *Malauns*? Beschimpfen einen die normalen Schlägertypen etwa als Angehörige einer niederen Kaste?

Nein, dies alles ist etwas anderes als herkömmliches Rowdytum. Im ganzen Land treten nach und nach *Madrasas* an die Stelle von Schulen, wächst die Zahl der Moscheen und islamischen Musikveranstaltungen, die Gebetsrufe aus den Lautsprechern. In manchen Vierteln befindet sich in fast jedem Haus eine Moschee, und ihre Lautsprecher tönen in alle Richtungen. Der Gebrauch von Lautsprechern während der *Puja* der Hindus hingegen ist reglementiert. Wenn man schon Lautsprecher hört, warum müssen es dann nur die der Muslime sein?

In Paragraph 28 der öffentlichen Deklaration der Menschenrechtskommission der UNO heißt es, daß jeder das Recht auf freie Meinung, freies Gewissen und freie Religionsausübung habe. Darin eingeschlossen sind die Rechte auf freie Änderung der eigenen Religion oder des eigenen Bekenntnisses und die private oder öffentliche Lehre, Verbreitung, Gottesdienst und Ausübung des eigenen Glaubens, ob allein oder mit anderen.

Wenn das so ist, warum zerstören sie dann Tempel? Sudhamay glaubt zwar nicht an Tempel, aber er hat folgendes einzuwenden: Wenn man schon etwas zerstören muß, warum richtet sich die Wut dann nur gegen Tempel? Und wäre es nicht angemessen, die Verantwortlichen wenigstens zu bestrafen für all diese Zerstörungen und Verbrennungen? Nach dem Strafgesetz gibt es dafür ein bis zwei Jahre, in schwerwiegenden Fällen drei.

All diese anderen Übel überlagern Sudhamays eigene Krankheit. Das Land wird allmählich immer kranker. Die Bengalen haben sich in einem langjährigen Kampf aus den Klauen der Pakistanis befreit und sich die Verfassung eines unabhängigen Landes gegeben:

»Wir, das Volk von Bangladesch, haben durch die Erklärung unserer Unabhängigkeit am 26. März 1971 und den historischen Kampf für die nationale Befreiung die unabhängige, souveräne Volksrepublik Bangladesch geschaffen. Wir setzen uns die hohen Ideale des Nationalismus, des Sozialismus, der Demokratie und des Säkularismus, welchen sich unser heroisches Volk gewidmet hat und für welche unsere tapferen Märtyrer ihr Leben im nationalen Freiheitskampf gelassen haben, als grundlegende Prinzipien der Verfassung.«

Aus »Kampf für die nationale Befreiung« wurde 1976 ein »historischer Krieg für die nationale Unabhängigkeit«. Hinzugefügt wurde: »... im Vertrauen auf und Glauben an den allmächtigen Allah, Nationalismus, Demokratie und Sozialismus im Sinne von wirtschaftlicher und sozialer Gerechtigkeit.« Außerdem wurde »Freiheitskampf« zu »Unabhängigkeit«.

1978 wurde die Verfassung von 1972 geändert, indem ihr die Worte *Bismillahir rahmanir rahim* (Im Namen Allahs, des Allerbarmers, des Allbarmherzigen) vorangestellt wurden. Art. 12 zu Säkularismus und Religionsfreiheit wurde komplett abgeschafft:

> 12. Das Prinzip des Säkularismus wird in Kraft gesetzt durch die Abschaffung:
> a) des Denkens in religiösen Gruppen oder Kasten in jeder Form
> b) der Verleihung eines politischen Status an irgendeine Religion durch den Staat
> c) des Mißbrauchs von Religion für politische Zwecke
> d) der Diskriminierung oder Verfolgung von Personen, die eine bestimmte Religion ausüben.

Das Wort »Säkularismus« wurde gestrichen, und Art. 25 Abs. 2 lautete nun so: »Auf der Grundlage islamischer Eintracht soll sich der Staat bemühen, brüderliche Beziehungen zu den anderen islamischen Staaten aufzubauen, zu erhalten und zu stärken.«
In Art. 6 der Verfassung von 1972 hieß es: »Die Staatsbürgerschaft Bangladeschs wird gesetzlich bestimmt und geregelt. Bürger Bangladeschs werden Bengalis genannt.« Ziaur Rahman änderte dies folgendermaßen: »Die Bürger Bangladeschs heißen Bangladeschis.«

Sudhamay bemerkt, daß es dunkler wird. Es ist ja nicht mal Mittag vorbei, warum sollte es jetzt dunkel werden? Läßt etwa seine Sehkraft nach? Oder liegt es daran, daß er seine Brille schon lange nicht mehr hat nachprüfen lassen? Ist es der graue Star, oder sind es die Tränen, die immer wieder seinen Blick trüben?
Wie sich Suranjan verändert ... Er hat sich nicht ein einziges Mal zu ihm gesetzt. Seit dem Tag, als Maya entführt wurde, hat er nicht einmal Sudhamays Zimmer betreten.

Sudhamay hat das Geräusch klirrender Gläser und die lautstarken Diskussionen in Suranjans Zimmer am Vorabend gehört. Gerät der Junge auf Abwege? Noch nie hat Sudhamay seinen Sohn zu Hause Alkohol trinken sehen. Vielleicht ist ihm jetzt einfach alles egal. Sogar Maya hat er in zwei Tagen vergessen! Doch Sudhamay kann das selbst nicht glauben, und die plötzliche Stille aus Suranjans Zimmer macht ihn noch besorgter. Sein Sohn wird doch nicht auf den Hund kommen?

Suranjan wird das Haus nicht verlassen. Er hat verstanden, daß es keinen Sinn hat, Maya zu suchen. Dann schon lieber zu Hause bleiben! Würde er auf die Straße gehen, würde man sagen: »Diese Schweine, diese Söhne von *Malauns* haben die Babri-Moschee zerstört. Man muß ihren Besitz zu Bruch schlagen und sie nach Indien schicken!« Suranjan kann diese Reden nicht mehr ertragen. Er traut jetzt keiner sozialistischen Partei, keinem linken Führer mehr. Auch viele Linke hat er die Hindus als Schweine beschimpfen hören. Krishnabinod Ray wurde von allen Kabir Bhai genannt, Parin Datta machte man zu Abdus Salam. Auf welche Partei kann man sich noch verlassen, wenn selbst bei den Kommunisten die Hindus ihre Namen ändern müssen? Soll er sich statt dessen bei der Jamaat-e Islami einschreiben? Er würde sich vor Nijami hinstellen und »*Huzur, Salam alaikum*« sagen. Am nächsten Tag gäbe es dann Schlagzeilen in der Zeitung: »Hindu der Jamaat-e Islami beigetreten.« Selbst in der Jagannath Hall, einem Wohnheim nur für junge Hindu-Studenten, kann man Wähler der Jamaat-e Islami finden, der Grund ist das Geld. Wer würde für 5000 Taka monatlich nicht die Jamaat-e Islami wählen? Suranjan will sich an den linken Parteien rächen, die seine Hoffnungen betro-

gen und ihn in die Verzweiflung gestürzt haben und deren Leute einer nach dem anderen zu anderen Parteien übergelaufen sind. Sie sagen heute dies und morgen das. Als Genosse Farhad starb, wurde im Büro der Kommunistischen Partei Bangladeschs eine *Korankhani* und ein *Milad Mahfil* organisiert. Er bekam ein großes islamisches Begräbnis. Warum ist das so, warum müssen die Kommunisten letztlich zur Fahne des Islam Zuflucht nehmen? Doch wohl, um dem Vorwurf des Atheismus zu entgehen! Aber hat es ihnen in irgendeiner Weise geholfen? Trotz größter Anstrengungen hat die älteste Partei des Landes das Vertrauen der Menschen nicht gewinnen können. Suranjan macht dafür nicht das Volk verantwortlich, sondern die gesichtslosen Führer, die sich ohne Recht Linke nennen.
Im ganzen Land nehmen die *Madrasas* zu. Ein exzellenter Plan, um das Land wirtschaftlich zu paralysieren. Sheikh Mujib selbst hatte angeblich in den Dörfern für *Madrasas* geworben. Irgendwie ist dieser Staat zugrunde gerichtet worden. Wenn man den Zustand dieses Landes, das eine Sprachbewegung hervorgebracht und einen Befreiungskrieg geführt hat, nicht mit eigenen Augen sieht, glaubt man es nicht. Wo ist der bengalische Patriotismus geblieben, wo ist das Bewußtsein, das in dem Motto zum Ausdruck kam: »Ob bengalische Hindus, bengalische Buddhisten, bengalische Christen oder bengalische Muslime, wir sind alle Bengalen!« Suranjan fühlt sich allein, sehr allein. Als wäre er kein Bengale, überhaupt kein Mensch, sondern ein zweibeiniges Wesen mit dem Etikett: Hindu, das sich in seiner Heimat wie ein Exilant fühlt.
Unter den Ministerien dieses Landes gibt es auch ein Religionsministerium. Sein Budget ist in den vergangenen Jahren zu Lasten der Wirtschaftsförderung sehr stark gewachsen:

15 Millionen Taka für die Islamic Foundation in Dhaka. 800 000 Taka für die Verwaltung der religiösen Stiftungen. 26 Millionen Taka für andere religiöse Zwecke. 220 000 Taka für die Almosen-Verwaltung. 25 Millionen Taka für die islamische Mission. Für die religiösen Minderheiten ist ein Budget von 250 000 Taka angegeben. Zwölf Millionen Taka für die kostenlose Stromversorgung der Moscheen, fünf Millionen für die kostenlose Wasserversorgung, 300 000 für die Tara-Moschee in Dhaka. Das sind insgesamt 84 570 000 Taka. Für die Instandhaltung der Baytul-Mokarram-Moschee wurden 1 500 000 Taka ausgegeben. Für Ausbildung und Produktionsprogramme, einschließlich einer Soforthilfe, wurden insgesamt 109 338 000 Taka angesetzt. Fast 25 Millionen Menschen in diesem Land gehören zu religiösen Minderheiten. Diese 25 Millionen Menschen mit 250 000 Taka zu bezuschussen ist in der Tat ein Witz. Das Religionsministerium hatte ein Entwicklungsbudget von zwei Millionen Taka. Die bengalische Enzyklopädie des Islam kostete 20 000 Taka. Für das islamische Kulturzentrum der Islamic Foundation wurden 19 Millionen angesetzt, für ihr Publikations- und Forschungsprogramm 16 875 000 Taka. Das Fortbildungsprogramm für Imams und der Aufbau der Bibliothek der Islamic Foundation kostete 1 500 000 Taka, das Bibliotheksprojekt für Moscheen 2 500 000 Taka. 15 Millionen Taka wurden angesetzt für den Ausbau islamischer Kulturzentren in den neuen Bezirken und eine Aus- und Fortbildungsakademie für Imams. Insgesamt sind das 56 895 000 Taka. Aus anderen Fonds kamen 260 000 Taka für islamische Veranstaltungen und Feste zu den ohnehin gewährten 500 000 Taka hinzu. Für verschiedene Bau- und Renovierungsarbeiten islamischer Vereinigungen wurden 2 860 000 Taka bewilligt.

Parlamentsabgeordnete stimmten für die Genehmigung von 20 Millionen Taka für Renovierungen und den Wiederaufbau verschiedener Moscheen des Landes. Für Besuche religiöser Gruppen aus dem Ausland und Reisen einheimischer Gruppen gab es eine Million Taka, für Spenden an internationale religiöse Institutionen 640000 Taka, für Hilfeleistungen an neu konvertierte und bedürftige Muslime eine Million Taka. 1991/1992 umfaßte das Budget für religiöse Aktivitäten 166213000 Taka. Es mutet wie ein Witz an, wenn man die Mittel für die Rehabilitation neu konvertierter Muslime, eine Million Taka, betrachtet und sich klarmacht, daß nicht ein Taka für die Förderung der Minderheiten bereitgestellt wurde. Es ist wirklich eine Schande, daß in einem armen Land mit verschiedenen religiösen und rassischen Gruppen auf diese Weise der Beitritt zu einer bestimmten Religion nahegelegt wird.
Das wirtschaftliche Rückgrat des Landes ist gebrochen. Wir ersparen es uns lieber, einmal nachzurechnen, wie groß die Last der Auslandskredite ist, die uns im Nacken sitzt! Ist es angesichts dieser wirtschaftlichen Schwäche gerechtfertigt, solche enormen Haushaltsmittel für islamische Zwecke anzusetzen? Außerdem wirkt solch eine ungleiche Verteilung des Geldes auch der nationalen Eintracht entgegen. Denkt denn niemand über all dies nach?
Suranjan ist mit dieser Art von Gedanken beschäftigt, als Kajal Debnath die Tür öffnet und hereinkommt.
»Was ist los, Suranjan, warum liegst du um diese Zeit im Bett?«
»Als wenn ich noch irgendwelche geregelten Zeiten hätte!« Suranjan rückt zur Seite, um Kajal Platz zum Sitzen zu machen.
»Ist Maya zurückgekommen?«
»Ach woher!« Suranjan stößt einen tiefen Seufzer aus.

»Was können wir nur tun? Wir müssen irgend etwas unternehmen!«
»Was denn zum Beispiel?«
Kajal Debnath hat graumeliertes Haar, er ist jenseits der Vierzig. Heute trägt er ein loses Hemd. Seine Stirn legt sich in Falten, er nimmt Zigaretten heraus und fragt: »Willst du auch?«
»Ja, bitte.« Suranjan streckt die Hand aus. Er hat keine Zigaretten mehr gekauft. Wen sollte er um Geld fragen, Kiranmayi etwa? Vor lauter Scham hat er es ja aufgegeben, überhaupt nur in ihr Zimmer zu gehen. Ohnehin scheint ihm, daß die Schande, Maya verloren zu haben, einzig ihm zukommt. Denn schließlich ist er es gewesen, der zuviel an das Land gedacht hat und um jeden Preis beweisen wollte, daß die Menschen dieses Landes in Glaubensfragen tolerant sind. Wie könnte er jetzt vor seinen Vater treten, diesen rechtschaffenen und idealistischen Mann?
Suranjan raucht seine Zigarette auf leeren Magen. Maya würde ihn jetzt vielleicht dabei erwischen und sagen: »Aufgepaßt, *Dada,* das sage ich dir! Du rauchst schon vor dem Frühstück? Du wirst hundertprozentig an Krebs sterben.«
Wenn Suranjan Krebs hätte ... Das wäre gar nicht so schlecht. Er würde den Tod erwarten und könnte darauf verzichten, irgendwelche Hoffnungen zu hegen.
Kajal ist ratlos, was er tun soll: »Heute haben sie deine Schwester entführt, morgen wird es meine Tochter sein. Sicher werden sie sie mitnehmen! Heute haben sie sich Gautam vorgeknöpft, morgen wird es einer von uns beiden sein.«
Suranjan sagt: »Sag mal, sind wir zuerst Menschen oder zuerst Hindus?«
Kajal läßt seinen Blick durch den Raum schweifen und fragt: »In deinem Zimmer waren sie auch, oder?«

»Ja.«
»Was tat Maya gerade, als sie kamen?«
»Sie war dabei, für meinen Vater das Essen zuzubereiten.«
»Hat sie sich nicht wehren können?«
»Wie denn? Die hatten dicke Knüppel und Eisenstangen. Und sowieso sind Hindus ja unfähig, den Muslimen an den Kragen zu gehen. Die muslimische Minderheit in Indien schlägt zurück, und die Gegenseitigkeit der Gewalt rechtfertigt immerhin den Ausdruck *Danga*, Krawall. Aber davon zu sprechen, daß hier dasselbe geschehe, ist absurd! In Wahrheit ist das fundamentalistischer Terrorismus, einseitige Gewalt, absolute Entwürdigung. Eine Gruppe verprügelt und tötet hemmungslos eine andere.«
»Glaubst du, Maya kommt zurück?«
»Keine Ahnung.« Sowie Suranjan über Maya spricht, fühlt er sich, als sei ihm etwas im Hals steckengeblieben, und in sich spürt er eine große Leere.
»Kajal*da*, was ist noch alles im Land passiert?« fragt Suranjan, um auf andere Gedanken zu kommen. Kajal Debnath bläst den Rauch seiner Zigarette in Richtung Zimmerdecke und sagt: »18000 Wohnhäuser, 2700 gewerbliche Einrichtungen und 3600 Tempel sind insgesamt beschädigt oder zerstört worden. Zwölf Menschen sind umgekommen, und der Sachschaden beläuft sich auf zwei Milliarden Taka. Ein Dorf ums andere ist zerstört worden. In 43 Bezirken wurden Zerstörungen angerichtet. 2600 Frauen sind vergewaltigt worden. Die schlimmsten Fälle von Tempelzerstörungen betreffen den fast 500 Jahre alten Gauranga-Mahaprabhu-Tempel im Süden Sylhets, den einige Jahrhunderte alten Kali-Tempel in Baniachang, den Kaibalyadham und Tulsidham in Chittagong, das Madanmohan Akhra in Bhola und die Ramkrishna Mission in Faridpur.«
»Hat die Regierung keine Hilfe zugesagt?« fragt Suranjan.

»Nein, sie hat nicht geholfen und außerdem allen anderen Organisationen verboten zu helfen. Einige private Organisationen haben freilich aus eigener Initiative eingegriffen. Tausende von Menschen haben kein Dach über dem Kopf mehr, keine Kleidung, kein Essen, keine Unterkunft, und die vergewaltigten Frauen stehen unter Schock und haben zum Teil ihre Sprache verloren. Viele Händler stehen vor dem Nichts. Auch in diesem Moment noch werden sie um ihr Geld erpreßt und wird ihr Boden besetzt. Der Schaden an den Häusern liegt in der Barisal Division bei 750 Millionen Taka, in der Chittagong Division bei 200 Millionen, in der Dhaka Division bei 100 Millionen und in den Divisions von Khulna und Rajshahi jeweils bei zehn Millionen. Insgesamt sind das 1060000000 Taka. Bei den gewerblichen Einrichtungen sind es 220 Millionen, bei den Tempeln 570 Millionen.«
»Das gefällt mir alles überhaupt nicht mehr, Kajal*da*.«
»Und weißt du, was das schlimmste ist? Der Exodus. Diesmal kann die Massenflucht nicht mehr aufgehalten werden. Und die Regierung behauptet die ganze Zeit, die Hindus verließen das Land nicht. Die Zeitung *Desh Patrika* aus Kalkutta hat ja berichtet, daß jährlich etwa 150000 Bangladeschis nach Westbengalen gehen und der Hauptteil davon nicht zurückkehrt. In den vergangenen zwei Jahrzehnten waren mehr als fünf Millionen Angehörige von Minderheitengruppen gezwungen, das Land zu verlassen. Sieh dir nur die vier Volkszählungen an: 1941 zählten die Muslime 70,3 Prozent, die Hindus 28,3 Prozent. 1951 zählten die Muslime 76,9 Prozent, die Hindus 22,0 Prozent. 1961 gab es 80,4 Prozent Muslime und 18,5 Prozent Hindus. 1974 85,3 Prozent Muslime und 13,5 Prozent Hindus. 1991 schließlich gab es 87,4 Prozent Muslime und nur noch 12,6 Prozent Angehörige von Minderheiten. Was soll es denn

bedeuten, wenn von Zählung zu Zählung der Anteil der Muslime zunimmt und der der Hindus abnimmt? Warum nimmt er denn ab, wo bleiben denn die Hindus? Wenn die Regierung abstreitet, daß eine Migration stattfindet, wozu veranstaltet man dann überhaupt solche Zählungen? Apropos, weißt du, was sie sich für den neuen Zensus ausgedacht haben? Sie wollen Hindus und Muslime nicht mehr getrennt zählen.«

»Wieso?«

»Weil man sonst sehen kann, wie die Zahl der Hindus abnimmt.«

»Tja, Kajal*da*, dann muß man diese Regierung sehr clever nennen, nicht wahr?« Suranjan streckt sich.

Kajal antwortet nicht und nimmt eine weitere Zigarette zwischen die Lippen. »Hast du mal einen Aschenbecher?«

»Benutze einfach den Fußboden.«

»Ich will gleich mal zu deinen Eltern rübergehen. Was kann ich ihnen nur sagen, wie kann ich sie trösten?« Kajal senkt aus Scham den Kopf, fast, als wäre es sein eigener Bruder gewesen, der Maya entführt hat.

Schon wieder das Thema Maya. Wieder ist Suranjan, als zerreiße es ihm die Brust. Schnell wechselt er den Gesprächsstoff: »Hm, Kajal*da*, Jinnah hat doch immer gesagt, wir seien alle Pakistanis, es gebe keine Hindus oder Muslime. Sind die Hindus daraufhin nicht weniger zahlreich nach Indien ausgewandert?«

»Jinnah war ein aristokratischer Ismaili. Die Ismailis sind zwar Muslime, befolgen aber das Erbrecht der Hindus. Sein eigentlicher Nachname war Khojani, Jhinabhai Khojani hieß er eigentlich. Von diesem Namen behielt er nur das Jhina, aus dem dann Jinnah wurde. Es stimmt, daß Jinnah solche Versprechen machte, doch die Hindus wurden trotzdem weiter diskriminiert. Warum sollten sonst

1,1 Millionen Hindus bis zum Juni 1948 das damalige Ostpakistan verlassen haben? In Indien wurden sie als Flüchtlinge registriert.«
»Nach den Ausschreitungen in Westbengalen kamen nach der Teilung Indiens aber auch viele Muslime nach hier.«
»Ja, aus Westbengalen und Assam kamen viele Muslime, doch sie gingen auch wieder. Denn 1949 kam der Nehru-Liyaqat-Vertrag zustande, in dem es heißt: ›In beiden Ländern sollen die Minderheiten unabhängig von ihrer Religion dieselben Rechte genießen.‹ Festgelegt wurden ihr Anrecht auf Leben, auf Ausübung ihrer Kultur, ihr Recht auf Besitz, und auch Recht auf freie Meinungsäußerung und freie Religionsausübung wurden anerkannt. Ziel des Vertrags war, daß die Geflohenen in ihre Länder zurückkehrten. Doch die, die von hier weggegangen waren, kamen nicht wieder. Trotzdem wurde die Auswanderung eingedämmt. Aber Gesetze wie das von 1951 über den Besitz der Flüchtlinge aus Bangladesch ließen die Zahl der Flüchtlinge aus Ostpakistan auf 3,5 Millionen klettern. Dein Vater kennt sich da gut aus.«
»Mein Vater spricht nicht darüber mit mir, er geht in die Luft, sobald es ums Auswandern geht.«
»Meint er denn, wir finden das Auswandern gut? Aber was willst du denen sagen, die verschwinden, womöglich heimlich verschwinden? Irgendeine Hoffnung muß man ihnen doch vermitteln. Würden sie etwa ihr Land verlassen, wenn es daran nicht so vollständig fehlte? Es gibt doch so eine Stelle in den *Shastras*, wo es heißt, wer seine Heimat nicht verlasse, sei der Glücklichste. Die Muslime sind ans Wandern und Wallfahren gewöhnt, doch für Hindus ist der Boden eine ganz besondere Sache.«
Während er redet, steht Kajal Debnath auf und geht auf die Veranda, wahrscheinlich um seine Emotionen unter

Kontrolle zu bringen. Als er zurückkommt, sagt er: »Ich brauche jetzt einen Tee. Komm, laß uns draußen einen Teestand suchen.«
Suranjan zieht sich nicht um und macht sich auf, wie er ist, ungebadet und mit seit Tagen leerem Bauch. »Also los! Ich fange schon langsam an zu rosten.«
Er läßt die Tür offen. Warum soll er sie verschließen – was geschehen kann, ist ja ohnehin schon geschehen. Auf dem Weg fragt ihn Kajal: »Bekommst du zu Hause was zu essen?«
»Meine Mutter stellt es mir hin, und manchmal esse ich etwas davon, oft aber auch nicht. Ich habe keinen Appetit. Ich fühle mich einfach nicht gut.« Suranjan fährt sich durchs Haar, weniger, um die Frisur in Ordnung zu bringen, sondern mehr, um seine Beklommenheit zu verscheuchen.
Suranjan fragt noch einmal nach: »Aber 1969 und 1970 hat die Abwanderung der Hindus ja anscheinend abgenommen, Kajal*da*.«
»1966 begann die Sechs-Punkte-Bewegung. Zwischen dem Volksaufstand von 1969 und den Wahlen von 1970 und dem Beginn des Befreiungskriegs sind weniger Hindus abgewandert. Von 1955 bis 1960 sind sehr viele gegangen, zwischen 1960 und 1965 etwa eine Million Menschen. Bei Ausbruch des Krieges haben sich fast zehn Millionen in Indien in Sicherheit gebracht. 80 Prozent davon waren Hindus. Die Hindus, die nach dem Krieg zurückkamen, fanden ihr Eigentum in fremden Händen. Viele gingen daraufhin wieder weg, und manche blieben, in der Hoffnung, alles werde sich fügen, und sie würden in dem unabhängigen Land Sicherheit genießen. Und du weißt ja selbst, daß 1974 die Regierung von Mujibur Rahman nichts änderte bis auf den Namen des Gesetzes zum ›feind-

lichen Eigentum‹. Ziaur Rahman brachte die gegen Bangladeschs Unabhängigkeit gerichteten fundamentalistischen Kräfte an die Macht. Er verbannte den Säkularismus aus der Verfassung. Danach kam Ershad und startete die Bewegung zur Wiedererweckung des Islam. Am 22. Dezember 1982 verkündete Ershad, daß der Islam und die Ethik des Korans die neue Grundlage der Landesverfassung sein würden. Wer hätte das gedacht, daß die Religion nach 24 Jahren, in denen sie eine untergeordnete Rolle gespielt hatte, derart triumphierend in die politische Arena zurückkehren würde.«

Die beiden halten an einem Teestand. Kajal mustert Suranjan aufmerksam von Kopf bis Fuß und sagt dann: »Du wirkst ziemlich zerstreut. Du fragst mich Sachen, die du ganz genau selbst weißt. Warum? Ich glaube, du bist innerlich furchtbar aufgewühlt. Beruhige dich, Suranjan! Was soll werden, wenn so vielversprechende Leute wie du in Hoffnungslosigkeit verfallen?«

Sie setzen sich einander gegenüber an einen Tisch. Kajal Debnath fragt: »Willst du etwas essen zum Tee?« Suranjan nickt. Er ißt zwei *Singaras*. Auch Kajal Debnath läßt es sich schmecken, danach sagt er zu dem Jungen, der am Teestand arbeitet: »Gib mir *Pani*.«

Suranjan hört das Wort *Pani*. Zu Hause nennt Kajal Debnath das Wasser *Jal*, hier aber sagt er *Pani*. Hat er es aus Gewohnheit getan oder aus Angst? Suranjan würde es gern wissen. Er setzt zur Frage an, läßt es dann aber. Ihm scheint, als würden sie von vielen Augenpaaren beobachtet. Schnell nippt er an seinem Tee. Aus Angst? Woher kommt nur all diese Angst? Beim hastigen Nippen verbrennt er sich die Zunge. Der Junge am Nachbartisch, der sie mit scharfem Blick beobachtet, hat einen Kinnbart und ein gesticktes *Topi* auf dem Kopf. Er wird wohl um die

Zwanzig sein. Suranjan glaubt plötzlich, er müsse einer von Mayas Entführern sein, warum würde er sonst so die Ohren spitzen, sich so auf sie konzentrieren? Suranjan bemerkt auf seinem Gesicht die Andeutung eines hämischen Grinsens. Bezieht sich das Lachen auf all die lustigen Dinge, die man mit seiner Schwester angestellt hat? Suranjan trinkt seinen Tee nicht aus, er sagt: »Komm, Kajal*da,* laß uns gehen. Mir gefällt das alles nicht.«

»Warum willst du so überstürzt gehen?«

»Mir gefällt das alles nicht.«

10. Tag 1954 gehörten von insgesamt 309 Abgeordneten im Nationalparlament 72 Minderheitengruppen an, 1970 waren es elf von 300, 1972 zwölf von 315 und 1979 acht von 330. 1986 waren es sieben von 330, 1988 vier, 1991 zwölf von 330. Von 80000 Polizeibeamten gehören nur 2000 religiösen Minderheiten an. Unter den Inspektoren gibt es keine, von den Oberinspektoren ganz zu schweigen. Von 870 Polizeioffizieren gehören nur 53 Minderheiten an. In den höheren Rängen des Innenministeriums, Außenministeriums und Verteidigungsministeriums sowie des diplomatischen Dienstes ist niemand von den Minderheiten vertreten. Unter den 46894 leitenden Angestellten von nicht regierungsgebundenen Organisationen sind es ganze 350. In den höheren Rängen der öffentlichen, halböffentlichen und unabhängigen Institutionen sind nur fünf Prozent Angehörige religiöser Minderheiten. Unter 152 Zollbeamten ist nur einer, unter 450 Finanzbeamten sind nur acht Angehörige religiöser Minderheiten. Unter den Beamten der staatlich kontrollierten Industrieprojekte stellen die Minderheiten ein Prozent, unter den Angestellten drei bis vier Prozent, und unter den Arbeitern noch weniger als ein Prozent. Und nicht nur das: In keiner Bank, die Bangladesh Bank mit eingeschlossen, ist ein Direktor, Chairman oder geschäftsführender Direktor ein Hindu. Sogar in den Filialen der Gewerbebanken ist kein Hindu als Leiter angestellt.

Suranjan hat sich die ganze Nacht lang in seinem Bett herumgeworfen, sein Kummer hat ihn nicht schlafen lassen. Am Morgen ist Kiranmayi einmal in sein Zimmer gegangen, wahrscheinlich, um zu fragen, ob Maya denn nicht zurückkommen werde, ob man weiter ohne sie leben müsse. Die letzten Tage haben Spuren bei ihr hinterlassen, sie wirkt leblos. Die Augen sind schwarz gerändert, auf den trockenen Lippen kein Wort, kein Lächeln. Suranjan hat so schlaff auf dem Bett gelegen, als schliefe er. Er hat Kiranmayi nichts von den enormen Schmerzen erzählt, die ihn im Innern verzehren. Zweimal am Tag stellt ihm Kiranmayi lautlos etwas zu essen auf den Tisch. Manchmal bekommt er es mit der Wut. Ist sie denn aus Stein? Ihr Mann ist gelähmt, ihre Tochter verschwunden, und ihr Sohn ist gleichsam anwesend abwesend – warum macht sie niemandem Vorwürfe? Ihr Verhalten ist sehr merkwürdig. Sie reagiert auf nichts und verbringt ihre Tage in völliger Routine, wie eine wandelnde Leiche.

Suranjan beschließt, den ganzen Tag im Bett zu bleiben. Er braucht Ruhe, seit vielen Nächten hat er nicht mehr richtig geschlafen. Doch sobald er die Augen schließt, nähert sich ihm eine schreckenerregende Tatze und faßt ihn bei der Kehle. Unweigerlich würgen ihn zahlreiche Hände. Mit seinem Wohlbefinden, mit seinem Frieden ist es aus und vorbei.

Nanigopal aus Manikganj ist zu Besuch gekommen, mit ihm seine Frau und seine Kinder. Nanigopal ist ein entfernter Verwandter von Sudhamay. Er ist kein bißchen verwundert, als er die Zerstörung in Sudhamays Zimmer sieht. Er sagt nur: »Ihr Haus haben sie also auch nicht ausgelassen.«

Lalita, die Frau von Nanigopal, hat den Sindur abgewischt und sich einen Schleier vor das Gesicht gezogen. »Oh, *Baudi*«, sagt sie, wirft sich an Kiranmayis Brust und beginnt zu weinen. Lalitas Tochter steht schüchtern herum. Wie heißt sie noch mal? Sudhamay hat ihren Namen vergessen. Sie wird etwa in Mayas Alter sein, vielleicht ein, zwei Jahre jünger.

Sudhamay starrt das Mädchen an. Erneut trübt sich sein Blick. Maya ist nicht mehr da, er kann es noch immer nicht fassen. Immer noch scheint es ihm, als sei sie nur im Nachbarhaus oder beim Nachhilfeunterricht und werde am Nachmittag wieder zurück sein. Alle im Haus haben sich ein Fünkchen Hoffnung bewahrt und denken, daß Maya, wenn auch vergewaltigt und gefoltert, eines Tages zurückkommen werde.

»*Dada,* ich werde nicht in diesem Land bleiben«, sagt Nanigopal. »Meine Tochter ist erwachsen geworden, und ich habe furchtbare Angst um sie.«

Sudhamay wendet den Blick von dem Mädchen ab und sagt: »Sprich vor mir bitte nicht vom Weggehen. Ich habe gehört, daß Gautam und seine Familie hier aus der Nachbarschaft auch auswandern. Was habt ihr nur alle? Alle reden vom Weggehen. Wo ihr hinwollt, gibt es dort keine Schläger und Rowdys? Gibt es dort keine Angst? Die Mädchen sind in keinem Land sicher. Kennst du nicht das Sprichwort: ›Und am Flusse stehend sagt er: Ich weiß nicht, was mich hier hält, / harren doch am andren Ufer alle Freuden dieser Welt.‹ Das ist dein Zustand.«

Nanigopal trägt *Kurta* und *Payjama.* Er hat sich einen dichten Bart wachsen lassen. Er legt seine Hände an die Stirn und bleibt still sitzen.

Lalita weint, sie weint aus Furcht. Wie versteinert hört Kiranmayi ihr Weinen. Sie bringt es nicht mal heraus, daß

Maya entführt wurde und noch immer nicht zurückgekehrt ist.

Nanigopal ist Holzhändler gewesen. Sein Lager ist abgebrannt. Doch das ist es gar nicht gewesen, was ihn ans Auswandern hat denken lassen. Der ausschlaggebende Punkt ist seine Tochter Anjali gewesen. Er befürchtet eine Entführung. Nanigopal sagt: »*Dada*, ein Verwandter von Lalita wohnte in Chandpur, Bezirk Feni. Ihn haben sie aus Gier nach seinem Eigentum entführt und schließlich umgebracht. Miko, die 14jährige Tochter von Ashvinikumar Chandra aus Pingail in Jaydebpur, haben sie entführt und vergewaltigt, wissen Sie das nicht? Danach wurde das Mädchen umgebracht. Nandita Rani Hira, Tochter von Harendranath Hira aus Debgram in Gopalganj, haben sie entführt. Karuna Bala, die Tochter von Kshitishchandra Debnath aus Banchharampur, haben die muslimischen Jugendlichen des Dorfes entführt und vergewaltigt. Tandra Rani, Tochter von Shobha Rani aus Kalinath Bazar in Bhola, hat dasselbe Schicksal erlitten. Muktirani Ghosh, Tochter von Sudhirchandra Das, entführte ein einflußreicher Geschäftsmann namens Abdul Kayum aus dem Adalat Para in Tangail. Die Tochter von Purnachandra Barman aus Bhaluka wurde gewaltsam entführt. Auch Jayanti Rani Saha, die Tochter von Tinkari Saha aus Taraganj in Rangpur wurde entführt. Haben Sie nichts von alledem gehört?«

»Wann ist das denn alles passiert?« fragt Sudhamay mit müder Stimme.

Nanigopal antwortet: »1989.«

»Solche alten Nachrichten kannst du jetzt noch auswendig?«

»So was vergißt man nicht.«

»Und wieso nimmst du dann die Nachrichten von muslimischen Mädchen wie Paribanu, Anwara, Manwara, Sufia und Sultana nicht zur Kenntnis? Auch sie sind entführt worden, auch sie sind mißhandelt und vergewaltigt worden.«

Nanigopal legt wieder beide Hände an die Stirn. Nach einer kurzen Pause sagt er: »Ich habe von Ihrer Krankheit gehört. Ich wollte die ganze Zeit mal vorbeikommen, aber ich habe nicht die Zeit dafür gefunden. Ich hatte selber einen Haufen Sorgen. Jetzt bei der Abreise dachte ich, los, schauen wir noch einmal rein. Heute nacht werden wir nach Benapol fahren. Wir haben unser Haus nicht verkaufen können. Ich habe einem Cousin von Lalita gesagt, er solle es irgendwann verkaufen.«

Sudhamay weiß, daß er Nanigopal nicht umstimmen kann. Er selbst hält es für falsch, wegzugehen. Wenn die Zahl der im Lande gebliebenen Hindus weiter sinkt, wird es nur noch mehr Gewalttätigkeiten gegen sie geben. Nützt es also den Emigranten oder den Dagebliebenen? Sudhamay schätzt, daß es letztendlich keinem nützt, sondern für alle einen Schaden bedeutet, besonders für die Armen und die Minderheiten. Sudhamay wüßte gern, was die Hindus tun müssen oder wie viele von ihnen sterben müssen, um all die Sünden der indischen extremistischen Hindus in Vergangenheit, Gegenwart und Zukunft zu sühnen. Wüßte er mit Gewißheit, daß es dadurch den Hindus besserginge, so würde er sein Leben zur Verfügung stellen und auch anderen dazu raten.

Am Nachmittag kommt Alea Begum, die Frau von Shafiq Ahmed, zu Besuch. Früher kam sie ständig vorbei, doch heutzutage bleiben ja viele weg. Auch Haiders Eltern sind schon längere Zeit nicht mehr dagewesen. Sudhamay fällt

auf, daß Kiranmayi sehr einsam ist. Sie ist etwas erstaunt, Alea Begum zu sehen, wer sollte sie denn schon besuchen? Das Haus sieht aus wie abgebrannt. Als Sudhamays Blick auf Alea Begums lachendes Gesicht, ihren blitzblanken Sari und ihre Schmuckstücke fällt, fragt er sich, ob Kiranmayi sich dadurch gedemütigt fühlt. Die ganze Zeit über hat er Kiranmayi unrecht getan. Eine Tochter aus wohlhabendem und gebildetem Hause hatte er in einen verarmten Haushalt ohne Zukunft gebracht und ihr außerdem einundzwanzig Jahre lang die körperliche Liebe versagt. Sudhamay hat aus Egoismus gehandelt. Hätte er sonst nicht darauf bestehen müssen, daß sie erneut heiratet? Ob Kiranmayi dann wohl gegangen wäre? Hatte sie im Innersten auch den Wunsch nach einem annehmlichen Leben im Wohlstand, wie Alea Begum es führt? Sie war ja auch nur ein Mensch, und sie hätte durchaus auf die Idee kommen können, Sudhamay zu verlassen.
Aus dieser Furcht heraus blieb Sudhamay meist in ihrer Nähe und lud nur selten Freunde nach Hause ein. Sudhamay zeigt selbst mit dem Finger auf seinen auf dem Bett liegenden nutzlosen und schwachen Körper und sagt sich im stillen: »Sudhamay, daß du deine Freunde allmählich verloren hast, ist absichtlich geschehen, damit Kiranmayi keine Gelegenheit hat, sich in einen anderen, potenten Mann zu verlieben.« Hinter Sudhamays starker Liebe für Kiranmayi steht dieser Egoismus. Er möchte für Kiranmayi unentbehrlich, unverzichtbar sein. Doch lebt man nur von Liebe allein? Nach all diesen Jahren scheint es Sudhamay, daß die Liebe allein nicht ausreicht, daß es noch anderer Dinge bedarf.
Alea Begum nimmt die zerstörten Gegenstände im Haus in Augenschein, erfährt von Sudhamays Lähmung, hört die Geschichte von Mayas Entführung und äußert

schluchzend ihr Mitgefühl. Schließlich fragt sie: »Haben Sie keine Verwandten in Indien, *Baudi*?«
»Doch, haben wir, fast alle meine Verwandten sind in Indien.«
»Was hält Sie dann noch hier?«
»Es ist ja schließlich meine Heimat.«
Kiranmayis Antwort scheint Alea Begum ein wenig zu verdutzen, so als zweifle sie daran, daß dieses Land Kiranmayis Heimat sei. Vielleicht fragt sie sich, ob es Kiranmayi zukomme, mit derselben Lautstärke wie sie, Alea Begum, von diesem Land als dem ihren zu sprechen. Heute scheint es Sudhamay, als ständen Kiranmayi und Alea Begum nicht mehr als Gleiche nebeneinander, sondern als beginne sich irgendwo ein feiner Riß zu zeigen.

11. Tag Heute ist *Bijay Dibas,* der Tag des Sieges; der Tag, an dem Bangladesch endlich unabhängig wurde. Das Wort Unabhängigkeit juckt Suranjan wie ein Insektenstich. Im ganzen Land wird der Tag des Sieges jubelnd begangen. Überall herrscht große Freude und Aktivität. Früher wäre Suranjan schon im Morgengrauen aufgestanden und losgelaufen, um an verschiedenen Orten bei den Feierlichkeiten und Veranstaltungen mitzuwirken. Auf Lastwagen wären sie umhergefahren und hätten Lieder gesungen. Heute ist es ihm, als habe er all diese Jahre nutzlos vergeudet. Was für eine Unabhängigkeit hat er denn bekommen? Und was nützt ihm die Unabhängigkeit Bangladeschs? Viele Lieder kommen ihm in den Sinn: »*Jay Bangla, Banglar Jay*« und andere, die von zahlreichen Dichtern ersonnen wurden. Die Lieder drängen sich auf Suranjans Lippen, doch er unterdrückt sie. Ihm ist nicht nach Singen oder Lebensfreude zumute.

Während er im Bett liegt und den Tag verstreichen läßt, überkommt ihn plötzlich die Lust auf etwas. Er spielt mit dieser Versuchung. Er hält sie am Leben, auf daß sie sich von einem Keim zu einer Pflanze entwickle, nährt sie und berauscht sich an ihrem Duft.

Um etwa acht Uhr dann macht er sich auf. Dem Rikschafahrer sagt er, er solle einfach drauflosfahren. Die Rikscha fährt mit ihm durch Topkhana, Bijaynagar, Kakrail und

Magbazar nach Ramna. Suranjan betrachtet die festlich erleuchteten Straßen. Ob sie wohl wissen, daß er ein Hindu ist? Wenn ja, dann würde sich vielleicht sogar der Asphalt teilen, um ihn zu verschlingen.

Wenn er seiner Versuchung nicht nachgibt, wird er das Feuer, das in seinem Körper brennt, nicht löschen können, wird er nicht imstande sein, sich von seiner Atemnot zu befreien. Eine Lösung wird es gewiß nicht sein, doch er wird sich etwas besser fühlen. Seine Wut, seine Niedergeschlagenheit, seinen Schmerz wird es lindern.

Vor dem Bar Council läßt Suranjan die Rikscha halten und zündet sich eine Zigarette an. Suranjan hat die Hoffnung, Maya wiederzufinden, aufgegeben. Er wird Sudhamay und Kiranmayi mitteilen, daß sie nicht mehr auf Maya hoffen, sondern sich lieber vorstellen sollen, sie sei bei einem Verkehrsunfall verunglückt. Dazu kommen die Sorgen um seinen Vater. Suranjan kann den Gedanken nicht ertragen, daß sein einstmals so beweglicher, starker Vater Sudhamay jetzt so einsam und hilflos ist und den ganzen Tag um Maya jammert. Maya ... bestimmt stürzen sie sich auf sie wie die Geier auf eine Leiche. Sie zerhacken und zerreißen sie. Wie Urmenschen, die rohes Fleisch aßen. Ein ungekannter Schmerz zerreißt Suranjans Brust, als wäre er es, den man aufäße. Als machten sich sieben Hyänen über ihn her.

Suranjan hat noch nicht einmal seine Zigarette aufgeraucht, als ein Mädchen vor der Rikscha stehenbleibt. Im grellen Licht scheint ihr Gesicht sehr hellhäutig. Bestimmt ist sie geschminkt. Sie ist so um die 20 Jahre alt.

Suranjan schnippt seine Zigarette weg und ruft das Mädchen heran: »Komm mal her!«

Das Mädchen nähert sich der Rikscha. Sie lacht und setzt ihren Körper in Pose.

Suranjan fragt: »Wie heißt du?«
»Pinky«, sagt das Mädchen lachend.
»Nein, sag deinen ganzen Namen!«
»Shamina Begum.«
»Der Name deines Vaters?«
»Abdul Jalil.«
»Wo kommst du her?«
»Rangpur.
»Wie heißt du doch gleich?«
»Shamina.«
Das Mädchen ist verwundert. Was ist das für ein Kunde, der den Namen ihres Vaters und ihren Geburtsort wissen will? Suranjan sieht Shamina scharf an. Sie scheint die Wahrheit zu sagen.
»Okay, steig ein.«
Das Mädchen setzt sich zu ihm in die Rikscha, und Suranjan weist den Fahrer an, in Richtung Tikatuli zu fahren. Den ganzen Weg über redet er kein Wort mit Shamina, sieht sie nicht einmal an. Es läßt ihn vollkommen kalt, daß hier ein Mädchen eng bei ihm sitzt, Belanglosigkeiten daherplappert, dann und wann sogar ins Singen verfällt und ihm immerfort lachend am Körper herumtätscheln will. Er raucht mit Konzentration und Hingabe. Auch der Rikschafahrer scheint heute gute Laune zu haben. Er fährt einen lustigen Zickzackkurs und singt ab und zu sogar zwei, drei Zeilen eines Hindi-Filmsongs. Die Stadt hat sich heute festlich zurechtgemacht, sie blinkt in rotem und blauem Licht. Was Suranjan hier im Begriff ist zu tun, das tut er bei klarem Kopf. Kein Rausch vernebelt seinen Verstand. Er hat sein Zimmer von außen verschlossen, um niemanden zu stören. Lautlos betritt er mit Shamina das Haus. Sobald sie drinnen sind, sagt Shamina: »Wir haben noch nicht über den Preis gesprochen.«

Suranjan fällt ihr ins Wort: »Still, keinen Ton will ich hören, sei vollkommen still.«
Das Zimmer ist noch in demselben verwüsteten Zustand, die Bettdecke hängt zur Hälfte herunter. Aus den anderen Räumen kommt kein Laut, vermutlich sind seine Eltern schlafen gegangen. Nach kurzem Lauschen hört Suranjan, daß Sudhamay stöhnt. Ob er mitbekommen hat, daß sein begabter Sohn eine Prostituierte mit nach Hause gebracht hat? Er allerdings sieht Shamina nicht als Prostituierte, sondern einfach als muslimisches Mädchen. Er hat große Lust, eine Muslimin zu vergewaltigen. Vergewaltigen, ja, vergewaltigen wird er Shamina! Er löscht das Licht.
Suranjan wirft das Mädchen zu Boden und reißt ihm die Kleider vom Leib. Er ist außer Atem. Er bohrt seine Fingernägel in Shaminas Unterleib und beißt sie in die Brüste. Brutal zerrt er an den Haaren des Mädchens und beißt sie in die Wangen und den Hals und den Bauch. Schließlich ist sie nur eine Straßenhure! Sie beginnt, vor Schmerzen zu schreien. Suranjan verspürt eine sadistische Freude an ihrem Leiden. In unbändiger Zerstörungslust quält und schlägt er sie weiter und vergewaltigt sie schließlich, als er sich nicht länger zurückhalten kann. Shamina ist vollkommen verstört, noch nie hat sie ein Freier so mißhandelt, so blutig gebissen und gekratzt. Wie ein Reh, das vor den Pranken des Tigers fliehen will, steht sie jetzt mit ihren hastig zusammengesuchten Kleidungsstücken an der Tür. Noch nie hat sie so etwas erlebt.
Suranjan ist auf einmal sehr ruhig und erleichtert. Der Wunsch, der ihn den ganzen Tag lang in Versuchung geführt hat, ist in Erfüllung gegangen. Jetzt fehlt nur noch, daß er das Mädchen aus dem Zimmer hinausprügelt. Sein Atem wird wieder schwer. Soll er diese Muslimin jetzt gewaltsam vor die Tür setzen? Nackt und zitternd steht Sha-

mina da, sie begreift nicht, ob sie über Nacht bleiben oder sofort gehen soll. Da er ihr verboten hat zu reden, wagt sie auch nicht, den Mund aufzumachen.

Wo ist Maya jetzt? Haben sie sie in einem verschlossenen Zimmer an Armen und Beinen gefesselt und vergewaltigt? Es muß furchtbar für sie gewesen sein. Ob sie dabei geschrien hat? Einmal, im Alter von 15 oder 16 Jahren, rief Maya aus dem Traum heraus nach ihm – *Dada, Dada*. Suranjan lief schnell zu ihr und sah sie zittern: »Was ist, Maya, warum zitterst du?« Auch als sie völlig wach war, hörte das Zittern nicht auf, und Maya, noch ganz unter dem Einfluß ihres Traums, begann zu erzählen: »Wir beide sind zusammen in ein wunderschönes Dorf gefahren und spazieren inmitten grüner Reisfelder. Wir laufen herum und plaudern. Es laufen auch noch ein paar andere Leute herum, und wir wechseln ein paar Worte mit ihnen. Plötzlich sehe ich, daß das Reisfeld nicht mehr da ist. Ich bin auf einem einsamen Feld, auch du bist nicht mehr da, und auf einmal sehe ich, wie von hinten Leute kommen, die mich fangen wollen. Aus Angst renne ich davon und suche nach dir.« O Maya! Suranjans Atem wird heftig, er stellt sich vor, wie Maya schreit. Sie schreit, doch niemand hört sie, niemand hört ihr Weinen. In einem verdunkelten Zimmer weint sie, umringt von einer Rotte wilder Tiere. Wo ist Maya jetzt? Die Stadt ist nicht so groß, und doch weiß Suranjan nicht, ob seine geliebte Schwester auf einem Müllhaufen, in einem Bordell oder im Wasser des Buriganga verschwunden ist. Wo ist Maya? Und was macht dieses Mädchen hier in seinem Zimmer? Er hat nur noch den Wunsch, sie hinauszuwerfen.

Suranjans Verhalten macht dem Mädchen angst. So schnell wie möglich zieht sie sich an, wagt aber doch noch, ihr Geld einzufordern: »Bezahlen Sie!«

»Riskier hier keine Lippe, hau sofort ab!« In jähem Zorn springt Suranjan auf.
Shamina öffnet die Tür und setzt einen Fuß nach draußen, schaut sich aber traurig um. Von den Bißwunden auf ihren Wangen rinnt das Blut herunter. Sie sagt: »Geben Sie mir etwas, selbst wenn es nur zehn Taka sind.«
Suranjan ist wutentbrannt, doch der traurige Blick des Mädchens besänftigt ihn. Ein armes Mädchen, diese Shamina – Armut und Hunger zwingen sie dazu, ihren Körper zu verkaufen. Diese verdorbene Gesellschaft hat für ihre Arbeit, ihre Talente keine Verwendung gehabt und sie hinaus auf die dunkle Gasse gestoßen. Sicherlich wird sie von dem Geld zu Abend essen. Wer weiß, wie lange sie nicht mehr gegessen hat. Suranjan gibt ihr zehn Taka aus seiner Hosentasche und fragt: »Du bist doch Muslimin, oder?«
»Ja.
»Ihr wechselt doch eure Namen. Hast du deinen Namen nicht geändert?«
»Nein.«
»Okay, geh jetzt.«
Shamina geht. Suranjan fühlt sich sehr erleichtert. Für heute wird er um nichts mehr trauern. Heute ist der Tag des Sieges, alle jubeln und jagen Knaller in die Luft. Vor einundzwanzig Jahren kam die Unabhängigkeit, und heute kam Shamina Begum in Suranjan Dattas Zimmer. Eine großartige Unabhängigkeit! Suranjan hat Lust, den Takt für ein Lied zu klopfen und vielleicht zu singen: »Bangladesch ist mein Anfang und mein Ende, Bangladesch ist mein Leben und mein Tod.«
Shamina hat seinen Namen nicht erfahren. Er hätte ihr sagen müssen, daß sein Name Suranjan Datta ist. Doch Shamina hat auch so gemerkt, daß der junge Mann, der sie

bis aufs Blut zerkratzt und zerbissen hat, ein Hindu gewesen ist. Auch die Hindus können vergewaltigen, auch sie haben Arme, Beine und einen Kopf. Auch sie haben scharfe Zähne, auch ihre Nägel können kratzen. Shamina ist zwar ein absolut hilfloses Mädchen, doch immerhin ist sie Muslimin. Suranjan freut sich über jeden Hieb, den er auf eine muslimische Wange plazieren kann.

Suranjan verbringt die ganze Nacht in größter Unruhe zwischen Halbschlaf und Wachen. Er findet keinen richtigen Schlaf, die Nacht vergeht in Einsamkeit und geisterhafter Starre, in größter Unsicherheit. Die schwarze Saat des Terrors raubt ihm den Schlaf. Rache hat er heute nehmen wollen, doch er kann sich nicht rächen. Verblüfft stellt Suranjan fest, daß ihn die ganze Nacht hindurch das Bedauern, das Mitleid für Shamina verfolgt. Keine Aggressionen, keine Wut. Was ist das dann also für eine Rache gewesen? Ist es nicht eher eine Art Niederlage?

Ja, Suranjan hat verloren. Er hat Shamina nicht betrügen können. Sie ist ohnehin schon betrogen. Für sie sind Vergewaltigungen nichts Außergewöhnliches. Vor Schmerz und Scham krümmt sich Suranjan auf dem Bett zusammen. Es ist schon sehr spät, warum kann er nicht schlafen? Geht er wirklich vor die Hunde, läßt ihn die Zerstörung der Babri-Moschee so vor die Hunde gehen? Er fühlt deutlich, wie sich die Verderbnis in ihm ausbreitet. Gewissensbisse hat er, enorme Gewissensbisse wegen dieses Mädchens, das er mit seinen Zähnen verletzt hat. Hätte er ihr doch wenigstens die blutenden Wangen mit dem Taschentuch abgetupft, bevor sie ging! Sollte er sie jemals wieder an der Kreuzung am Bar Council stehen sehen, so wird er sie um Verzeihung bitten.

Trotz der Kälte der Winternacht ist ihm warm. Er schlägt die Bettdecke zurück und bleibt unbedeckt liegen. Das

Bettlaken hat sich bei seinen Füßen zusammengeknüllt. Er liegt auf der schmutzigen Matratze und zieht seinen Kopf zu den Knien, er rollt seinen Körper zusammen wie ein Hund.

Am nächsten Morgen spürt er das dringende Bedürfnis, zu urinieren, doch er mag sich nicht bewegen. Kiranmayi bringt Tee, aber Suranjan kann nichts zu sich nehmen, ihm ist übel. Er würde gern in warmem Wasser baden, doch wo kann er jetzt warmes Wasser herbekommen? Zu ihrem Haus in Brahmapalli gehörte ein Teich, und wenn man an einem Wintermorgen hineinstieg, standen einem wohlig die Haare zu Berge. Niemals badete er, ohne ein paar Schwimmzüge zu tun. Könnte er doch heute ein wenig schwimmen gehen. Wo ist heute jener Teich, wo jenes tiefe Wasser? Er hat keine Lust, sich an der Pumpe zu waschen, in dem von ihrem dünnen Rohr rationierten Wasser. Warum gibt es all diese Rationierungen im Leben?

12. Tag Um zehn Uhr morgens steht Suranjan auf. Er ist gerade dabei, sich auf der Veranda die Zähne zu putzen, als er Ashraf, den Sohn von Khadem Ali, zu Kiranmayi sagen hört: »*Mashima,* gestern hat Putu aus unserem Haus ein Mädchen, das wie Maya aussah, unter der Stahlbrücke von Gendaria im Wasser treiben sehen.«

Die Hand, mit der Suranjan die Zahnbürste hält, ist wie gelähmt, wie ein Stromstoß durchfährt es seinen ganzen Körper. Von drinnen kommt kein Weinen. Das Haus liegt starr, als würde jedes Wort ein schallendes Echo an den Wänden entstehen lassen. Als wäre seit zehn Jahren niemand außer ihm im Haus gewesen. Von der äußeren Veranda aus sieht Suranjan, daß die Stadt von den Feierlichkeiten zum Tag des Sieges noch nicht wieder vollständig erwacht ist. Noch immer mit der Zahnbürste in der Hand, sieht er Haider über die Straße laufen. Auch Haider sieht ihn und hält aus Höflichkeit in seinem Schritt inne, um langsam heranzuschlendern und zu fragen: »Wie geht's?«

Suranjan lächelt: »Gut.«

Eigentlich müßte Haider jetzt nach Maya fragen, doch er tut es nicht. Er lehnt sich ans Geländer und sagt: »Gestern haben die Leute vom Shibir die Gedächtnistafel für das Volksgrab, die in der Joha Hall der Universität von Rajshahi hing, zerstört.«

Suranjan spuckt einen Mund voll Zahnpastaschaum auf den Boden und fragt: »Was heißt Volksgrab?«
»Du weißt nicht, was das Volksgrab ist?« Erstaunt sieht Haider Suranjan an.
Suranjan schüttelt den Kopf, er weiß von nichts.
Aus Haiders Gesicht weicht alle Farbe, so sehr ist er beleidigt. Er versteht nicht, weshalb Suranjan vorgibt, die Bedeutung des Volksgrabs nicht zu kennen. Suranjan ist doch schließlich Leiter des Zentrums für die Entwicklung freiheitlichen Bewußtseins und kennt die Geschichte des Unabhängigkeitskrieges genau!
Suranjan dagegen denkt bei sich: Macht es noch einen Unterschied, wenn die Leute vom Shibir die Gedächtnistafel des Volksgrabs zerstören? Sie haben jetzt Waffen in den Händen und benutzen sie, keiner wird sie stoppen. Stück für Stück werden sie dieses unbezwingliche Bengalen zerstören, die selbsterrungene Freiheit, dieses großartige Bangladesch und die Menschen, die dafür gekämpft haben. Wer wird sie dabei aufhalten? Zwei, drei Demonstrationen und Kundgebungen wird es geben, und einige progressive politische Parteien werden schreien: »Stoppt die Politik des Jamaat Shibir.« Mehr nicht. Und das wird nichts bewirken, denkt Suranjan, rein gar nichts.
Haider senkt den Kopf. »Du hast doch gehört, daß Parvin wieder da ist? Ihre Scheidung ist über die Bühne.«
Suranjan hört zu, reagiert aber nicht. Parvins Scheidung macht ihm keinen Kummer, belustigt ihn eher. Das haben sie nun davon gehabt, Parvin nicht mit einem Hindu, sondern mit einem Muslim zu verheiraten. Suranjan hat sich früher häufig vorgestellt, wie es wäre, Parvin zu vergewaltigen. Frühmorgens nach dem Zähneputzen wäre eine echte Vergewaltigung wenig verlockend, aber in diesem Fall hat der Gedanke doch einen gewissen Reiz.

»Ich geh dann mal«, sagt Haider nach einer Weile lahm. Suranjan hält ihn nicht auf.

Sudhamay kann jetzt wieder aufrecht sitzen. Mit einem Kissen im Rücken lauscht er in die Stille des Hauses. Maya hat in dieser Familie den stärksten Lebenswillen gehabt, denkt er. Wäre sein Schlaganfall nicht gewesen, hätte Maya bei Parul bleiben können und wäre nicht entführt worden. Angeblich hat sie jemand unter der Stahlbrücke treiben sehen. Doch wer soll sie identifizieren? Sudhamay weiß, daß niemand hingehen wird, denn alle wollen sich den Glauben bewahren, Maya werde eines Tages zurückkehren. Wenn die Leiche unter der Brücke tatsächlich Mayas ist, dann wird die Hoffnung für immer dahin sein, niemand wird mehr glauben können, daß Maya irgendwann zurückkommen werde – sei es heute, morgen, übermorgen, in ein, zwei oder fünf Jahren. Es ist die Hoffnung, die den Menschen am Leben hält. Der Faden, an dem das Überleben hängt, ist dünn genug. Wenigstens diese schwache Hoffnung soll ihn stärken.
Sudhamay ruft Suranjan zu sich und bittet ihn, sich an sein Bett zu setzen. Mit brechender Stimme sagt er: »Ich schäme mich, daß wir uns hier so hinter geschlossenen Türen und Fenstern verbarrikadieren.«
»Du schämst dich? Mich macht das wütend.«
»Auch um dich mache ich mir große Sorgen.«
»Wieso?«
»Du kommst erst spät in der Nacht nach Hause. Haripada hat gestern erzählt, daß es in Bhola sehr schlimm aussieht. Tausende sitzen obdachlos im Freien. Die Frauen werden vergewaltigt.«
»Ist das was Neues?«

»Ja, das ist neu. Ist so etwas früher schon mal vorgekommen? Deshalb habe ich so Angst um dich, Suranjan.«
»Angst um mich? Und ihr, seid ihr denn keine Hindus?«
»Was sollen sie uns denn schon noch antun?«
»Eure Köpfe werden sie in den Buriganga werfen. Du hast die Menschen dieses Landes immer noch nicht richtig kennengelernt. Zum Frühstück essen sie die Hindus, egal ob jung oder alt!«
Sudhamay legt skeptisch die Stirn in Falten: »Gehörst du nicht zu den Menschen dieses Landes?«
»Nein, ich kann mich nicht mehr als Mensch dieses Landes betrachten. Ich gebe mir allergrößte Mühe, doch es ist mir nicht mehr möglich. Früher hat es mich furchtbar geärgert, wenn Kajal*da* und seine Leute von Diskriminierung redeten. Ich sagte, sie sollten aufhören mit dem Quatsch, es gäbe doch wirklich wichtigere Dinge zu tun, als seine Zeit mit Berechnungen zu verschwenden, was den Hindus hier und da passiert ist und wie viele gestorben sind. Doch so langsam merke ich, daß sie recht haben. Ich werde ja selber schon ganz komisch, Papa, ohne daß ich es je gewollt habe.« Suranjans Stimme versiegt.
Sudhamay klopft ihm beruhigend auf die Schulter und sagt: »Die Leute gehen doch auf die Straße und protestieren. In den Zeitungen wimmelt es von großen Artikeln zu diesem Thema, die Intellektuellen schreiben täglich darüber.«
»Einen feuchten Dreck wird uns das bringen«, ruft Suranjan wütend. »Mit Dolchen und Äxten sind sie gekommen, da nützt es nichts, die Hände zu erheben und sich heiser zu schreien. Gegen Dolche geht man mit Dolchen an. Es ist nichts als Dummheit, mit bloßen Händen gegen Waffen kämpfen zu wollen.«
»Sollen wir denn unsere Ideale aufgeben?«

»Was sind schon Ideale? Das ist doch alles Unsinn.«
Die vergangenen Tage haben Sudhamays Haar noch weißer werden lassen. Seine Wangen sind eingefallen, seine Gesundheit ist dahin. Doch sein Denken bleibt standhaft. Er spricht weiter: »Man redet doch immer noch gegen das Unrecht, gegen die Ausschreitungen an. Gibt es diese Kraft, dieses Recht zu widersprechen etwa in allen Ländern?«
Suranjan bleibt stumm. Er schätzt, daß die Volksrepublik Bangladesch schon sehr bald in Islamische Republik Bangladesch umbenannt wird. Die Gesetze der Sharia werden im Land herrschen. Die Vorstellung, daß die Frauen in *Burkhas* auf der Straße herumlaufen werden, daß die Zahl der *Topis*, der Bärte, der *Panjabi*-Träger zunehmen wird, daß die Moscheen und *Madrasas* zu Tausenden an die Stelle der Schulen und Colleges treten werden und daß man die Hindus in aller Stille vernichten wird, läßt ihn erschauern. Um zu überleben, werden sie sich in ihren Häusern verstecken müssen. Wenn sie draußen Demonstrationen sehen und Proteste hören, müssen sie ihre Türen verriegeln, statt sich einzureihen, denn bei ihnen ist das Risiko zu groß. Muslime können ihre Forderungen als Parolen durch die Straßen tragen, die Hindus können das nicht. Hindus dürfen nicht so lauthals wie Muslime über Ungerechtigkeiten gegen Hindus reden. Denn die Worte bleiben ihnen im Hals stecken bei der Vorstellung, jemand werde in tiefer Nacht kommen und diese vorlauten Kehlen durchschneiden. Einem Ahmad Sharif drohen sie den Mord zwar an, verschonen ihn aber letztlich doch. Bei Sudhamay hingegen reicht es schon, wenn er einmal in derselben Münze zurückzahlt. Nicht nur die *Maulvis*, auch fortschrittliche Muslime können es nicht ertragen, die Hindus so streitlustig zu sehen. Suranjan muß lachen, als er dar-

über nachdenkt, daß sich selbst die fortschrittlichsten Zeitgenossen Hindus oder Muslime nennen. Suranjan hat sich selbst als einen modernen Menschen gesehen. Jetzt hat er schon recht seltsame Hindu-Anwandlungen. Er geht wohl tatsächlich vor die Hunde. Sudhamay läßt Suranjan noch näher rücken und fragt mit seiner gebrochenen Stimme: »Werden sie Maya finden?«
»Ich weiß nicht.«
»Kiran hat ja seitdem nicht eine Nacht geschlafen. Sie macht sich auch Sorgen um dich. Wenn dir jetzt irgendwas passiert ...«
»Wenn ich sterben muß, dann sterbe ich eben. Es sterben doch so viele Leute.«
»Ich kann mich jetzt wieder aufsetzen, und mit Kirans Hilfe komme ich ins Badezimmer. Doch wenn ich nicht wieder ganz gesund werde, kann ich keine Kranken behandeln. Zwei Monatsmieten sind überfällig. Wenn du irgendeine Arbeit ...«
»Ich will mich nicht versklaven lassen.«
»Weißt du, unser Haushalt ... Wir haben ja auch keinen Grundbesitz mehr. Wir haben es ja noch erlebt: die vollen Reisspeicher, die Teiche voller Fische, die Ställe voller Kühe. Was habt ihr davon schon mitbekommen? Ich habe ja auch das ganze Ackerland verkauft. Wenn wir das noch hätten, könnten wir uns wenigstens irgendwo auf dem Dorf ein Lehmhaus bauen und dort unsere restlichen Tage verbringen.«
Suranjan ist aufgebracht: »Warum redest du so dummes Zeug? Glaubst du im Ernst, du könntest auf dem Dorf leben? Die Leute im Schlägertrupp vom Dorfchef würden dir ihre Knüppel über den Kopf hauen und alles wegnehmen.«
»Warum mißtraust du allen so? Gibt es hier nicht auch ein paar gute Leute?«

»Nein, gibt es nicht!«
»Du bist übertrieben pessimistisch.«
»Nein, nicht übertrieben.«
»Und deine Freunde? Ist denn keiner von denen, mit denen du die ganze Zeit herumgelaufen bist, Kommunismus studiert und politische Aktionen aufgezogen hast, ein guter Mensch?«
»Nein, keiner. Sie sind alle vom religiösen Fanatismus infiziert.«
»Mir scheint, das gilt auch für dich.«
»Ja, stimmt. Dieses Land hat mich so werden lassen. Ich habe keine Schuld daran.«
»Das Land macht dich dazu?« Sudhamays Stimme ist ungläubig.
»Ja, dieses Land.«
Suranjans Betonung liegt auf Land. Sudhamay verstummt. Sein Sohn betrachtet die zerstörten Gegenstände im Zimmer. Die Glassplitter liegen immer noch auf dem Boden herum. Schneidet man sich nicht die Füße daran? Das Herz haben sie jedenfalls schon durchbohrt.

Suranjan bleibt den ganzen Tag in seinem Zimmer. Er hat keine Lust, irgendwohin zu gehen und sich die Zeit mit Gesprächen zu vertreiben. Soll er zur Stahlbrücke gehen und hinunterschauen, um sich Mayas halbverwesten, aufgeblähten Körper anzusehen? Nein, heute wird er nirgends hingehen.
Am späten Nachmittag läuft Suranjan auf dem asphaltierten Hof des Hauses herum, allein und traurig. In einem plötzlichen Entschluß kehrt er in sein Zimmer zurück und wirft alle seine Bücher in den Hof. Kiranmayi sieht es von drinnen und meint, er lege sie zum Trocknen in die Sonne,

um die Silberfischchen zu vertreiben. *Das Kapital,* die Gesammelten Werke von Lenin, Werke von Engels und Marx, Gorki, Dostojewski, Tolstoi, Jean-Paul Sartre, Pawlow, Tagore, Manik Bandyopadhyay, Nehru, Azad … All die dikken Wälzer über Soziologie, Wirtschaft, Politik und Geschichte zerreißt er, wirft sie auf den Boden, kehrt sie zu einem Haufen zusammen und steckt das Ganze mit einem Streichholz in Brand.

So wie die Hindus die extremistischen islamischen Fundamentalisten in Rage bringen, bringt das Papier das Feuer in Rage. Der Hof füllt sich mit schwarzem Rauch. Der Brandgeruch läßt Kiranmayi herbeilaufen. Suranjan sagt lachend: »Willst du mir helfen, das Feuer zu entfachen?«

Mit belegter Stimme sagt Kiranmayi: »Bist du verrückt geworden?«

»Ja, Mama. Ich bin ja nun lange genug ein braver Bürger gewesen. Diesmal werde ich verrückt. Wenn ich nicht verrückt werde, finde ich keinen Frieden.«

Kiranmayi steht an der Tür und betrachtet Suranjans Brandopfer. Sie denkt nicht einmal daran, Wassereimer herbeizuschleppen, um den Brand zu löschen. Schwarzer Rauch verdeckt Suranjans Körper. Kiranmayi scheint es, als verbrenne Suranjan in Wirklichkeit nicht seine Bücher, sondern sich selbst.

Sein hochbegabter, tatkräftiger Sohn, denkt Sudhamay, der bisher dafür gearbeitet hat, das Gift aus der Gesellschaft herauszutreiben, trinkt nun selbst Gift und wird totenbleich dabei. Die ganze Zeit hat er stumm auf dem Bett gelegen, seine Freunde hat er angeschrien, nachts ist er mit einem Mädchen nach Hause gekommen, die Muslime hat er beschimpft, und jetzt verbrennt er seine Bücher. Sudhamay begreift, daß Suranjan furchtbar gekränkt ist. Ein tiefes Gekränktsein durch dieses Leben, diese Gesellschaft,

diesen Staat bringt ihn dazu, sich selbst im blinden Feuer der Ohnmacht und Minderwertigkeit zu verbrennen.
Suranjan freut sich am Anblick des Feuers. Durch das gleiche züngelnde Feuer sind im ganzen Land die Häuser der Hindus verbrannt. Und sind es wirklich nur die Häuser und Tempel gewesen, sind denn die Herzen der Menschen vom Feuer verschont geblieben? Von Sudhamays Idealen wird sich Suranjan nicht mehr verleiten lassen. Sudhamay ist ein Mensch mit einem linken Bewußtsein, und Suranjan ist mit demselben Bewußtsein groß geworden. Doch jetzt hat er den Glauben daran verloren. Auch viele Linke haben ihn als schweinischen *Malaun* beschimpft. Schon aus der Schule kennt er das Wort. Wenn es Streit mit Klassenkameraden gab, hieß es schon im zweiten oder dritten Satz: »Du Sohn eines *Malaun*.«
Suranjans Augen brennen, ihm steigen Tränen auf. Er weiß selbst nicht, ob diese Tränen von irgendeinem Schmerz herrühren oder vom Rauch der verbrannten Bücher. Erleichtert atmet er auf, als das Feuer erlischt. Wenn er im Bett lag und sein Blick auf diese Bücher fiel, kamen all die moralischen Leitsätze gleichsam als Würmer daraus hervor und fraßen sich in seinen Körper. Von Moral will er nichts mehr wissen. Könnte er seinen langjährigen Idealen doch noch ein paar Fußtritte hinterherjagen! Warum sollte er sich weiter damit abgeben? Das Wissen erreicht nur die Lippen der Menschen, dringt nicht bis ins Herz. Soll er allein es sich zu Herzen nehmen?
Als alles zu Asche zerfallen ist, möchte Suranjan etwas schlafen, doch der Schlaf will nicht kommen. Er denkt an Ratna. Wie lange hat er sie nicht gesehen, wie es ihr wohl geht? Man kann das in Ratnas tiefschwarzen Augen lesen, sie braucht kein Wort zu sagen. Bestimmt denkt sie, Suranjan werde eines Tages hereinplatzen, man werde Tee

trinken und sich den ganzen Abend lang Geschichten aus ihrer beider Leben erzählen. Suranjan überlegt, heute abend einmal bei Ratna vorbeizugehen. Er wird ihr sagen: »Muß *ich* immer andere besuchen? Hat sonst keiner Lust, seine Freunde zu besuchen?«

Suranjan glaubt, Ratna werde eines Nachmittags zu ihm kommen und sagen: »Ich fühle mich so leer, Suranjan.« Wie lange ihn schon niemand mehr geküßt hat ... Parvin küßte und umarmte ihn und sagte: »Du bist meiner, meiner ganz allein.« Wenn Kiranmayi plötzlich ins Zimmer kam, setzten sie sich schnell wieder auseinander. Doch Parvin hatte ein bequemes Leben gewählt und war den Schwierigkeiten aus dem Weg gegangen, indem sie einen Muslim heiratete.

Bei Ratna gibt es ja keine Probleme der Kaste oder der Religion. Er wird ihr sein verpfuschtes Leben zu Füßen werfen. Suranjan ist noch ganz in Gedanken an seinen abendlichen Besuch – er wird sich den Schmutz vom Körper waschen, wird mit einem frischgewaschenen Hemd zu Ratna gehen –, als es an der Tür klopft. Er öffnet, und Ratna steht vor ihm. Sie hat sich ganz schön herausgeputzt. Ihr Sari glitzert, und die vielen Armreifen, die sie angelegt hat, klirren leicht. Die Süße ihres Lächelns läßt Suranjan um Fassung ringen. »Kommen Sie herein«, sagt er, als er hinter Ratna einen gutaussehenden Mann bemerkt.

Wohin soll er Ratna setzen inmitten all des Chaos, in dem sich sein Zimmer noch immer befindet? Schließlich rückt er ihr den zerbrochenen Stuhl zurecht. Ratna sagt lächelnd: »Raten Sie mal, wen ich mitgebracht habe.«

Suranjan hat Ratnas älteren Bruder noch nie gesehen, er wird es wohl sein. Ratna läßt Suranjan nicht lange im ungewissen; mit einem hellen Lachen, das wie das leise Klirren ihrer Armreifen klingt, sagt sie: »Das ist Humayun, mein zukünftiger Mann.«

Suranjan ist wie von einem Wirbelsturm gepackt, der noch den letzten übriggebliebenen Baum in seinem Innern vollständig entwurzelt. Nachdem er schon so viele Jahre seines Lebens verschwendet hat, wollte er jetzt mit Ratna eine kleine Familie gründen. Und nun plant Ratna allem Anschein nach, mit einem muslimischen Ehemann in diesem terrorisierten Land zu überleben. Die Kränkung und die Wut treiben alle Farbe aus Suranjans Gesicht. Soll er womöglich auch noch wie ein wohlerzogener Junge Ratna und ihren gutaussehenden, vielleicht auch wohlhabenden Zukünftigen in seinem verwüsteten, verarmten Zimmer Platz nehmen lassen und fröhlich daherplaudern, Humayun die Hand zum Gruß entgegenstrecken, seinen Gästen Tee anbieten und ihnen beim Gehen ein herzliches »Kommen Sie bald wieder« mitgeben? Nein – Suranjan wird nichts von alledem tun. Er schert sich nicht um diese Höflichkeiten. Seine beiden Gäste sind konsterniert, als er mit einemmal sagt: »Ich muß ganz dringend etwas erledigen, ich habe keine Zeit, mit Ihnen zu reden.« Die beiden sind so beleidigt, daß sie nur ein »Schade« murmeln und sofort verschwinden.

Suranjan wirft die Tür zu und lehnt sich mit dem Rücken dagegen. Lange steht er da und versucht, die Fassung zurückzugewinnen. Als Kiranmayi hereinkommt und ihn fragt, ob er das geliehene Geld zurückgebracht habe, trifft ihn das Wort »geliehen« wie ein Pfeil in die Brust. Er sagt kein Wort, starrt nur in Kiranmayis besorgtes Gesicht.

Suranjan hat Platzangst. In seinem Zimmer fühlt er sich wie in einer Zelle aus Stahl. Er geht ein wenig auf der Veranda auf und ab, doch der Schmerz prasselt auf ihn herunter wie ein Monsunregen. Kiranmayi stellt stumm eine Tasse Tee auf den Tisch. Suranjan sieht es, kümmert sich aber nicht darum. Er legt sich hin, steht wieder auf.

Soll er zur Stahlbrücke gehen? Schon der bloße Gedanke daran läßt ihn erzittern, und ihm scheint es, als treibe seine eigene Leiche unten im Kanalwasser. Das Haus liegt da wie ein moderiger Tümpel. Lautlos wie die Wasserläufer auf der Oberfläche des Tümpels wandern die drei Seelen im Haus umher, niemand hört des anderen Schritte.
Plötzlich durchbricht Kiranmayi die geisterhafte Stille. Ohne jeden ersichtlichen Anlaß – eben noch hat sie Suranjan ja eine Tasse Tee gebracht – beginnt sie zu weinen. Augenblicklich setzt sich Sudhamay auf, als er ihre durchdringenden Schluchzer hört, und Suranjan kommt herbeigelaufen. Kiranmayi weint mit an die Wand gelehntem Kopf. Diese Tränen, die tief aus dem Innern kommen, sind nicht zu stoppen, sie fließen und fließen, nachdem sie viele Tage und Nächte zurückgehalten wurden. Aber nun ist der Damm gebrochen, und der Strom der Tränen tritt über die Ufer. Es gibt keine Dämme, die ihn halten könnten. Sudhamay ist gebeugt und stumm, die schreiende Klage, die aus diesem Weinen entsteht, dringt auch ihm bis ins Innerste. Kiranmayis Schluchzen wird noch lauter. Niemand fragt, warum sie weint, Sudhamay und Suranjan wissen beide, woher diese herzzerreißende Klage rührt, sie brauchen es nicht zu erfragen.
Suranjan hat an der Tür gestanden; leise geht er zurück in sein Zimmer, wie um Kiranmayis Weinen nicht durch das Geräusch seiner Schritte zu stören. Das Zuhause in seinem Innern zerfällt in seine Einzelteile, verbrennt, und seine lange gehegten Träume werden zu Asche. Und genauso wie Kiranmayis Schluchzer die Starre des Hauses durchbrochen haben, schreit auch Suranjan jetzt plötzlich heraus: »Papa!«
Sudhamay erschrickt. Suranjan ergreift seine beiden Hände und spricht: »Papa, ich habe gestern die ganze Nacht

über etwas nachgedacht. Ich weiß, daß du nicht damit einverstanden sein wirst, und trotzdem bitte ich dich: Denk mal drüber nach, Papa, denk mal drüber nach. Laß uns gehen.«

»Wohin?«

»Nach Indien.«

»Nach Indien?« Sudhamay ist zutiefst erschrocken, so als habe er soeben ein unerhörtes Wort gehört, als sei Indien ein furchtbar obszönes, tabuisiertes Wort, welches nur auszusprechen bereits ein Vergehen ist.

Langsam versiegen Kiranmayis Tränen. Unter ständigem Stöhnen gleitet sie an der Wand hinab bis zum Boden. Sudhamay stößt voller Abscheu hervor: »Ist Indien etwa die Heimat deines Vaters, deines Großvaters? Wer von deinen Urahnen hat in Indien gelebt, daß du jetzt nach Indien willst? Du willst aus deiner Heimat fliehen, schämst du dich denn gar nicht?«

»Wie lange sollen wir denn noch auf dieser Heimat herumreiten, Papa? Was gibt dir diese Heimat, was gibt sie mir? Was hat deine Heimat Maya gegeben? Warum muß Mama so weinen, warum mußt du Nacht für Nacht so stöhnen, warum kann ich nicht schlafen?«

»Krawalle gibt es in jedem Land. In Indien etwa nicht? Sterben dort keine Menschen? Kriegst du überhaupt mit, wie viele Leute dort sterben?«

»Krawalle sind doch eine schöne Sache im Vergleich zu dem, was wir hier haben, Papa. Hier gibt es keine Krawalle, hier töten die Muslime die Hindus.«

»Du siehst dich als Hindu?« Vor Erregung will Sudhamay aus dem Bett aufstehen. Suranjan hält ihn mit beiden Händen zurück und sagt: »Wir können so atheistisch, so humanistisch sein, wie wir wollen, die Leute werden uns weiterhin Hindus nennen, *Malauns* werden sie uns nennen.

Je mehr wir dieses Land lieben und unser eigen nennen, desto mehr sitzen wir in der Falle. Je stärker wir die Menschen dieses Landes lieben, desto mehr werden sie uns beleidigen. Wir können ihnen nicht trauen, Papa. Wie viele muslimische Familien behandelst du umsonst? Sind sie in diesen Tagen der Not gekommen, um dich zu unterstützen? Wir alle werden früher oder später wie Maya sterben und unter irgendeiner Brücke treiben. Komm, Papa, laß uns gehen.«

»Maya wird zurückkommen.«

»Nein, Papa, Maya wird nicht zurückkommen.« In Suranjans Stimme schwingt die geballte Verzweiflung mit.

Sudhamay legt sich wieder hin, sein Körper erschlafft. Stockend sagt er: »Wen sollen wir beschützen, wenn wir Maya nicht beschützen konnten?«

»Uns selbst. Sollen wir hier sitzenbleiben, um das zu betrauern, was wir verloren haben? In dieser furchtbaren Unsicherheit? Dann schon lieber weggehen.«

»Was willst du in Indien tun?«

»Ich werde halt irgend etwas tun. Was tue ich denn hier schon? Geht es uns etwa gut, leben wir in Freuden?«

»Es wird ein Leben ohne Wurzeln sein ...«

»Was willst du mit diesen Wurzeln anfangen, Papa? Wenn Wurzeln irgend etwas bewirken könnten, warum sitzen wir dann hier rum, hinter verschlossenen Türen und Fenstern? Wie schreckhafte Frösche werden wir unser Leben verbringen müssen. Sie haben sich angewöhnt, unsere Häuser zu überfallen und uns zu quälen. Ich schäme mich, ein solches Mäuseleben zu führen, Papa. Es treibt mich zur Weißglut, und doch kann ich nichts tun. Kann ich in meiner Wut etwa losgehen und zwei *ihrer* Häuser verbrennen? Sollen wir hier blöde herumsitzen und uns unsere eigene Vernichtung mit ansehen? Haben wir etwa das

Recht, frei zu sprechen, können wir einem Muslim, der uns eine runtergehauen hat, ebenfalls eine runterhauen? Komm, laß uns weggehen.«
»Die Lage beruhigt sich doch schon. Warum machst du dir so viele Gedanken? Mit dieser Emotionalität erreichst du überhaupt nichts im Leben.«
»Beruhigt hat sich die Lage? Das ist alles nur oberflächlich. Innen drin geht die Gewalttätigkeit weiter. Innerlich lauern sie mit gefletschten Zähnen und ausgefahrenen Krallen hinter den Schlingen, die sie ausgelegt haben. Warum trägst du heute *Payjamas* und keinen *Dhoti* mehr? Wieso hast du nicht die Freiheit, einen *Dhoti* zu tragen? Komm, laß uns gehen.«
Sudhamay beißt die Zähne aufeinander und sagt: »Nein. Ich werde nicht gehen. Wenn du willst, kannst du ja gehen.«
»Du wirst nicht gehen?«
»Nein.« Sudhamay wendet den Blick ab vor Wut und Widerwillen.
»Ich bitte dich trotzdem noch einmal, Papa, laß uns gehen.« Suranjan legt seinem Vater die Hand auf die Schulter. Seine Stimme ist weich, sie zeugt von seinem Schmerz und unterdrücktem Weinen.
Doch Sudhamay sagt mit derselben Festigkeit wie zuvor: »Nein.«
Dieses Nein trifft Suranjan wie eine Drahtpeitsche auf den Rücken. Er ist gescheitert. Er wußte vorher, daß er scheitern würde. Ein Mann von Sudhamays Sturheit beißt sich selbst dann im Boden fest, wenn man ihn mit Knüppeln und Besenstielen verprügelt. Die Schlangen und Skorpione dieses Bodens mögen ihn beißen, trotzdem hält er sich dort fest und gräbt sein Gesicht hinein.
Kiranmayis Weinen hat aufgehört. Suranjan sieht, daß sie

sich vor ein Bild von Radha und Krishna gebeugt hat. Sie betet zu Gott Krishna um ein sicheres, sorgloses Leben, frei von Angst und Tod.

Suranjan schwimmt allein in einer Flut von Hoffnungslosigkeit. Es wird Abend, Nacht. Er fühlt sich sehr einsam. Niemand ist da, niemand steht ihm zur Seite. Er fühlt sich in seiner eigenen Heimat als Exilant. Er nimmt seinen Verstand zusammen und denkt konzentriert nach. Seine Großmut, seine Toleranz, sein rationales Denken werden in diesem Land der Streiks, Ausgangssperren und Terrorakte immer stärker verunsichert. Es macht ihn fertig. Sein verbarrikadiertes Zimmer raubt ihm die Luft zum Atmen. Es ist, als warteten alle auf einen furchtbaren Tod. Nicht mehr die Sorge um Maya, sondern die um ihre eigene Zukunft läßt sie alle erzittern. Sie werden einsam. Die Bekannten, die muslimischen Freunde oder Nachbarn kommen zwar vorbei, doch niemand kann ihnen zusichern, daß sie ein Leben in Sicherheit führen können. Niemand kann sie trösten, ihnen sagen, sie sollten nicht betrübt sein, sich nicht verkriechen, sondern frei herumlaufen und arbeiten, aus ganzem Herzen lachen und sorglos schlafen.

Die ganze Nacht hindurch wird Suranjan von dieser furchtbaren Ungewißheit zerrissen.

13. Tag Kurz vor dem Ende der Nacht findet Suranjan endlich Schlaf. Er hat einen seltsamen Traum. Allein geht er an einem Flußufer entlang. Auf einmal erfaßt ihn eine hohe Flutwelle und reißt ihn in die Tiefe. Ein Strudel zieht ihn nach unten. Er will sich retten, doch niemand ist da, um seine hilfesuchende Hand zu ergreifen und ihn in ein Boot zu ziehen. Er schwitzt. Immer tiefer sinkt er in das gurgelnde, schwarze Wasser.

In diesem Moment berührt ihn eine ruhige, liebevolle Hand und weckt ihn. Suranjan schrickt auf. Er ist bleich vor Angst: Der Wasserwirbel riß ihn hinab, er schrie um sein Leben. Wie die rettende Hand, die er im Traum nicht fand, hält er jetzt Sudhamays starke Hand umklammert.

Auf Kiranmayis Schultern gestützt ist er hereingekommen, ein wenig Kraft ist in seinen Körper zurückgekehrt. Er setzt sich auf Suranjans Bettkante. Seine Augen glänzen wie ferne Gestirne.

»Papa?«

Eine stumme Frage liegt in Suranjans aufgewühltem Gesicht. Der Morgen dämmert. Erste Lichtstrahlen scheinen durchs Fenster. Sudhamay sagt: »Komm, laß uns weggehen.«

Suranjan hält den Atem an, er wagt kaum zu fragen: »Wohin gehen wir, Papa?«

»Nach Indien«, antwortet Sudhamay, und seine Stimme

bricht, so sehr wühlt ihn die Scham auf. Aber er hat es ausgesprochen, er hat sich dazu gezwungen: Sie werden gehen. Das stolze Gebirge, das er in seinem Herzen aufgebaut hatte, ist von Tag zu Tag brüchiger geworden.

Glossar

Adab: ehrerbietiger muslimischer Gruß, bei dem die ausgestreckte Hand mit der Innenseite zur eigenen Stirn geführt und dabei eine Verbeugung gemacht wird.

Advani, Lal Krishna: einer der Führer der indischen Hindu-fundamentalistischen Partei BJP, Parteivorsitzender von 1986 bis 1991 und seit 1993.

Agartala-Verschwörung: Sheikh Mujibur Rahman und anderen ostpakistanischen Oppositionellen wurde von der pakistanischen Regierung vorgeworfen, sich gegen Pakistan verschworen und mit Indien paktiert zu haben, um Ostpakistan von Pakistan abzutrennen. Der aus diesem Grund von 1967 bis 1969 inhaftierte Sheikh Mujibur Rahman und die anderen Betroffenen gingen politisch gestärkt aus den Geschehnissen hervor.

Ahmed, Tofal: einflußreicher Politiker und Abgeordneter aus dem Distrikt Bhola (Awami League).

Akhra: kulturell-religiöser Versammlungsort der bengalischen Hindus.

Alhamadulilla rabbi al-alamin, ar-rahman ar-rahim: zweiter und dritter Vers der ersten Sure des Korans, der *Fatiha,* die zu jedem Gebet aufzusagen ist: »Lob sei Gott, dem Herrn der Menschen in aller Welt, dem Barmherzigen und Gnädigen.« (Koranübersetzung Rudi Paret).

Allahu akbar: »Allah ist groß.«

Anandaloke mangalaloke biraja satyasundara: »In der Sphäre der Freude und Güte weilst du, Wahrheit und Schönheit.« Ein Tagore-Lie.

Aschram: klosterähnliche Institution der Hindus zur Pflege religiösen Lebenswandels.

Assistant Professor: entspricht etwa dem Rang eines Assistenten im deutschen Hochschulwesen.

Associate Professor: entspricht etwa dem Rang eines Dozenten im deutschen Hochschulwesen.

Awami League: Sozialistische Partei Pakistans und dann Bangladeschs, die unter Leitung Sheikh Mujibur Rahmans die erste Regierung des unabhängigen Bangladesch stellte und heute unter seiner Tochter Hasina Wajed größte Oppositionspartei ist.

Ayodhya: Stadt im indischen Unionsstaat Uttar Pradesh und angeblicher Geburtsort des mythologischen Hindu-Helden Rama. Schauplatz der Geschehnisse um die Babri-Moschee.

Ayub Khan: Pakistanischer Präsident, stand von 1958 bis 1969 einer Militärregierung vor.

Azad, Maulana Abul Kalam: indischer Freiheitskämpfer und Kultusminister im ersten indischen Kabinett nach der Unabhängigkeit (ein Muslim).

Azam, Golam: Parteivorsitzender der Jamaat-e Islami in Bangladesch, der von den progressiven Kräften des Landes angeklagt wird, während des Befreiungskriegs mit Pakistan kollaboriert zu haben.

Azan: der Ruf zum Gebet der Muslime.

Babri-Moschee: 400 Jahre alte Moschee im indischen Ayodhya. Das Grundstück der Moschee ist angeblich die historische Geburtsstätte von Rama, der Inkarnation des Gottes Vishnu und dem Helden des Hindu-Epos *Ramayana.* Die Babri-Moschee wurde nach einer mehrjährigen Kampagne verschiedener fundamentalistischer Hindu-Organisationen am 6. Dezember 1992 zerstört.

Babu: förmliche Anrede für Hindus, entspricht dem deutschen »Herr«.

Bajrang Dal: »Armee Hanumans«. Unterorganisation des fundamentalistischen Hindu-Weltrates (Vishva Hindu Parishad), die unter anderem die Aufgaben eines Schlägertrupps versieht.

Bangla Five: In Bangladesch hergestellte, relativ billige Zigaretten.

Bangladesh Rifles: paramilitärische Einheit in Bangladesch.

Bare Golam: berühmter Sänger klassischer indischer Musik der vierziger bis sechziger Jahre (ein Muslim).

Baudi: Anrede für die Ehefrau eines Dada, also des älteren Bruders oder eines älteren Bekannten.

Beedy (Bidi): auf dem indischen Subkontinent übliche, aus einem Tabakblatt gerollte Zigaretten.

Bhagaban: Erhabener; höchster Gott; geläufiger in der aus dem Hindi abgeleiteten Schreibweise *Bhagvan.*

Bhai: Bruder, auch als freundliche Anrede für Männer gleichen Status benutzt.

Bhairavi Raga: klassische indische Melodie.

Bigha: Landmaß, entspricht ⅓ Morgen.

Biharis: Einwohner der Provinz Bihar, die früher zu Bengalen gehörte.

Bismillah: »Im Namen Gottes«; islamische Segensformel.

BJP: Bharatiya Janata Party, »Indische Volkspartei«. Indische Hindu-nationalistische Partei, ideologisch auf der Linie der RSS. Die BJP, momentan zweitgrößte Partei in Indien, benutzte den Ayodhya-Konflikt, um ihren politischen Einfluß zu stärken.

BNP: Bangladesch Nationalist Party; der politischen Mitte zuzurechnende Regierungspartei in Bangladesch seit 1991.

Brahmo Samaj: Aus dem Hinduismus kommende, 1830 von Ram Mohan Ray gegründete religiöse Reformbewegung.

Burkha: von muslimischen Frauen benutzter, meist schwarzer Überwurf, der Körper und Kopf vollständig bedeckt.

Chairman: Vorsitzender eines gewählten Politikerbeirates.

Chanachur: scharf gewürzter Snack zum Knabbern.

CNN: internationaler amerikanischer Fernsehsender (Cable News Network).

Congress (Indian National Congress): im 19. Jh. gegründete größte indische Partei. Der Congress war unter Mahatma Gandhi die zentrale Organisation des indischen Freiheitskampfes und hat seit der indischen Unabhängigkeit 1947 die meisten indischen Regierungen gestellt.

Dada, -da: Großer Bruder, älterer Cousin. Im weiteren Sinne auch für männliche Bekannte gebraucht, die älter als der Sprecher sind.

Dal (-bhat): Linsensoße (mit Reis), der Inbegriff eines einfachen Essens.

Das, Jibanananda: bedeutender bengalischer Lyriker des 20. Jh.

Deputy Commissioner: höchster Verwaltungsbeamter eines Distrikts.

Dhoti: traditionelles Beinkleid der männlichen bengalischen Hindus, ein zwischen den Beinen gebundenes, meist weißes Tuch, das die Waden freiläßt.

Didi, -di: große Schwester, ältere Cousine. Im weiteren Sinn auch als Anrede für Frauen benutzt, deren Alter das des Sprechers übersteigt.

Division: große Verwaltungseinheit in Bangladesch. Die Verwaltungseinheiten lassen sich nicht auf deutsche Verhältnisse übertragen. Auch die Übersetzung von *Upazilla* als Kreis ist problematisch, hier aber aus Gründen der Lesbarkeit so gewählt.

Durga-Puja: das größte religiöse Fest der bengalischen Hindus.

Ershad, Hussain Mohammed: Präsident von Bangladesch 1983 bis 1990; Militärdiktator.

Farakka Dam: Name eines Gangesstaudamms auf indischer Seite, langjähriger Streitpunkt zwischen Indien und Bangladesch.

Ganesh: der elefantenköpfige Hindu-Gott, zu dem um glückliches Gelingen, gute Reise und ähnliches gebetet wird.

Ghatak Dalal Nirmul Committee: 1990 gegründete antifundamentalistische Bürgerbewegung in Bangladesch, die sich u.a. für die Bestrafung der Kollaborateure der pakistanischen Regierung während des Befreiungskriegs von Bangladesch einsetzt.

Gita (Bhagavadgita): wichtiger religiöser Text, besonders für den modernen Hinduismus.

Gurudvara: Tempel der Sikhs.

Hajang-Rebellion: Bauernaufstand verschiedener Stämme bei Mymensingh gegen die Großgrundbesitzer.

Hajj (Haddsch): die den Muslimen einmal im Leben vorgeschriebene Pilgerfahrt nach Mekka.

Hamad Nath: islamische Sendung im Fernsehen Bangladeschs.

Hari om tatsat: etwa: »O Gott, der Du in Dir ruhst.« *Om* ist eine alte, in hinduistischen Gebeten gebrauchte mystische Silbe. Nicht ganz korrektes, in devotionalen Liedern gebräuchliches Sanskrit.

Hasina (Sheikha Hasina Wajed): amtierende Parteivorsitzende der Awami League und Oppositionsführerin in Bangladesch (Tochter Mujibur Rahmans).

Hijra (Hidschra): Mohammads Auswanderung von Mekka nach Medina (622 n. Chr.).

Huzur: »Herr«; von Untergebenen gebrauchte Anrede.

Id: »Fest«, Kurzbezeichnung der beiden wichtigsten islamischen Feste: Id-ul-Fitr, am Ende des Fastenmonats Ramadan, und Id-uz-Zuha, wo Tiere zum Andenken an Abrahams Opfer geschlachtet werden.

Islami Sevak Sangh: islamisch-fundamentalistische Partei im indischen Unionsstaat Kerala.

Jamaat-e Islami: im Kontext des Romans ist die islamisch-fundamentalistische Partei Bangladeschs gemeint; im weiteren Sinne die internationale, von Maududi gegründete islamistische Partei, die auch in Indien und Pakistan vertreten ist.

Jamaat Shibir: Studentenorganisation der Jamaat-e Islami in Bangladesch.

Jamaati: Anhänger der Jamaat-e Islami.

Jamayat: die Jamaat-e Islami in Indien.

Janaja: »Bahre«, förmliches islamisches Begräbnis.

Jay Bangla: »Sieg Bengalen!« Jubelruf bei der Erlangung der Unabhängigkeit Bangladeschs.

Jimmi: die nichtmuslimische Bevölkerung muslimischer Städte und Staaten.

Jinnah, Mohammad Ali: Führer der Muslim League in den dreißiger und vierziger Jahren; Vater der pakistanischen Nation und erster pakistanischer Staatschef.

Joint Secretary: hohes Ministerialamt direkt unter dem Staatssekretär.

Joshi, Murli Manohar: einer der Führer der indischen BJP, Vorsitzender von 1991 bis 1993.

Kakababu: Onkel väterlicherseits, auch als Anrede für Väter von Freunden benutzt.

Kalama: »Wort«, gemeint ist die Shahada, das Glaubensbekenntnis des Islam.

Karsevaks: Personen, die vom Hindu-Weltrat (Vishva Hindu Parishad) zum Zwecke von Karseva (einem aus dem Sikhismus entlehnten Konzept freiwilliger religiöser Arbeit) wiederholt nach Ayodhya gerufen wurden und dort am 6. Dezember 1992 die Babri-Moschee zerstörten.

Khaleda Zia: Witwe des 1981 ermordeten Präsidenten Ziaur Rahman, Staatschefin Bangladeschs seit 1990 und Parteivorsitzende der BNP.

Khoda hafis: »Gott sei dein Bewahrer«, Abschiedsformel.

Korankhani: Lesung aus dem Koran.

Là ilaha illallah-u muhammad-ur rasul-ullah: Die Shahada, das islamische Glaubensbekenntnis: »Es gibt nur einen Gott, und Mohammad ist sein Prophet.«

Laddu: beliebte Süßigkeit, die auch während der *Durga-Puja* verteilt wird.

Lungi: traditionelles Beinkleid bengalischer Hindus wie Muslime, ein bis an die Knöchel reichendes, um die Hüfte gebundenes Tuch.

Madrasa: Koranschule.

Malaun: von arab. *Mal'un:* »Verstoßener, Teufel«; sehr abfällig für »Hindu«.

Man: Gewichtseinheit (ca. 37 kg).

Mandir: Hindu-Tempel.

Mashai: höfliche Anrede für Hindus.

Mashi (-ma): Tante mütterlicherseits; auch als Anrede für Eltern von Freunden und Freundinnen gebraucht.

Maulvi: muslimischer Rechtsgelehrter.

Milad: muslimische Gebetsversammlung, u.a. zum Geburtstag des Propheten.

Mountbatten, Lord Louis: letzter englischer Vizekönig und Vollstrecker der Teilung des Landes in Indien und Pakistan.

Mujibur Rahman: Held der Unabhängigkeit Bangladeschs. Erster Regierungschef. 1975 ermordet.

Mullah: islamischer Geistlicher.

Munshi: ursprünglich Buchhalter oder Sekretär eines Großgrundbesitzers; Kastenname.

Muslim League: 1906 gegründete, als Vertretung der indischen Muslime auftretende politische Partei, die unter Jinnahs Leitung die erste pakistanische Regierung stellte.

Namaskar: formelle, ehrerbietige Begrüßung unter Hindus, bei der mit vor der Brust gefalteten Händen eine Verbeugung ausgeführt wird; entspricht dem im Bengalischen weniger geläufigen *Namaste*.

Namaz: (pers.) die im Islam vorgeschriebenen fünf täglichen Gebete.

Nijami, Maulana Mohammad: Generalsekretär der fundamentalistischen Jamaat-e Islami in Bangladesch.

Pan: Zubereitung aus Betelblatt, Betelnuß und anderen Zutaten.

Panjabi: bei allen Religionsgruppen des indischen Subkontinents gebräuchliche Kleidung für Männer, bestehend aus einem *Payjama*, einer einfachen Hose, und einem langen Hemd, der *Kurta*.

Parotha: in Öl gebratener Getreidefladen, auch gefüllt.

Payjama: einfache Hose, die – zusammen mit der *Kurta*, einem langen Hemd – von allen Religionsgruppen auf dem gesamten indischen Subkontinent benutzt wird. Ursprungswort unseres Pyjamas.

Paysa: kleinste Währungseinheit in Bangladesch; 100 Paysa = 1 Taka.

Pishi: Tante väterlicherseits.

Puja: hinduistische Form des Gottesdienstes, in der im allgemeinen vor einer Götterstatue Opfergaben dargebracht werden; daneben auch kurz für Durga-Puja, etwa in Worten wie »Puja-Ferien«

Pulao: traditionelles muslimisches Reisgericht aus der Moghul-Küche.

Radha und Krishna: Gott Krishna und seine Geliebte Radha aus der Hindu-Mythologie; vor allem im volkstümlichen Hinduismus Bengalens äußerst beliebte Gottheiten.

Rama: Inkarnation des Gottes Vishnu, Held des Hindu-Epos *Ramayana.*

Rao, Narasimha: amtierender Premierminister Indiens und Führer der Congress-Partei.

Ray, Debesh: zeitgenössischer westbengalischer Romanautor (ein Hindu).

Rishis: eigentlich »Seher«; in Bangladesch die geläufige Bezeichnung für Hindu-Asketen und, allgemeiner, für religiöse Heilssucher.

Roy, Dvijendra Lal: patriotischer Lyriker, Dramatiker und Satiriker zu Tagores Zeit in Bengalen (ein Hindu).

RSS: Rashtriya Svayamsevak Sangh, »Nationaler Freiwilligenverband«; Mutterorganisation der verschiedenen Hindu-fundamentalistischen Organisationen und Parteien Indiens.

Saheb: ursprünglich für die Kolonialherren benutzte respektvolle Anrede.

Salam alaikum: »Der Friede sei mit dir«, Begrüßungsformel.

Sandesh: eine bengalische Süßigkeit.

Sarbahara Party: maoistisch-leninistische, im Zuge der westbengalischen sog. Naxaliten-Bewegung entstandene, verbotene Partei in Bangladesch.

Sechs-Punkte-Programm (-Bewegung): Sechs Forderungen der Awami League, die von Sheikh Mujibur Rahman vorgebracht wurden und auf eine ostpakistanische Provinzautonomie hinausliefen.

Sen, Surya: militanter bengalischer Rebell gegen die britische Kolonialmacht Anfang des 20. Jh. (ein Hindu).

Shastras: Traditionelle Lehrwerke im Hinduismus zu den verschiedenen Bereichen des Lebens; die *Dharmashastras* enthalten die Vorschriften zu Religion und Moral.

Sharia: die den Koran ergänzenden Gesetzeswerke des Islam.

Sharif, Ahmad: berühmter zeitgenössischer Intellektueller Bangladeschs.

Shivsena: »Armee Shivas«; Hindu-chauvinistische Partei und Bewegung im indischen Unionsstaat Maharashtra.

Sindur: zinnoberrotes Pulver, das verheiratete bengalische Hindu-Frauen traditionell am Ansatz des Scheitels auftragen.

Singara: mit Gemüse gefüllte, fritierte Teigtaschen, außerhalb Bengalens bekannter unter dem Namen Samosa; sehr beliebter Snack.

Singh, Mani: Führer der Hajang- und Tanka-Rebellionen und späterer Chef der Kommunistischen Partei Bangladeschs (ein Hindu).

Singhal, Ashoke: Generalsekretär des Vishva Hindu Parishad und religiöse Autorität in der Kampagne gegen die Babri-Moschee.

Supreme Court: Oberster Gerichtshof in den Ländern des indischen Subkontinents.

Tagore, Rabindranath (1861–1941): der berühmteste Schriftsteller der neueren bengalischen Literatur (Nobelpreis 1913). Sein Werk enthält auch mehr als 2000 Liedkompositionen.

Taka: Währung Bangladeschs; ein Taka entsprach 1994 nach dem offiziellen Wechselkurs etwa 0,05 DM.

Tanka-Bewegung: Bauernaufstand verschiedener Stämme bei Mymensingh gegen die Großgrundbesitzer.

Thana: Polizeiwache und ihr Zuständigkeitsgebiet.

Topi: leichte Kopfbedeckung aus Stoff, im Kontext des Romans meist Zeichen für orthodoxe Muslime.

Ulu-Rufe: in verschiedenen rituellen Handlungen der Hindus gebräuchliche, glückbringende Rufe der Frauen.

U. P.: United Party; in der pakistanischen Zeit gegründete islamistische Partei.

VHP: Vishva Hindu Parishad, »Hindu-Weltrat«. Hindufundamentalistische Tochterorganisation des RSS.

Ziaur Rahman: Präsident Bangladeschs von 1975 bis 1981.